光源氏ものがたり　上

JN083020

田辺聖子

角川文庫
23948

光源氏ものがたり　上

目次

京（みやこ）はるあき

千年読み継がれてきた

『源氏物語』というと、つい肩ひじを張って、「お勉強しなくては」とか「ノートに書いておかないと」と思われるのが大方なんですけれども、いまはたくさん良いご本が出版されていますし、瀬戸内寂聴（せとうちじゃくちょう）先生も素敵な現代語訳をお出しになりました。谷崎潤一郎（たにざきじゅんいちろう）先生や与謝野晶子（よさのあきこ）先生、円地文子（えんちふみこ）先生の訳もありますし、そういうご本をちょっとお覗（のぞ）きになると、くわしいことは出ています。ここでお話ししたいのは、私がどんなふうに『源氏物語』を好きかということ、こういうところ、素敵なんじゃありませんか、ということなのです。ですからお勉強ではなく、楽しんで下さいね。

まず、『源氏物語』の書かれた、王朝というのはどんな世の中だったのでしょう。その時代の匂い、人びとのたたずまいを、おぼろげながら感じられると、いっそう『源氏物語』のお話がいきいきと顕（た）ってくるのではないでしょうか。というわけでとりとめなく「王朝」のイメージをお話ししてみましょうね。その中でいちばん私の好きな王朝らしいお話。……

中之島（大阪）も『源氏物語』に関係があるんですよ。近くに〈田蓑橋〉という橋がありますが、流謫中の光源氏に勅勘が許りて明石から戻る途中に、この辺でお祓いをいたしました。いまは橋の名前にしか残っていませんが、淀川河口の「難波の八十島」といわれてたくさん島がありました。それらがつながって大きな土地になりましたのは、ずっと後世ですが。

『源氏物語』五十四帖を読むというのはたいへんなので、書いている人の話を聴けば簡単かしら、とお思いになっているかもしれません。それでも結構でございます。元来『源氏物語』はサロンで女房（宮廷や貴族の邸に仕える、教養高い婦人）の一人が読み、それを皆で聞く、という楽しみ方もありました。『源氏物語』はたいへん面白い小説ですから、難しく考えないで、楽しくおしゃべりしましょうね。

『源氏』を全部読んだかたも、まだのかたもいらっしゃるでしょうけれども、私、はじめて読んだ女学生のころを思い出しますのに、一番びっくりしたのは、敬語が多いことでしたね。皆さんも驚かれると思いますが、これは源氏に仕えていたひと（女房）が物語る、〈実はね、源氏の君にこんなことがございましたのよ〉というスタイルをとっていますから「――したまふ」という形になっているんですね。

敬語は、たしかに美しいのですけれど、私たち二十世紀の人間には読みにくいので、私が現代語訳『新源氏物語』を書くときには敬語を全部取ってしまいました。〈源氏はこういった〉〈源氏は何々をした〉とすれば、読みやすいのではないかと思ったのですが、本来はこういうふうに、皆さんのお顔を見ながらおしゃべりするものなので、『源氏物語』は敬語のある形だったのだろうと思います。絵巻物を見ながら横で読んでくれる、いかにも女房が絵解きをしてくれるような、そんな形で物語を楽しんだこともあったでしょう。

なんにいたしましても『源氏物語』というのは、一千年のあいだずっと読まれつづけ、愛されてきた、民族的な大きな遺産です。一千年の昔、こんなに素敵なお話は世界のどこにもありませんでした。

ダンテの『神曲』は三百年のち、シェークスピアでも六百年ものちです。アメリカでは『風と共に去りぬ』を愛して、誇りにして、その映画は地球上のどこかで毎日一回は上映されている、と言われますけれど、これだって原作の小説が書かれたのは二十世紀、ついこのあいだのことですものね。そしてお隣りの中国では、中国の『源氏物語』と言われる『紅楼夢（こうろうむ）』をとっても自慢にしていますが、これも乾隆帝（けんりゅうてい）のころですから、せいぜい十八世紀ですね。一千年前の日本にこんなに質量ともに素敵な小説があったなんて、たいへんなことです。

新聞記事で読みましたが、中国では『紅楼夢』を大事にして、主人公の賈宝玉（かほうぎょく）という少年がいた賈家、その大きな屋敷を今、復元――ではありませんね、小説上のことですし、具現化というのでしょうか、それを実現しているのだそうですね。北京（ペキン）郊外にあるらしいのですが、日本の記者が訪ねたときは小説に基づいて建てられた屋敷の向こうにたまたま工場があって、煙突が二本見えていたそうです。

　案内したお役人が〈今にあれも撤去します。工場を移転させます〉と言うので、記者がびっくりしたら、中国のお役人は胸を張って、〈だってあなた、『紅楼夢』ですよ。『紅楼夢』のためですよ〉と言ったそうです。

　私はそれを読んで、とても羨（うらや）ましく思いました。日本の政治家が〈だって『源氏物語』のためですよ〉などと言ってくれるでしょうか。六条院（源氏の建てた大邸宅）の素敵なお屋敷を再現して中に調度、家具、お衣裳（いしょう）なんかを展覧して、そこへ行けば、『源氏物語』のシーンとか、お話の内容とかがビデオで見られたらいいですね。そのうちにできるかもしれませんけれども、それまで私たち『源氏物語』を愛する者は、その気持だけで『源氏物語』を支え、伝えていきたいなと思います。

「更級（さらしな）日記」の少女

　そもそも『源氏物語』は受難の小説でして、本当に正しく読まれたことはほとんどなかったんですね。それにしても一千年ものあいだ伝えられたというのは、奇跡のようなことです。印刷のない時代、五十四帖を手で写したのです。手から手へ、何十年、何百年にもわたって写しつづけられたんですね。

『更級日記』という物語がありますけれど、これは『源氏物語』が完成されてから、二十年ぐらい後に書かれたのでしょうか。十三歳の少女がはじめて『源氏』に接したことがいきいきと書かれています。少女は文学少女でしたが、父の赴任に連れられて、上総の国へ行くことになりました。そのころの地方官には、単身赴任というのはなくて、一家中、家の子郎党まで引き連れて参ります。京の家は、留守居役を置くか、それとも誰かに貸して赴任します。

で、少女はほんの小さなころに、父や継母――実母はいるんですけれども、そのときは父と別れて京に残り、継母が少女とともに下りました。この継母は優しいひとで、宮仕えの経験もあるし、歌人でもあるという、今で言うワーキングウーマンですが、その彼女と、それから姉と、父と一緒に上総へ下ります。

そこで任期の三年を過ごすんですけれども、少女は物語が読みたくてしょうがない。お姉さんやお義母さんが『源氏』の話をちらちらとする。彼女たちは一巻か二巻は読んだことがあるらしいのです。その話を聞いて、読みたいなあ、読みたいなあと思っています。(いつか京へ帰ったら読めるかしら。仏さま、どうぞわたくしに『源氏物語』を読ませて下さい)と自分と同じ大きさの仏さまを作って、毎日拝んでいましたの。

やっと父の任が果てて、京へ帰ることになりました。その京へ戻る途中の描写もなかなか可愛いのですけれども、さあ、京へ着くなり、女の子はもう聞き分けがありません。〈見せて、見せて、『源氏物語』を見せて〉とせがみます。今だってそうかもしれませんけれど、王朝の昔ですものね、都から遠い地方ではなかなか物語は手にはいらなかったことでしょう。

京に帰った少女は、挨拶(あいさつ)にいったおばさんの家で、〈まあ、大きくなって、可愛くなったことね。何かあげましょう〉と言われます。おばさんの言葉は、千年の後の私たちの胸も打ちます。

〈実用的なものはつまらないわね。あなたが一番欲しがっているものをあげましょう〉。

そして『源氏物語』をくれたのです。原典に「櫃(ひつ)に入りながら」とありますから（櫃は長持ちの四方に足がついたものですね）、そこにどっさりと、『源氏物語』がはいっていました。「源氏の五十余巻(よまき)」とありますから、そのころから五十四巻揃っていたのでしょうか。それをもらって、牛車(ぎっしゃ)に乗ったときの少女の嬉(うれ)しさはどうだったでしょう。「得て帰る心地のうれしさぞいみじきや」と少女は書いています。胸にだきしめたいくらい嬉しかったのでしょう。

それからはもう、夜は灯をともし、昼は日暮らし、『源氏物語』を読みつづけます。

少女はリアルタイムで『源氏物語』の、あの原文が読めたんですね。朝から晩まで夢想に耽(ふけ)って、そしてうっとりと考えることは、(わたくし、まだこんなに髪が短くて、きれいじゃないけれど、年頃になったらもっと美しくなるかしら。髪も長くなるかしら)——王朝の女の美は髪の長さにありました。そして、光源氏に愛された夕顔(ゆうがお)、薫(かおる)の君に愛された浮舟(うきふね)みたいに美しくなって、どこからか貴公子が現れて、わたくしにプロポーズして……というようなことばかり夢みていたんですね。

彼女の〈女の一生〉はつづきますが、現実と夢は違っていて、物語みたいに楽しい人生は訪れませんでした。でも彼女は、楽しんで楽しんで『源氏物語』を読みました。

語訳の歴史

今、私たちが千年の時を隔てるとなかなかこの原文はわかりにくいですね。主語がどこへ行ったか文脈が把握しにくく、ゆっくり読んでも、日常には出てこない言葉ばかりですから、すんなりとはいってこないですね。でも今は、たくさんの作家の方々の現代語訳があったり、それから学者の方々のご本もあったりして、私たちはその恩恵に浴していますが、考えてみますと、この一千年の歴史のなかには大きなお手柄の人と、それから一つのグループがあります。

お手柄の人は、『源氏物語』から百五十年の後に生まれた藤原定家卿（ふじわらのていかきょう）です。定家は和歌の家に生まれて（いまもそのおうちは連綿とつづいています。ご承知のように冷泉（れいぜい）家でいらっしゃいます）、和歌が上手で、理論家でもあって、そして嬉しいことに古典の理解が深くて、そのころに流布していた『源氏物語』を、あの本、この本とたくさん集めました。それまで手から手へと写しているうちに字のまちがいや語句のまちがい、あるいはページが抜けていたりとか、そんなこともあったのでしょうね、それらを丁寧に校訂しました。明らかにまちがっているところは正したと、定家が自信を持つ本を作りました。これが後世に影響を与えた「青表紙本（あおびょうし）」です。青い表紙でした。

もうひとつは、河内（かわち）の守（かみ）であった源光行（みなもとのみつゆき）・親行（ちかゆき）の親子が作った「河内本」といわれるものです。これらの校訂によって、『源氏物語』ははかない紙に写されながらも長く長く後世に残りました。定家の生きていたころは、源平の争乱の時代でした。でも、定家は「紅旗征戎（こうきせいじゅう）わがことにあらず」――私には戦争は関係ない、ただ尊むべく、愛すべきは古典だ、『源氏物語』だ、『古今集』だ、そして『伊勢（いせ）物語』だと決意します。命に代えても、というふうにして古典を助けてくれました。

それからさらに二百年くらい経って、今度はお公家（くげ）さんたち、三条西実隆（さんじょうにしさねたか）の一派が出てきます。応仁（おうにん）の乱のころです。うちつづく戦乱で、京都中、右から左まで、西から東まで、すっかり焼けてしまって「汝（なれ）や知るみやこは野辺の夕雲雀（ゆふひばり）　あがるをみても落つる涙は」という歌の通り、本当に一望の焦土でした。ちょうど昭和二十年（一九四五年）の終戦後の大阪みたいだったでしょうね。アメリカ軍の大空襲で、大都会もいちめん焼野が原でした。それよりほぼ五百年前の都も、すっかり焼き払われてしまいました。

そんななかで三条西実隆、そして牡丹花肖柏、宗祇法師、その人びとは一生懸命『源氏物語』を研究しておりました。『源氏物語』を必死に書き写したり、人を集めて『源氏物語』のお講義をしたりしました。こういう源氏研究が根元にあって、江戸時代にはいってから、本居宣長とか、契沖とか、北村季吟という人たちが出てきます。

私たちはこれらの研究を受けて、楽しく読んでいるのですけれども、そう思いつつ現代語訳で辿りましても、私が一番はじめに読んだのは谷崎潤一郎先生のお訳でしたが、どうしても「須磨」ぐらいからページが進まなくって、いつのまにか本棚に立てかけたなりになってしまいます。昔からそうらしくて、「須磨返り」「明石返り」といわれて、なかなか最後まで読みきれない。ですから『源氏』と言えば、なんだか浮かれ男の源氏が女から女へ移り歩いたという、それだけのお話じゃないかということになってしまいますね。

でも『源氏物語』の本当の面白さは、その先にあるのです。ちゃんと読むと、退屈するところは全然ありません。はじめのほうの話の筋は、終りのほうで必ず結ばれています。源氏は須磨から帰って、栄華の人生を昇りはじめますが、この栄華は、人生の終りになって大きな落とし穴に陥る、その伏線なんですね。

光源氏は成長する

『源氏物語』というのは、光源氏の一生とその子供たちの時代、そして孫たちの時代まで、数十年にわたる長い物語なんですけれど、まず面白いのは主人公たちの性格が、年がいけばいくほど変化して、生まれつきの性格は変らないのですが、いい人、しっかりした人は、だんだんと厚みを増して、そしてかどかどしい人は、やっぱりかどかどしいのですけれども、それなりに成長する。こういう性格の変化というのがいろいろ見られて、紫式部の人間洞察の深さに驚かされます。そして私たちの人生をいろいろ省みたりできるのが楽しいんですね。

　たとえば、光源氏は若いときは軽はずみに女のあとを追いかける遊蕩児でしたが、中年になると人生観も深まり、人間的識見もできて明石の君が産んだ姫君を育てた紫の上について、こんなことを言う男になっています。紫の上には子供ができなかったのですが、明石の姫君をちっちゃなときから育てて一人前にしました。その姫君が、皇太子妃として入内し、お産のために六条院に戻ったときに、光源氏が言います。

〈ここまで育ててくれた紫の上のご恩をおろそかにしてはいけませんよ。赤の他人のかりそめの情け、ひとことの好意ある言葉のほうが、実の親子兄弟、夫婦など身内の親しみより貴重なんだよ〉。人生を洞察する力といいますか、源氏はどんどん人間的な厚みを加え、成熟していくのです。ここまで読まないと、源氏という男性の面白さは出てこないんですね。

一方、明石の姫君を自分の子のように可愛がって育てた紫の上は、姫君の入内が決まったとき源氏に〈これから、姫君のご相談役は本当のお母さまの明石の君にお願いしましょうね〉と言います。〈宮中でご苦労なさると、これから先は本当のお母さまでないと言えないことも出てくるでしょう〉と、さらりと言う女性に成長しています。『源氏物語』の中で、私たちが少女時代から知っているのは紫の上だけですね。紫の上が十歳(とお)くらいのときに源氏に見そめられて、引き取られたのですけれども、そういうちっちゃなときから知っているのはたくさんのヒロインの中でも、紫の上だけです。若々しい新妻から、中年になって、そして明石の君とか朝顔(あさがお)の宮とか、源氏のまわりに出没する女のひとたちに嫉妬(しっと)しますけれども、その嫉妬を上手にこなして、ゆたかな心で明石の君の子を育てます。けれども理性の目はちっとも曇っていません。〈これから先は本当のお母さまでないと言えないことも出てくるでしょう〉——聡明(そうめい)で、バランス感覚に富んだ女性に成長しましたのね。

紫の上が最後に苦しむのは、思いもよらぬ源氏と女三(おんなさん)の宮の結婚でした。身分の高い、女三の宮が六条院の源氏にご降嫁になられたときです。六条院は広いですから、女三の宮の御殿は別に作られたのですが、そこへ行く源氏をきちんと送り出して、あとはひとりで寝るんですけれども、輾転反側(てんてんはんそく)しながら思うことは、（でも、生きていてよかった。須磨、明石と別れて暮らしていたときには、離れ住む苦しみだけだと思っていたけれど、でもあのあと、わたくしたちは楽しい時を過ごした。人生にはいろんなことがあるんだわ。あのとき死ななくて、やっぱり生きていてよかった）と、気を取り直すような女性なんですね。そういう紫の上に死なれたときに、光源氏は今までにないたいへんなショックを受けます。

私は一つだけ『源氏物語』に不満なところがあるんですね。源氏が嫉妬を知らない男だということです。源氏はいろんな女の人を渉猟しますけれども、紫の上は源氏のほかに恋人を持ったことはないので、源氏は真の嫉妬ということを知りません。嫉妬を知らない恋人なんているのでしょうか。このことについては、これから先『源氏物語』を読みながら皆さんと一緒に考えてみましょうね。

そんな具合で、源氏がいちばん愛したのは紫の上でした。ほかのひとたちは尼になりますけれども、紫の上は尼にならないで、俗人のまま死ぬのですが、死ぬときに〈わたくしがさきに死んだら、このひと（源氏）がかわいそう〉と思いますの。そこが、すごいですね。そこまで紫の上は成長してしまった。ちっちゃな女の子がそこにいたるまでの人生を、私たちは辿ることができるのです。私たちは自分の人生しか、つまり一つの人生しか生きられませんけれども、『源氏物語』を読むことで数十人の人生を生きられる。長い長いその人生の物語におつきあいして読みつづけると、面白いんですね。

源氏物語は不滅

江戸時代は儒教が盛んでしたから、『源氏物語』は誨淫（かいいん）（みだらなことを教える）の書である、不倫の書であるというのでしりぞけられました。本居宣長が一生懸命に研究して、そうではないんだ、と。この物語は「もののあはれ」ということをしるしているのだという説を発表します。『源氏物語』は不倫の書でも誨淫の書でもない、好色の書でもない、これは日本人特有の美しい感性、「もののあはれ」をしるしたものだ、と言うのですね。

明治になると新しい西洋の文学理念がはいってきますが、若い人たちは悲しいことにそちらの方に夢中になって、日本の伝統文学にはあまり目をくれなくなりました。とくに自然主義文学というのがはやりましたときに、こういうロマンチックな物語というのはしりぞけられてしまいました。舟橋聖一先生は〈『源氏物語』が衰えたのは自然主義文学運動の行きつくところでそれが悪かった〉というふうなことをおっしゃったように記憶していますけれども、『源氏物語』というのは、いつも受難の書だったんですね。

昭和にはいって、とくに戦時中ですが、『源氏物語』は内務省できびしく検閲されて、たとえば藤壺（ふじつぼ）の宮と光源氏の場面などは削除されてしまいます。お芝居として歌舞伎で二度ほど企画されましたけれど、皇室に対して不敬なことが書いてあるというので却下されて（皇室不敬罪というのがありました）、これはもう暗黒のまま封印されてしまったのです。ちょうど、そうですね、応仁の乱みたいな状態になってしまいました。

ですけれども、やっと昭和二十年の敗戦によって、特高（特別高等警察）も、検閲制度もなくなりました。『源氏物語』は自由になったのです。ですが、今度は新たな障害が起きてしまいました。若い人たちが、明治どころの騒ぎではなく、伝統文学に目を向けなくなったのです。政府の、というか文部省の方針も悪かったのだと思いますが、国語に対する考え方が変り、新仮名遣いになったり、漢字が制限されたりしました。漢文学で育てられてきた日本文学ですから、漢字を制限されると、昔の、古い文学の心がいまひとつわからなくなります。

そんなこんなで、またもや『源氏物語』は正しく理解されない、読まれない、はじめのところだけ読むけれど、なかなか終りまで行かない。人生の成熟、人格の陶冶、運命の転変、歳月の中をいろんな人たちが明滅しながら、浮きつ沈みつ流れていく、この人間の運命の流れを見るのが、この物語の面白いところですのに、なかなかそこまでつきあう人は少なくなりました。

このごろ私は、中学生や高校生からお手紙を頂くことが多いんですよ。先日も〈田辺さんの古典の本を読んで、古典が大好きになった〉という高校生のお嬢さんが、〈私も大きくなったら、大学にはいって古典、国文を勉強して、そしていつかは田辺さんみたいに新しい時代の『源氏物語』の現代語訳を書きます〉というお手紙を下さいました。

古典というのは時代時代によって、新しい世代の人に書き継がれ、読み継がれるものだと思っていますから、私が書いた『新源氏物語』を改めて、次の世代の人たちが『新新源氏物語』を書いて下さるといいなあと思います。とても嬉しかったものですから、〈がんばって下さいね〉ってお返事を書きました。そしたら、しばらくしてお返事のお返事が来まして、〈がんばろうと思っていましたが、お約束が一年延びました。大学入試に失敗しちゃったんです〉。とても可愛かったですね（笑）。

でもこういう人たちが、ちょっとずつ増えて（微増かもしれませんけれど）いるような気がしますから、大丈夫だと思います。日本民族は滅びない。

紫式部は何者？

さて、『源氏物語』を書いた紫式部というのはどういうひとだったのか、考えてみましょう。お父さんは藤原為時、この人は受領（地方官）になりますけれども、とても文化的な、当代きっての教養人です。家には漢学の本がいっぱいありました。古来の歌集や仏典も多かったでしょう。紫式部は、少女時代からその蔵書をたくさん読んで、そしてお父さんから漢学を学んでいたと思います。

これは『紫式部日記』にあってよく知られているお話ですが、兄弟に惟規というのがいました。兄とも弟ともいわれますけれども、私の感覚では、お兄さんであるとしたほうが話の筋が通ります。というのは、お兄さんがお父さんに漢籍を習っていると、横から妹の式部が声を出して先に言ってしまう。式部のほうがずっと物覚えがいいんですね。それでお父さんが〈ああ、この子が男であったら〉と嘆いたということです。

今だったら女性の大学教授も政治家もたくさんいられますが、当時は女性は世の中へ出ていけません。女性は学者になれないんです。ですから「すさまじきもの」として『枕草子』に「博士のうちつづき女児生ませたる」——学問を以て立つ家に女の子ばかり生まれると、〈いやあ、たいへんだねえ、あそこも〉なんて世間で言われていたのでしょうね。

さて、紫式部は学問、文雅、そういうものに関係の深い家に生まれました。お母さんのお里も文雅の人が多くて、歌人、学者がたくさんいたようです。

ところで紫式部はどんな少女だったでしょう。お母さんは早く亡くなったようで、お母さんのことは、日記にも歌にもあまり出てきません。仲のいいお姉さんがいたらしいんですね。お父さんと、お姉さんと、お兄さんと、そんな家庭だったのでしょうか。中流貴族のことですから、女房たちもいたでしょう。式部は少女時代から書いていたのではないかというのが、私の推測です。女友達とたくさん手紙をやりとりしていますが、その女友達に、あるいは読ませていたかもしれません。

私は女学生時代に――女学校は淀之水高女という淀川のそばにある女学校でしたけれど、お友達に、お昼休みになると私の書いた小説らしきものを読ませていました。〈これで終り?〉と聞かれて〈まだまだつづきがあるのよ〉などと言って喜んでいました。私は、山中峯太郎とか、南洋一郎とかの小説が好きだったものですから、冒険物語として〈古城の三姉妹〉とか〈白薔薇の行方〉とか、そんな題をつけて吉屋信子ばりの、自分では小説と思っていたのですが、いろんな作品からのつぎはぎでしょうね、そんなのを書いて、友達に回していました。

紫式部もきっとそんなんじゃなかったのかと思います。私と式部サンとは才能においてもちろん雲泥の相違がありますけれども、そんなふうに睦んだ友達と仲よしになって、女同士の友情というのを、彼女はとても大事にしていたと思われます。

最近の学説では、紫式部はフェミニストだったとか、ちょっとレズっぽかったのではないかというような説もありますけれども、そこまではいかなくても、たとえば「百人一首」に載っている「めぐりあひてみしやそれともわかぬまに　雲がくれにし夜半の月かな」――これは、お父さんについて遠くの任地へ行く女友達が、最後にお別れにって来たのですが、あっというまに帰ってしまった、〈あなたは、あの雲間から洩れる月が、また雲間へ隠れるように、私がゆっくり話そうと思っているのに早く帰ってしまったわね〉という歌です。それからまた、文通友達の中に、妹を亡くしたひとがいました。式部はそのころ姉を亡くしたので妹になって、妹を亡くした女友達が姉になりましょうねという、そういうつきあいもありました。

ただ、式部の歌集を見ますと、まんざら男性に縁がなくもなくって、こういう歌をもらった、あるいは求婚をほのめかされたっていうことも書いてあります。ひょっとすると叶わぬ恋、あるいは失恋・得恋というふうな経験があったかもしれません。式部は年を重ねました。そのころの女のひとは、十四、五で結婚するひともいましたから、十八、九になるともう晩婚です。けれど二十歳になって、式部のところへ新しいタイプの男が求婚に現れます。藤原宣孝（のぶたか）といいますが、式部のお父さんと一時は同じ役所に勤めたという、十七、八から二十くらい年上の人でしょうね。当時そのくらいの年の差はたくさんありましたけれども、宣孝には式部より大きな息子がいて、ほかに数人の妻もいました。

紫式部の研究家の中には、式部が不幸な結婚をした、後妻しかいく口がなかったんだろうと、びっくりするようなことを言う人があります。そんなことはありません。現代でも、四十歳の男が二十二、三の女の子と結婚するということはよくありますから、王朝では当然だったと思います。それに、王朝の貴族は数人の妻をもつのが当時の社会慣習です。大正から昭和のはじめくらいの社会感覚で紫式部を研究するかたが、現代にもたくさんあって驚かされます。

夫藤原宣孝と子賢子

藤原宣孝という男は、ものすごく式部に影響を与えたと私は考えます。この人は、式部と同じような良門（よしかど）流の藤原家の出で遠縁に当たります。そんなに高い身分ではありませんけれど、かなりの能吏で、才覚のある人です。権勢家の藤原道長（みちなが）の近くにいました。政界の裏表に明るくて、なにより社交界の人気者だったんですね。押し出しがよくってハンサムだったらしいです。というのは、いろんな人の目に立つようなお役目をよく言いつけられておりましてね、詠む歌もなかなか機智に富んでいましたけれども、そういう彼が、ちょっとひねくれた、そしてとっても学がある、交際すると打てば響くような答えを返してくる、嫁きおくれというのではありませんが、男にあんまり興味のなさそうな顔をしている娘、そんなところに心を動かされて、式部に言い寄ったのではないでしょうか。

そのうちに、式部のお父さんの為時に日が当たります。為時は、前の花山天皇のときに失脚、というほどのことでもないんですが、花山天皇派でしたから、天皇が譲位されたあと、ほぼ十年の間、今で言えば無職でした。散位といいますけれど、なかなかお役がまわってこない。やっとまわってきたのは、淡路の守でした。淡路は小国です。〈この歳で初めて役目をもらうのに、淡路の守というのはあんまりではないですか〉と、そこは文人ですから、人の心を動かすような文章を作って、一条天皇に申し上げました。

天皇はそれを読み、同情なさった。でもすでに決まったあとだし、どうしたらよいか悩んでいられますと、一条天皇と藤原道長はとてもいい関係で仲よしでしたから、道長は、こうこうだと一条天皇から話を聞いて、〈わかりました。なんとかいたしましょう〉。そして、腹心の部下がすでに越前の守に決まっていたのですけれども、それをすげ替えて、為時を越前の守にしてくれました。為時は喜びいさんで出発いたします。式部も父について越前へ下ります。

平成八年（一九九六年）、京都の宇治市では、紫式部が父とともに越前に下向してから一千年目の年、というのでお祭がありました。下向したのは西暦九九六年、長徳二年のことです。そして宇治市では、越前へ下向するときの式部一家の様子を、面白い再現ドラマにして、見せてくれました。当時の扮装の式部も、為時も出てきました。

さて、越前へ父とともに下った紫式部のもとへ、宣孝が追いかけて手紙をよこすんですね。適当に返事をしているのですが、返事をするというのは脈がある証拠なんですけど、式部がちょっと手荒いことを書いたりすると、宣孝は手紙に赤い点々を打って、〈私の涙の跡です〉なんて書いてくる。頭のいい、学問のある、そして才気縦横の女のひとにとって、そういうちょっと間のぬけた、ユーモアのわかる男の人が気に入ったのではないでしょうか。

式部はついにプロポーズに対してOKしました。そして任期がまだ残っている父を残して、ひとりで京へ帰ってきます。まあ、帰る足はどんなに軽かったことでしょう。そして式部は京で宣孝と結婚生活を始めます。

可愛らしい女の子も生まれました。〈賢子〉という、その命名も式部らしいですけれど、何と読んだのか、今では王朝の読み方はわかりません。〈かたいこ〉かもしれないし、〈よしこ〉と読んだのかもしれません。この賢子は、後に成人して、大弐三位となります。「百人一首」には父と子、母と娘、あるいは三代とも採られているという歌が多いんですけど、大弐三位も採られて、母娘二人採られているわけです。賢子という娘は、父の美貌と社交性と、そして母の才気と才覚と、それらをあわせもつ素敵な女のひとになりました。若いときはしっかりと貴公子たちと恋愛を楽しみます。紫式部は四十いくつかで死んだらしいので、賢子が十四、五で中宮彰子のもとへお仕えしたときにはもう亡くなっていたでしょう。しばらくして一番頼りにしていた祖父も死に、その前にお父さんの宣孝も死んでいましたから、彼女はたった一人で宮廷へ立ち出でて、世の荒波に向き合ったわけです。

でもお父さんゆずりの美しさと明るさ、お母さんゆずりの負けん気と才智、それでもって宮廷を楽しく泳いで、藤原定頼（公任の息子）とか藤原兼隆、そういう人たちと恋愛をして、しっかり楽しんで、兼隆の子供を産みます。そのときにちょうど、後冷泉天皇がお生まれになって、乳母という口がかかりまして、彼女は後冷泉さまのお乳母さんになります。お母さんゆずりの薫陶で、後冷泉さまをとってもよくお躾けしたという評判でした。宮中の女官として、公的な地位も上がり、三位という位までもらいます。

そして、それから先がすごいのは、三十六、七になって、高階成章という、金持の官吏と結婚するんですね。若いときにしっかり恋を楽しんで、それから職場の地位もどんどん上がって、そして金持の男、大宰の大弐という官位ですが、これは「欲の大弐」というくらい欲張りな男だったと言いますから、かなりお金も持ってたし、いろんなことに手を広げてたんでしょうね、彼と結婚して、まあ今で言うキャリアウーマンの一つの生き方の見本といいますか、そういう一生を送りました。

で、そのお母さんの話ですが、紫式部は、可愛い女の子が生まれたんですけれども、宣孝は毎日式部の家へ来るわけではない、あちこちに女のひとがいるのです。妻とも愛人ともつかぬ女のひとたちもいっぱいいる。式部の歌には、〈今日も来なかった〉とか、〈あなたを待って〉とか〈淋しい夜を過ごして〉とかいう歌が多い。それで式部は不幸な結婚をしたのだという解釈があるのですけれども、これはちょっと違うんですね。王朝の美学では、歌はいつも忍ぶ恋、報われぬ恋、遂げられない恋というのがテーマです。

『万葉集』には、〈私は恋人を得た〉(「吾はもや安見児得たり皆人の　得かてにすといふ安見児得たり」)とか、〈あなた、私というものがあるんだから安心して〉(「わが背子はものな思ひそ事しあらば　火にも水にもわがなけなくに」)などという強い調子の愛の告白の歌があります。でも王朝になると変ります。一番辛いこと、悶々たる憂愁、それを歌にするというのが歌の定石でした。ですから歌だけを以て、式部の結婚生活を考えることはできないわけです。

私の想像ですが、式部はいろんなことを宣孝から教わったと思います。宣孝は、流行病（はやりやまい）で式部と結婚して三年足らずで死んでしまいます。短い結婚生活だったけれども、聡明（そうめい）な式部はいろんなことを吸収したでしょう。

たとえば宣孝は政界の裏話に通じておりますから、式部が〈あれはどういうことだったの〉と聞いたりすると、〈こうなんだ。ああなんだ〉〈だってそれって、汚いんじゃありません？〉〈政治はきれいごとじゃすまないよ〉というような話が、きっと夫と妻のあいだで楽しくかわされたことでしょう。〈それはおまえ、女の発想だよ。男の発想ではこうなるんだ〉〈なるほどねえ〉なんて式部は男の世界について考えを広めたでしょうね。

女文化が咲きほこる

『源氏物語』というのは恋愛小説ではありますけれど、一面においては政治小説です。対立する権力が背後に描かれています。政界の中をいかに泳ぎ抜くか、こちらも立て、あちらも立てながら自分の思うところを通していく。こういう光源氏のたたずまいを見ておりますと、式部は政界というものを頭の中で考えるだけではなく肌身で知っていた、政治感覚を学んでいたと考えられます。たぶんそれは宣孝から学んだのではないでしょうか。

楽しかった結婚生活も短く終ってしまいます。式部は愛と別れを身を以て知ります。彼女は父の許で、もうそのころには父も京に帰っておりましたけれども、寡居のつれづれ、物語に手を染めはじめます。それは『源氏物語』の原形のようなものでしょうか、たとえば『源氏』のはじめのころの物語はいかにも短編という感じですね。そういう短編、空蟬とか、夕顔のことから、書きはじめたのではないでしょうか。

いつしかそれが世の中に洩れ出て、面白いと評判になります。人びとが争って、手から手へ写します。

そのころはもちろん、作者の著作権なんてありません。面白ければみんなが写したんでしょうね。それが作者の誉れでしたけれど、とうとう一条天皇の中宮、彰子の周辺の耳に入ります。そして道長から〈彰子に仕えてくれないか〉という話があります。宣孝は道長と親しかったのです、親しいといってももちろん対等の意味ではありませんけれども、一族が道長の家の家司（執事）をしておりましたし、道長陣営の一人として、〈仕えてくれないか〉と言われたとき、紫式部は断れなかったと思います。

それが式部のためによかったのは、バックに道長一族というのがついているので、紙が豊富に使えたことでしょうね。そのころ紙は貴重品です。ドンと与えられて、

〈さあ、これで好きなものを〉と言われたときは、嬉(うれ)しかったでしょう。そして書いたものが、争って読まれて〈あのつづきはどうなるの〉とか、〈私にだけはこっそり教えて〉というような人もいたでしょうね。

寛弘(かんこう)五年という年です。これは西暦一〇〇八年ですが、皇子ご誕生のパーティがありました。彰子中宮は早くに、十二、三歳で入内されましたから、八年経ってやっとお生まれになったのです。みんな手に手をとって喜んだのは、男のお子さまだったからなんですね。ご承知のように、当時は摂関政治です。摂政関白が天皇の後ろに控えて政治を見ます。自分の一族の娘が産んだ天皇であれば摂政関白となることができます。ですから、世間の注目は、後宮(こうきゅう)に集まります。どちらの姫君が、天皇の男みこを一番先に産むか、ということが天下の注目を集めました。

王朝の時代に、あんなに女流文学者が輩出したのは、後宮が注目の的になっていたからなんですね。後宮に集まる人たちによって、女文化がいやが上にも盛んになります。物質的な面もあり、精神的な高まりもあって、いろんな女流が、自分の持つ力のすべて、花を咲かせることができたということなんですね。

彰子中宮に男みこ（第二皇子、敦成(あつひら)親王）がお生まれになりました。その前に定子(ていし)中宮、これは『枕草子』を書いた清少納言(せいしょうなごん)がお仕えした、やはり一条天皇の中宮ですけれども、定子中宮がお産みになった男みこがいられます（第一皇子、敦康(あつやす)親王）。

でも定子中宮は長保二年、ちょうど西暦一〇〇〇年に亡くなられて、清少納言は里下がりしました。ですから、同じ一条天皇の中宮ですけれども、中宮がご一緒に御殿のなかにいられたということはありません。定子さまのいられた時代に彰子さまは入内されましたけれども、御殿も違い、しばらくして定子さまが亡くなられ、清少納言も宮仕えをやめ里下がりしましたので、宮廷のなかで、清少納言と紫式部が顔を合せて、〈あら、はじめてお目にかかります〉ということはなかったんですね。清少納言のほうが少し早くて、そのあとに紫式部がお仕えします。

第一皇子は定子中宮の実家中関白（道隆）家が後ろ楯になっています。今度もし彰子中宮がお産みになるのが女みこだったら、中関白家の勢いのほうがより強くなります。ですから、女みこか男みこか、みんな手に汗握って待っていたのですね。ところが高らかに産声を上げられたのが、男みこでした。もうこれで、道長の権勢は定まったのも同じです。そのときのパーティはどんなに華やいだでしょう。

そのパーティの席上で、藤原公任という人が、女房たちのいるところを覗いて、「あなかしこ、このわたりに若紫やさぶらふ」と声をかけます。〈ごめんなさい、この辺に若紫（紫の上）さんいます？〉という感じでしょうか。御簾のかなたにいた紫式部は、だって光源氏もいらっしゃらないのに紫の上がいるわけないわ、なんて思ったということを『紫式部日記』に書いていますが、それで見ますと、もうそのころには

「若紫の巻」は書き上げられて、あちこち宮廷のなかに散っていたんでしょうね。ですから西暦一〇〇八年より前、お仕えしてからしばらくのあいだ、西暦一〇〇五年くらい、寛弘のころから『源氏物語』を書いていたのでしょうか。『源氏物語』は愛され、どんどん広まっていきました。寛弘といえば、与謝野晶子の歌を思い出される方もおありでしょう。

「寛弘の女房達に値すと　しばしば聞けばそれもうとまし」

与謝野晶子の才能は、寛弘の女房――紫式部、和泉式部、それから赤染衛門とか清少納言、そんな人たちと同じみたい、とあんまり何度も言われるといやになっちゃうわ、というふうな歌でしょうか。寛弘の世は、本当に女流文学者が輩出しました。

紫式部はいったん宮中を下がって、しばらくしてから「宇治十帖」を書いたのでしょうか。「宇治十帖」はほかの人が書いたという説、また娘の大弐三位が書いたという説もありますけれど、その言葉づかい、それから語句の癖、口吻に紫式部だと思われるものがあります。彼女はそれを書いて、四十代前半、生まれた年もまだ定説がありませんし、死んだ年もわかりませんけれども、静かに亡くなりました。

実際はどうなのでしょう、その当時のならいとして紫式部は出家したのでしょうか。瀬戸内寂聴先生は、式部は出家して「宇治十帖」を書いたのではないかとおっしゃっていますけれども、私は研究者ではないのでわかりません。紫の上みたいに、出家しないで俗のまま、〈救われなくてもいい、自分は物語作者として死ぬ〉として、出家しないまま死んだという想像のほうが私は好きですが。

京の春夏秋冬

このあたりで、『源氏物語』が生まれた京の町を、想像してみましょう。

京の都は、桓武(かんむ)天皇がお作りになりました。〈山城(やましろ)の国に素敵なところがある〉ときかれて、新しい都を作ろうとされたのです。

東には東山(ひがしやま)、比叡山(ひえいざん)が一番高くて、北には北山(きたやま)、鞍馬山(くらまやま)があります。十八歳の青年光源氏が美少女の十歳くらいの紫の上を見そめたのが北山、鞍馬山のふもとのほうだと言われていますけれど。西には愛宕(あたご)山、小倉(おぐら)山などがある西山。そして真ん中の豊かな平野に川が二筋流れています。東に賀茂(かも)川、西に桂(かつら)川、桂川の上流は大堰(おおい)川です。ですが、桓武天皇がご覧になって〈ここは本当にいいところだけれども、賀茂川はちょっと真ん中に寄りすぎている。もう少しこの川が東に流れていると、真ん中の平野がひらけて、とてもいいのだが〉ということで、大工事でしたけれども、賀茂川は東に付け替えられます。

以後、たびたび賀茂川が氾濫(はんらん)を起こしてたいへんな目にあうのですが、真ん中には美しい平野が出現しました。川はずっと南のほうへ流れて、北がちょっと山側で高いものですから、素直に南流して、やがては淀川に注いで、海に達します。水運の便から見ても、とてもいいところです。

そこを都に定められまして、北に、南北十町、東西八町という大きな大内裏（だいだいり）が築かれます。四方に門があって、それは十四門あります。南面する門が朱雀（すざく）門ですね。その下にスッと通った大きな道が、これがメインロードの朱雀大路、そこには柳が植えられます。京都の地図を開いて、子供たちが〈どうして右なのに左京区なの、左なのに右京区なの〉と聞きますけれども、これは「天子は南面す」という古代の中国の言葉通りに、長安の都を模して作られましたから、天子さまが南へ向いてお坐（すわ）りになったときに、右手が右京区になり、左手が左京区になります。そして右京区も左京区も、東寺（とうじ）、西寺（さいじ）が、東の位置、西の位置、同じように作られます。

ただ右京区のほうは湿っぽくて、なかなか人が住まず、それでどんどん左京区のほうへ移ってきて左京区ばかりが盛んになりました。

今、京都に参りますと、なんとなく、苔（こけ）っぽいとお思いになりませんか。賀茂川が付け替えられてしまったので、たびたび洪水に見舞われたからなんですね。京都のお料理屋さんなどに行きますと、ちっちゃなお庭でも、風情よく美しく作られていますけど、ずいぶん苔がありますね。阪神（はんしん）間のカラッとしたところから参りますと、なんて苔っぽいんでしょうと思いますが、でも落ちついて好ましく思われます。京都は水のいいところです。王朝の時は、大きなお屋敷に〈遣水〉といって、庭には賀茂川から水を引きました。洪水になると、そこでも水が溢れてしまうこともあったのでしょう。

そういう王朝に、春夏秋冬が美しく訪れます。「春は、あけぼの」「紫だちたる雲の、細くたなびきたる」と清少納言は書いています。私が京都に泊まるときには、賀茂川のそばのホテルを利用しますけれど、東に面したホテルの窓を開けるのが嬉しくて、「やうやう白くなりゆく山ぎは、すこしあかりて」と、本当に虹色の朝日が出てくるのです。

そして、またたくまに春です。春爛漫という感じで、みなさまご存じでしょう。素性法師の美しい春の歌に、「見わたせば柳桜をこきまぜて　みやこぞ春の錦なりける」とありますが、西山、北山、東山、みんな桜がポーッと白くかかります。

「桜花咲きにけらしなあしひきの　山の峡より見ゆる白雲」――紀貫之です。そういう桜に彩られた春から、夏がくる。清少納言は〈夏は夜だわ。蛍の飛ぶのもいい〉と言っています。そして、あっというまに秋になります。〈秋は夕暮れ〉と言いますけれど、京の町は錦繡に彩られます。

一条天皇の御代に、〈紅葉を見よう〉というので、大堰川に行幸なさいました。文化人の藤原公任も、もちろんお供しております。みんなそれぞれ歌をさしあげるのですが、公任は、まだほんの子どもの定頼（さだより）という息子を連れています。定頼もいっぱしに歌をさしあげると言うので、親の名折れにならないような歌を作ってくれればいいがなあ、とひそかに心配しておりました。やがて順番がきて定頼の歌を講師の先生が読み上げます。

「水もなく見えこそわたれ大井川」――満々たる大井（大堰）川の水を前にして、何ということかと、公任は手に汗を握ります。下の句がつづきます。

「岸の紅葉は雨と降れども」――どっと起こる称賛の声。幼い息子は、嬉しそうに顔を輝やかしています。公任は親馬鹿だなと思いながら、にっこりとせずにはいられません。

　そういう美しい紅葉を経て、今度は雪が京の町を埋めます。今と違って雪が多かったんですね。『枕草子』にも、何度も雪の話が出てきます。定子皇后、このかたは中関白、藤原道隆の長女ですが、大変な美女でいらして、とても才媛（さいえん）でした。音楽はおできになるし、学問は深いし、清少納言もひけをとらない才女でしたけれど、二人は仲のよいお友達のような関係だったんですね。雪が降って寒いというので、夕方早くに部屋の格子戸が下ろされます。格子戸といっても、格子の裏側には板が張ってあります。昼間はそれをつっかえ棒で窓の外へ張り出しておくのですが、夜とか雨が降ったりすると下ろすので、部屋の中は真っ暗になってしまいます。

　その日は早めに格子戸を下ろして、簾（すだれ）も下ろして、火桶（ひおけ）——火桶にはとっても素敵な漆塗りや、桐のがありまして、それに炭火が盛り上げられています。そして女房たちの（若い人が多いですから）、体から発散する熱気というのもあって、天井の高い寝殿造りですけれども、暖かかったでしょうね。

　そのときに定子皇后がにっこりとされて、〈少納言、香炉峯（こうろほう）の雪はいかに〉とおっしゃいます。女房たちは〈え？　どういうこと？〉なんて、言い合ったでしょうね。清少納言はたちまち〈はい〉と答えて、格子戸を上げさせます。そして、くるくるっと御簾（みす）を上げました。にっこりと皇后はお笑いになります。白楽天の詩に「遺愛寺（いあいじ）ノ鐘ハ枕ヲ欹（そばだ）テテ聴キ、香炉峯ノ雪ハ簾ヲ撥（かか）ゲテ看（み）ル」というのがあって、それで〈香炉峯の雪はいかに〉とおっしゃったんですね。

　皇后は、（せっかくの雪景色なのに、早く戸を閉めてしまうのはもったいないわ）というお気持でしょうが、さすがに王朝のみやびで、あからさまにはおっしゃいません。〈香炉峯の雪はいかに〉とおっしゃると、打てば響くように、清少納言は動作で答えます。ゲーム感覚で楽しみあう風流の世界、これが王朝の社交界でした。もちろん、こういうのはどの王朝にもあったかもしれませんけれど、女のひとがそれに関われたというのは、たいへんな、不思議な、面白い世界ですね。こういう世界が土台にあって、『源氏物語』ができたのです。

そしてまた、京の都に代々いらした天皇さまの中でも――「延喜天暦の治」といわれますが、醍醐天皇（延喜）、村上天皇（天暦）、この時代は王朝の花でした。歴史をひもとくと、実際はそんなに治安のいい時代でもなく、泥棒や放火犯がいっぱいで、地方には暴れまわる盗賊たちがいたということですけれども、少なくとも京にはまだ王朝の勢いがありました。実力と、そして資力もありました。朝廷には武士たちを飼い馴らす公卿の力もありました。そういう醍醐天皇の御代、朱雀天皇、そのあとに村上天皇の御代があって、「延喜天暦の治」といわれたのです。

紫式部は、その時代をモデルに書いたのです。桐壺の帝というのは村上天皇や醍醐の帝の面影があると言われています。五十年ないし百年昔のことをモデルにしていたのですね。

醍醐の帝というかたは、よくできたかたで、「常に笑みてぞおはしましける」（『大鏡』）とあるように、いつもにこにこしていらして、〈上の人が怖い顔をしていたら、何か言いたいことがあっても、臣下の者が言えないではないか。だから私はいつも顔を和らげるように心がけている〉というふうなことを言われました。寒い夜に、着ていられるお召し物をお脱ぎになって、〈下々の者がどんなに寒さで凍えているだろう。それを体験してみたい〉と、おっしゃったりする優しい帝でした。その帝の面影は、

『源氏物語』開巻冒頭に出てくる桐壺の帝の性格に似かよっています。

醍醐天皇の御子村上天皇もそうでした。〈私のことをみんな、どういうふうに噂しているのかね〉と言われて、臣下の者が「ゆるになむおはしますと世には申す」――寛大な君でいらっしゃると世間では申し上げています、と申しますと、〈では褒めているのだな。上がきびしかったら、下はたまったものではなかろうからね〉。そんなことをおっしゃったというのが、『大鏡』という貴族や帝のエピソードを集めた本に出ていますけれど、これも桐壺の帝にそっくりですね。

こういう平安京の四季の移りかわりの中で、少し前にあった先代の人たちの面影を伝えつつ、ゆるやかに光源氏の物語のページが始まります。

王朝まんだら

寝殿造りの構造

さて、貴族たちの住んでいた住宅、寝殿造りについてお話ししましょう。名邸といわれるお屋敷はたくさんありましたが、『源氏物語』の六条院などは四町を占め、広さはなんと一万八千坪もあったといいます。たいていの屋敷は、前にもお話ししましたが、右京区にはなくて、左京区の、それも四条の北のほうにかたまっていました。というのは、京都はもともと水のいいところなんですが、なかでもこのあたりはとてもいい水が湧き、あるいは賀茂川から水を引くのにも便利だったからです。それと、役人たちが、現代と同じように、通勤の便を考えて宮殿に近いところに住まいを持つということもあったでしょう。

こういうお屋敷の庭には、川の流れをとりいれて、遣水が作られました。遣水が池へそそぎ、源氏の六条院のような大きな邸になると、池の真ん中に小さな島までありました。舟に楽人たちを乗せて、楽の音をまき散らしながらまわる、そんな優雅なものだったんですね。庭にはさまざま四季の草木が植えられ、建物の正面には白い砂が敷きつめられます。催しごとや、お供の人びとが控えるのに清潔だからです。そして、門は牛車がそのままはいれるような大きさです。外側の門をはいると中の門がありました。

寝殿の正面には、階段が五段ついています。大きなお屋敷だと、建坪が百坪あったといいますが、何本も丸柱が立ち、屋根は檜皮葺きです。〈檜皮葺きに雪の降りかかった景色がとてもいい〉と清少納言が『枕草子』に書いていますね。

五段の階段を上がったところに簀子があります。これは今の私たちの住まいの縁側と同じです。簀子の縁には人が落ちないように高欄がついています。簀子から一段高くなって、長押があり、廂の間につづきます。みんな板の間です。大きな寝殿だと、廂がふたつあって、外側が孫廂、内側が廂、さらにその奥に母屋がありました。

外から見えないように、簀子と廂の間には格子戸が立てられます。格子にはすきまがあるので、裏側に板戸があります。蔀といいますが、この蔀を立てると、家の中は真っ暗だったでしょうね。その裏側に御簾が下がり、壁代というカーテンのような布も下がっていますが、それでも冬はさぞ寒かったでしょうね。あいだあいだに、几帳とか屏風とか、襖が立てられ、プライベートな空間を作ります。襖には、綺麗な絵が描かれたり、柔らかい錦の絹が張られたりしました。簡素な造りですけれども、ところどころにこういう華やかな彩りがありました。

風の激しい日などは、屏風も几帳も倒れてしまうので、片づけられます。『源氏物語』の「野分の巻」には、台風の日の夕方、夕霧青年が父源氏とその妻紫の上が住む春の御殿へお見舞いに行く場面があります。屏風などが全て片づけられていて、ずっと向こうまで見渡せました。ふだんは貴人の姫君とか北の方は、絶対に姿を見せません。幾重にも重なりあった几帳の奥にいたからですが、この野分の日には偶然見渡せました。

夕霧がかねて関心のある紫の上らしきひとが、女房たちに笑いながらしゃべっています。はじめて見た紫の上は霞（かすみ）のあいまから見える樺桜（かばざくら）のようでした。なんて美しいひとだろうと思って、青年の魂は天外に飛んでしまいました。

でもこんなことは滅多になくて、寝殿は夜は閉めきられています。昼は御簾が下げ降ろされています。いちばん端に妻戸（つまど）というのがあって、そこから出入りしましたが、ときどき戸が開いたままになっていて、アバンチュールを求める男たちが忍びこんだりします。大きな建物ですから、いくらでもチャンスはあったかもしれません。

広い屋敷のなかはカーテンのような壁代で仕切られ、随時、畳が敷かれました。とても合理的ですね。簡便に仕切られるので、いくらでも部屋を作れたわけです。そして貴人ですと、四角な囲いの中に絹の幕をたらして、その中に浜床（はまゆか）を入れた御帳台（みちょうだい）という簡単なベッドのようなところで寝ました。また、塗籠（ぬりごめ）というものもありました。塗籠というのは、四方が壁の土蔵のようなお納戸なのですが、冬は暖かかったんでしょうね、ときどきそこに寝たりしました。

塗籠はいろいろ物語を提供する場所でした。親友柏木から〈私が死んだあと、妻をよろしく〉と頼まれた真面目男の夕霧は、未亡人を慰めようと、度々たずねるうちに、思慕を寄せるようになります。でも、未亡人落葉の宮は、先の結婚があまり幸福ではなかったので、〈わたくしなんか男に愛されるはずはないわ〉とかたくなに拒んで、ついには塗籠へはいってしまったのです。

牛車が寝殿に着くと、正面に階段がありますが、この階段というのも、なかなかロマンチックです。男が愛する女を迎えるときには、抱き上げて階段を上がるんです。西部劇の結婚式みたいですね。

たとえば匂宮が、宇治にいる八の宮の姫君、中の君を京の邸へ迎える場面があります。宇治の淋しいところで暮らしていた中の君が京へ迎えられて、〈これでやっとお姫さまにも陽があたりますわ〉と、お世話をしてきた女房たちは喜ぶんですが、中の君は、〈こんな田舎者が京へ行っても〉と、心配しながら車に揺られて京へ着きました。二条邸に着くと、待ちかねていた匂宮が、〈遅かったね、これからはもうふたりきりで暮らせるんだよ〉と中の君を抱き上げてのぼる、そういうロマンチックな階段なんです。

ご馳走と加持祈禱

さてそういうお屋敷の中で、どんなご馳走を食べていたのでしょう。まずお米、それにもち米があります。私たちがいま食べているようなご飯は姫飯といって水で炊きますが、当時はおもに蒸したご飯、おこわだったようです。おにぎりも、おかゆもありました。

お正月の子の日には長寿にあやかろうというので小松菜の若菜を摘んでお吸い物に入れる、という行事がありましたし、たぶん山菜、野草の類はたくさん食べていたでしょう。「のびる」とか、「ぎしぎし」とか。大根、茄子、ささげ、小豆などは作っていたんですよ。農業技術は発達していなかったから、いまほどおいしくはなかったかもしれませんが。いまの学者のかたがたは、〈かわいそうに、まずいものを食べていた〉と言われますが、そんなことはないと思いますね。昔はまだ人間の歯も丈夫で、しっかり硬いものも食べていたでしょうし、豊かな山野の実りもあったでしょう。

賀茂川からは鮎がとれました。宇治川からは秋になると、氷魚という鮎の稚魚もとれました。海の魚は塩をしてはいってきましたが、わかめなども喜ばれました。男の人は鷹狩りをしましたから、鳥肉も食べられました。鶏を飼っていたので、卵も食べていたでしょう。

乳牛院というのがあって、これはもっぱら薬用にですが、牛乳を飲むこともありました。牛乳はお釈尊（しゃか）さまも飲んだというので、お坊さんが飲んでもいいことになっていたのですが、驚くのは、牛乳から酪（らく）や酥（そ）という一種のチーズを作っていたことです。なんと千年昔に、チーズを食べていたんですね。そして大宴会には、猪とか鹿の肉も出たらしく、きびしい仏教の時代でしたから、殺生（せっしょう）の禁があって、しょっちゅうではないけれど、食べたようです。

もちろんお酒もありました。どぶろくに近いものだったと思いますが、平安貴族にはアルコール依存症の人もいたんですよ。少し時代は下がりますが、『徒然草（つれづれぐさ）』に〈女も酔うと見られたもんじゃない、髪をかきあげ大声で笑ったりして〉なんていう描写があるので女の酔っぱらいもいたらしいですね。

果物もたくさんありました。柿、栗、梨、あんず、すももなど、宴会の大きな食材でしたが、そういったものを、一日二回食べていたようですね、十時ごろと四時ごろと。でも、おなかが空いて、夜になるとこそこそ食べたり、寝酒を飲んだりすることもありました。

こういう生活でしたが、平安時代の人たちの楽しみは、まず物見（ものみ）です。四月の中の酉（とり）の日、旧暦では初夏のころに葵祭（あおいまつり）があって、これを見るのが、都びとの一番の楽しみでした。女たちは、平生外へ出ることがありませんから、葵祭を見るのと、社寺詣でが楽しみでした。めったに外へ出られないので、社寺へ詣でると、そのまま何夜かお籠りしましたが、仏さまにかこつけての社交場だったんでしょうね。いちばん信仰されたのは観音さまです。清水観音、長谷観音、それから石山寺などへお参りしましたけれど、中でも清水のは「妻観音」と言われ、良縁を得るということで、男も女も熱心におがみました。

この時代の宗教というと、天台宗と真言宗しかありません。病気になったときには、まずお坊さんに加持祈禱してもらいます。大風が吹く、洪水がおこる、疫病がはやる、といったときも同じです。天台、真言の両方とも密教と結びついて、おどろおどろしい、不思議な加持が行われました。

王朝の小説を読んでいて、現代の私たちによくわからないのは、陰陽道というものですね。中国の古くからの思想体系なんですが、陰陽五行説というのがあって、天体の運行がそのまま、人間の運命や吉凶禍福に影響するという考え方です。日月星辰を見て吉凶や未来を占う天文博士もいました。陰陽寮というのがあって、安倍晴明はその一番えらい人で、伝説的な人物でしたが、ホラーブームで、晴明の人気も高いようです。

京の闇は深かったので、たいへんでした。宮殿の前といえども、二条大路、神泉苑のあたりは真っ暗でした。通りかかった女たちが妖怪や犬に食われたという話がいくつもあります。物の怪、生霊、死霊、生き魑魅、死に魑魅、そんなものが飛びかっていると信じられていました。愚かで、人心未熟だったからとは言えませんね。現代の私たちのやっていることも、超越者から、あるいは後世の人たちから見れば、なんと愚かなことを、と言われるにちがいありません。そのときなりに、人びとは精一杯、力一杯生きようとします。人智を超えたものに対しては、神や仏に頼るほかないと、ひたすら信仰していたんでしょうね。

生活のかたち

さて、そういうなかで暮らしている人間の一生とはどんなものだったか、まず結婚についてお話ししましょう。結婚といっても、今のように恋愛なんてできません。〈鬼と女は人前に出ないほうがいい〉などと言われた時代ですから、女のひとは深窓に隠れていました。〈この姫君は美人ですよ〉という噂をひろめるのは、まわりに仕える乳母や女房たちです。その噂に心を動かされて、男たちが恋文を託したり、あるいは政略結婚をしたりしました。

結婚のかたちは招婿婚、いわゆる婿入りで、お婿さんを自分の家に迎えます。ですから親のない姫君はかわいそうでした。親類に預けられたり、あるいは養女にもらわれたりします。紫の上が、なんだか最後まで落ちつかないというふうに描かれるのは、自分の家がなかったからなんです。つまり、源氏の家に引き取られた姫君だったんですね。女としてはたいへん肩身のせまいことでした。本来はしっかりしたお父さんなりお兄さんなりがいて、自分の家へ婿君を呼んで結婚生活をさせ、できた子供も育てます。自分の家の息子はどうするかというと、それぞれよその家に行って、婿としてかしずかれるわけです。

ですから王朝の女性には自分の財産というものがありました。葵の上をはじめ、六条御息所、朝顔の宮などが、光源氏と対等に接し、凜然として一歩もひかないのは、自分の財産と自分の家をもっていたからなんです。名邸といわれた素敵なお屋敷は、娘婿にわたっていきます。息子たちはまた、結婚した相手のお屋敷をもらう、というふうになります。

そんなお屋敷に住むお姫さまは、「十二単」といって何枚も着物を重ねていました。十二単というのは正式な名称ではないのですが、絵を見ただけでもたいへんだろうなと思いますね。『栄華物語』には、皇太后のパーティのときに、女房が気張って二十枚も着重ねたものだから、立てなかったとあります。

着物の重ね方は、いちばん下に白い絹、その上に白い小袖を着て、そして袴をはきます。あの袴はどうなっているのだろうと思っていましたら、私が学生のころに教えていただいた江馬務先生のおっしゃるのに、〈長い袴のなかへ脚を入れて、裾を踏んで歩く〉のだそうです。〈まあ、汚れませんか〉と生徒たちが聞くと、〈いやいや床は綺麗に磨いてある〉と、先生はご自分が磨いたようにおっしゃいました（笑）。

袴の色は、今の常識とちょっと違って、若いひとほど濃い紅、黒に近い紅です。年がいくほど色が薄くなって、はなばなしい赤になります。その上の着物は季節に応じて色目を変えたんですね、桜襲とか、山吹襲とか。そして、下から順に上へいくほど着物の袖や裾が短くなりますので色合いが美しく出ます。その色の重ね方によって着手の教養なり、美意識なりが表現されます。

男の子は、六つ七つから漢文を教わり、将来の、高級官吏になるための教育を受けさせられます。女の子の教育について言えば、左大臣藤原師尹の娘、芳子（なんとよんだかわかりませんが）という姫君にお父さんが教えたのは、まず『古今和歌集』をそらんじるということでした。『古今集』は当時の教養の根本ですが、その二十巻、一千百首を全部覚えること、綺麗な字を書くこと、そして箏、十三絃の琴を見事に弾くこと。この三つに励むようにという教えは、平安朝時代の貴族の子女の教育方法として資料に残っています。

でも、どうでしょう。大きなものものしい衣裳は、女たちを美しくもしたでしょうが、不自由なこともあったでしょう。衣裳に釣り合うように、髪も長くなります。さきの芳子姫などはたいへん美しいひとでしたが、中でも見事だったのは、長い黒髪でした。宮中へ入内なさるとき、お体は牛車のなかなのに、髪のまあ長いこと、まだ母屋の柱のもとにあったということです。この髪の長さが、平安朝では女性美の一つの基準でしたから、とても髪を大事にしました。寝るときには、枕もとに漆塗りの髪のための箱を置いて、その中に入れていました。付け髪というのもあります。髪を大事にして一本ずつ抜け毛をとっておき、それでかつらをつくり、髪が薄くなったときにちょっと補ったりしたんですね。

『源氏物語』に登場する鼻の赤い姫君末摘花の場合、唯一見事だったのは髪でした。紫式部は人間をよく見ていますね。全く悪いところばかりという女はいない、一つぐらいはいいところがある。この姫も不細工なかただけれど、髪は素敵だったと書いています。このころの女性は髪をとても大事にして、〈ゆする〉という米のとぎ汁で髪を洗いましたが、そうすると髪が伸びるんだそうです。サネカズラという植物の茎から出る液などを整髪料として髪に塗りつけました。髪を大事にしたので、当時は尼さんになってもつるつるには剃らず、〈尼削ぎ〉といって、肩までの長さにしました。

髪は真ん中で分けて垂らしていますが、〈飾り髪〉といって頬の両脇あたりでちょっと切ります。顔を隠すためとヘアスタイルのアクセントですね。なるべく人に顔を見せないのが女性のたしなみなので、檜扇で顔を隠しました。檜扇もないときは、髪で隠そうとしました。

さて、村上帝に入内なさった芳子女御ですが、帝はとてもお気に召されました。早くに安子という中宮と結婚して、たくさんのお子もあり、ご夫婦仲はよろしいのですが、新しい芳子女御は美しくて若々しく、しかも『古今集』を全部覚えているということを、帝は伝え聞いていられます。

それが本当か確かめるために、上の句を言って、〈下の句を〉と試されますが、芳子女御はちっともまちがえられません。〈では何々のときに何々という人が詠んだ歌を〉と言われるとそれも、はじめから終りまですらすらとではないのですが、まちがえずに答えられます。帝は〈たいへんなひとだねえ〉と言われて、途中でお寝みになりました。けれども夜中に、はたと考えられて、〈終りまで調べてしまおう。寝んでいるあいだにあのひとが参考書を見てしまうかもしれない〉。

真夜中に、芳子女御は起こされますが、〈これはこう〉〈あれはああ〉と、ついに一千百首、二十巻全てにお答えになったという有名なエピソードがあります。

それを聞いて、安子中宮も安閑としていられません。帝が芳子女御の部屋へいらっしゃっているときに、壁の穴から覗いてしまわれました。

歴史書『大鏡』には、芳子女御は目尻がちょっと下がっているのが可愛かったとあります。どういう顔だちが可愛かったのか、現代でははっきりわかりませんけれど、あんなに大きな着物に埋もれているのですから、いまはやりの小顔というのはダメだったでしょうね。ふっくらして顎も丸く、目尻がちょっと下がって色も白くてというのがよかったんでしょうね。

芳子女御があんまり美しくて、しかも帝とも仲がよさそうなのを見て、安子中宮は嫉妬にかられ、壁の割れ目から、土器のかけらを投げこんでしまわれました。これには帝もお怒りになって、〈女にこんなことができるはずはない。兄弟たちがそそのかしたんだろう〉と、中宮の三人の兄弟たち、伊尹、兼通、兼家の参内を止めてしまわれます。

すると、安子中宮は黙っていられません。出かけられる帝の袖をとらえて、〈わたくしが悪いのに、どうして兄弟を罰せられるのですか〉〈わかった、わかった。とにかくのちほど〉〈いえ、この場で、すぐお許しになって〉とたいへんな剣幕でした。でもお二人はとても仲がよかったんです。

安子中宮は、それに兄弟思いのかたでした。この時代、長男や長女というのは、弟や妹をとても可愛がりましたの。たとえば『源氏物語』に柏木の衛門の督という、悲恋に死んだ青年がおります。この人は頭の中将、今は太政大臣の長男です。大臣夫妻は長男を頼りにしています。

原典によれば、「心おきての、あまねく人のこのかみ心にものしたまひければ」とありますが、「心おきて」というのは人柄、「このかみ」というのは家の長兄です。〈すべての人に対していかにも「お兄ちゃん」という感じで優しくして下さったので〉という意味ですが、柏木が亡くなったときに、弟や妹たちは親を失ったように悲しみます。安子中宮も、自分より年上のお兄さんには親のように頼りにして、年少の弟や妹は子のように可愛がられるかたでした。兄弟愛の強い、情の厚いかただったとあります。中宮が亡くなられたときは村上帝はたいへん悲しまれ、以後はかえって芳子女御へのご寵愛(ちょうあい)が衰えたと『大鏡』にあります。あのひとを悲しませ、苦しませ、嫉妬に悩ませてしまって、悪かったと後悔なさったといいますが、「桐壺(きりつぼ)の巻」の、桐壺の更衣(こうい)がいじめられたという話も、さもあろうと思われますね。安子中宮のような揺るぎない地位にいらっしゃるかたでも、嫉妬に悩まされて土器を投げるというような、はしたないことをなさったんですから。宮廷には、こんなふうに女人の愛憎が渦まいていました。

王朝の都は、治安があまりよくありませんでした。時代が下がって『今昔(こんじゃく)物語』のころにはもっとひどくなりますが、紫式部が生きていた時代にも、泥棒はいっぱいいました。『紫式部日記』に書かれた有名な話ですが、〈一条のお邸(やしき)が内裏(だいり)であったころに、大晦日(おおみそか)に女の悲鳴が聞こえた〉とあり、〈侍たちがおっとり刀で行ってみれば、泥棒がはいって、女人二人の衣裳を盗んでいった〉。

そのころの衣裳はとても高価だったので、泥棒は、身ぐるみ剝ぐということをしました。帝のいらっしゃるところにまで泥棒がはいるとは、まあ、モラルの低下というか、まわりの侍は何をしていたのでしょうね。これはまた別の日ですが、蔵人所の休憩室に泥棒がはいって、物色中を見つかり、泥棒は、紫宸殿の前の中庭を月華門から日華門に通り抜けて逃げたというのです。

内裏歌合せ

さて、そういうもろもろの上に、村上帝の、天徳四年の内裏歌合せというのがありました。ちょうど西暦九六〇年、朝廷の力も富も最高に張り切っていて、人材は豊富、素敵な歌人もいっぱい出た時代です。紫式部はまだ生まれていませんが、この盛んな歌合せというのは、言いつぎ、語りつがれて、みんなの口に、そして耳にも目にも親しかったことでしょう。それを知った式部は何とか再現したくて、『源氏物語』の「絵合の巻」に書きました。

天徳四年三月三十日、午後四時ごろから、歌合せが始まりました。男たちが漢詩合せというのをしていたので、宮廷の女房たちが〈では私たちは、歌合せをいたしましょう〉ということになったのです。村上帝はもとより歌人ですから、〈それは面白かろう〉とおっしゃいました。有名な歌人を右と左に分けて、双方から歌を出し合って優劣を競う歌合せが始まります。それぞれの上に、帝のお妃（きさき）方を頂きましたので、女性たちがいっぱい集まって、それは賑（にぎ）やかな、目もあやな盛儀でした。途中でお酒も出て、百官は快く酔っています。

「桜」とか「霞（かすみ）」、「柳」というお題で、右方、左方から歌が出ました。歌のなかで一番重いのは「恋」ですね。「恋」のお題のとき、右からはまず平兼盛（たいらのかねもり）の有名な歌が出ます。「忍ぶれど色に出（い）でにけりわが恋は　ものや思ふと人の問ふまで」――〈ぼくは必死に恋を押し隠した。でも、どうしても色に出るのか、きみは恋をしているんだろう、物思わしげに見えるよ、と人に尋ねられてしまった〉。

左からは、壬生忠見（みぶのただみ）の、「恋すてふわが名はまだき立ちにけり　人知れずこそ思ひそめしか」――〈ぼくはあのひとを人知れず恋した。それなのにはや、あいつは恋をしているらしいとの噂が広まってしまった〉という歌ですね。

両方とも千古の名歌です。どちらがどうと文句のつけようがありません。どちらが上、どちらが下ということもありません。双方の声援は高まります。判者（はんじゃ）は、時の一（いち）の人（ひと）、藤原実頼（さねより）です。この人も世に重んじられた人ですが、そのあとを継いだ実資（さねすけ）は、道長全盛時代に唯一道長に対抗し得た剛直な政治家です。

実頼はこのとき六十一歳、さしたる歌人というのではないけれども、人柄が重々しく徳望があったので、判者になっています。さあ、実頼は困りました。どちらがどうとも言えない、どちらもいい歌です。

右方の平兼盛は、平という姓が示す通り、天皇から分かれた平氏(へいし)です。左方の壬生忠見は、父も有名な歌人でしたけれど、忠見とともに微官で終ります。忠見は地方の小役人でしたが、歌がうまいというので、わざわざお召しにあずかったのです。忠見にしてみたら、どんなに光栄だと思ったでしょう。彼は、田舎装束のまま駆けつけました。そして差し出した歌が、「恋すてふ……」だったんですね。二人とも身分が低く、歌合せの席には出られないので、別室で判定を待っています。

実頼が困って、一座にいた、これも俊敏をうたわれる有名な源高明(みなもとのたかあきら)に、〈大納言殿、いかが思われますか〉と聞きますが、さすがの高明も、〈御意にまかせる、どちらがどうともいえない〉と唸(うな)ります。ついに、これは天機を伺うに如(し)くはないと、ひそかに御座(おまし)の近くに寄りますと、帝はきっと両方の歌を口ずさんでいらしたんだと思いますが、そのときは御簾(みす)の下から「忍ぶれど……」というお声が聞こえました。(あ、天機は右にあり、帝は、右が勝ちと思われているのだ)と思います。実頼自身は、引き分けだなと思っていたらしいのですが、帝がそうつぶやいていらしたからというので、〈右の勝ち〉と言ったんですね。兼盛の勝ちです。

壬生忠見は、別室でその知らせをきき、失望落胆のあまりショックを受けたのでしょう。しばらくして亡くなったといわれます。私は、これはやはり引き分けにすべき名歌だと思いますね。

朝廷自身が大きな力を持ち、そしてその上に立つ帝が、すべての芸術の主宰者であるというような、そんな調和のとれた時代というのは、この村上朝だけでした。のちの道長（みちなが）の時代にも歌合せはあったし、そのあとの時代にもありますが、こういう賑やかな歌合せ、一世一代の歌合せの文化のエネルギーが積もって、紫式部の『源氏物語』になったのだと思います。道長は、「この世をばわが世とぞ思ふ望月（もちづき）の　欠けたることもなしと思へば」と自らの栄華を謳（うた）いましたけれども、そのときの天皇にはすでに力がなくて、摂関政治です。しかしほぼ四十年前の村上帝までは自ら政治を見られました。亡くなられた後は、もはや宮廷にご親政の力はなかったといってよろしいでしょう。

『源氏物語』が設定する時代は、五十年から百年ぐらい前の、栄華の時代です。リアルタイムで、それは紫式部が生きた一条帝時代にも通じますが。……

「桐壺の巻」をひもとく前に、これだけの文化の力、蓄積が王朝にあったということを知ると、より面白く深く読めることでしょう。

光源氏の生いたち

「桐壺」「帚木」

桐壺への寵愛

「桐壺の巻」は「いづれの御時にか、女御、更衣あまたさぶらひたまひけるなかに、いとやむごとなき際にはあらぬが、すぐれて時めきたまふありけり」という文章から始まりますね。「壺」というのは、王朝ではお庭のことです。その御殿の庭には桐が植えられていますが、「桐壺」は、正式には「淑景舎」といいました。

都の北に、宮門でかこまれた〈大内裏〉があります。すべての役所がこのなかにはいっています。その一画に、皇室のプライベートな〈内裏〉があります。その中には帝のお居間〈清涼殿〉をとりまいて後宮があります。妃やお仕えする女房たちが住むところですね。その後宮のひとつが桐壺でした。「更衣」は、もともとは天皇のお召しものをお着替えする役目でしたけれども、このころにはお妃の刻み（階級）の一つになっていて、更衣よりちょっと格が上がると女御になります。その上は御息所とか中宮（皇后）という方々ですが、中宮はもう皇室のご一族になりますから、宮と呼ばれて扱いは全く異なります。

桐壺の更衣は、「いとやむごとなき際にはあらぬが」とあるように、そんなに高い身分ではありませんが、そんなに低い身分でもありません。父の大納言は娘が生まれたときから、〈立派な女人に育てて後宮へ、帝のおそばへ入内（じゅだい）させよう〉と言い暮らしておりましたが、果たすことなく死んでしまいました。母の北の方が、その遺志を汲（く）んでどうにか娘を入内させます。もともと大きな後ろ楯（だて）はありませんでしたが、更衣が後宮にはいると、帝の覚えめでたく、とても愛されて桐壺という御殿をたまわりました。この帝を、〈桐壺のみかど〉とお呼びします。自分こそはと思い上がっていたほかの女御たちは嫉妬（しっと）しました。

更衣が玉のような男みこを産んだとき、後宮全体の憎しみは一層たかまりました。もともと虚弱体質だったからか、おとなしいかただったので〈いじめ〉がこたえたのか、このころから更衣はやつれ果ててしまいます。でも、しょんぼりしていらっしゃる更衣がいよいよいとしくて、帝のご寵愛はたかまるばかりでした。

その帝の振舞いが、上達部（かんだちめ）という高級官僚のトップクラスの人たちの目に余るようになります。この時代には、朝早くからまつりごとが行われたのですが、帝は朝もゆっくりされて、なかなか仕事にとりかかられません。こんなことでは国が乱れてしまう、しめしがつかないと非難がたかまります。

ともあれ、帝と桐壺の更衣は愛情深く結ばれましたが、そのことで沢山の人の恨みを買わずにはいられません。皇子や姫みこができると、御息所と呼ばれて格が上がります。するとなおのこと、嫉妬を買ってしまうんですね。

清涼殿というのは、帝がお寝(やす)みになったり、お食事を召し上がったりするところで、そのうしろに後宮が並んでいるのですが、帝が東北の角にある桐壺の御殿に行かれるには、沢山の妃がたの部屋の前を通らなければなりません。〈あら、いらっしゃるわよ〉と女房たちの期待がうずまく前を、すうっとお通りになる。通りすぎられるほうにしてみたら、ずいぶん残酷なことですね。ぎりぎりと歯をくいしばりたくもなったでしょう。

お召しがあって、桐壺の更衣が帝のもとへ参られる日もあります。そういうときは、まあどうでしょう、女房たちは、廊下のあちこちにむさいものを置いて、桐壺の着物の裾(すそ)や、袴(はかま)の端が汚れるように仕かけました。それは、お下(しも)の排泄物(はいせつぶつ)であったろうと、研究者は言います。

このころは長い袴に脚を踏み通しています。袴は長々とうしろに引きますから、そんなものが置かれては桐壺とおつきの女房たちはたいへん困ったでしょう。王朝の建物には、お便所というものがありませんでした。なにかで囲いをして、そこに塗りの箱などを入れて済ますので、いつでも持ちだせるわけです。

また廊下には、泥棒と寒さよけのための戸がありましたが、更衣とその女房たちが通るときに、廊下の両側で示し合せて、戸をおろして閉じこめてしまったりします。陰湿ないじめでした。いじめは現代だけではなくて、平安の後宮でも、激しかったのです。

それやこれやで、もともとお丈夫でない更衣はとても弱られてしまいます。帝は心配されますが、どんどんお弱りになるばかりでした。皇子が三歳になった夏に、更衣は〈里へ退出させて頂き、ゆっくり養生しとうございます〉と帝に申し上げました。帝は〈私のそばで、もうしばらく養生してみてくれ〉とおっしゃるばかりです。

そうこうするうちに、お具合はますます悪くなり、里のお母さまが心配して〈何とぞお里帰りを〉と言ってきますが、それでも帝は、〈いましばし、いましばしこころみよ〉と、なかなかお許しが出ません。でもついに、里下がりすることになるのですけれども、そのとき帝は、〈死出の道までも共にと誓った仲ではないか。私を置いて行ってしまうのか〉と痛切におっしゃいます。更衣は弱々しげに目をあけて、やっと歌を詠みました。

「限りとて別るる道の悲しきに　いかまほしきは命なりけり」――〈死出の旅、寿命はもう決められておりますが、それでももしかして……。いつまでもご一緒に生きたい。もう少し命があれば〉と言いさして、たよたよと別れてゆきます。

桐壺の死

御殿を出るとすぐに帝は、〈どんな具合か〉と使いを出されます。その使いがまだ帰ってこないうちに、里から〈夜中過ぎに亡くなられました〉と急使が届きました。帝のお悲しみはただごとではありません。

そのとき、源氏の君はまだ三つでした。お葬式のことは何もわかりません。更衣の母北の方が臥(ふ)しまろんで、〈ちっとも死んだと思えないけれど、火葬の煙を見たときに、ああやっぱり死んだのかと思った〉と泣かれるのを、不思議そうに眺めているだけでした。

何もわからない若宮を抱いて、残された北の方、おばあちゃまは泣きながら日を送っておりました。帝のお悲しみも、もちろん劣りません。

野分(のわき)の風の強いある秋の夕べ、帝は女房の靫負(ゆげい)の命婦(みょうぶ)に手紙を持たせておつかわしになります。命婦が出かけますと、お屋敷は(昔は、更衣のお里帰りのために、あるいは人の出入りが多いこともあって、門前は綺麗(きれい)に掃かれ、庭の草も取っていられたのに)、草は丈高くぼうぼうと、物さびしい浅茅(あさじ)が原のようになっていました。帝のお手紙は、どんなに母北の方を喜ばせたり泣かせたりしたことでしょう。

現代語訳『新源氏物語』を書いたとき、私はこの第一章の「桐壺の巻」を飛ばして、十七歳の青年源氏の登場から始めました。というのは、この「桐壺の巻」のじめじめしんみりというのがいやだったのですね。

国文の先生がたには、〈そんな無茶なことしたらあきまへん〉と叱られました。〈しんみりさしといて、つまり源氏の両親の悲恋を強調して、その悲恋から生まれた美しい男の子、いうんを、じめじめしても出さな、あきまへんねん〉と言われましたけれども、どうも涙、涙、というのが苦手なんです。残された母君の悲しみに沈む姿、帝が亡きひとを思って泣かれる涙、これも古典の文学のおおもとになる情熱のひとつですが――。

そのときに帝が下さったお歌は、

「宮城野の露吹きむすぶ風の音に　小萩がもとを思ひこそやれ」――〈小萩に似た、あの若宮はどうしていますか。風の音が激しいのにつけても思い出します。あなたのお悲しみもたいへんでしょう。亡きひとの思い出をともに語りたいので、一度お忍びで宮中へいらっしゃいませんか〉という優しいお手紙でした。対する母君の返りごと。

「いとどしく虫の音しげき浅茅生に　露おき添ふる雲の上人」――〈虫の音のする草ぼうぼうのあばら家になったところへ、わたくしを泣かせるような雲の上びとのお便り。悲しいなかにも、嬉しい気持がまじる心地でございます〉とお返事をさし上げます。

　そして母君は、尽きせぬ愚痴と繰り言を、お使いの靫負の命婦に言うのですが、これがあわれですね。〈亡き夫が、ぜひ入内をと志しながら死んでしまいましたので、その遺志を果たそうと娘を入内させました。可愛がって頂いたのは嬉しゅうございますが、皆さまのお恨みをかってこんなに命を縮めてしまうなんて。嬉しいのか悲しいのか、ご寵愛のほどが今は恨めしく思われるのでございますよ〉。
〈もっともですわ〉と命婦も言わずにはおられません。〈でも帝の深いお嘆きとお悲しみを拝見しますと、よほど深い契りが前世にあったのでしょうね〉。

　靫負の命婦が戻りますと、帝はお寝みにならずに待っていられました。（まあ、おいたわしいこと……）。帝は返事をご覧になり、いよいよもの思いに沈まれます。（あのひとは気立てが素直で優しかった。それでいて、はしはしに才気があり、なだらかな気持のひとだった）。王朝のことですから、かどかどしいことは嫌われますけれども、本当に優しい素直なひとだったと、帝のお悲しみは尽きることがありません。

　そこに、弘徽殿のあたりから、音楽の調べが聞こえて参ります。月の美しい晩ですから、それが面白くて、弘徽殿の女御は音楽会を催していたのです。なんと思いやりのないことよ、と帝はお思いになりました。

この弘徽殿は、帝のおられる清涼殿からすぐ北にあります。帝にいちばん近い御殿を頂くのは勢力のあるお妃です。弘徽殿の女御は、一番はじめに入内した妃、つまりそれだけ親もとがしっかりしているということです。父君が右大臣で、のちに出てくる左大臣とは敵対関係にあります。

弘徽殿の女御は、気立てがかどかどしく、自己主張が強くて勝気です。早くに入内されたので、第一皇子はもとより、二人の姫みこをあげています。そういう点からしても力のあるかたで、桐壺の更衣を目の敵にして憎んでいました。ですから、更衣の赤ちゃんの若宮にも、好意をもってはいないんですね。いつまでも帝が悲しまれ、更衣が四位だったのを三位にのぼらせられたりなさるのを、憎らしく思っています。〈なに、あの更衣てのは、死んでからもやきやきさせるひとなのね〉などと言いちらしています。そういうかたですから、帝のお悲しみも、それはそれとしてという感じで、音楽会なんか開いていたのですね。その楽の音が聞こえてくるので、いよいよ帝のご気分は沈みます。

若宮、源氏の君が六つのときに、おばあちゃまの北の方が亡くなりました。このころには物心もついていたのでどんなに悲しまれたでしょう。いじらしく、ちっちゃなお手で、お目々を拭いているのもかわいそうな感じでした。三つの年にお母さまを、六つの年におばあちゃまを亡くされたのですね。

おばあちゃん子

『源氏物語』を読んでいくとわかるのですが、この源氏というプレイボーイは、おばあちゃんキラーで、老婦人のご機嫌をとるのがうまいのです。うまいというより生得のものなんですね。おばあちゃん子で育ちましたから、おばあちゃんに優しいのです。たとえばのちに結婚した葵の上の母君の、三条の大宮にもやさしく尽くします。妻が死んだあとで、妻の親を愛情深くかえりみるというのはなかなかできないことで、本当の男の優しさですね。

光源氏が嫌いなのに、現代語訳を書かれたかたがいらっしゃいます。谷崎潤一郎先生もそうだとうかがいました。私は、源氏の嫌いなところもありますけど、好きなところが沢山あります。

その一つがおばあちゃんに優しいということです。のちに、朝顔の宮に求愛するときにも、朝顔の宮の叔母さんが長生きしていて、お屋敷に同居しています。源氏は朝顔の宮に会いにいく前に、そのおばあちゃまに、ちょっと挨拶するのですね。するとおばあちゃまはなかなか離してくれなくて、〈あなたは見れば見るほど綺麗になるかたね〉なんて、くどくどと歯抜けの口で言われるのですが、それにも源氏は根気よくつき合います。そういう点は源氏のとてもいいところなんですね。六つの年におばあちゃまに死に別れて、どんなに悲しかったかというのが心の中にあるんでしょう。源氏という人は不幸な生い立ちで、母の愛を知らず、祖母にも早く死に別れてしまったんですね。

数え年で七つになると、読書始めといって勉強が始まります。今の小学生と同じですね。源氏は頭がとてもよくて、紙が水を吸うように、教えられたことは何でも吸収します。帝は、この子を皇太子にとまでお思いになりますが、すでに弘徽殿の女御から一の君が生まれていて、その背後には右大臣の勢力があるので、後ろ楯のない源氏を、直すことはできません。それで臣下にくだして、源氏という姓を賜ったのです。

そのころ高麗の国、これは渤海国（朝鮮の北）のことですが、そこから人相見がやってきて、「鴻臚館」に泊まっていました。「鴻臚館」は、外国の使臣を接待するところです。その人相見は、見立てがとても上手だとの評判でした。人相見は「相人」といわれましたが、それですぐ連想される歌があります。

与謝野晶子の、「相人よ愛欲せちに面痩せて　美しき子に善きことを云へ」という歌です。

幼い源氏はその人相見のところへ連れていかれるのですが、この若君を帝の子だと言ったら差し障りがあるので、案内役の右大弁の子ということにしました。〈ずいぶん不思議な人相ですね〉と相人は首をかしげ、〈このかたはふつうのご身分の人相ではありません。ですが帝になられると、国は乱れるでしょう。かといって、臣下として政治を輔佐するというのでもない。なんとも不思議ですが、ともあれ立派な人相をしておられます〉。

源氏の若君を、「無品の親王」という、位のない親王にしても、経済的に困窮するから、後ろ楯がないとやっていけない。それに親王のままにおくと、右大臣一派から、謀叛をたくらみ皇太子にとってかわるのではないか、と疑われるかもしれない。帝はあれこれ思い合せられて、あらぬ疑いを避けるためにも、若宮を臣下にくだしておこうと思われたのです。人相見のところへ連れていかれたとき、源氏はすでに親王ではなくただびと（臣下）でしたが、物語が進むと思い合せられることがあります。ああ、作者はあの人相見に小説の構想を語らせていたのだなあ、と。

『源氏物語』はどこから書きはじめられたか、これがはっきりしないんですね。「須磨」「明石」からという説がありますが、これはちょっとうなずけません。「若紫」あるいは「夕顔」あたりを週刊誌の読み切り短編という感じで書き、〈どう、これは〉〈面白いわ、つづきはどうなるの〉というふうに書きついで、あとでそれを総合したのかもしれません。

もっと研究が進んだらわかるかもしれませんが、「桐壺」はあとから書かれたような気もします。とはいうものの、「桐壺」から書かれたとしても、そんなに不自然ではありません。

元服

さて、源氏は十二歳で元服することになります。現代の感覚では、十歳くらい加齢してもいいのではないかと思いますが、「元服」とは、一人前の男性として社会的に認められることです。まず髪型、着る物が変ります。

このころの貴族の子弟の髪型は、男の子は「みずら」といって、髪を長く伸ばし、古代のヤマトタケルノミコトみたいな感じに耳のあたりで結んでいます。可愛かったでしょうね。元服すると髪をあげ、頭頂に髻（もとどり）をつくって紫の紐（ひも）でくくります。そしてその上に烏帽子（えぼし）とか冠を、落ちないようにして髻に結び付けます。私が女学生のころに習った江馬務（えまつとむ）先生は、授業のときに烏帽子を持ってきて、ご自分でかぶって見せて下さいました。〈落ちませんか〉と聞きますと、〈落ちるかもわかりません〉とお答えになりました。しっかりくくりつけられているけれど、どうかした拍子に落ちたという話が『今昔（こんじゃく）物語』にあります。

きりきりと紫の紐を巻き、髻をつくって冠をかぶせるのですが、このとき、元服前の姿より劣って見えるのを〈あげ劣り〉、勝って見えるのを〈あげ勝り〉といいました。源氏の君は童姿も美しかったけれども、青年の恰好をさせると、それも素敵だったと書かれています。

こういう加冠の役は、身分の高い左大臣が司ります。このときの左大臣は葵の上の父君ですが、左大臣が加冠するということは、源氏が左大臣の権力圏内にとりこまれることなのです。そしてその晩「添臥し」といって、左大臣家のひとり娘と結婚することになります（もちろん実質的にではありませんが）。

葵の上は、源氏より四つ年上、そして兄君は蔵人の少将、のちの頭の中将です。この人は源氏の終生の友になりますが、片方の勢力家、右大臣家の四の姫君と結婚していました。敵方ではあったけれども、蔵人の少将はとてもすぐれた人材で、右大臣家としても放っておけなくて、婿に迎えたわけです。

源氏の君の元服式は、一の皇子である皇太子のときに劣らず、たいへん賑やかさでした。

そのときの料理についてこまごまと書いてありますが、まず「屯食」というのが、庭にずらりとならびました。ごはんを固めてボールみたいにしたものですが、宴会が終ると下級の役人たちに下賜されます。それに魚とか野菜、果物といったものも沢山並びます。

さて、加冠の儀は華やかに執り行われましたけれども、ここで腹をたてているのは弘徽殿の女御(にょうご)です。〈うちの子よりも立派にやってるじゃないの〉と、ご機嫌ななめです。しかも左大臣が最愛の娘である葵の上を、源氏の添臥しにとりわけておいたのにも、むらむらと腹が立ち、煮えくりかえります。

というのは、女御の一の皇子が皇太子になるとき左大臣に、〈あなたの娘を下さい〉と言ったことがあるのですね。ところが左大臣は、とりあいませんでした。源氏の君にこそと思っていたんでしょうね。源氏は小さな子供のうちから、とても人望がありました。子供に人望があるというのも不思議ですけれど、幼いころから可愛くて、怜悧(れいり)で、素敵ね、と言われていました。

帝(みかど)は、源氏がまだ小さなうちからあちこちへ連れて出歩かれました。弘徽殿の女御のところへも行って〈更衣(こうい)は憎んだろうが、この子は憎まないでおくれ。もう母も祖母もいない子だからね〉とおっしゃいます。源氏の君を見るとあまりに可愛いので、さすがの弘徽殿の女御も思わずほほ笑まずにはいられません。〈あらえびすや、なにも知らない山賤(やまがつ)でも、この若君を見たらほほ笑んでしまいそうな〉と言われたほど、可愛い少年でした。それで大后(おおきさき)も可愛がっていたのに、元服に際して左大臣が自分の愛娘(まなむすめ)を源氏に配したので、また腹のたつ種ができてしまいます。

左大臣の娘の葵の上と兄の蔵人の少将は、同じ母、大宮から生まれました。このひとはさきの帝の内親王で、桐壺帝の妹にあたられます。ですから葵の上と源氏とは従姉弟同士なのですね。この二人が結婚したのですが、葵の上は（自分のほうが年上だし、不自然だわ）と思って、あまり源氏にうちとけません。皇族を母にもつことを「宮腹」といいますけれど、葵の上は、宮腹の上に名門の姫というプライドが高いので、簡単にうちとけられないのですね。はじめのうちはともかく、そのうちに源氏の足はだんだんに左大臣邸へは向かなくなります。宮中に、母君桐壺の更衣の部屋だったところを頂いていたので、十日のうちの、五、六日ほどは宮中に泊まっています。

さて、源氏にとって悲しいのは、元服したあと、父帝のお妃たちのお部屋へはいれないこと、とくに藤壺のお部屋へはいれないことでした。

藤壺と葵の上

桐壺の更衣が亡くなって悲しんでいらした帝に、〈先帝の姫宮で、とてもお美しいかたがいられますが、なによりびっくりするのは、亡くなられた更衣さまにそっくりなんですよ〉と申し上げる者がおりました。

帝は悲しみが少しは晴れるかと、〈そのひとに会ってみたい〉とねんごろに入内を促されます。先帝といっても、先の帝より二代くらい前の帝ではないかと思われますけれど、その姫宮の母君はびっくりなさって、〈おおいやだ、あの後宮はとてもこわい。いじめが激しくて、桐壺の更衣はそれで死んでしまったというじゃないの。うちの若い子が、とてもそんなところではつとまりませんよ〉と、たいへんな剣幕でお断りになりました。

そのうちに母君が亡くなり、姫宮がひとり淋しく暮らしていらっしゃるのを、兄君の兵部卿の宮が心配なさって、〈こんなことなら、いっそ入内なさったほうがいいんじゃないか〉という話になりました。「兵部卿の宮」というのは物語のなかで何人もいるので混乱しますが、この兵部卿の宮は、藤壺の兄君です。このお兄さんのことを、覚えておいて下さいね。これこそ実に、紫の上のお父さんなのです。

お兄さまにそうすすめられても、若い姫宮には何の思案も浮かびません。すると帝は、〈私にはたくさん姫がいる。その子たちと同じように大切に扱うつもりだから〉。それほど言われて入内なさったのが、藤壺の宮です。藤壺という御殿におはいりになります。この姫宮は本当に美しく、どことなく更衣に面ざしが似通っているので、帝はどんなにお嬉しかったことでしょう。悲しさも少しは晴れる心地がして、とても愛されました。

世間の人びとは、今を盛りと栄える若く美しい藤壺の宮を〈輝やく日の宮〉と呼びました。桐壺の更衣には後ろ楯がありませんでしたが、藤壺の宮は高貴な内親王ですから、いじめにあうこともなく、幸せな後宮生活でした。

まだ元服前の美しい少年、源氏の君を連れていらした帝が、〈この子をよく見てやって下さい、どことなくあなたと面ざしが似ていませんか。この子の母はあなたにそっくりだった。だから、あなたと並ぶと親子みたいですよ〉とおっしゃいます。

高貴な女人は、他人にお顔を見せないことになっていましたが、相手は可愛らしい少年ですから、藤壺の宮も安心して、いろいろ遊んだりなさいます。少年は、子供ごころに、お母さまに似てるって言われるけど、お母さまはこんなお顔をしてらしたんだろうかと、いつとなく藤壺の宮に憧れと親しみを寄せます。五歳年上なので、姉弟といってもおかしくないのですが、藤壺の宮は源氏を可愛がられ、その不幸な境遇にも同情して、なにかにつけ優しく扱われます。けれど、それは元服までのことでした。

元服後は藤壺の宮に近づくことができません。もう一人前の男性ですから、みだりに後宮へ足を踏み入れられないというのはわかっているのですが、源氏の心のなかに深い悲しみが湧きあがります。それは、葵の上と結婚したぐらいでは埋められない大きな穴です。いつかゆっくりお目にかかりたい、と切に思っています。

そのうち源氏の私邸である二条のお邸が綺麗に繕われました。二条邸というのは、源氏の亡くなったおばあちゃまのいたところですね。そこを相続したのです。邸は、源氏が宮中から下がったときに住まうようにしてあります。将来、あるいは妻をここへ迎え、暮らすことにもなるのです。帝のじきじきのお指図で、池を掘ったり、築山を造ったりして、邸はどんどん綺麗になります。

そこで、源氏が思うのは、こういうところで藤壺の宮みたいなかたと暮らしたいなあ、ということでした。いつのまにか藤壺の宮が、心の中で恋人になっています。もちろん現実にはありえない夢ですけれども、源氏は二条邸が出来上がるのを悲しい思いで眺めていました。

一方、左大臣の邸では、贅を尽くした部屋をつくって源氏を迎えたのですが、源氏はなかなかかよってきません。〈お若いからしかたない、いまは遊ぶほうが面白いんだから〉なんて左大臣に言われています。そのとき葵の上は、どういう態度をとっていたのでしょうか。葵の上の性格として理知的な賢そうなひとが思い浮かびます。（このかたは誰かを思っていらっしゃるんじゃないかしら。ちっとも打ちとけて下さらない）。鋭敏な感受性の持ち主の葵の上は、きっと秘めた恋人がいるにちがいない、と思っています。（いつもそのかたがお心にあって、それでもうひとつわたくしを愛して下さらないのかもしれない）と考えるようになっていたのではないでしょうか。人間の皮膚感覚って凄いですね。源氏と葵の上の夫婦関係を見ていくと、源氏がまだ自分でも気づかない藤壺の宮への愛を、妻の葵の上が一番先に見抜いていたような気がします。

藤壺の宮を愛している、と源氏が思うより先に、葵の上は（どうもおかしい。わたくしだって、結婚したのははじめてだけれど、なんとなくわかるわ）と思っていたのではないでしょうか。私はそういう、葵の上の感受性の鋭さをかわいそうに思います。その鋭さが、彼女に幸福をもたらさないで、不幸をもたらしたのではないでしょうか。

もっと後に、柏木の衛門の督というのが出てきますが、この柏木は、女三の宮を愛していました。ところが女三の宮は源氏のところへご降嫁になって、手のとどかないところへ行ってしまいます。そのかわりにと、姉君の女二の宮にご降嫁をお願いしました。柏木は女二の宮と一緒に暮らすのですが、（姉妹だから結婚したけれど、やっぱりちがう。三の宮は三の宮、二の宮は二の宮だ。ぼくはまちがって落葉を拾ってしまった）と嘆きます。失礼なたとえですが、女二の宮が「落葉の宮」と呼ばれるのは、そこからなんです。

けれど、女二の宮もなにかを気づいています。源氏と結婚した葵の上の気持とよく似ていて、（あのかたはわたくしを愛していらっしゃらない。わたくしじゃなく、ほかのかたがお心を占めている）。

これは本当だったのですね。でも源氏とちがうところは、柏木は女三の宮に恋い焦がれていることを自覚していたということです。源氏は結婚した時点では、（藤壺の宮を愛している、宮しか愛せない）とは考えていません。けれど柏木は、女三の宮が得られないから、かわりに二の宮を頂いたということを自分で知っています。知っていて、悪いなと思っています。（悪いんだけれども、どうしようもなかった。せめてもの慰みにと女二の宮と結婚したのだが、やっぱりみたされない）と、煩悶しているのです。

内親王を頂くのは、社会的にも名誉なことですし、それに見合うだけのお取り扱いをしなければなりません。それで柏木はいかにも大切そうにするのですが、心ここにあらずで、おそばにいることもしません。女二の宮は、（わたくしのどこが悪いのかしら。一体何を求めて結婚したいとおっしゃったのか）と思いながら、お琴を弾いています。その琴の音が、同じ邸内にいる柏木の耳に響きます。広い邸のかなたで、物思いに沈みながら弾く琴の音が聞こえてきます。

（あれは私の妻だ。でもどうしても愛せない。うちとけられない）。柏木の悩みと女二の宮の悩みはどちらも深いのです。深いけれど、どちらからも埋めようがないという悲劇です。さびしいことですね。『源氏物語』には面白い話が沢山ありますけれども、こういう、鋭さや賢さが女のひとを幸せにしないで、不幸に追いつめてゆく、という性格悲劇の物語もあります。

葵の上は（この人の心はここにはないんだわ）と思っています。源氏もまた、（ああ、まだ子供のころは藤壺の宮のおそばへ寄れたのに。あのお手で私の頭をなでて下さり、お菓子を下さったりした。もう一度子供に帰りたい）などと考えて鬱々（うつうつ）としています。そういう夫婦の仲がよかろうはずはありません。

源氏は、葵の上とぎくしゃくするのに耐えながら、何年かを過ごします。次の「帚木（ははきぎ）の巻」になると、源氏ははや十七歳、近衛（このえ）の中将です。親友の左大臣の長男も蔵人（くろうど）の少将から頭（とう）の中将になっており、素敵な青年貴公子として、読者の前に現れます。

雨夜（あまよ）の品定（しなさだ）め

ある雨の夜、宮殿の一室に青年たちが集まって寛（くつろ）ぎ、冒険談を披露し合います。そういう場合、源氏はなにも言わず、次から次に披露される恋愛の冒険談に、苦笑いしたり、同意したり、笑ったりして聞いているだけです。このくだりは「雨夜の品定め」と言われて、古来、有名な女性論で、作者紫式部の人生観、女性観、結婚観をよくあらわしています。頭の中将に加えて、左馬（さま）の頭（かみ）、藤式部（とうしきぶ）の丞（じょう）、といった連中が集まりますが、みんな当代名だたる色好み、プレイボーイの青年たちです。

〈中流の女にいいのがいるよ〉と頭の中将が言います。〈上流は人にかくれて見えない。皆が欠点をかくしてしまうから、素敵なお姫さんだという噂しか流れてこない。だが、中流ってのは、自分の意志でものを言ったり、返事したり、価値判断がちゃんとできるから、中流の女には掘り出しものがある〉。

また左馬の頭は、〈あんまり優しくてなよなよしてる女は、浮気をしやすいものですよ〉と言います。〈かといって、髪を耳に挟んでなりふりかまわず家事をてきぱきとこなし、世帯じみている女というのもあんまり色気がないなあ〉――王朝の女のひとも忙しいときは髪を耳にかきあげていたのでしょうね。家事にばかり一生懸命になっている女は面白みがないし、男たちが役所で一日働いて、心ひとつに包みかねるようなことを家に持ち帰って、〈きょうはああだった、こうだった〉〈あいつは、いやだなあ〉〈きょうはこんなことで大笑いした〉などと話すときに、〈そっぽを向いたり、ぽかんとされたりするのもあじけないですなあ〉と話す左馬の頭。

〈いやしかし、学者の女もたまらないよ〉という声も出ます。〈ぼくがかよっていた女はお父さんが学者だから、女もすごい学者だった。寝間の睦言のあいだにも学問の講義をするんだ。いや、こういうのも困るなあ〉と藤式部の丞。

〈ところで、どんな女がいちばん素敵だと思うか〉という問いに、〈足も踏み入れられない荒れ果てた屋敷に、思いもかけない美しい女がいる……〉〈うーん、それは素敵な冒険だねえ〉などと、青年たちは色めきたちます。〈こういう、物語みたいなことってあるんだよね〉〈しかしその美しい女の兄貴なんかが、にくさげな顔しているっていうのもいるからな〉と互いに見合ったりして、話がはずみます。

現代とちっとも変らない話もあります。〈政治というものは、ひとりではやれない。トップがいて、輔佐がいる、さらにその下にも沢山の輔佐がいる。そういう人たちが集まって、国は動くし世の中も動く。だけど家をととのえるのは、たったひとりの妻だ。妻が全てを采配する、だからたよりない妻をもらうと困るよ〉。

やはり男たちは妻に、与謝野鉄幹の歌ではありませんが、「才たけてみめうるわしくなさけある」を求めているんですね。それを聞いて源氏は、〈うふふ〉なんて笑っています。（まさにあのひとこそ、才長けて、みめうるわしく、なさけある、だな）と源氏が密かに思うのは、妻の葵の上ではなくて、藤壺の宮なのですね。この時点で、源氏はすでに藤壺の宮と愛し合っているらしいことが示唆されます。

それからまた、頭の中将がこんな話をします。〈実はね、ある女とめぐりあって、その女のところへかよい、可愛い女の子もできた。いじらしくいとしく、捨てるつもりはなかった。忍んでかよっていたのだけれど、それを聞きつけた妻の実家から、女のもとに脅しをかけたらしい〉。妻の実家というのは右大臣家です。右大臣の娘である弘徽殿の女御は、ぱきっとした性格で、荒々しいところ、かどかどしいところ、情のこわいところがあります。それを映して、作者紫式部は、一族の気風をよく書いています。

〈右大臣家から脅しをかけた〉とありますが、左大臣ならそういうことはなさらない。左大臣はどっしりして人格の重厚な方ですから、こういうむくつけなことはないでしょうが、右大臣は〈けしからんじゃないか〉とどなってきたのでしょうね。〈それで女は子供をつれて姿を隠してしまって、かわいそうなことをしたよ。可愛い女の子だった。母娘で巷(ちまた)をさすらっているかと思うと、あわれで忘れられない〉。そんな打明け話もありました。それも、源氏の耳に止まりましたが、その女が実は、夕顔なのです。

夕顔との出会い

「雨夜の品定め」ののちのある夏の日、源氏は夕顔と偶然知り合います。源氏の乳母(めのと)の一人（高貴な階層になると乳母が二人います）が病気になったので、源氏は見舞いに行きます。惟光(これみつ)という、源氏のおそば去らずの家来のお母さんです。五条あたりといいますから、下町ですね。源氏はあまりその辺へ行くことはなかったけれども、乳母のためにわざわざ出かけました。

源氏は例によっておばあちゃんキラーである上に、乳母への情愛はひとしおです。〈早くよくなっておくれ。ぼくがこの先出世して、立派になるのを見届けてくれなくちゃだめじゃないか〉。乳母は喜んで、〈ありがとうございます。お言葉を頂いただけで、ほんに嬉しゅうございますよ〉なんて、涙を浮かべています。源氏が見舞いに来てくれたというので、惟光の兄弟たちもみんなやってきて、〈光栄なこと〉と喜んでおります。

乳母の家の隣りに、ちょっとしゃれた家があって、板と板のすき間から、女の綺麗な髪や額つきなどがちらちらし、女童がうろうろしているのが見えます。源氏が、〈早くよくなっておくれ、また見舞いに来るからね〉と優しく言うと、〈ありがとうございました〉と乳母は拝んで見送ります。

家を出るやいなや源氏は、〈惟光、惟光〉〈ハッ〉〈隣りはどんな女が住んでいるんだ〉。こういう源氏は可愛らしいですね。おばあちゃんに優しく言うのも本心ですが、たちまちのうちに、〈隣りは誰〉となるのですね。それが源氏の面白いところで、こういう、男の可愛げを見てあげないといけません。

このときの惟光の反応も面白い。むっとして〈知りませんっ〉と答えるのです。内心では、さっきまでお袋を喜ばしといて、という気持があるのでしょうね。

その、隣りの家の前の、青々とした葉の中に白い夕顔の花がぽっかり咲いています。源氏は「遠方人にもの申す」――〈あれはなんの花だ〉とつぶやきます。随身（貴人の外出に勅宣でつけられる護衛の武者）は、〈夕顔でございます。こういう卑しげな家のまわりによく咲いております〉。

源氏が〈取って参れ〉と命じると、中から女の子が、綺麗な白扇をひろげた上に、夕顔の花と葉を一折りのせてさし出しました。〈なんとしゃれたことを〉。その扇には〈もしやあなたさまは源氏の君では〉という歌が書いてあります。

いよいよ気にかかった源氏が、惟光に調べさせると、〈女はあの家の持ち主ではなくて、方違え（かたたがえ）か何かで一時、ここに身を寄せているそうです〉とのこと。そのとき源氏はもしや頭の中将の話の、身をかくした恋人というのはこのことか、と思います。予感は当り、果たしてそうでした。源氏はやがてその女、夕顔のもとへ忍んでいくようになります。

そこへ泊まると、貴公子の源氏は、生まれてはじめて、という物音をいくつも聞きます。下町の家ですから、隣りの物音が筒抜けなのですね。

〈今年の景気はどうだい〉〈いやもう、田舎回りもたいへんだ。金にはならないよ〉なんて会話も聞こえてきます。また、雷みたいな音が枕もとで聞こえたりしますが、それは臼（うす）を碾（ひ）く音で、ごろごろいっています。庶民の生活など知らない源氏にはそれも一興でした。

肝心のひとはとても美しくなよらかで、あとになって源氏が、〈夕顔は、こちらの気持をなごませる女だったなあ〉と懐かしむような女人です。つまり、男の言うことをよく聞いてくれて、適当にはすっぱなところがあるくせに、おっとりして気立てがいい、そして顔は愛くるしい、そういう、男の理想像みたいなのが夕顔なんですね。あるとき、源氏は〈ここはどうも落ちつかない。近くに知っている屋敷があるから行こう〉と、夕顔を連れ出します。

空き屋敷の顔見知りの番人に言い含めて、あらかじめ、ひと部屋だけ掃除させておいたのですが、庭にはおそろしいばかりに木立ちが繁り、ふくろうが鳴いています。これは「河原(かわら)の院」といって、源融(みなもとのとおる)の屋敷がモデルといわれている、大きな荒れ果てた屋敷です。蕪村(ぶそん)の句に、「鬼老いて河原の院の月に泣く」という凄(すさ)まじい句がありますが、そういう感じの屋敷へ、夕顔を連れていったのです。それまでは暗いところで会ったり、覆面をして会ったりしていました。

当時の覆面とは、どういうものかわかりませんが、〈おもてを包む〉とあるので、たぶん何かかぶっていたのでしょうね。はじめてそれをとって、明るいところで近々と顔を合わせます。〈どう、期待どおりだった〉なんて聞きますと、〈思ったほどじゃなかったわ〉などと答えます。夕顔はそういう可愛い機智も、もっていますのね。〈ここだったら誰も来ないから、ゆっくりやすもう〉と源氏が言うと、おそば去らずの惟光は、〈ではもう、朝までご用はございませんね〉とどこかへ行ってしまいます。シーンとしてあたりは更けてゆきます。ふくろうの鳴き声がするばかり。源氏は、

（自分の理想のタイプの、大好きな女人を得たが、やはり頭の中将の愛人なんだろうなあ）と思いながら、まだそれを確かめることもしていません。〈名前は？　親の名は？〉と聞いても夕顔は、〈名のるほどのものではないわ〉と、結局身分を明かさないままに、源氏と逢瀬を重ねていたのです。

夜中に、源氏がとろとろとしたとき、枕元に女の人が立ち、〈こんな女を愛して〉と夕顔の首もとに手をかけて引き倒しました。

源氏がはっと目を覚ますと、夕顔はくたっと伏しています。あたりは真っ暗で、さきほどまでは小さな紙燭、灯りの菊灯台のようなものがついていたのですが、それも消えていて、〈誰か参れ〉と手をたたいても、こだまが返ってくるだけです。〈夕顔、どうした。右近は〉。夕顔のそばについている女房の右近も恐ろしがって腰をぬかしています。

気を失った女二人をかかえて源氏は、ぎらりと太刀を引き抜きます。王朝の貴族も太刀は持っていて、枕がみに横たえてあったのですが、魔除けにその太刀を抜き（長い『源氏物語』の中で太刀を引き抜く場面は二ヵ所だけです。ここと、もうひとつ、源典侍をめぐって頭の中将と、冗談で立ち回りをする場面です）、〈夕顔、しっかりしろ〉と言い、急いで戸を開けて外へ出ると、これはしたり、軒端につるした灯も消えて真っ暗闇です。

〈誰か居るか〉と叫ぶと、やっと宿直の侍がやってきました。〈惟光を呼べ〉〈惟光さんは、朝まで戻りません〉〈誰でもいい〉〈でも自分は身分が低いので〉──身分の低い人は高い人の前に出られないのですが、〈そんなこと言っていられない、かまわない〉と部屋へ上がらせます。灯がようやく持ってこられます。〈夕顔、気をたしかに、しっかり〉と声をかけますが、どういうことでしょう、夕顔はすでに息絶えていました。

青春の恋と悲しみ

「空蟬（うつせみ）」「夕顔（ゆうがお）」

夕顔(ゆうがお)の死

夕顔は息絶えたようですし、おそばについている右近(うこん)も、あるかなきかの様子です。〈早く惟光(これみつ)を呼んでこい。だが、五条の家へ行って惟光を呼ぶのに、大きな声を出すな。まわりの人に具合が悪いから〉とあわてて使いを出したあと、死んだ夕顔と正気もない右近を両手に抱え、源氏は、早く夜が明けるようにと念じるばかりでした。

まあ、その怖かったこと。現代より闇はずっと深かったし、天井には板が張ってないので、梁(はり)の上のほうからも几帳(きちょう)の裾(すそ)からも、何かしら黒いもの、物(もの)の怪(け)が現れそうな気配です。

（惟光、早く来てくれ）と源氏は念ずるばかり。そのうちに、鶏の鳴き声がしたので、ほっとします。『古事記』の昔から鶏は、常世(とこよ)の闇をはらって、この世に明るさをもたらす神の使いと信じられていました。昔はよく、古い社には鶏が放し飼いにされていました。神社の境内を鶏が歩くのは、すがすがしい、明るい、安らぎを与える眺めですね。

鶏が鳴き、やっとのことで惟光がまろぶようにやってきます。今ごろ来て、と源氏は叱りたいのですが、やはりほっとしました。

〈惟光、たいへんなことになった〉と、思わず涙がこぼれます。〈夕顔が死んでしまった〉。

惟光はびっくりして〈お方さまは前からご病気がありましたか〉——お方さまとは、主のパートナーのことです。〈いや、そんなふうには見えなかったが〉と言うなり源氏は泣きだし、言葉がつづきません。

〈わかりました。何とか善後策を講じましょう。こちらの管理人に言うと、ことが面倒になります。幸い、私の知り合いが東山のふもとに庵を結んでいますから、そっとそこへお運びしましょう。お葬式のことも……〉〈葬式はできるだけ盛大にしてやりたい〉〈とんでもない、それどころではございませんでしょう。お方さまがおられた五条の家にも、しばらく様子をみてから知らせましょう〉。

乗ってきた馬を源氏に譲って、惟光は〈とにかく二条のお邸へお戻り下さい。私はこのかたがたを送り届けてまいります〉と、源氏と夕顔がこの屋敷へ乗ってきた牛車に、夕顔の亡骸と右近を乗せます。夕顔はうすい蒲団に包んで惟光が抱いて車に乗せたのですが、髪がはらりとこぼれているのも悲しく、源氏は涙にくれます。惟光は徒で東山へ向かいました。指貫の裾をかいがいしく「くくり引き上げなどして」とありますから、指貫の裾をたくし上げ、紐でくくったんですね。

わずかな供を連れて、源氏はようやく二条邸へ辿りつきます。うつつ心もなく、すぐ寝床に入りましたが眠れません。〈夕顔はどうなっただろう。もしかして生き返ったのではないか。私がそばにいなかったら、どんなに心細がるだろう〉。

こういうところが源氏のいいところですね。甘えん坊でやんちゃで向こうみずですが、反面、うぶで純真なところがあるんです。〈もしそのとき私がいなかったら、かわいそうだ〉と思うのですが、どうしようもなくて臥していています。女房たちは、〈まあ、どこをうろついていらしたんでしょう、あんなにお弱りになって〉なんてささやき合っていますが、源氏は夕顔を思い出しては泣いていました。

宮中では、二、三日源氏が出仕しないし、左大臣の邸へも行っていないというので、帝をはじめみんなが心配して、頭の中将を見舞いに差し向けられます。〈どうなさいましたか、みなさんご心配ですよ、ご病気ですか〉と中将がはいろうとすると、〈あ、そこまで、立ったままで〉とあわてて源氏は止めます。

このころの習慣で、死者の穢れに触れた人にさわってはいけないんです。さわった人が家に帰ると家中が穢れます。そのまま参内すると、宮中がまた穢れるというわけです。死の穢れはとても重かったのですね。〈病気になった乳母を見舞ったら、その乳母の下人に死んだものがあって、穢れにふれてしまった。しばらくはどこへも上がらないで謹慎している、と伝えてくれたまえ〉。

〈わかりました。そう申しあげましょう〉と中将は行きかけたのですが、〈どんな穢れですか、これじゃないんですか〉と、小指を立てるような感じで、にやっと笑いました。〈ちがうよ、それどころじゃないんだ〉と源氏は、冗談をかえす元気もありません。

夕方になって、惟光がやっと戻ってきました。〈お方さまはあのままはかなくおなりになってしまいました。すぐ鳥辺野(とりべの)の寺へお移しして、尊いお坊さんにご供養を頼んで参りました。明日は日がいいそうで、お葬式をいたします〉。

源氏は涙がせきあげて、言葉が出ません。しばらくして、〈もう一度あのひとの顔を見たい。このままではとてもあのひとを葬れそうにない〉と言うので、惟光もかわいそうになります。惟光は源氏の乳母子でしたから、同じ年頃ですが、身分が低いだけに世故に長(た)けています。〈かしこまりました。我が身にかえてもお送りいたしましょう〉。

わずかばかりの供を連れ、夜おそく、源氏は馬に乗って出かけました。賀茂(かも)川を渡ると、八月十七日の月が出ています。〈十五日の晩は、夕顔と楽しく過ごしたのに――〉。

鳥辺野は死者葬送の地ですから、真っ暗闇です。ところどころに卒塔婆(そとうば)が立っていて、昼間でも気味の悪いところですが、源氏はそれすら感じられません。お供のともす松明(たいまつ)の火がちらちらとして、ずっと北のほうに清水寺(きよみずでら)の灯が見え、往来する人影が見えます。

清水寺は、延暦二十四年、西暦八〇五年に坂上田村麻呂が建立したお寺ですが、王朝の時代は上も下も尊崇が篤く、夜でもお籠りする人が沢山いました。紫式部が生きていた西暦一〇〇〇年前後よりさらに二百年前から建っているのですから、とても古いお寺なんです。その清水の灯がちらちらしています。

やっと着くと、板屋という、板壁、板屋根の家のそばに御堂があり、その家からお坊さんの読経の声と、若い女の泣き声が聞こえて、はいってみると、火を小さく灯して、衝立の向こうに夕顔が横たえられていました。手前側では右近がひとり泣き沈んでいます。

夕顔は、赤い衣を着せられていました。生きていたときのままの、愛らしい死に顔です。男と女が共寝したときには、着ているものを交換しあって着て帰るという情緒纏綿たる習わしがあったのですが、夕顔が着せられている紅の薄絹は、源氏が与えたものだったんですね。見るなり源氏は胸がせきあげて、〈私を置いてどうしてこんなに早く死んでしまったのだ〉。

夕顔を自分の理想の女性だと喜んだのもつかのまでした。

源氏は、自意識の強い、プライドの高い名家の姫君ばかり相手にしていたので、夕顔のようになよなよして柔らかく、男の言うままになって、それでいてお茶目なところがあるという女性ははじめてでした。(こういうひとこそ私の求めていた女なのに)

と思うと源氏はいっそう悲しくなります。

そうしていても仕方なく、〈夜が明けないうちに、二条のお邸へ戻りましょう〉と惟光がすすめます。

〈右近も一緒に二条の邸に行こう〉〈わたくしはお方さまの乳母子で、小さいときから一緒に育ったのに、お方さまを置いては参れません。谷へ身を投げたいくらいです〉。

右近は泣き沈んでいます。源氏は惟光に、右近を二条へ連れて来るように言いつけて邸への帰途、賀茂川の河原あたりで、悲しみのあまり馬から落ちてしまいました。惟光は、(どうしてもお顔を見たいと言われたけれど、お止めすればよかった)と思いながら、やっとのことで邸へ辿りつきます。

戻るなり、源氏は病気になって、一ヵ月近く寝込んでしまいました。帝のご心配はただごとではなく、お使いは「雨の脚よりもけにしげし」と原典にありますが、〈どうした、大丈夫か〉と、さまざまな祈禱(きとう)をさせられ、左大臣家もそれに劣らず懸命に看病します。やっと起きられるようになると源氏は、右近を呼び寄せて、〈あのひとは一体、どういうお身もとだったのかい。素性を隠しておられるのが辛かった〉と聞くのでした。

〈別に隠すおつもりはなかったのでしょうが、お方さまは、ほんのちょっとの間のお慰みに違いないわ、とおっしゃっていましたから……。三位(さんみ)の中将の姫君でいらして、頭の中将がおかよいになって、可愛い赤ちゃんもおできになりましたけれど、中将の奥方のお里がむずかしいことを言ってこられ、とても物怖(ものお)じされるご性格なので、怖がって五条へ身を隠されたのです〉というような話で、頭の中将の話とぴったり一致したわけです。

〈そのお子はどうなったのか。できたら夕顔の形見として、手もとに引き取りたい〉と源氏は言います。〈そうして頂ければどんなに嬉(うれ)しいでしょう。でも今わたくしが五条の家に帰りますと、お方さまはどうしたの、と責めたてられるのが辛うございますので、もう少ししてから〉ということになりました。

　源氏が臥せっているうちに、秋もすぎてゆきました。五条の家では、夕顔がいつまでも帰らないので心配しています。小ちゃな姫君を育てている乳母は、神隠しにでもあったのかと思い、姫君が毎日、〈お母ちゃまは〉と聞かれるのにどうお答えすればよかろうと心配しながら、〈どこかの受領(ずりょう)が任地へ連れていったのではあるまいか。右近もいっしょに下(くだ)ってしまったのかもしれない〉などと言っていました。

　のちにこの乳母は、夫が九州へ赴任することになって、行方知れずの夕顔をあきらめ、幼い姫君を連れて九州へ去ってゆきます。姫君と夕顔の行方が、双方とも全くわからなくなってしまいますが、この幼い姫君が成長してのちに「玉鬘(たまかずら)」になるのです。

　これで「夕顔の巻」は終りますが、少しあと戻りして「空蝉(うつせみ)の巻」に戻りましょう。

空蝉との出会い

「雨夜の品定め」のあくる日のこと、かろうじて雨が上がりました。夏です。源氏は久しぶりに左大臣の邸（やしき）へ出かけました。例によって葵（あおい）の上は、挨拶（あいさつ）には出てきますが、すぐに引っこんでしまい、源氏は所在なく、中務（なかつかさ）の君や中納言の君など、女房たちと冗談を言いかわしています。実は、この二人の女房たちは源氏の召人（めしうど）らしいのですね。昔の貴族は、仕える女房たちと折々関係をもったという話が、物語によく出てきます。

そのうちに女房のひとりが、〈今日は、このお邸から宮中への方角が悪うございます〉と言い出しました。これは陰陽道（おんみょうどう）の話で、現代人にはわかりにくいんですが、ある場所から別の場所へ向かう折、その方角に神さまがいらっしゃるときは、まっすぐ行ってはいけない。別の方角へ回ってそこから向かう、というふうなことでしょうか。

〈暑いし、もう眠いから、よそへいくのはいやだよ〉と源氏は言いますが、〈いえ、そういうわけには参りません。紀伊（き）の守（かみ）が中川というところに、素敵な家を建てたそうです。そこへお移りになってはいかがですか〉〈めんどうだなあ〉。というのは女のところへ行くために、わざと方角の悪い左大臣邸へ来たんじゃないか、と邸の人たちにかんぐられるのがいやだったのです。

〈もういいよ、ここで〉〈いやいや、だめですよ〉とみんなに言われて、しぶしぶながら車を仕立て、紀伊の守の屋敷へ向かいます。この紀伊の守は、左大臣や源氏の一族から恩を受けていたのでしょう。家来筋にも、派閥のようなものがありました。『源氏物語』に政治の話は出てこない、ということになっていますが、水面下の政治的派閥についてもきちんと布石が打たれているのです。

紀伊の守は謹んでお迎えしましたが、〈実は私の父伊予の介の家でちょっと忌む用がありまして、女たちがこの家へ来ております。お手ぜまでまことに申しわけございません〉。源氏は〈いや、かまわない、女たちの几帳の裾にでも坐らせてもらうから〉と、そんな冗談を言ったりします。瀟洒なかなかの屋敷でした。田舎家風に柴垣などをめぐらせ、小さな綺麗な流れが庭をめぐっています。前栽に植え込みをしつらえ、すっきりしたこしらえです。

源氏は寝殿の東面に部屋を与えられます。西面には、伊予の介の家族の女たちが来ているらしく、ひそひそ声が聞こえます。耳をすますと、〈ご覧になった、源氏の君を〉〈素敵ね！〉なんて言い合っています。〈でもあんな若さで、もう北の方がいらっしゃるなんて、つまらないわね〉〈だけど、おかよいになるところがあちこちにあるんですって〉と、いろんな女のひとの名前が挙げられます。当たっているのもあるし、当たっていないのもあります。

源氏は、（藤壺の宮の噂がされはしないか、これが世に知れたらたいへんだ）と思ってどきどきしているのですが、幸いそれはありません。

紀伊の守がやって来て、〈何もございませんが〉と果物や木の実、お菓子などをお出しします。王朝の時代にお菓子があったの、と思われるかもしれませんが、『落窪物語』のように庶民が主人公のものを読むと、けっこうあるのです。唐の国から渡ってきたお菓子でしょうか、小麦粉らしいものを練って揚げたものとか、お米を粉にして蜂蜜で練って乾燥させた粟おこしのようなものとか。

源氏のお供にも、酒が振るまわれ、話題は紀伊の守の父、伊予の介の北の方におよびます。北の方は、中納言で衛門の督という身分の高いかたの姫君で、父君は、どうにかして入内させたいと願っていたのですが、早くに亡くなってしまい、いまは親子ほど年の違う伊予の介の後妻になっています。

源氏は、〈帝がいつかおっしゃっていたよ、衛門の督が娘を入内させたいと言っていたけれど亡くなってしまい、その後どうしたろう、と。でもそんなに年のちがう伊予の介の後妻になるとは、世の中はわからない、男女の縁というのはわからないもんだね〉なんておとなぶった口を利いています。

〈伊予の介は北の方を大事にしているのだろうな〉〈それはもう、申すまでもございません〉。息子の紀伊の守が答えます。〈とても大事にしていますよ〉と、ちょっといまいましげです。たぶん、伊予の介の北の方である空蝉よりも、この息子のほうが年上なんでしょうね。

〈そんなに美人なのか〉と源氏が聞くと、〈さあ、悪くはないでしょうよ。でも私に対しては疎々(うとうと)しくしますし、「年が離れていない継母(ままはは)と継子(ままこ)は、あまり親しくするものではない」という言い習わしどおりに、あまり親しくつきあいません〉〈幸せに暮らしているのか〉〈どうでございましょうか。親のような年ごろの男といっしょになって、不服らしいとも聞きますが〉と、息子の紀伊の守はくわしくは話したくない様子です。

そこに、十二、三ばかりの男の子がいました。〈この子は誰の子〉と源氏が聞くと、〈義母(空蝉)の弟です。衛門の督の末の子供ですが父親が早く死に、姉の縁で父の屋敷に養われております〉〈可愛い子だね〉などと話しながら夜が更けてゆきます。

源氏は東面に寝(やす)むことになりました。遠くで聞こえていた女たちのさざめきも聞こえなくなり、従者たちもすっかり寝込んでしまったようです。〈つまらない独り臥(ふ)しだな〉と思いながら、そろっと身を起こしてあたりを見まわしていると、遠くのほうで、さっきの少年、小君(こぎみ)が〈お姉さまは、どこ〉とたずねる声がします。

すると襖(ふすま)の向こうから〈ここよ。お客さまはもうお寝みになったかしら。御座所(おましどころ)があんまり近いようだからちょっと困るけど、案外遠いのかもしれないわね〉という声が聞こえます。〈ぼくねえ、源氏の君を見たんだよ。やっぱり綺麗なかただった〉と少年は興奮しています。〈そう。昼間だったらわたくしもそっと覗くんだけど〉とだけ、空蝉は答えます。源氏は、（もっと熱心に私のことを噂してくれよ）なんて思います——これは私がつけ加えたのではなく、原典にあるんです（笑）。

　そのうちに、〈中将の君はどこへ行ったの〉と聞く空蝉の声がし、侍女が眠たそうな声で、〈下屋へお湯をつかいに参りました。すぐ戻ってくると申しておりました〉。源氏はやおら身を起こし、襖に近づいて掛け金をはずしました。このころの襖は、庇の間と母屋とを隔てていて、掛け金は両方からかけられます。広い寝殿造りは、ぜんぶそのまま寝室になるわけですから、掛け金はどちらの側からもかけられるようになっていたんですね。

　源氏が掛け金をはずすと、向こう側のはかかっていなかったとみえ、そろりと襖があきました。隅のほうに小さな灯がひとつあるだけです。ほとんど真っ暗で、手さぐりの状態ですが、唐櫃（長持を小さくして脚をつけた、衣類を入れる道具箱）の向こうに、小柄な華奢な女が着物を被って横になっているようです。声の距離からして、さきほどの女らしいので、源氏はそっと近寄りました。空蝉は、中将の君が戻ってきたとばかり思っています。

突然、被っている衣をとりはらわれました。〈静かに、お声をたてないで。怪しいものではありません〉。このときに源氏のいう冗談が面白いんです。〈中将をお呼びになったでしょう。だから参りました〉。源氏のそのころの役職は、「近衛（このえ）の中将」です。こういうときにもジョークをとばせる余裕があったんですね。

びっくりしたのは空蟬です。〈何をなさいますの、お人違いでございましょう〉という声もかすれかすれで、とても可憐（かれん）な感じ。源氏はそれを可愛いと思います。〈いや、私は前からあなたに憧（あこが）れていました。こういう機会がないものかと思っていたら、やっとお会いできた。み仏のお導きです〉などと口から出まかせを言うのですが、言い慣れているのでとても真実っぽく聞こえます。

空蟬は心底驚いて〈とんでもございませんわ〉と必死にあらがいます。このとき源氏は、ありとあらゆることを言い、仕ぐさも甘く優しかったでしょう。そしてほのかに洩（も）れる光にうかぶ源氏の顔はとても美しいのです。ふつうの女のひとなら、そこで手をゆるめるでしょう。でも空蟬は自尊心のつよいひとです。（あ、このかたは、いつでもどこでもこんなやり方で、女人を手に入れていらしたんだわ。わたくしはそんなふうに扱われたくない。強情な、礼儀知らずの情のない女と思われてもかまわないわ）。

でもそのあらがい方が、かどかどしくはないんです。やさしい仕ぐさで、それでいて、絶対に自分の自我を通すという気持があります。これは紫式部の美意識でしょうね。やかましく言い立ててきっぱりと拒絶するのではなく、やさしく押し止めながら執拗にあらがうんです。

原典には「なよ竹のここちして」とあります。なよ竹は細い竹ですが、簡単に折れたりしません。なよ竹というのは、伝統的な日本女性の理想像の象徴なんですね。私たちは戦前、〈日本女性の美というのはなよ竹だ。形は優しくてなよなよしているけれど、ぴんと芯が通っている〉と教え込まれました。

空蝉の涙

空蝉は、〈わたくしはこういう形では、いや〉と、必死に抵抗しました。

源氏のさまざまな女性関係の中で、この空蝉の場合だけはレイプだと言われますが、私はそういう直截的な言葉を使いたくありません。源氏という人は女の心のなかに〈内通者〉をつくる、と解釈したいんです。女の心のなかに、(源氏の君って素敵、こんな若々しい情熱にさらわれるってなんて甘美な陶酔だろう、それになんて美しい男だろう)と思う〈内通者〉がいます。源氏がそれを呼び覚ますんですね。女が、(私のうちにスパイがいる、このスパイはとても力が強いわ)と気づいたとき、その心も体も一瞬、柔らかくなります。そういう瞬間を源氏は待っていたのだと思います。

また源氏は、思いをとげたあとすぐ帰るような人ではありません。空蟬が辛くて泣いていると、〈そんなに泣かれると私も辛くなる。あなたを傷つけるつもりはなかった。私の人生と、あなたの人生が交差した一瞬の人生の歓びというふうに考えて下さい。あなただって結婚なさった身なのだから、男と女の情緒というものはご存じでしょう。そんなに泣くなんて、世の中を知らない愚かな若い娘のすることですよ〉と慰めます。すぐに走って逃げる男じゃないんです。

空蟬が、それを嬉しく思いながらも泣いたのは、情緒を知らないからではなく、自分のつたないさだめに対してでした。（父上はわたくしを帝の妃に、と心づもりしていらした。それが流れ流れて、二十いくつも年上の夫をもつような運命になってしまった。もしわたくしがまだ未婚だったら）と思うと悲しいのです。空蟬はそれを源氏に説明しようとします。〈もしわたくしが娘の身で親の家にいて、年に二、三回でもお会いできるのなら、今夜のこの契りにも希望が持てるでしょう。でもわたくしはもう伊予の介の妻ですもの。将来にどんな希望も持ちようがないのです。今夜のことはどうぞお忘れ下さい〉。

源氏は彼女の悩みの真率さにふれて感動します。一夜の遊びのつもりだったのが、空蟬が心から苦しみ悩み、そして遠い任地にいる夫を思いながらも、自分の運命のつたなさに全身で泣くのを見たとき、はじめて空蟬に精神的な愛を感じます。

〈もう一度お目にかかりたい。どうしたら連絡がとれるでしょう〉と言っているうちに、夕顔とのときのように鶏の声が聞こえてきます。女房の中将の君が〈夜が明けました。どうぞお早く〉と泣くようにせかします。人の目にふれてはいけない、空蟬にも気の毒だと思い、源氏はそっと離れました。自分の寝所に戻って直衣を着、明けてゆく美しい夏の朝の庭をうつらうつらと眺めています。源氏はもう、空蟬が忘れられなくなっていました。源氏は、女との愛情に精神的な要素を重視する男なんですね。

邸へ帰っても、どうやってあの女と連絡をとろう、と考えています。親の家にいる娘でも連絡はとりにくいのに、ましてや人妻ですから、はたの見る目もあってたいへんです。

でも恋は人を策士にします。源氏はあることを思いつき、急いで紀伊の守に伝えました。〈このあいだの可愛い男の子、小君を手元に召使いたい。小君は童殿上をしたいそうだが、それも私の伝てで手配してさしあげよう〉。

紀伊の守はとても喜びます。「童殿上」というのは、貴族の子弟が、小さいうちから宮中へ上がって御用をしたり、行儀見習いをしたりすることです。装束を可愛く仕立てられ、ちょっとした言伝てなどを届けたりするなど、そんな小さな子供でも、働く場所があったんですね。〈姉もきっと喜ぶでしょう〉と紀伊の守は答えますが、「姉」という言葉を聞いて、源氏は空蟬を思い出し、どきりとしました。

やがてやってきた小君に、源氏は空蟬への手紙をことづけます。〈夢か幻か、あの一夜のことが忘れられない。ぜひもう一度お目にかかりたい〉という内容でした。その手紙をもって小君は何心なく、姉の空蟬のところへ行きます。

源氏の手紙を期待していなかったといえば嘘になりますが、空蟬は弟にはっきりと言いました。〈なんてことをするの、こんなお使いをしちゃだめ。お目当てのひとはおりませんと申し上げなさい〉〈でも、お姉さんにって、おっしゃったんだよ〉。

とうとう空蟬は何も書きませんでした。待ちうけていた源氏は、手ぶらで戻った小君を見て、〈頼りないねえ。やっぱり、子供は子供だね〉。小君はしょんぼりしています。〈知らないだろうけれど、私は君のお姉さんとは昔、結婚の約束をした仲なんだよ〉。これは嘘なんですが、小君は、ええっとぽかんとします。

〈だけどお姉さんは、私のことを若くて頼りないと思って、あんなみっともないおじいさんにかたづいたんだよ。だからお前は、私の息子のつもりでいておくれ〉。小君は、そんなことがあったのかと思いながら、はい、とうなずきます。原典には〈若くて頼りないと思って〉という言葉を、「たのもしげなく、頸(くび)細し」と表現しています。とてもうまい表現ですね。若い男のどこか心もとない有りようをよくあらわしています。

もう一度空蟬に会いたくて、源氏は口実を設けて再び方違(かたたが)えに行きました。〈この屋敷をお気に召して下さり、ありがとうございます〉と紀伊の守は喜びます。源氏はまたもやその晩忍びこもうとして、小君に〈うまく機会を作ってくれ〉と言います。小君は子供ながらに心をくだき、姉のところへ行きますが、こっぴどく叱られます。〈なんという子でしょう。子供のくせにそんなお使いをするもんじゃありません〉。空蟬はこっそりと、渡り廊下の端にある中将の君の部屋にはいってしまいました。

　小君はもう一度探しにいきますが、探しても姿がありません。やっと見つけると姉は、〈もうここへきちゃだめ。手紙を持ってうろうろしていると、その辺に落とすかもしれないし、ほかの人がどう思うかしれない。ちゃんとお話しして帰って頂きなさい〉。小君がしょんぼりと源氏のところへ戻ると、〈ほんとに役に立たないね〉となじられます。

　ふたりから叱られて、小君はせつないのです。せつないのですが、どうしようもありません。源氏は〈じゃあ、その中将の君のお部屋へこっそり連れていってくれ〉と頼みますが、〈だめです、沢山人がいます〉。小君は子供ながらに困っています。

　そこで源氏は〈ああ、まるで帚木（ははきぎ）のようなかたですね〉と歌に書いて、空蟬に届けます。『源氏物語』の冒頭は「桐壺（きりつぼ）の巻」、その次が「帚木の巻」になりますが、巻の名はここから出ていますのよ。

「園原（そのはら）や伏屋（ふせや）に生（お）ふる帚木の　ありとは見えて逢（あ）はぬ君かな」――信濃（しなの）の国、伊那（いな）郡の園原に、伏屋というところがあります。そこには帚木といって、帚（ほうき）をさかさにしたような形の木が生えているのだそうです。ところがそれは、遠くからは見えるけれど、近くに寄ると見えなくなるという言い伝えの木なのです。源氏は、この昔の歌に出てくる帚木を空蟬にたとえたんですね。

「帚木の心を知らでそのはらの　道にあやなくまどひぬるかな」――〈あなたは私が行くたびに隠れてしまう。ついに私の手にはいらないかたなんですね〉。

けれども、このくらいであきらめる源氏ではありません。再び小君に〈今度こそうまくやれ〉と命じます。小君があれこれ心をくだいていると、紀伊の守がたまたま任地へ下ることになりました。留守宅は女ばかりです。

今だ、と子供ながらに思い、源氏といっしょに車に乗って屋敷へ出かけます。さいわい小君は子供ですから、門番もきびしくとがめません。〈ぼくだよ〉と言うと、〈ハイ、お通り〉。子供だと思うから、そばへ寄って追従もしません。門番は、客がくるたびに〈はッ、いらっしゃいませ〉などと言って心付けをもらっていたのでしょう。

小君のうしろには、源氏がそっと忍んでいます。

〈ここでお待ち下さい〉と、源氏を東の端に待たせて、小君はひとり、戸を開けてはいってゆきます。〈暑いのにどうして格子をおろしてるの〉と小君が聞きますと、〈西の対のお姫さまがここへいらして、お方さまと二人で碁を打っていらっしゃるんですよ〉と女房が答えます。

西の対の姫君とは、伊予の介の娘で、紀伊の守の妹です。その声が耳にはいった源氏は、小君が中へはいって何やら工作しているあいだに、（どんな様子か）とそっと覗いてみました。小君がはいったあとの格子は、暑いのでそのまま、几帳もめくり上げられていたのです。

隅から覗くと、こちらに横顔を向けた女と正面を向いた女が、灯の下で碁を打っています。現代でも女性で碁をたしなむかたはいますが、王朝の昔は、碁の大好きな女のひとが多かったんです。男を負かしてしまうような碁を打つ女性もいました。ふたりの女人が、つれづれなるままに碁を打っています。どうも、こちらに横顔を見せている、ちょっとひねたほうの女が空蟬らしい。

灯がよく届かないので暗いのですが、空蟬は紫の衣をはおり、髪はそれほど長くないようです。このまま抱き上げたときには軽い感じだったから、華奢な姿のほうがそうらしい。見ると、決して美人ではなく、着物の袖から出た手も痩せています。痩せぎすで、まぶたは腫れぼったく、なんとなく魅力はあるけれど、とりたてて美人というのではありません。原典には、決して美人ではない、と何度も書かれています。「にほはしきところも見えず」とは色っぽいかんじはない。「言ひ立つれば、わろきによれる容貌」（どちらかといえば不美人）です。円地文子先生は〈つまり、これは紫式部の自画像よ〉とおっしゃいました。不美人だけれど何となく慕わしい。どことなく情趣があって、目が離せないほど美しいひとに見える——紫式部は、現実の自分をこう言ってほしくて、空蟬になぞらえたのかもしれません。

（何だか素敵だな）と若い源氏はわれを忘れて見入ります。おっとりした物言いは、たしかに先夜源氏が聞いた声にちがいありません。その声にも何ともいえない魅力がこもっています。美しくはないし、鼻すじも通っていないけれど、顔を半分覆って物言う仕ぐさの、なんとなまめかしく優美なことか。

軒端荻（のきばのおぎ）とも……

もうひとりの女のほうを見ますと、こちらは色が白く肉づきもよく背丈もあって、美人と言えるあざやかな女です。そして〈あら、また負けちゃったわ〉という声のはすっぱなこと。（ちょっと品が悪いけれど、これはこれで美人といってとおるな。伊予の介はさぞ自慢の娘だろうな）。

この姫君は、「軒端荻」と名付けられています。軒端荻が賑（にぎ）やかに言いたてて、碁がやっと終りました。すると軒端荻は当世風の娘らしく、〈ああ面白かった、きょうはこちらで泊まらせてもらうわ〉。自分の部屋へ戻るには長い廊下を渡って別棟へ行かなくてはならないし、碁を打って心がたかぶり、面白くて話もつきないので、空蟬といっしょに寝ることにしました。

空蝉と軒端荻とは義理の母娘ですが、こんなふうに仲がいいのです。昔は年の離れた夫をもつことが多かったので、夫の子供たちが自分より年上という例も少なくありませんでした。けれど人柄のいい女たちは、こんなふうに仲よくつきあっています。現に紫式部も、夫の宣孝（のぶたか）はずいぶん年上で、自分より年上の息子やあまり年の違わない娘たちがいましたが、仲よく手紙を交わしたり、歌を詠（よ）みかわしたりしていました。

源氏はみんなが寝入るのをじっと待ちます。やっと小君がやって来ました。〈こちらのほうから〉と、別の戸口を指します。〈西の対（たい）の姫君が来ているんだって〉と源氏は、さっき覗き見したことを隠して、〈ちょっと見せてもらえないか〉と言います。〈そんなことはできません〉と答える小君も、空蝉と軒端荻がいっしょに寝（やす）んだとは知りません。源氏はそこへ近づいてゆきます。

軒端荻は若い娘らしくすぐ眠ってしまったのですが、空蝉はなかなか寝つけません。このあいだの源氏とのことが思いだされます。（楽しいことだけでなく、新しい苦しみ、悩みを背負うことになったけど、いつまでも忘れられない……）。

空蝉は、江戸時代や明治時代の貞女観念にこり固まった女ではないのですが、心がときめくということがあっても、それは自慢できることではないし、自分の心ひとつに秘めて、墓の下まで持ってゆくときめき、という自省があります。そんなことをとつおいつ考えているので、なかなか眠れません。

そこに人が近寄る気配がして、はっとしました。たいへんいい香りが漂ってきます。（この香りに覚えがある。あの源氏の君のものだ。いらしたんだわ）。空蝉は単を一枚羽織っただけで、そっとからだを起こします。（何も知らずに眠る軒端荻が気の毒だけれど、どうしようもないわ）と床からすべり出ました。

女がひとり眠っているので、空蝉だと思いながら、源氏はそばへ近寄ってまさぐってみますが、どうも大柄な感じがします。もうひとりの女だとすぐ気づきました。軒端荻もびっくりします。何の心構えもなく、世の中のなにも知らない娘ですから本当に驚きました。

〈静かにして下さい。私は前からあなたを好きだったんです〉。源氏は、〈人違いでした、ごめんなさい〉と言って帰ったらこのひとに恥をかかせる、ととっさに考えたんですね。困って、そう言いつくろったのですが、軒端荻の方は、源氏だとわかったとたんに、へなへなとなってしまいます。思ったほど抵抗しなかったといいますから、源氏も無責任ですね。

結局源氏は、軒端荻と心ならずも契ってしまいましたが、いくら思いを寄せてもつれない空蝉に、心が残ります。空蝉の床には、まるで蝉の脱け殻のような薄い衣が一枚残されていました。源氏はそれをそっと忍ばせて帰ります。そして小君に、〈聞いておくれ。私が忍んでいったときには、もうお姉さんは影もかたちもなかった、これ一枚残して。なんてつれないひとだろう、情のこわいひとだろう〉。

小君は、慰める言葉もありません。源氏が歌を書いたので姉のところに持っていきますと、またもやこっぴどく叱られました。両方から叱られて、いつものように小君は立つ瀬がありません。このときの源氏の歌から、この女人は「空蟬」という名前がつけられました。

「うつせみの身をかへてける木のもとに　なほ人がらのなつかしきかな」

空蟬は、(まあ、わたくしが着ていたあの衣を持ってお帰りになったんだわ)と、いたたまれないほど恥ずかしくなります。〈衣をどうなさったの〉と小君に聞くと、〈懐に抱いて寝ていらっしゃいます〉と言うので、源氏の気持が真実のものと知り、(本当にわたくしを愛して下さっているのかもしれない)。悲しいけれど、その中に嬉しい気持が混じります。

〈でももうおそいわ〉〈おそいって何が、お姉さま〉〈そんな情熱はもうおそいのよ。わたくしの人生は済んでしまったの〉。源氏にどう思われようとも、空蟬は二度とそういう機会をもとうとは思わないのです。

いっぽう軒端荻は、源氏からいつ便りが来るかしらと待っていますが、いっこうに届きません。小君の姿がちらちらするたびに〈あ、わたくしのところに〉と思うのですが、自分の部屋を素通りして行ってしまいます。〈いつかはお便りを下さるわ〉と思って待っています。

そのうちに、伊予の介が上京してきました。「まづ急ぎ参れり」とありますが、京に入るが早いか、何はさておき、まっさきに源氏の二条邸にご機嫌伺いに来ます。〈ごぶさたいたしました〉。伊予は海の向こうですから、船旅で赤黒く日焼けしています。なかなかどっしりした立派な中年紳士です。伊予の介を見るとやましい思いがして、源氏は思わず顔を伏せたくなります。そこが源氏のいいところですね、平気な顔をしていられないのです。そしてしみじみと思います。

（ああ、空蟬はつれなくて、一度はゆるしてくれたけれど、二度とは聞きいれてくれなかった。この地上に生きとし生ける女の中で、こんなにつれなく私を拒みとおしたのはあのひとひとりだ。でも女の不実は夫の不名誉というから、空蟬は夫にとっては立派な、いい女なんだ）。

今さらのように空蟬が好きになります。もとより伊予の介はそんなことは全く知りませんから、いろいろみやげ話をしますが、源氏は、のんきに世間話をする気になれません。申しわけないことをした、と思わず目も伏せがちになります。

伊予の介はそのときさっと、道後(どうご)の湯についても話したことでしょう。道後温泉は、とても古くからある温泉です。お湯が豊富なので、湯桁(ゆげた)、湯船が沢山あります。湯桁がズラッと並ぶので、王朝時代には沢山あることを「伊予の湯桁」と言ったほどです。『伊予国風土記』に、聖徳太子が伊予の湯におはいりになったという話があります。聖徳太子は〈伊予の湯は立派である。清らかな、体にいい湯がこんこんとわいている。その中に万民が浸かって、病いを治したり心を広々とさせたりして楽しむ様子は、まるで仏国土を見るようだ。これこそ天竺だ〉と言って碑を建てられたと、『伊予国風土記』に記されていますが、その碑がどこにあったのか、今はさだかではありません。王朝の昔にも、伊予の湯は都会人の憧れでしたから、伊予の介のみやげ話に、源氏も相槌を打ったでしょう。

〈このたび私が帰りましたのは、娘を相応なところへかたづけて、家内をつれて伊予へ戻ろうと思うからです〉と伊予の介が言うので、源氏は、えっと思います。（空蟬は伊予へ去ってしまうのか）。けれどそれも仕方がありません。

伊予の介は十月はじめごろに空蟬をつれて下ることになり、源氏は沢山の贈り物をします。権門の家に近い人に対する、権門からのご褒美のようなもので当然なのですが、空蟬に対してはとくに沢山の餞別を与えました。櫛、扇、さまざまな調度品——ことに櫛は、別れるときに贈る縁起物、元気でいらっしゃい、という祈りをこめたものです。手のこんだ高価な品々を空蟬に持たせてやります。空蟬は、さぞ複雑な気持だったでしょう。

軒端荻は、蔵人の少将と結婚することになりました。あれからのち、源氏と会う機会はありませんでした。源氏の驕慢なところは、（もし蔵人の少将が、彼女の前の恋人が私だと知っても、仕方ないと思ってくれるだろう）なんて考えたりするところですね。

こういう経緯があって軒端荻は去り、夕顔は死に、空蝉も源氏のもとを去ってゆきました。源氏十七歳の夏から秋は、やるせなかったり、悲しかったりした出来ごとで終ります。

ここまでが『源氏物語』の「桐壺」「帚木」「空蝉」、そして「夕顔の巻」です。

藤壺似の少女

年明けて十八歳になった春、源氏は「おこり病」にかかりました。「おこり病」は、現代ではマラリアと言いますが、熱が出て体が震え、しばらくすると平静になり、また熱が出るという、何日か間隔で出る病気です。

北山の寺にいいお坊さんがいるというので、源氏はわずかばかりの供をつれて療治に出かけます。北山の春の美しさを楽しみつつ歩いていると、一軒の小さな庵があり、何となく眺めていると、簾が少し開いて、上品な尼さんが見えました。年老いていますが、どことなく気品が感じられます。（どなたかしかるべきかたのお住まいなんだろうな）と思っていると、十歳ばかりの女の子が走りこんできました。これが、源氏の終生の恋人になる「紫の上」なのですが、もちろんそのときは誰にもそんなことはわかりません。（三、四人の子が出たりはいったりしているけれど、あの子は特別に可愛いな）と思って源氏は眺めています。〈おばあちゃま、雀の子を犬君が逃がしてしまったの、籠を伏せておいたのに〉とその女の子が顔を赤く泣きはらして言いつけます。〈どうしたの。生き物をとじこめてはいけないっていつも言いきかせているのに〉と尼君は言って、〈こっちへいらっしゃい〉と、そばへ坐らせます。たがいに面ざしが似ているので、おばあさんと孫だろうかと源氏は思います。

源氏がその女の子から目を離せなくなったのは、恋しい藤壺の宮に似かよっていたからでした。（どうしてこんなに似ているんだろう）。眉のあたりほんのりと、髪の生えぎわも美しく、とても可愛い子です。

おばあさんらしき尼君は、女の子の髪をとかしながら、〈とくのをいやがるけれど、きれいな髪の毛ねえ。あなたのお母さまは、あなたぐらいの年でお父さまに死に別れたけれど、物事がよくわかっていましたよ。あなたがあんまり子供っぽいので、おばあちゃまは死ぬに死ねない気持ですよ〉。

尼さんが泣くので女の子も、何となく悲しくなったらしく、しょんぼりします。なんだか一幅の絵のような光景ですね。外は山桜が満開で、都を出てきた源氏の目には、緑も山桜もことさら目新しく見えます。そして可愛い女の子に、藤壺の宮とよく似た面ざしを発見して、心が引き寄せられてしまいました。そこへ、〈お客さまがいらしてますよ〉とお坊さんが知らせたので、さりげなく簾が下ろされます。一体どういう人たちだろうかと源氏は不思議でなりません。

山寺の尊いお坊さんに、源氏は祈禱してもらいます。しかし、なかなか治らないので、〈このまましばらくお泊まり下さい〉とお坊さんは言いました。昔は、薬のかわりに御札を飲まされたりしたんですね。現在のように医学が発達していませんから、病気の治療はもっぱらお坊さんの加持祈禱でした。

そのうちに、都から沢山の人が迎えにきて、にぎやかな音楽会が催されたりします。この場面で忘れられないのは、源氏の従者が明石の君の噂をするところです。紫式部は、物語の伏線をあちこちに張っています。良清という従者が言います。

〈播磨の国にいたときに、さきの播磨の守の娘がとても美しいと聞いたので私は求婚しました。ところがいっこうに許してくれません。播磨の守は今は明石の入道になり、大きな屋敷を建てて、娘をいつか都の貴人にめあわせるんだ、とたいへんな鼻息でした〉。まわりの人は、〈もしその望みがかなわなかったら、どうするつもりだろう。竜神の妃になるといって海へ飛び込むんじゃないか〉などと言っています。源氏も関心をもちます。そういう噂などがのちの、いろいろなドラマの伏線として張りめぐらされていますね。

お坊さんに聞くと、少女はなんと、藤壺の宮の兄宮、兵部卿の宮の姫君であることがわかりました。宮にはべつに北の方があります。少女の母君は早くに亡くなり、おばあちゃまの尼君に引き取られて淋しく暮らしていると聞いた源氏は、矢も楯もたまらず、〈私に姫君を育てさせて下さい〉と尼君に申し込みます。

〈まあ、孫の年を思い違えていらっしゃるのではありませんか。まだほんの子供なんですよ〉。源氏はわかっているのですが、恋しいひとにそっくりの姫君を毎日見ていれば気が慰むと思い、熱心に頼みこみます。尼君は少女が年頃になっていればともかく、この幼さではと迷うのでした。

その後、都へ帰っていた尼君が病気で亡くなったと聞き、源氏がたずねていくと、少納言という、姫君の乳母がいました。〈いつまでも、おばあちゃまを恋しがって泣いていらっしゃるんです。こんな恐ろしい嵐の日に、お見舞いに来て下さって、ありがとうございました〉〈姫君はどうなるのですか〉〈父君がお引き取りになるそうです。亡くなられた尼君は、お父さまのお邸へゆかれるのもいいけれど、あそこには継母がいらして、この子がどんな目にあうかわからない、と心配していらっしゃいましたけれど……〉〈ですから私がお引き取りしたいのですよ〉。

折から、すごい嵐になってしまいました。源氏が〈今日はここへ宿直しよう〉と言ったところへ姫君がぱたぱたと走って来て、〈少納言、直衣を着たお客さまがいらしたって聞いたけれど、もしかしてお父さまなの〉とたずねます。寝起きと見えて顔は赤く、とても可愛い様子です。源氏は、〈お父さまではなく、お兄さまですよ。こちらへいらっしゃい、一緒に寝ましょう〉と寝所へ連れてはいります。少納言はびっくりして、〈まあ、何をあそばしますの。まだねんねでいらっしゃるのですよ〉。

〈わかっています。こうして姫君をお守りして寝むだけですよ〉。姫君はおびえて、〈少納言と一緒に寝るの〉と泣き声を出します。

〈もう十歳にもおなりになったら、ばあやと寝るものではありませんよ〉。源氏は震えている小さな少女を着物ごとくるんで慰めてやります。〈私の邸へいらっしゃい。お友達もいますし、面白いおもちゃも、綺麗な絵本もたくさんありますから〉とやさしく言って聞かせるのですが、少女は落ちつかないでもじもじしているだけでした。

青春彷徨（ほうこう）「若紫（わかむらさき）」「末摘花（すえつむはな）」

紫(むらさき)の君

紫の上は、十八歳の源氏より八つほど年下、十歳くらいの少女です。それがなぜ〈紫の上〉という名前がついたのでしょうか。「上」というのは「夫人」のことですから、少女が独り身でいるあいだは〈紫の君〉と呼びましょうね。

紫は古来、高貴な色で、日本人の大好きな色ですが、高貴な人しか身につけることができませんでした。紫草というのも大事にされて、『古今集』には、「紫の一本(ひともと)ゆゑに武蔵野(むさしの)の草はみながらあはれとぞ見る」――〈紫草を大切に思うあまり、そのゆかりで武蔵野の草すべてがなつかしく思われる〉という歌があります。

紫というと「ゆかりの色」と、昔の日本人は反射的に思い浮かべたんです。おにぎりにふりかけたりする紫蘇(しそ)の葉の粉を「ゆかり」と言いますのも、ここからきています。「紫＝ゆかり」ですね。藤壺(ふじつぼ)は紫。藤壺の宮の姪(めい)ですから、この少女を藤壺の縁(ゆかり)、「紫の君」と呼ぶようになったのでしょう。

源氏が北山の庵(いおり)で少女を見そめたときの歌に、「手に摘みていつしかも見む紫の根にかよひける野辺の若草」があります。〈ああ、あのかたの面影を伝えるあのかたの身寄りの少女。この子をいつか私の手もとに置きたい〉という意味の歌ですね。

さてその紫の君を抱いて、源氏は寝所にはいったまま出てきません。外は冬の嵐です。乳母の少納言は姫君が心配で御帳台の前から動けません。そして源氏に、〈こんな恐ろしい嵐の夜、あなたさまやお供衆がいらして下さらなかったら、どんなに心細かったでしょう。それはありがたいのですが、でもお姫さまをどうなさるおつもりですか。お話しになってもちゃんとしたお答えはできませんよ。まだねんねでいらっしゃるのですもの〉と必死になって申します。

〈そんなことはわかっているよ。こんな小さなかたにご無体なことをするものかね。ただこうして宿直の役を務めているだけだよ〉と源氏は答えます。

やがて夜は白々と明けてきました。王朝時代のきまりとして、男性が女性のもとを訪れたときは、明けがた早く「かはたれ刻」に出て行かなければなりません。源氏も家を出ましたが、(まるで情人のもとから朝帰りするみたいだ。世間からはそう見えるだろうなあ)。

邸に戻ってからも源氏は紫の君が忘れられません。惟光を呼び、〈少納言にことづけてくれ、どうか姫を私に托してほしいと。ちゃんとした淑女にお仕立てし、もし本人がその気になられて、まわりの事情も許し、神も仏もわれわれの仲を嘉されるときがきたら、晴れて世間に披露して正式に結婚したい、と誠意をこめてお伝えしてくれ〉。

惟光にしてみれば(なんであんなねんねを)と思い、(うちの大将が女に手が早いのは知っているけど、こんな小さいときから予約するなんて、ちょっと早すぎるんじゃないか）（笑）と不思議でなりませんが、気の利く男ですし、源氏のために尽くそうという熱心さがあるので、少納言のもとへ行って誠意をこめて弁じ立てます。

少納言の困惑はひととおりではありません。〈お気持は嬉しいのですが、せめて娘盛りのお年頃なら、これも前世の縁と思ってお言葉に従いましょう。でもまだ、ほんとに赤ちゃんでいらっしゃるんですよ。父宮は本邸へお引き取りになりたいと前からおっしゃっていました。でもおばあちゃまの尼君が、承知なさらなかったのです。尼君の亡くなられた今、父宮はどうしてもお引き取りになりたいでしょう。そこへ、こんなことを申し上げたらどうなりますか。このあいだお泊まりになったのだって、私ども女房の落ち度ですのよ〉。

少納言も惟光も（どうしてこんなに熱心なんでしょう）と不思議がっています。

藤壺との再会

知らないのも道理で、源氏は、腹心の惟光にさえ打ち明けていないのですが、何ヵ月か前、十八歳の夏に藤壺の宮にこっそり会っていたのです。宮に、物の怪の障りがあって、お里である三条邸に退出したときのことです。お目にかかれるのはこういうときしかありません。源氏は、宮に仕える王命婦に頼みこみました。王命婦は源氏とは遠慮のない仲で、気安く召し使われ、信頼されている女房です。〈藤壺の宮に会わせてくれ。どうしてもお会いしたいんだ〉。原典にはこのときが二度目だと暗示されますが、一度目のことは書いてありません。王命婦はついに、その懇請に負けてしまいました。

王朝の小説を読んでいて、現代の私たちにわかりにくいのは、女主人にお仕えする女房たちの生活感覚です。どうも女主人と女房たちは、ある種の運命共同体のようなところがあって、女主人が恋愛すると女房たちも一緒に恋愛している気分になってしまうようです。殿方がやってくると、まるで自分が訪問を受けたように舞い上がったり、悲しいにつけ嬉しいにつけ慰め合ったり喜び合ったりして、感情をわかちあいます。

王命婦も自分が口説かれたような気になり、〈とても難しいことですけど〉と言いながら案内します。藤壺の宮は驚き、また情けなくも思い、〈あさましい夢を見ているような気がして〉ととぎれとぎれにおっしゃいます。〈あの一夜だけで、もう決してお会いするまいと思っておりましたのに〉。

源氏は、〈まるで夢の中のようです。でもあなたはここに、現実にいらっしゃるんですね〉と言い、宮は〈もし私たちの仲が世に洩れたら、どんなことになるでしょう〉とかぼそい声で答えられます。かたくなに源氏を拒むのでなく、といってなれなれしく打ちとけるのでもない、あらがい難い運命の力にどうしようもないという感じで、それでも優しく源氏に身を投げかけられます。

　この源氏と藤壺の宮の出会いの場面は短く、原典では七、八行くらいしかなくて、抽象的な言葉が連ねてあります。

　二人は、〈言い伝えにあるいつまでも夜の明けない山、「くらぶの山」にいつまでも住みたいですね〉などと語り合いますが、夏の夜は短く、もう明けてきます。〈そこへ王命婦が源氏の衣をかき集めて持って参りました〉と一行あります。戦慄（せんりつ）的にエロチックですね。具体的なことはそれ以外、描写されていませんが、読む人が時代時代によって、想像をさしはさむことができるからこそ、『源氏物語』は千年のあいだ読み継がれてきたんですね。

　紫式部がきっちりと押さえて書いたのは、藤壺の宮は決して軽はずみな女性ではないということです。罪におののき、自責の念に打たれながらも、運命に押し流されてしまうのです。源氏の若さと美しさと情熱、そして藤壺の宮も本当は源氏を愛していたことを、要所要所押さえて書いています。藤壺の宮は真に悩む能力のある、優れた気高い女性なんですね。

〈人生には、苦しんで自分を責めながらも、押し流されてしまうときがある。私たちはそれを責められるだろうか〉という式部の声が聞こえるようです。

原典があまりに短いので、『新源氏物語』その他で私は、恋人たちに自由にいろんな会話をさせました。

――〈想像できますか〉と源氏は宮に話しかけます。〈この邸の大屋根の上には、斜めに天の川がかかっています。私はここへ来るときにそれを見上げ、もし今日会えなかったらどうしよう。会えたら地獄に堕ちてもいい、と思いました〉〈そんな恐ろしいことをおっしゃってはいけません〉〈あなたのいない人生なんて地獄と同じです〉〈でも、わたくしはあなたより先に帝にお目にかかってしまったのです〉と、藤壺の宮は辛そうに言われたでしょう。

〈あなたがもし亡くなられたら、すぐ後を追います〉と言う源氏に、〈わたくしに会うとどうして地獄や死の話ばかり弄ばれるのですか。そんなことおっしゃらないで、もっと楽しくお生きになって〉。宮は少し年嵩ですからそう言われたのではないでしょうか。

〈そんな気になれないのです、あなたをおいては〉と源氏も答えたでしょう。〈わたくしをお苦しめにならないで〉と宮は言われたに違いありません。〈実を言うとわたくし、嫉妬していますの〉〈誰にですか〉〈あなたのお身近の女人たちに対して。誰にはばかることなく、後ろめたい思いも抱かずに、あなたを愛することのできる女人に対して〉。

それを聞いて、源氏の心の堰は切れたのでしょうね。宮もまた、源氏を愛しているという告白でしたでしょう。

短い夜が明けてしまいました。もう帰らなくてはなりません。邸の中の人たちは耳ざといから、少しの物音でも気づくでしょう。そうすれば二人の破滅です。

源氏はまっすぐ二条邸へ帰り、泣きながら眠ってしまいます。その後、いくら手紙をさしあげても藤壺の宮からお返事はありません。（どうしたらいいのか。今度はいつ会えるのか）と、源氏はそればかり考えています。

一方、藤壺の宮も悩んでいられました。あまり苦しんで気分が悪くなり、暑い最中でもあったので床から起き上がることがおできになりません。どんどん体の具合が悪くなります。実は、悪阻だったのですね。三月になるとおそばの人たちもさすがに気づき、〈まあ、おめでたでいらしたんですか。早く帝に奏上なさらなければ。どうして黙っていらしたのですか〉とざわめきたちます。

身近に仕える王命婦や弁という女房たちは〈物の怪ががやがやいたしまして、よくわからなかったんですよ〉と苦しい言いわけをし、人びとはそれで納得したようでした。帝はたいそうお喜びになり、〈体の具合が整ったら一日も早く参内するように〉と催促の便りがしばしば届きます。でも藤壺の宮には、これは源氏の子だとわかっていられるのです。

お湯殿（ゆどの）にお仕えする王命婦や弁には、女主人の体の調子がすぐにわかります。王朝の人はあまりお風呂（ふろ）にはいらないので香道が発達したという説がありますが、それはあやまりで、ちゃんとお風呂にはいっていました。ご懐妊に気づいた王命婦は、〈何ということか。これも逃れられない前世の契（ちぎ）り、宿縁というもの〉とひそかに思いますが、それを誰に伝えられましょう。みんな胸の中一つにおさめています。

そのころ、源氏はおどろおどろしい夢を見ました。夢解きをする人を呼んで〈こんな夢を見たんだが〉と聞くと、〈そういう夢を見られたかたは天子の父になられましょう。しかしその前に、たいへん難儀なことに陥られるようです〉と申します。しばらくして源氏は、〈藤壺の宮がご懐妊なさった〉という世間の噂を聞きます。もしかして自分の子ではないかと思いますが、それを誰に聞き合せることができるでしょうか。

七月に、藤壺の宮は宮中へお戻りになりました。帝のお慈しみが前にも増したのは言うまでもありません。お顔がすこしやつれてほっそりし、お腹がふっくらされているのも可愛く思われ、帝は藤壺の御殿にかよいきりになられます。月の美しいころですから、音楽会が何夜も催されました。公達（きんだち）たちは、それぞれ琴や笛など得意の楽器を携えて、帝にお聞かせします。源氏もしばしば呼ばれますが、万感の思いを込めて笛を吹きます。御簾（みす）の内、何重にも奥にはいり、雲の上びとになってしまった恋人に届けとばかりに吹くのでした。

そういういきさつがあって、源氏はどうしても紫の君を欲しいと思いつめたのですが、その理由ばかりは誰にも言えません。大きな秘密、墓の下まで持って行かねばならない秘密です。

紫の姫を奪う

さて、紫の君の住む家に父君、兵部卿（ひょうぶきょう）の宮がいらっしゃいました。〈淋（さび）しかったろう、おばあちゃまが亡くなられて。早くあちらの邸（やしき）へ行こうね。遊び友達も沢山いるし、お母さまも、あなたを育てるのを楽しみにしているよ〉と言われますが、少納言は〈もう少し落ちつかれてからのほうがよろしいのではありませんか。ときどきおばあちゃまを思い出して泣かれて、食欲もなくされて――〉。継母（ままはは）の君に任せたくないと思うので、少しでもその時期を遅めようとしているのです。

夕方になって父宮がお帰りになろうとすると、さすがに心細いのか、紫の君はしくしく泣きだします。〈こんな小さな子をここへ置いてゆけない。明日にでも迎えに来るから、いい子でいるんだよ〉と言って父宮はお帰りになりました。

そこへ源氏の命を受けた惟光が〈いかがなご様子ですか〉とやってきます。少納言は、明日はお邸移りだというので、姫君の新しい着物を縫うのに忙しく、惟光の相手どころではありません。〈こういう次第で、明日お迎えがあるんですよ。急なことでたいへん〉。惟光は仕方なく帰ってゆきます。

源氏はそのとき、左大臣邸の葵（あおい）の上の部屋にいました。例によって、葵の上はなかなかお顔を見せません。〈お化粧していらっしゃるんですよ〉などと女房たちがとりなしますが、葵の上はいっこうに出てきません。これには慣れていますが、源氏は淋しくなります。（男をこんなに手持ぶさたにして何を考えているんだろう）。

ときどき源氏は葵の上に訴えます。〈夫婦とはこんなものかしら。世間の夫婦は互いに頼りあい、冗談を言い、笑い合ったりしていると聞くけれど、私たちはこれでいいのかな。きみがもう少し打ちとけてくれれば〉。葵の上はだまったまま、（あなたこそもう少し打ちとけて下さればいいのに。わたくしに気をおいていらっしゃるんだもの）と、心のなかで思うだけです。

こんなふうですから、いつまでもしっくりしない夫婦仲でした。帝もご心配になり、〈あまり左大臣の邸へ行かないようだね。あなたが小さなときから世話をして一人前にしてくれた上に、今も至れり尽くせりの対応をしてくれるそうではないか。その意をくんで優しくしないといけない〉とお諭しになりますが、源氏はうつむいたまま黙っています。それをご覧になって帝は、（多分妻が気に入らないのであろう。これも世の常のことで、仕方がないか）とお思いになり、結局どうすることもできません。

そこへ、惟光がやってきました。話を聞くと、父宮が明日にもお迎えにくるというではありませんか。兵部卿の宮の邸へ連れていかれたら、もう紫の君を奪い取ることはできません。これが年頃の娘だったら、奪い取っても〈実はあの二人は恋愛中で、結婚を前提にして男が邸へ引き取った〉ということで、世間にまあることですから兵部卿の宮も許して下さるかもしれない。けれど相手は十歳の少女です。（人が聞いたら笑うだろう、びっくりするだろう、どうしたらいいか）と源氏は考えに考えます。

源氏はさすがに男性で、宮廷社会の行事や政治的公務に携わっていますから、反社会的、非常識なことはできないとわきまえています。遊び歩くばかりの驕慢（きょうまん）な蕩児（とうじ）という解釈はまちがいで、ちゃんとした仕事を持ち、職務に精励する官吏で、身分柄、世間の反応や人々の噂などにも敏感です。狭い王朝世界では、そういうことに鈍感では生きて行けないわけです。

どうしたらいいかと悩みますが、すぐに決心します。（奪おう、奪うしかない。今やらなかったら、きっと後悔する）。

〈車を用意せよ。随身（ずいじん）は一人二人でよい〉。惟光は、源氏がどうするつもりなのかわかりませんが、とりあえず外出の用意をします。源氏は葵の上に、〈二条邸で急用があるので出かけます。すぐ戻るから〉と言います。王朝の男と女のあいだではなだらかな会話が尊ばれましたから、戻るつもりはなかったのですが〈すぐ戻る〉と言って、左大臣邸を出ました。

さて、姫君の家へ着くと、明け方には近いのですが、まだ夜中といってもいい時刻でしたから、少納言が慌てて出てきます。〈まあ、どちらから。それにしても、夜深いお戻りですのね〉と、どこか女の家から出かけてきたと思っているようです。〈姫君はいらっしゃるかい〉〈こんな夜中ですもの、もちろん寝んでいらっしゃいます〉〈お起こししろ。これから夜明けが美しくなるのに、これを見ない法はないよ〉。

源氏はつかつかと奥の間へ向かいます。〈あら、何をなさいますか。奥には年寄りの女房たちがいぎたない恰好をして眠っておりますわ〉と言うのに構わず、ずんずん奥へはいっていきます。

そして、小さな姫君を抱いて出てきました。〈まあ、どうなさいますの〉。少納言はどんなに驚いたでしょう。惟光もそこまでは聞かされていませんでしたので〈や、これは〉とびっくりしています。

縁へ車を着けさせ、源氏は姫君を抱いたまま車に乗りこみます。姫君は寝呆けまなこで（お父さまが迎えにいらした）と思ったようですが、抱いているのがこの前いらしたよそのお兄ちゃまなので、どういうこと、これは、と震えています。

少納言は〈まあ、およしあそばせ。今日は父宮がいらっしゃるんですよ。困りますわ〉とおろおろしています。〈あなたも一緒に来るがいい。ここに戻りたければ車を貸すよ〉と源氏が言うので仕方なく、姫君の新調の着物をもち、自分も上だけよそゆきに着がえて、慌てて車に乗りこみました。

まだ暗い京の街を牛車は走ります。姫君に、どんな運命が待ち受けているのやら、と少納言は涙がこぼれて仕方ありません。

二条邸に着くと、西の対（たい）に降ろされました。西の対は、たまにみえるお客のためにふだんは空けてあります。二条邸に女主人はいません。源氏の私邸ですね。源氏のふだんいる部屋より離れた西の対に明かりを灯（とも）したりするので、邸の人々が起きて来ました。〈女のかたを連れこまれたみたいよ。わざわざお連れになるんだから、よっぽどの仲ね〉などとささやき合っていますが、それが十歳の女の子だとは誰も知りません。

源氏は〈さあ、これから遊び友達の女の子、男の子を集めなければ。その手配を。気の利いた女房たちや道具もここへ運ばせて〉などと言っています。そうこうするうちに夜が明けました。

少納言はどんなにびっくりしたことでしょう。二条邸の素晴らしさ、贅美（ぜいび）を尽くすというのはこういうことでしょうか。一代の驕児（きょうじ）、帝（みかど）のご愛子、お金にも権勢にも欠けるものがないかたのお住まいだから当然かもしれませんが、庭の砂まで玉のように輝やいているではありませんか。

源氏は二、三日、宮中に出仕もせずに、姫君のご機嫌をとるのに夢中でした。〈ほら、こんな絵、見たことある？　こんなおもちゃ知ってる？〉。

この時代から「雛遊び」はありましたが、現代と違って三月の節句に飾るだけでなく、小さな人形と人形にふさわしい調度を作って遊びます。今風に言えば「ドールハウス」というのでしょうか、御殿のミニチュアみたいなのも作られていたようです。源氏はたちまちのうちにそんなものを作らせて、明けても暮れても紫の君のご機嫌を取り結ぶのに夢中でした。

紫の君が、ときに〈どうしたの。私は何でこんなところにいるの〉と泣きべそをかくと、〈ほらほら、女の子はいつまでも不機嫌な顔をしてはいけない。人の言うままに、素直になよやかな気持でいないと〉。すでに淑女教育が始まっています。

源氏は字が上手ですし、絵もかなり描けましたので、字や絵を書いて〈お手本に〉と与えます。王朝の貴顕紳士淑女たちにとっては、絵も教養のひとつだったらしく、みんな上手に絵を描きました。（見れば見るほど可愛い。それにしても恋しい藤壺の宮になんとよく似ていることか。嬉しいな）と源氏はしみじみ思います。源氏が紫の君を思って詠む歌は、『源氏物語』の中でもなかなか楽しい歌なのですが、絵の横にちょっとくずし書きのように添えてあります。

「ねは見ねどあはれとぞ思ふ武蔵野(むさしの)の　露分けわぶる草のゆかりを」――「ねは見ねど」は「草」の縁語の「根」に「寝」をかけた王朝の常套語(じょうとうご)として「共寝はしないけれど」という色っぽい意味が潜められています。〈まだ自分のものにはしていないが、恋しいあのひとになんとよく似た姫がわが手もとに来てくれたものよ〉という喜びの歌です。

〈あなたも何か書いてご覧〉と紫の君に言うと、〈まだよく書けないの〉としりごみします。〈書けないからといって、書かないでいてはだめだよ。下手でも書いてご覧〉。すると源氏に背を向けてこちょこちょ書いています。とても可愛いしぐさです。〈書きそこなっちゃった〉と言うのを〈いいよ、見せてご覧〉と見ますと、

「かこつべきゆゑを知らねばおぼつかな　いかなる草のゆかりなるらむ」

〈どうしてわたくしをこんなに可愛がって下さるのかしら。どんな理由があるの、どんな人のご縁なんでしょう〉という無邪気な少女の歌です。

源氏はどこへも行かず、西の対ですごしています。幼い姫は夜寝るときも、源氏の懐に頭をつっこんで寝ます。そして源氏が出かけるときは〈いってらっしゃいませ〉、帰ってくると〈おかえりなさいませ〉。今日はこんなことを習ったの、こんなことをして遊んだの〉と可愛く言います。邸(やしき)には小さな子供たちが集められて、幼稚園のよう

な趣きになり、賑やかで愛らしい家になりました。

源氏も、今までつきあった女たちが、妻の葵の上といい六条御息所といい、みんな肩の張る、気骨の折れるひとばかりでしたので、〈あ、お兄ちゃま、おかえりなさいませ〉という可愛い声を聞くと本当に慰められる気がします。（世間ふつうの父と娘だったら、こんな年になればこんなになれなれしくしないだろうな）と源氏は思いますが、（これもまた一風変った女との関係なのか）と思ったりもします。

一方、兵部卿の宮は紫の君を迎えにおいでになりましたが、少納言に固く口止めされたみんなが、〈少納言が姫君を連れて、急にどこかへ行ってしまいました〉と言うのを聞き、とても悲しまれます。（どうしてこんなことになったのか。少納言は、私が引き取るのをよく思わず、こっそり連れ出したのか。可愛い子だったのに。かわいそうに、どこをさすらっているのか）。そして〈もし姫君の消息がわかったら、すぐ知らせておくれ〉と、泣く泣くお帰りになりました。

源氏は、（父宮にはしばらく知らせないでおこう、噂が静まって折があったら、それとなく「こうさせていただいております」と、ご報告しよう）。

そのころには、紫の君は源氏を大好きになって、とてもなついていました。

これで「若紫の巻」は終りです。

末摘花との出会い

次につづくのが「末摘花の巻」。源氏の十八の年は多事多難でした。藤壺の宮とのこと、紫の君を手もとに引き取ったこと、そしてもうひとつ、末摘花と知り合ったことです。

「末摘花」というのは、「べに花」のことですね。すっと立つ茎の上に、オレンジイエローの綺麗な花がぽっと咲きます。薬や染料の原料になるので、昔から珍重されていました。べに花を沢山使って染めた布は、明るい透きとおるような真紅になります。中国大陸の呉の国から渡ってきた花で、はじめは「くれのあい」と言っていたのが、「くれない」に変ったのだそうです。

江戸時代、山形には「べに花大尽」というのがいました。「最上べに花」が最高の品種だったそうです。私は芭蕉の『奥の細道』を取材してまわったときに、べに花栽培の盛んなところへ行きました。そこでおかしいことがありました。山形のかたたちは、紫式部が『源氏物語』で醜女に「末摘花」という名前をつけたのを怒っていらっしゃるんです。そして『源氏物語』によってイメージが壊されたべに花の汚名を、芭蕉がそそいでくれたと言います。

芭蕉は「眉掃きを俤にして紅粉の花」という綺麗な句を作りました。江戸時代の人は、お化粧するときに眉についた白粉を刷毛で払ったのですが、芭蕉はその「眉掃き」みたいな花と形容したので、山形のかたは気をとり直してとても喜んでいらっしゃいます。

さて、源氏はさまざまな女性を遍歴しましたけれど、一番忘れられないのが夕顔なんですね。なぜでしょう。『源氏物語』に出てくる女性の中で誰が一番好きかと聞くと、「夕顔」と答える男性がたいへん多いです。人なつこくて素直で、ちょっとおちゃめなところもあり、男の人に楯ついたりせず優しいところが、千年のあいだ男性に愛された理由なのでしょう。あんな女とまためぐり合いたい、と源氏はいつも思っています。

不思議なことに、源氏は宮中では真面目青年で通っていました。帝は、〈少し堅すぎるんじゃないか〉などとご心配されましたが、知っている人は〈ふふふ〉と笑っています。というのは、源氏は、誰を口説いてもすぐなびいてくるからつまらないと思って女に興味がない堅物をよそおっているんです。ずいぶん思い上がった考えですけれど。源氏にとって忘れられないのは、夕顔と、そして源氏を拒みとおした空蝉でした。

〈空蝉は美人ではないけれど、身ごなし、考え方、物の言いぶり、そして男のあしらいになんとも言えぬ風趣があった。〝女の不実は夫の名折れ〟と言うが、見事に夫の名誉を守った。あれから後どんなに言い寄っても聞いてくれず、このときと思って忍んだら、蝉の羽のような薄い衣一枚を残して逃げ去った。なんと心憎いひとだろう〉。

　でも空蝉は人妻ですし、夫について遠くの国へ行ってしまいました。この娘こそ、と思った夕顔とも死に別れました。源氏はあちこちの噂を聞き歩きますが、思わしいひとは現れません。ところがここに〈こういう姫君が〉と耳打ちする人がありました。源氏の乳母には、惟光の母ともう一人〈左衛門の乳母〉というひとがいて、その娘に〈大輔の命婦〉というのがいました。〈命婦〉とは宮中の女官の一つで、五位を与えられていますが、沢山いるので父や夫の官名をつけています。このひとは、お父さんが兵部大輔ですから〈大輔の命婦〉といいます。

　これが、なかなか面白い女の子、現代風なちゃきちゃきした若い娘で、「色好み」とありますから、男性にもてたのでしょう。その娘が言いました。〈常陸の宮の晩年にお生まれになったお姫さまがいられます。宮は可愛がっていらしたけれど亡くなられ、母君もとうに亡くなられて、今はおひとりで淋しく暮らしていらっしゃいますわ〉。

　源氏はたちまち興味をひかれ、（荒れ果てた屋敷に独り住む美女。うーむ）と、「雨夜の品定め」を思い出して、好奇心をかきたてられます。〈どういうひとだい。美人かい〉〈いつも御簾を隔てていますから、お顔はよくわかりませんけれど、七絃琴をお弾きになりますのよ〉。当時、琴には七絃と十三絃があり、七絃琴は古風で、すたれていました。（なるほど、やっぱり古風な宮家の姫だなあ）と、いよいよ興味をそそられます。

〈会えるようにしてくれよ〉〈とても内気で恥ずかしがりでいらっしゃるからどうでしょうか。寂しいときはいつも琴をかき鳴らしていらっしゃいますわ〉〈ふうん。中国の聖人は「琴・詩・酒」の三つを友とするというからね。もっとも姫君だから、お酒は友とされないだろうけど。一度その琴を聞かせてくれよ〉。

この大輔の命婦は、宮中でも気軽に冗談を言い合ったり召し使ったりする間柄ですから、源氏も頼みやすいのです。朧月夜のころに命婦と示し合せて、源氏は常陸の宮家へ出かけました。聞いていたよりも荒れ果てたお屋敷です。夜なのに格子も下ろさず、姫君は寂しそうに外の梅をご覧になっています。梅の香りが漂っています。

命婦は、〈ふだん御無沙汰しておりますが、たまたま今夜はゆっくりできますので、ぜひお琴をうかがいたいですわ〉と上手に持ちかけました。

すると姫君は、昔風のおっとりした宮家の教育を受けたかたですので〈宮中へお出入りなさるかたのお耳にとまるような曲はとても〉とおっしゃりながら、そろりそろりと琴を弾かれます。それほど上手ではありませんが、ぽろんぽろんと掻き鳴らしただけでなんとなく風情が出るんですね。

少し離れたところで源氏が聴いています。命婦は目はしの利く現代っ子ですから、あんまり長くお弾かせするとボロがでるわ、と思い、〈ありがとうございました。空が曇ってまいりましたから、格子を下ろしましょう。本当にお邪魔いたしました。今夜、客を呼んでいるのを忘れておりましたの〉などと取りつくろって、部屋へ戻ります。

待っていた源氏に、〈いかがでした〉〈ぽろんぽろんだけではわからないじゃないか。ちょっとおそばへ行って、今晩はくらい言えないか〉〈だめですよ。何しろおっとりして恥ずかしがりで、あまりものもおっしゃらないんですもの、おかわいそうですわ〉〈それなら、気持だけでもお伝えしてくれ。私も寂しい身、姫君もお寂しい身。二人で簀子縁に坐って荒れ果てた庭を眺めながら、この世のこと、四季おりおりのこと、風流のこと、そんなことを話し合うだけでもお互いの人生の慰めになるのではないかとか、うまく伝えてくれよ〉〈はい、はい。でも姫君がご承知なさるでしょうか〉と命婦が言っているうちに、源氏は、はや次へ出かける用意があるのか、そそくさと帰りかけます。

命婦はぷっと吹き出して、〈帝が、源氏の君は真面目すぎるとおっしゃるのがおかしいわ。こんな姿をご覧になったら、どうお思いになるでしょう〉なんて言います。すると源氏は、〈おいおい、きみがそんなこと言える柄かい〉と答えますが、この辺のやりとりは、現代の男の子と女の子のようで面白いですね。

源氏はどこかへ出かけると命婦に見せかけておいて、もう一度こっそり引き返し、ちょっとでも姫君のお姿が見えないかと探しています。すると先客らしき男が立っています。

〈すでに男がいるのか〉と思ってよく見ると、〈ふふふ〉と笑うのは頭の中将です。〈ご一緒に内裏を退出したのに、うちにも二条邸にもいらっしゃらず、妙なところへ車をまわされるから、どこへ行かれるのかと尾けてきたんです。ぬけがけの功名はいけませんよ。これからは私をお供にお連れ下さい。色事には、お供の機転が利くのと利かないのとではえらい違いですからね〉なんて冗談を言います。

二人は親友同士ですから、〈いやあ、見つかってはしかたない〉と、同じ牛車に乗って、笛を吹き合いながら左大臣邸へ向かいます。この、車に乗った人が笛を吹き、その音色が街まで流れることについては、清少納言もたいへん好もしそうに書いていますが、とてもいい時代ですね。二人の美しい貴公子が、笛を合せながら牛車の中で笑いさざめく。それを耳にして随身たちや牛使いたちも、どんなにか足が弾んだことでしょう。

夜おそく二人は左大臣邸へやってきますが、青年たちの興は尽きません。笛、琴を持ち出して遊んでいると、源氏には舅にあたる左大臣までが笛を持って出てこられて、〈いやあ、これは楽しい夜ですすな〉と加わります。

源氏は左大臣邸で、妻の兄や父たちと男同士の友情を楽しむのが嬉しくてたまりません。おばあちゃん育ちの源氏ですから、そんな身内の温もりある語らいというのが嬉しかったのでしょう。こういう、青春の日の遊びを書く紫式部の筆は、軽々として楽しそうです。

命婦の役割

源氏は、春にはおこり病を治すために北山の僧都のところへ行き、山寺でしばらく寝ていました。また夏には藤壺の宮とのことがあって悩みが深かったので、末摘花のいる常陸の宮家へは足が向きませんでした。でも、まめな源氏のことですから、手紙だけはしょっちゅう送っています。この時代の風習として、男がせっせと手紙を出すと、一度くらいは返ってくるんですね。男の人は返事の筆跡、墨継ぎの美しさ、用いられた紙、添えられた花や木の枝などのセンスを見て、女性の人柄や教養を判断します。けれど姫君からは全く返事がありません。

宮中で出会った頭の中将から〈返事は来ましたか〉と聞かれました。頭の中将もやはり手紙を書いていたんです。源氏は〈さあ、来たかな、どうだったかな〉ととぼけましたが、内心、頭の中将に先を越されるのはくやしいと思います。双方とも青年らしい挑み心で、一人の姫君をめがけたわけですね。

ある日、源氏は大輔の命婦に、〈簀子縁の片端でいいから坐らせておくれ。姫君のお声だけでも聞きたい〉と頼みます。

命婦は、〈あの家はお堅いんですよ。その上、お古いんです〉と、はっきり言います。〈男性について開けた考えなんて全く持っていられないし、お姫さまもお困りになると思いますわ。お仕えするのも若い人は少ないんですよ。私でしょ、侍従でしょ……〉。侍従の女房とは、姫君の乳母子なのですが、〈侍従はね、賀茂の斎院とかけもちでお仕えしているから、いつもいるわけじゃないし〉。

ということは、この常陸の宮家のお手当てが少なかったのでしょう。女房たちがどんなふうに報酬を得ていたか、現代でもまだくわしい研究はされていませんが、少ない報酬でやっていけない人たちは、かけもちをしていたらしいですね。王朝の小説にはそういう場面がよく出てきます。

〈でも、どうしても〉という源氏に、大輔の命婦は押し切られてしまいました。

命婦は考えます。この辺の発想が、新しい考えを持つ女のひとらしいんですね。

(源氏の君は、一度かかわりを持った女をお捨てにならないという噂だし、姫君もあのまま老い朽ちて、荒れたお屋敷でただ年を重ねられるよりは、青春の思い出があってもいいのではないかしら。ご運が開けるかもしれないし)と思います。経済的な援助もして頂けるんじゃないか、という打算もあったかもしれません。

命婦はある秋の晩、姫君のおそばで、何くれとなく話をしていました。末摘花という姫君は、新しい情報には疎いかたなので、〈お父さまがこんなことをおっしゃった、あんなことをなさった〉という昔話ばかりです。

そこへ、門へ出た女房がやってきて、〈まあ、どうしましょう。源氏の君が急にお渡りになりました〉。命婦は、はじめて聞いたようにびっくりしてみせます。〈「手紙のお返事が頂けないので、お目にかかって答えを聞かせてほしい。おつき合い頂けるのか頂けないのか。それによって諦めもするし、また望みも持つ」などとおっしゃっていたけれど、本当にいらしたんですわ〉。

〈お客さまとお話など……〉と姫君は後ずさりしました。このときの命婦の言葉が面白いんです。〈そんなことおっしゃっていてはだめですよ。これからおひとりで世の中を生きていらっしゃるんでしょう。いつまでも、世捨て人みたいなことでは、やっていけませんよ。少しは世間ずれなさらなければ〉なんて説得します。するとそこは世間知らずのおっとりした姫君ですから〈そんなものかしら。こちらのほうで黙ってお話をお聞きするだけだったら〉と答えます。

女房たちがあわてふためいて、簀子縁に敷物を出そうとするので、命婦は〈そこではあんまりだわ。寒いし、身分のお高いかただから、やはりこちらにお入れしなければ〉と、姫君のいる部屋の襖をぴったり閉め、その手前に席を設けます。

そこへ源氏の君が案内されてはいってきました。客人を迎えて灯が明るく掲げられます。今日は女人のもとへ行くというので、源氏はいつにもまして美しく装って、いかにも艶な貴公子の風情に、年寄りの女房たちは呆然と見とれます。若い女房たちも、有名な源氏の君がみえたと、どきどきしています。

源氏は、〈手紙で心のうちをお伝えしてまいりましたが、お気持の一端でもどうかお明かし下さい〉と言葉を尽くして、女の心を開こうとします。命婦は、〈こんな田舎めいた家では、源氏の君の美しさ、素晴らしさを認める人たちがいないのが残念だわ〉。これも現代っ子らしい反応ですね。ところが、源氏がいくら言い寄っても、襖の向こうの末摘花は無言です。

〈あんまり無言の行ではこちらが恐れ入りますよ。「ええ」か「いいえ」だけでもお聞かせ下さい〉と言いますと、そばにいた女房の侍従の君が、〈これではあんまりだ〉と思い、姫君に代わって、〈世づかぬわたくしでございますから、お返事の申しようもわかりません。〝言わぬは言うにいや優る〟と言うではございませんか〉。

若々しい声だったので、源氏は緊張します。あ、これが姫君か、でもそれにしちゃあ、重々しさが足りないなと思い、少し近くへ寄ります。すると、古風ですがとてもいい香りがします。うーん、やはり深窓の姫君だと好もしくなり、さらに何やかや言うのですが、その後は、一向に手応えがありません。〈はじめにひとことおっしゃって頂いただけでそれきりというのは、あなたより私のほうがびっくりしますよ〉と源氏は、笑わそうとしますが、それにも反応がありません。（何か特別な考えでも持っておられるのか。何か主義でもあるのだろうか）と、源氏は好奇心に駆られます。

そのとき、いかにも現代っ子らしい源氏は、突然すっと立ち上がり、あいだの襖をさらりと自分で開けて中へはいってしまいます。大輔の命婦はびっくりしました。（あらまあ、油断させて、あんなことなさって。でももう運に任せるしかないわ。姫君にはお心用意がないからお気の毒だけれど、源氏の君のことだから悪いようにはならないでしょう）と、そっとその場を外します。まわりの女房たちも、無礼な、と咎めもできず、素知らぬ顔をして出てゆきます。

こういうときに王朝小説では、「すべりいでぬ」と形容されるんです。膝行ですね。昔の女の人たちは、さっと立って歩いたりせず、膝ですべり出るので音もしません。いつのまにか周りに人はいなくなりました。

姫君はお客さまがいらしたというので、表着だけは着がえさせられていますが、なんとなくボーッとしています。源氏は心を尽くし、優しい言葉で姫君を抱き寄せます。真っ暗ですから、姫君は何をされているかもわかりません。呆然としているだけです。

源氏は、もう引き返せないと思って姫君を抱いたのですけれど、なんの反応もありません。はじめのうちは、深窓の姫だから、驚いて声も出ないのかもしれないと思いますが、さらに優しく手厚く扱ってもなんの反応もありません。〈不思議なひとだな〉。

ふつう、そんなことになったら、〈いえそれは〉と言ってあらがうとか、軒端荻（のきばのおぎ）のように、未経験だけれど若い娘の好奇心ではちきれそうになって、憎からぬ感じで迎えるとか、いろいろな生身の反応があるはずです。でも、うんともすんとも反応がない。首を傾げながら、源氏は屋敷を後にしました。

二条邸へ戻ってつくづく思うのは、〈まずったなあ〉ということです。〈あの姫君は身分が高いから、このままにするわけにはいかない。えらいことをしてしまった〉。

――ここで紫式部のコメントが読みとれます。

――セックスは頭とハートの問題なんですよ。……

朝寝をしていると、頭の中将がやってきて、〈わけありげな朝寝ですね〉なんて言いますが、源氏もこればかりは親友に打ち明けられません。〈今日は、何か〉と聞くと、頭の中将は〈十月の朱雀院（すざくいん）行幸の折の楽人や舞人の人選があるので、すぐ宮中へ戻らねばなりません。今それを父に伝えてきたところです〉と忙しそうです。

〈じゃあぼくも参内しよう〉というので、二人はともに朝食をとり、同じ車で宮中に向かいます。この辺も、いかにも仲のいい貴公子たちの交際ぶりが活（い）き活（い）きと描かれています。

末摘花への気遣い

女のもとへ行った翌日には、すぐ後朝（きぬぎぬ）の文を出さなければいけないのですが、源氏はがっくりしてしまったものですから、夕方になってやっと〈胸の思いは晴れる間とてありませんが、今日は雨ですから行けません。失礼〉という内容の手紙を出します。すると姫君から返事が来ました。はじめてです。真っ白な分厚い奉書に、堅苦しく肩ひじばって書いてあります。〈わたくしのほうこそ涙にくれておりますわ〉。才気も情も感じられません。源氏は手紙を置いてうめいてしまいました。（いやあ、いよいよたいへんだ）。

それから後、忙しかったこともあり、源氏は常陸の宮家へ行きませんでした。すると大輔の命婦に〈なんとかして下さいませよ。一度いらしただけでそのまま放ったらかしなんて、あんまりじゃございません〉と叱られてしまいます。〈わかった。今は、行幸の準備で忙しいんだ。悪く思うなよ〉と言いつつも、しぶしぶ源氏は出かけます。二度目もやはり同じ調子でした。全く喋（しゃべ）らず、無反応です。（声も聞かせてくれない、顔も見せてくれない）。王朝の夜がいかに暗かったかわかりますね。共寝しても顔が見られないんですから。〈手触りでは、髪はとても立派だったが〉。髪の美しいのは美女の第一条件ですから、美人かもしれないと思って、わくわくするのも男性の好奇心ですね。

ある晩、源氏はいつもよりちょっと早く出かけました。出入り口からのぞくと、女房たちはご飯を食べています。〈寒いわねえ〉と震えている女もいます。〈常陸の宮がご在世中にもつらいお勤めと思ったけれど、どうしてあんなこと思ったんでしょう。あのころのほうがまだましだった。こんなに寒いことってなかったわ。雪になるんじゃないかしら〉なんて言いながら、貧しい食事をとっています。いかにも古格を重んじる宮家らしく着付けも古風で、老い女房たちが寒そうに震えながら食事をするのを見て、〈ああ、かわいそうだなあ〉という気が源氏に起こります。

その夜、いつものように無反応、無抵抗の姫君を抱いていると、老い女房たちが心配していたように雪が降りだしました。

明け方、源氏は手ずから格子を上げます。一面の雪景色。荒れた庭も、この朝ばかりは美しいのです。〈こちらへ来てみませんか〉と源氏は声をかけます。老い女房たちは姫君に、〈いつまでもそんなにもじもじなさってはいけません。素直なのが一番ですよ〉と言っておそばへ出します。格子を上げてあるので、あたりはすっかり手に取るように見えて、源氏の好奇心ははちきれそうです。〈どんなお顔だろう。もし、思っているより美女だったら嬉しいな〉。

まず最初にあっと思ったのは鼻でした。普賢菩薩が乗った象みたいに長い鼻がお顔の中央にそびえ、鼻の先は垂れ下がり気味です。しかもその鼻の先は、寒さのせいか風邪引きのせいか真っ赤です。「末摘花」というのはここから来たあだ名なんですね。

次にびっくりしたのがお顔がやたらに長いことでした。おでこが張っているのに下膨れで馬づらです。そして青白い。栄養が悪かったんでしょうか。その上〈胴長にがっくりきた〉とあります。胴長がうとまれたのは、座高が高くなるからですね。当時は小柄が美女の条件でした。

そして最後に、骨が肩を突き破りそうに痩せていたこと。〈なんでこんなにしげしげ見てしまったんだろう〉。

その源氏も、これは見事だ、と思ったのは姫君の黒髪でした。長さは裾よりまだ余っています。非の打ちどころのない女はいないように、一点のいいところのない女もいない、というのは「雨夜の品定め」で言われましたけれど、この姫君も髪だけは美しいので、源氏は気を取り直します。

「朝日さす軒の垂氷は解けながら　などかつららの結ぼほるらむ」――〈朝日にあたってつららが溶けていますよ。このつららのようにあなたの心も溶けて、何か言って下さると嬉しいんだが〉。姫君は〈むむ〉と笑うばかりで、なんのお返事もありません。

源氏は一面の雪の中を、がっかりしながら帰ろうとします。門は朽ちていてなかなか開きません。老いた門番と、娘か孫かわからない女が出てきて力を入れても、軋(きし)んで開かないのです。源氏の供の男たちが寄ってきて、やっと開けました。源氏は邸(やしき)に戻ります。

ここからがこの青年のいいところなのですが、あまりの姫君の異相に、かえって優しさをかきたてられてしまったのです。〈すっかり見てしまったからには、あのひとを捨てられない。あのひとの亡くなられた父君の、娘を頼むという思いが私を引き寄せたのかもしれない。しかたがない、こういう運命だったんだ。あのひとの面倒を見よう〉。

源氏はこのあと常陸の宮家へ物質的な援助を欠かしませんでした。

そのころ二条邸では、紫の君がとても可愛く育っています。〈末摘花の花の色でも、こんなに可愛い紅色もあるのだなあ〉と紫の君の桜色の頬を、源氏は嬉しく見ながら、絵を描いて遊びます。

女の絵を描き、その鼻の先に紅色を塗って、〈どう、この女〉〈あらみっともないわ〉。姫君が無邪気に笑います。さらに源氏は朱の筆を自分の鼻につけて、〈こんなになったらどうしよう〉〈早くお拭(ふ)きあそばせ〉。源氏が拭くまねをして〈取れないどうしよう、帝(みかど)に叱られる〉と言いますと、紫の君は真剣にびっくりし、〈たいへん、どうしましょう〉と懐紙を水で濡(ぬ)らして拭きます。

二条邸は、うららかな笑い声でいっぱいでした。

宴（うたげ）は果てず

「紅葉賀（もみじのが）」「花宴（はなのえん）」

源氏の舞

朱雀院への行幸は、十月の十日すぎに決まりました。ここにお住まいの院は、物語には出てきませんけれど、桐壺帝の前の帝のようです。その院の〈長寿のお祝い〉をするのです。王朝時代、四十歳以上は長寿でした。四十でお祝いをし、その後は十年ごとにお祝いをします。今の四十歳といったら盛りの年ですが、このころは、四十まで生きたら〈功なり名遂げた〉ことになったようです。院のお年は書かれていませんが、例年より大きくお祝いしたとあります。史実でも紫式部の時代よりほぼ百年ぐらい前、延喜十六年（九一六年）に朱雀院で宇多上皇五十の御賀のお祝いがあった、と史書にありますから、紫式部はそれをもとに書いたのですね。

このお祝いには、当代のすぐれた技量を持つ人々――音楽の才、踊りの才が一堂に集まりました。朱雀院への行幸は男性だけですので、後宮の女人がたは見られません。帝は、最愛の藤壺の宮が、音楽も舞もお好きなのに見られないのはかわいそうだと思われ、「試楽」すなわちリハーサルを御所で催すことになさいました。

当日はうららうらと晴れ、紅葉がとても綺麗です。現代と違って、地球の温暖化も大気汚染もないし、京都は盆地ですから、朝晩の冷えとともに紅葉の色が濃くなって、さぞ、さえざえと美しかったでしょう。

源氏は、親友の頭の中将と「青海波」を舞いました。「鳥甲」という、鳥の頭のかたちをした帽子をかぶり、袍を着て、ふたりで舞うのです。そこへ〈夕陽がはなやかに射した〉とありますから、それは美しかったことでしょうね。楽器は、太鼓や羯鼓、笙、篳篥、琵琶も琴もあります。楽人たちが奏し、ふたりの美しい貴公子が舞います。この「青海波」とは、大波小波が寄せては返すさまを袖の振りであらわします。途中ではたと楽の音が止み、舞手が詩句を朗詠するところがありますが、その間はしーんとなります。吟詠が終り、舞手がパッとひと差し袖を振ると、いっせいに楽の音があがります。どんなに綺麗な見ものだったでしょう。源氏の美しさに、みなため息をつき、帝は感涙をこぼされました。

もちろん頭の中将も身分高く美しい人ですが、源氏に比べたら「花のかたはらの深山木なり」と原典に書かれているのは、お気の毒ですね。

源氏に見とれて、ほうーっとため息をつく一同の中に、たったひとり、弘徽殿の女御は〈あんなに美しいと、神さまが奪うというじゃないの。おお、気味が悪い〉なんて意地悪く言われます。女房たちは〈あんまりだわ〉とか〈お人が悪いわねえ〉とかささやいていますが、女御には積年の大怨があって、そう言うのも無理ないんですね。

このかたは右大臣の娘で身分は高いし、桐壺帝の最初の妃なので、権勢をふるっていられます。皇子皇女をたくさん儲けられ、いちばん上の皇子は今や皇太子です。(それなのに、世間の人はなぜかうちの子をないがしろにして、源氏ばかりちやほやする。母親は桐壺の更衣という身分の低い女だったのに、帝はとても愛していらして、その忘れ形見の源氏も贔屓なさる)。

さらに、(このごろはうら若い藤壺の宮をとても愛していらっしゃる)と、恨みやひねくれが重なっています。気の強い女御ですから、そういう言動になられるのはしかたなかったのです。紫式部は〈無理ないですね。突然意地悪になったのではなく、こういう性格にいろんな環境が重なったから〉と、物語の上で無理なく納得させてくれます。

「青海波」は本当に美しい見ものでした。藤壺の宮は(ああ、あのことがなかったら、どんなに楽しめたか——)。宴が果て、宮は帝のそばでおやすみになります。〈今日は素敵だったねえ〉と、何もご存じない帝はおっしゃいます。〈今日の見ものは源氏の「青海波」に尽きる。こんなに歓を尽くしたら行幸の当日は興が醒めると思うが、あなたにぜひ見せたかったのだ。どうだったね〉と聞かれた宮は、〈格別に結構に存じました〉と言葉少なに答えられました。

邸に戻った源氏は、(あのかたはどこで見てくれたのか、どんなふうに思ってくれただろう)と思うとじっとしていられず、歌を書き、例によって王命婦に届けさせます。

「もの思ふに立ち舞ふべくもあらぬ身の　袖うち振りし心知りきや」――〈あなたへの物思いで、うまく舞えなかった。この苦しい心のなかをお察し頂けるでしょうか〉という意味です。そのころはもう、藤壺の宮からお返事は来なくなっていましたけれど、さすがにこのときは見過ごしかねられたのでしょう、珍しくお返事が来ました。
「唐人の袖振ることは遠けれど　立居につけてあはれとは見き」――〈「青海波」は、唐の国から伝わったと聞きます。むずかしいことはわからないけれど、あなたの差す手引く手に、本当にあわれを感じさせられました。わたくしのほうこそ物思いにふけっております〉。源氏にとっては、嬉しくもせつないお返事でした。

さて、行幸の日は美々しい大盛儀となりました。「竜頭鷁首」といって、船首に竜の頭と鳥の頭をかざった二艘の船に楽人を乗せ、演奏させながら池を漕ぎまわります。そして紅葉が散りまがうなか、源氏の君と頭の中将が「青海波」を舞いました。

紅葉が散るにつれて、松風がさっと吹きそい、時雨がはらはらと降りかかって、まるで天までが感涙をもよおしたようだ、とあります。現代の私たちは、こういうハレのときに通り雨が来ると、残念、と思いますが、王朝の人たちは、それさえも美意識に適うものとして、嘉したのですね。身分の高いかたはもとより、もののあわれも知らない下っ端の人たちまで〈素敵、素敵〉と讃えました。「この世のことともおぼえず」と原典にあります。

源氏はその夜、舞のめでたさによって、「正三位」を賜ります。源氏は、公の場ではとても幸せですが、プライベートのほうはあまり幸せと言えませんでした。

葵の上と紫の君の間で

葵の上とは相変らずしっくりしません。〈年を重ねるにつれ打ちとけられるかと思ったが、あなたはやっぱり冷たいね〉と源氏がついもらすと、葵の上は心の中で〈じゃあ、あなたが二条にお引き取りになったあの女のかたは何なの〉と言い返します。言葉にはしなくとも、雰囲気にその反発が出ます。源氏は、自分が悪いとは思うのですが、それが言葉になりません。その憂さを払うために二条邸へ戻り、西の対で紫の君を見るとほっとするのです。妻の前でほっとすることができれば一番いいのですが、妻の前では緊張して、ほかの女の前でほっとするというのは、現代の男性にもあることかもしれませんね（笑）。

紫の君はとても可愛く育ち、何を教えても、砂が水を吸いこむように覚えてしまいます。センスのある女の子なんですね。性質も素直で明るくて、源氏はとても大切に扱います。「政所、家司などをはじめ、ことに分ちて、心もとなからずつかうまつらせたまふ」とありますが、「政所」とは家政を司る事務所で、「家司」はそこの事務員です。若干のものはおばあちゃまの尼君から譲られているでしょうけれど、源氏は自分の資産も分けて独立の家計とし、彼女を一家の主（あるじ）として扱っています。源氏が外へ出かけようとするとしょんぼりしますが、よくものを覚え、音楽も上手になりました。源氏が笛を吹くと、まだ体が小さいので身を乗り出して琴を弾くのですが、その様子がとても可愛いのです。

　源氏がしばらく行かないと淋（さび）しがって、原典には「母なき子持たらむここちして」とありますが、源氏は、まるで母のない子を男手で育てているような気分です。

　紫の君がこんなに可愛がられるのを見て喜んでいるのは、もちろん乳母（めのと）の少納言です。（これも、亡き尼君がみ仏のご加護を祈って守って下さる証拠だわ）と少納言は手を合せます。（今のうちはあんなに可愛がって下さるけれど、もう少し大きくなってほんとにご結婚なさったら、お姫さまにもいろいろ物思いが増えるでしょう。源氏の君には、正妻の葵の上もいらっしゃるし、他にも女性がいらっしゃるから。でも、今は本当に幸せだわ）。

　十二月に、おばあちゃまの喪が明けます。尼君は九月に亡くなられたのですが、〈母方の祖母は三ヵ月〉という服喪の規定がありました。母がわりの尼君でしたから、姫君は今でもときどき思い出してしょんぼりすることがあるので、型通りに喪が明けたというようにはせず、源氏はすこし地味めの着物に着替えさせます。紫や紅（くれない）、山吹色といった少女らしい着物を着せると、いっそう可愛くなりました。

そのうちにお正月になりました。源氏は役人ですから、美々しく衣裳を整え、真っ先に宮廷へ参内して、年頭の儀式に立ち会わなければなりません。参内前に、紫の君のお部屋を覗きました。〈おめでとう、今日からひとつ年をとったね〉――昔はみんな数えで年齢を数えました。私たちも小さいころは、お正月になるとひとつ年をとったと言い合いましたが、あれはなかなかいいものでしたね。

源氏は、〈ひとつ年をとって、ちょっとおとなになった？　賢くなりましたか〉と聞きますが、紫の君はお人形遊びに夢中です。源氏が作らせたミニチュアの御殿に人形をいっぱい並べています。ほかにも、「三尺の御厨子」、一メートルくらいの高さの観音開きの戸棚の中にも、おもちゃが沢山はいっています。男君のお人形、女君のお人形などいっぱいあって、姫君はそれを取り出して源氏に見せたりします。〈あのね、御殿のここをね、犬君が鬼遣するといって壊してしまったの。だから直さないと〉と、一大事のように言います。「犬君」というのは、源氏がはじめて北山で紫の君を見つけたとき、〈雀の子を犬君が逃がしてしまったの〉と走りこんできた、そのときのお遊び相手の女の子ですが、相変らずそそっかしいようです。〈よしよし、壊したところはすぐに直してあげるからね。今日はお正月だから泣いちゃいけないよ〉と言って源氏は参内に出かけます。〈まあ、いつ見てもお美しい殿方ですこと〉と、女房たちが感心して見送りました。

少納言がやってきて、〈お姫さま、もう十歳も過ぎられたのですから、いつまでもねんねみたいなお遊びをなさっていてはだめですよ。人形遊びどころか、お髪をとかすのも痛がってむずかられるんですから困ります。源氏の君は、あなたの婿君なんですよ。もう少しおとなっぽく、しとやかになられて言葉もいろいろ覚えて、態度もお改めにならないと〉と言います。

紫の君はびっくりして、心のうちに〈ええっ、わたくしのお婿さま？　ときどきまわりの人たちに「あれはだれそれの婿君ですよ」と教えられるけど、みんな不細工なおじいさんばかりだわ。あんなにお綺麗で若いかたが、わたくしの婿君ですって？〉なんて思っています。

源氏は、宮中の儀式を終えるとすぐに、妻の葵の上と舅の左大臣が待つ三条邸へ行きます。いつも美しい葵の上は、お正月というのでいっそう綺麗に装っていますが、相変らずものを言いません。〈おめでとう〉と、源氏は一生懸命話しかけ、話しかけられれば答えるのですが、自分から打ちとけることはしません。

二条邸で女人が大事にされているらしいという噂が広まり、葵の上の耳にもはいっています。〈二条邸のひとってどんなかた？　やがては奥さまになさるおつもり？〉というようなことを言えるといいのですが、葵の上は思っていても言えないのです。

でも、心を解きほぐそうと、源氏が尽くすのを見ると、葵の上は愚かしい人ではありませんから、相応にお返しします。それでいくらか緊張感がとけるといった、何となく綱渡りみたいなふたりの間柄です。けれど源氏のいいところは、必ず反省するところです。（私も悪い。あちこち女がいて、多情を責められてもしかたがない）。

源氏は、一番はじめに結婚した葵の上には、特別の気持をもっています。父帝も許し、葵の上の父君も許した正式の夫婦です。けれど夫婦の情というのがなかなか生まれてきません。

　こういう娘夫婦の仲を一番察しているのは、舅の左大臣です。あくる日、源氏が次なるところへ参賀に行こうと用意をしていると、左大臣が、〈こういうものがありますが〉と、やって来ました。「石帯（せきたい）」といって、男性が礼服とする袍（ほう）の上から締める黒い牛革のバンドです。玉（ぎょく）とか犀（さい）の角とか、貴石をはめこんだり、縫いつけたりしてあります。

〈見事なものですね〉と源氏はびっくりしました。〈宮中の宴など、ハレの場所で使うことにいたしましょう〉と言いますと、左大臣は〈いやいや、そういうのはまた別にあります。これはただ珍しいというだけのものですから〉と、源氏の身繕いまで手伝います。左大臣は源氏の君が大好きで、婿として迎えたことを光栄に思い、できるならば、ふたりがもっと仲よくなってくれたらどんなによかろう、と思っています。

けれども娘を責めるわけにはいかないし、源氏を責めるわけにもいきません。男と女の仲ですから、親が口を差しはさむことではない、と賢い左大臣はわかっています。

それだけに〈自分なりに源氏の君をお世話しよう〉と思うのでしょう。「御沓を取らぬばかりにしたまふ」と原典にあります。つづいて「いとあはれなり」というのは、語り手の言葉というよりむしろ源氏の心の中でしょう。〈舅がこんなに自分のために心を尽くして下さる。もったいなくもお気の毒だ、いとおしい〉というような気持でしょう。そんなふうなので、源氏はいつも疲れるのです。

藤壺の懐妊

一方ご懐妊なさった藤壺の宮です。宮が御所を退出なさってからの月数を数えると、十二月にお産がなければいけないのですが、その十二月も過ぎ、宮中ではお産の準備も済ませたのに一月も過ぎ、人々は心配しますが、〈物の怪のしわざだ〉ということになりました。

迷信深い時代ですから、それでとおったのでしょうが、中には〈おかしいんじゃないの〉と言う人があったかもしれません。〈少し延び過ぎてやしない？　御所を下がられたのは何月よ〉と口うるさい女官たち、女房たちは言ったかもしれません。

ただし、これも内実は誰にもわかりません。というのは、御所を退出され、里へ下がられたといっても、あるいはこっそり御所へときどき戻られたかもしれない。正式の進退ですと、大きい行列を組んだりしてたいへんなので、女房車のように見せかけてはいられるということもありましょう。その辺のいきさつを宮廷の人々も知っています。

ようやく二月の何日かに、男皇子が無事生まれました。世間も、宮中の人々も、ほっと安堵して、喜びに包まれます。でも藤壺の宮は、お産のときに死にたいと思われたのでした。生まれる子が源氏の子だというのは、ほかならぬ宮がいちばんよく知っていられるのですが、またも弘徽殿の女御がなにやら呪っているという噂が聞こえたものですから、さすがに、負けてはいけない、気を確かにしなければと思いなおし、無事に出産なさったのです。

帝はお喜びになって、〈早く若宮を見たい〉とおっしゃいますが、もうしばらく里ですごされます。

源氏も、月数を思い合せて、（私の子ではないか）と思っています。王命婦に、〈そっと会わせてほしい。主上がとても見たがっていらっしゃるので、先にお目にかかって、こうこうでしたと申し上げたい。こっそり会わせてくれないか〉と頼みます。さすがに藤壺の宮は、お許しになりません。〈まだ生まれたばかりで、見苦しゅうございますから〉。実は若宮の顔は源氏の君にそっくりだったので、〈誰にも見せたくない。見たらすぐにわかられてしまう〉と思ったからです。原典に「宮の、御心の鬼にいと苦しく」とあるように、苦しい思いをされています。

やがて四月になり、やっと若宮は藤壺の宮に抱かれて参内しました。源氏によく似ていられて可愛いのですが、まさか誰がこの事実を知りましょうか。

帝は、とても可愛く思し召し、ちょうど音楽会で召されておそばへ来ていた源氏に見せようと、奥から若宮を抱いて出ていらっしゃいます。――これは私たちが想像する王朝の宮廷と違いますね。帝が直接若宮を抱いてお見せになる、そういう家庭的な様子が書かれています。

〈ご覧、とても可愛いだろう。あなたによく似ているよ。ほかの子供たちはそれぞれの里で育ったが、あなただけは私の膝下で育てたから毎日見た。子供というのは皆こんな顔をしているのかもしれないけれど、あなたによく似て可愛いね〉とおっしゃいます。御簾の内でそれを聞く藤壺の宮は、冷や汗を流していられます。

源氏は、原典に「面の色かはるここちして」とあるように、顔色が変りました。「恐ろしうも、かたじけなくも、うれしくも、あはれにも、かたがたうつろふここちして、涙おちぬべし」（申しわけない、恐ろしい、でもうれしい）と複雑な思いです。〈本当に私に似ているのか。私と、愛する宮の子なのだろうか〉とさまざまな思いが一気に胸にのぼって、涙が落ちそうになります。これは、藤壺の宮も源氏も倫理的な、情感の豊かな人だということを示しています。二人とも鉄面皮ではないんですね。二人は大きな罪悪感と、そして罪の証しのような子供を、ついに共有してしまったのです。

源氏はたまらなくなって、そのまま邸へ戻りました。こんな思いを抱えて妻のもとへは行けません。帰って、うつらうつらしていると、目の前の庭に綺麗な撫子が咲いています。その花を一本折って、藤壺の宮に手紙を書きました。

「よそへつつ見るに心はなぐさまで　露けさまさるなでしこの花」

撫子というのは、王朝の時代には子供にたとえられましたが、〈私たちの子供を見ました。涙が溢れて思いはいっぱいです〉という意味でしょうか。返事はもらえないだろうと思いましたが、宮もやはり同じような思いでいられたと見えて返歌が来ました。

「袖濡るる露のゆかりと思ふにも　なほ疎まれぬやまとなでしこ」――「露のゆかり」と、示唆していられます。あなたの子です、と暗にみとめていられます。〈そうなのよ。ですから、可愛い子なのに、見るたびに心はふさぎますわ〉という意味でしょうね。その文を、源氏は長いこと見つめていました。でも、もう宮に会う機会はないし、若宮を自分の手で抱くこともないでしょう。

こういうむすぼれた思いでいるときは、紫の君の顔を見るのが一番です。源氏は心をふるいたたせて、西の対へ行きます。すると紫の君は、何だかつんとしていました。

〈どうしたの、こちらへいらっしゃい〉と言いますと、〈さっきお帰りになったご様子なのに、すぐこちらへいらっしゃらずに、何していらしたの〉。——なんて可愛いんでしょう。可愛くて率直なんです。源氏はたちまち嬉(うれ)しくなって、一緒に物語を読んだり、絵を見たりしているうちに日が暮れて、大殿油(おおとなぶら)の火が灯(とも)されます。王朝の貴族は、夜になると女のところへ出かけますから、まず自宅にいるということはありません。〈お車のご用意が整いました〉と、家来衆が言ってきます。〈雨になりそうですから、お早く〉。

紫の君は急にしょんぼりします。またお兄ちゃまが出て行くのか、と思うのでしょう。源氏が、〈ぼくが出ていくと淋(さび)しいの〉と聞くと、こっくりうなずきます。

〈ぼくも、あなたを一日でも見ないと淋しい。だがこうして出歩くのも、あなたがおとなになるまでだよ。世の中には意地の悪い、ものわかりの悪い人たちがいっぱいいてね。今のうちにその人たちのご機嫌とりをしておくんだよ。あなたがおとなになって一人前の淑女になったら、もうどこへも行くものか。こうして今、いろんな人たちのご機嫌をとり歩くのも、あなたと仲よくいつまでも長生きして楽しもうと思うからなんだよ〉と口説いているうちに、あまりおとなしいのでふと見ると、紫の君は源氏の膝(ひざ)の上で眠ってしまっていました。

何ていじらしいと思い、〈今日はもう出かけない〉と家来たちに伝え、そして紫の君を起こして、〈出かけないことにしたよ〉と言いますと、〈本当？ お兄さま〉。
そこへ夕食が運ばれてきました。二人して箸を取りますが、紫の君は、また源氏がどこかへ出かけないかと思って、そそくさと形だけ食べて、〈早く寝みましょうよ〉と言います。（こんな可愛らしい、いじらしい者をおいては、たとえ冥土へでも出かけられないなあ）と源氏はしみじみ思います。

こんなふうでしたから、左大臣の邸へはなかなか足が向きません。邸では、〈どうも、この二条邸の女というのは、厚かましいですよ〉という噂が立っています。〈源氏の君が出かけようとなさると、袖を引っぱって止めるといいますから。ねんねだとおっしゃるのはごまかしなのよ。生まれもよくないんじゃない、そんなにあからさまに源氏の君を引き止めるなんて〉などと女房たちのかしましいこと。前にも言いましたように、女主人と女房たちは運命共同体のような感じですから、葵の上が嫉妬するというよりはむしろ、女房たちが嫉妬しているんですね。

桐壺の帝も、困ったことだとお思いになりますが、（といって源氏が宮中の誰それと噂が立つ、ということも聞かない。いやに堅いのも困りものだが、どこをうろうろして、恨みを買うようなことをするのか）。でもここで、源氏に大変な浮名が立つことになります。

源典侍との浮名

宮中に源典侍という五十七、八の老女がいました。「源」とついていますから、皇族の出身で臣下にくだった人の一族なのでしょう。「典侍」というのは、女官の監督をしたり、天皇のお身のまわりの仕事をする内侍所の次官です。一番偉いのは「尚侍」ですが、典侍も、かなり重い役職です。才女で、音楽の才もあり、琵琶も上手に弾くので一目置かれていたのですが、ただ、大変な色好みとの評判で、次から次へと浮名を流していました。

源氏は、好奇心から源典侍に言い寄ったのです。すると典侍は逃げるどころか、誘いに乗ってきて、二人はこっそりと結ばれました。さすがに人に知られては恥ずかしいと思ったのか、源氏はそれを隠しています。

ある日、典侍が帝の御髪上げをしていました。帝は毎朝お湯をお使いになり、そのあと典侍が髪を梳くのです。終って、帝がお召し物を着替えに別の部屋にはいられたところに、源氏が通りかかりました。あのあと、典侍からは何通も手紙が来たのですが、源氏はおっくうになって返事をしていません。ここで偶然に出会って、源氏はいたずら心から、典侍の裳の裾をちょっと引きます。

すると典侍は、扇をかざして、流し目で源氏を見ました。扇の隅から相手の男が何者か、何を言おうとしているのかを見るのです。自分では艶(えん)な流し目のつもりだが、その瞼(まぶた)はたるんで黒ずみ、目のまわりはおちくぼんで皺(しわ)だらけ、と紫式部は容赦なく書きますが、〈でも着ている着物はとても趣味がいい。はなやかでしゃれていた〉と。着物をすっきり着こなしている、そういうところに彼女の人生と過去、それに美意識も暗示されています。この人物設定が心にくいですね。

さて、典侍が（あら、源氏の君だわ）という流し目をしたので、源氏は〈派手な扇ですね〉なんて言いながら自分の扇ととりかえます。典侍の扇は蝙蝠(かわほ)といって、紙を貼った扇です。片面は、顔が映るほど真っ赤なのへ、金泥で森の絵が描いてあり、その端に、古めかしい書体だけれど上手な字で、「森の下草老いぬれば」とあります。有名な古歌、「大荒木の森の下草老いぬれば　駒もすさめず刈る人もなし」からなのでしょう。つまり、〈年取ったわたくしにはもう男の人も寄ってこないわ〉という意味ですね。これはいささか、つきすぎの悪趣味、しかしそうともいえず、〈すごい歌ですね〉と源氏は感心してひやかします。

〈「大荒木の森」といっても、次から次に駒が来るんじゃないんですか〉〈あなたのような若駒だったら特別ですわ、草は盛りを過ぎていますけど〉〈どうかなあ。轡(くつわ)を並べるというのは困りますよ〉などと言っているうちに、帝が出てこられました。気づかない二人は、まだやりとりをつづけています。〈あれっきりお手紙もないので、どんなに心を尽くしたことか。ちっともお返事を下さらないのね、こんな年で捨てられるなんて、いい恥さらしですわ〉と典侍がすねたところに、帝が〈これは、これは。こういう仲とは思わなかった〉と大笑いなさいます。

　源氏は逃げていきますが、典侍は、〈憎からぬ人のためには濡れ衣も着たがる〉という言い習わしの通りに、〈そんなんじゃございません〉とは弁解しません。それでいっぺんに典侍と源氏の浮名が立ってしまったのです。帝はお腹を抱えて、〈物堅くて困ると思っていたけれど、けっこう遊んでいるんだね〉とお笑いになりました。

　それを聞いて、（してやられた）と思ったのは頭の中将です。身分が高くて美しい貴公子なのに、（しまった、あれだけは気がつかなかったな）。このかたは何かにつけて源氏と張り合おうとするので、たちまち典侍に取り入って、口説いてしまいました。典侍は、こっそりと頭の中将の恋人にもなります。なんてこれ、素敵なひとではありませんか、五十七、八で、二十歳前後の貴公子を二人とも恋人にしてしまって。でも典侍は、どちらかといえば源氏のほうが好きだったとあります。それにしてもたいへんなひとですねえ。

　男と女の仲というのは、やはり気持の問題ですね。末摘花のときに源氏は、（がっかりした、髪だけは綺麗だったけれど〉と失望して帰りますが、紫式部は、セックスや恋をするときに大切なのは、ハートと頭、と言いたかったのでしょうね。若さや美しさだけでなく、頭がよくて心がセクシーであることが大切、と。

ある夏の日、夕立ちがあって少し涼しくなりました。源氏が温明殿という御殿の脇を歩いていると、中から素敵な琵琶の音が響き、歌も聞こえます。典侍の声でした。典侍は音楽の才があるひとですから、物思いして歌いながらつまびく音色は、とても美しく聞こえます。〈戸を開けてはいって来てくださいな〉という意味の歌でした。そこで源氏も歌を返します。〈袖がちょっと濡れたので、雨宿りしてるだけですよ〉。源氏とすぐわかった典侍は、気取った声で、〈外にいる人の袖より、中にいるわたくしの袖のほうが濡れるのはなぜかしら〉と返します。〈あなたの袖が濡れるのは私のせいじゃないでしょう〉などと掛け合いをしているうちに、源氏は興が乗って、ふらふらと御殿にはいってしまいます。恋とはこういう掛け合いの面白さ、ユーモアを楽しみ、ものはずみの面白さを共有するなかからも生まれるのですね。

さて、恋人たちが寝入ったところに、外でにんまりとしているのは頭の中将です。中将は、源氏と典侍の現場へ踏み込んで恥をかかせてやろうと思ってあとをつけてきたのですが、こういう場面になったので、こっそり中へはいりました。

源氏は、気をゆるしては眠れなかったところに、ばたっという音がしたので、〈いけない、典侍に未練があると聞く、修理(すり)の大夫(かみ)だな。あのじいさんと鉢合せしたらまずいや）と、急いで直衣(のうし)を抱えて屏風(びょうぶ)のうしろに隠れました。暗いので源氏にはよく見えません。頭の中将はおかしいのをこらえ、怒ったふりをして、ばたばたと屏風をかたづけはじめます。

典侍は、今までの人生でこういう場面にはたびたび出あっていますから、それほどあわてふためかないのですが（笑）、はいってきた男が源氏を傷つけたりしてはいけないと思い、〈何をなさるの〉と押さえますが、すぐに頭の中将だと気がつきました。でも源氏にはわかっていません。頭の中将は太刀を引き抜き、いかにも怒っているように突っかかります。〈危ない！〉。

源氏はその腕をつかまえますが、たちまち頭の中将とわかり、〈悪い冗談はよせよ、きみ〉。そばでは典侍が、〈何をなさるんですか、やめて、やめて〉と腰を抜かして中将に手を合せて拝み、てんやわんやの大騒ぎです。

〈さあさあ、そのお姿でそのまま出なさいよ〉と、頭の中将が源氏に言います。〈こんな恰好(かっこう)では出られないよ、下着じゃないか〉〈いやそれが、お浮かれ遊びの証拠になります〉〈それなら、きみも脱ぎたまえ〉。

親友同士は、互いにそうはさせじと争ううちに、源氏の袖がちぎれたりして、ほうほうの体(てい)で二人は出てゆきます。

あくる朝早くに源氏のもとへ、典侍からの手紙がつけられて、帯と着物のきれ端が届きました。手紙には綺麗な字で、〈昨夜は大波の荒れ狂ったような心地でしたわ。波がこんなものを残していきました〉とあります。よく見ると、帯は頭の中将のです。着物の袖も、よく見るとこれも中将のものなので、源氏はそれらを中将のもとへ届けてやりました。

あくる日は源氏も頭の中将も、宮中で公務に忙しくすごしています。中将はしかつめらしい顔をして、書判をしたり裁決を与えたり、源氏は源氏で、次から次へと稟議すべき事案があり、真面目くさった顔をしています。双方ときどき顔を見合せては洩れる笑いを忍びかねて、こっそり笑い合っていました。楽しい青春の一幕ですね。

この源典侍は、あとでたびたび出て来ます。この愛嬌のあるオールドレディのエピソードが『源氏物語』に組みこまれているのは、とても楽しいことですね。紫式部の骨太な人生讃歌がきこえるようです。

こういうふうに面白い話がいろいろあって、源氏の青春はいっときいっときが輝やいています。

その秋に、藤壺の宮は、中宮にお立ちになりました。これを知って弘徽殿の女御は、どんなにお怒りになったでしょう。〈わたくしが最初の妃じゃないの。二十何年も連れ添っているこのわたくしをさしおいて新しいひとを中宮にするなんて〉。

桐壺の帝(みかど)は、現皇太子にご譲位なさるお心づもりでした。そして藤壺の宮の産んだ若宮を次の皇太子に、と思っておられたのです。ですが、次の皇太子にといっても、後ろ楯(だて)がなくてはなりません。藤壺の宮のご一族は皇族で、皇族は政治にタッチできません。それで帝は、〈せめて母宮だけでも中宮に立てれば、若宮の重しになるだろう〉と思われたのです。

帝は弘徽殿の女御を慰められて、〈あなたのお産みになった皇子は、もうすぐ帝になられるのですよ。そうすればあなたは皇太后ではありませんか。お心をなだめて〉とおっしゃいます。世に「弘徽殿の大后(おおきさき)」「弘徽殿の太后(たいこう)」と言われるのはそのせいなのですね。女御から一足飛びに皇太后になられるわけです。

中宮になる、ということはたいへんなことです。中宮宣下(せんげ)があると、いったん里に戻られますが、参内なさるときは重々しい儀式になり、美々しい行列を整えておはいりになります。源氏はそのころ参議になっていたので、この行列の中にいました。美々しい行列ですけれど、源氏の顔は暗くくもっています。（藤壺の宮が中宮になられたら、いよいよお目にかかることができない）。美しい行列の中で源氏はひとり沈んでいました。

「紅葉賀(もみじのが)」というのはこういう巻です。

二十歳の宴

次に「花宴」がつづきます。紅葉の宴、花の宴と、王朝の人は宴会ばかりしているようですけれど、きちんと政治もしていました。『源氏物語』は政治小説でもあることは先に申しましたが、左大臣側と右大臣側との対立した力関係が背景にあります。源氏の正妻は左大臣の娘ですが、この巻には右大臣の姫君が出てきます。

明けて春、源氏は二十歳です。南殿で桜の宴が催されました。音楽や舞だけではなくて、詩文の才を競う宴です。帝の御前で韻字を頂いて、それを詠みこんだ漢詩が作られます。当時の貴族の正統的な教養は漢文学でしたから、漢籍が読めて、漢詩を即座に作れなければいけません。この宴でも源氏は、素敵な詩を作って皆を感心させます。紅葉が美しいように、王朝の世の桜も、色濃く美しかったでしょう。

春の入日のなか、「春鶯囀」という舞が舞われます。源氏も頭の中将もひとさし舞い、春の宴は果てました。

人びとは散り、夜はふけます。あちこちのかがり火も消えて、源氏は酔っています。後宮のほうへふらふらと歩いてきたのは、もしや藤壺の御殿あたりで、ひとめでもお目にかかれるのではないか、と思ったからでした。春ですから、木の芽の匂い、葉の匂い、蕾の匂いがしています。そこへ春の月がおぼろに射してきます。花吹雪を浴びながら源氏はあちこち回ってみますが、藤壺の御殿は用心がよく、戸口はきちっと閉まっています。弘徽殿の戸口が、ひとつだけ開いていました。弘徽殿の女御はその夜、帝のところへ行ってお寝みになっているので、大半の女房もお付きで上がっています。源氏は、不用心だな、と思いながら中へはいっていきます。

するど廊下の向こうから、朧月夜に詩心を誘われたのか、若い女が歌いながらやって来ます。とても美しい声で、「朧月夜に似るものぞなき……」。〈そもそも、歌いながら歩くなんて、不良少女ですよ〉とおっしゃる国文学の先生もありますが、この女性はその夜のことから、「朧月夜の君」という名前を与えられます。

「照りもせず曇りもはてぬ春の夜の　朧月夜に如くものぞなき」という古歌ですが、「如くものぞなき」は漢文的な言い方なので、そのころの人びとはきっと、「似るものぞなき」とうたったのでしょう。もの悩ましい春の夜、この若い女人は、こんな歌をうたいながらそぞろ歩きたくなったのでしょうね。男の人とちがって庭は歩けませんから、歌いながら廊下を歩いていたわけです。

源氏はたちまち、その女をお局の小さな部屋へ連れこみます。〈まあ、どなた〉と、女人はびっくりします。〈しいっ、静かに〉〈ここに人がいるわって、大声を出すわよ〉〈どうぞ。ぼくは何をしても許される身分だからね〉。源氏のこの言葉は傲慢ですが、恋をするときはみんなそう思うのでしょう。〈源氏の君ね〉。彼女自身に、若い性的な好奇心、興味がなかったとは言えません。源氏は酔っています。このままにするのも心残り、女も、はねつけるほど世なれていません。二人はたちまちのうちに恋人になります。

夜は早く明けます。弘徽殿の女御について戻ってくる女房たちの物音がしました。〈一体どなた？　名前を教えて。また会いたい〉と源氏が言うと、〈お知りになりたければ、わたくしが死んでからでもお墓をたずねるほどのお心なら〉なんて答えます。ちょっとコケティッシュで可愛い娘です。強情にあらがうのでなく、自分自身も楽しむという感じが、源氏はとても好きです。〈せっかくだから扇を取りかえよう、記念になるよ〉と、扇を交換し、あわただしく別れました。

でも、そのひとの身もとがわかりません。源氏は考えました。〈弘徽殿の女御のたくさんの妹君の一人かもしれない。三の君は帥の宮〈のちの蛍兵部卿の宮〉の、四の君はあの頭の中将のそれぞれ北の方だし、五の君、六の君は未婚だというが、六の君は兄上、皇太子のところへ入内される、と聞いた。もしそのかただったら気の毒なことをしたな〉。惟光に調べさせると、やはり六の君らしいのですが、確かめる術もありません。

桜が過ぎて、藤の花や八重桜が盛りのころ、右大臣邸で大きな花の宴が催されました。弘徽殿の女御のお産みになった姫君たちをこの邸で育てていたので、その姫君たちの裳着の式をしようと、御殿は綺麗に飾りたてられていました。派手好きな右大臣ですから、ぴかぴかのお邸です。源氏の君もお迎えしたいと思いましたが、源氏はいったんは断りました。でも（源氏の君がいなければ、花がない）と右大臣は考えて、もう一度お迎えを出します。ちょうど宮中にいた源氏が、〈こんなお迎えが〉と帝に告げますと、〈いい邸を建てたというので、得意そうだね。そんなに言うのなら行っておやり。あの邸には、あなたの妹にあたる姫たちも育てられているから、まんざら他人とは思っていないのだろう〉。

　時刻になって、源氏は美々しく着替えて出かけます。

　この情景の描写がとても綺麗ですね。庭にはおそい桜がふたもと、咲いています。藤の花がまっ盛り、灯ともしころの宴の席、男客は真っ黒い衣裳です。現代の礼服と同じで、衣冠束帯の正式の色は黒ですが、ここは私的な宴なので、準礼装の布袴でしょう。そこへ源氏ひとり、略装で現れます。身分の高い人にはそれが許されていたのですね。「桜の唐の綺の御直衣」といいますから、白と赤。その赤が、中国渡りの薄い白い布地に透けてピンクになっています。下は「葡萄染の下襲」、赤紫の下襲（これはふだんはつけませんが、ここは少し改まった装い、という心を見せてつけています）を長々と引いて源氏が丁重に案内されて悠然とやって来ます。その姿は、黒一色のほかの客を圧倒してしまいました。

音楽が奏でられ、酒が出て歌が出て、夜が更けます。源氏はひそかに、あのときの姫君がこの屋敷にいるのか調べたいと思っていたので、酒に酔って苦しくなったふりをして、姫君がたのいる御殿のほうへ向かいます。

その御殿の庭には藤の花が咲いていました。宴のざわめきが聞こえるので、女人たちが出てきて、ちらちらと眺めています。〈ちょっと酔って苦しくなりましたので、ここへはいらせて下さい〉と言いながら源氏は、御簾の中へはいりました。そこで源氏は、〈扇に何か思い出はおありですか〉と近くにいた女性に聞いてみます。〈え？ 扇ってなんのこと？〉。あの夜、源氏が持ち帰ったのは、桜いろに、池の面にうつる月、という絵柄の、美しい扇でした。〈桜の扇に思い出は〉ともう一度聞いても、みんな何のことかわからず黙っていますが、向こうのほうから、〈え、扇ですって〉という声がしました。

やはりあの夜の姫君朧月夜、右大臣家の六の姫君でした。彼女との交際は、一生つづくことになりますが、この恋愛が、それからの源氏の運命にどんなに重い意味を持つことになるか、源氏にはもちろん知る由もありません。身もとがわかったというので、源氏は嬉しく思いました。

というところで「花宴の巻」は終ります。

車争い

「葵（あおい）」

六条御息所事件

源氏の青春彷徨の宿命の一つに、源氏より七つ年上の六条御息所という女人との恋愛事件があります。「御息所」とは、帝や皇太子の妃で、皇子や皇女を産んだかたにつけられる敬称です。六条御息所は、もともと大臣の姫君で、ときの皇太子、桐壺帝の弟君に嫁ぎました。前途洋々だったのですが、皇太子が早くに亡くなられ、「前東宮妃」という虚しい名誉と地位だけが残されました。このかたは当代きっての美女で、たいへんな教養人でもあります。はじめのうちは、源氏がいくら言い寄ってもなびきませんでした。どうやら源氏が年上の女性に思いを寄せ、あこがれるのは、藤壺の宮のことがあるからでしょうか。けれどもいつのほどにか御息所は、源氏の愛人のひとりになりました。

源氏には二十一の年の物語はなくて、二十歳から二十二歳に飛びますが、この「葵の巻」の源氏は二十二歳です。

桐壺の帝が譲位なさって、世の中がすっかり変りました。譲位とは、政界地図が全て変ることでもあります。新しい帝には、源氏の兄宮、弘徽殿の大后がお産みになった朱雀帝がお立ちになります。源氏も右大将という重い位につきました。そして東宮には、藤壺の宮から生まれられた、実は源氏の子である若宮がお立ちになりました。まだ四歳です。

一番の権力者が右大臣になって、左大臣のころとは少しずつ世の中の流れが変りはじめます。もっとも桐壺の帝が、桐壺院となって新帝の後ろに控えておられるので、まだそれほど源氏に大きな運命の転変は及びませんでしたが、右大将ともなると身分も高いので、以前のようにあちこちの恋人たちを気軽に訪ねてゆけず、手紙だけを送っています。

でも源氏が思うのは、もう一度藤壺の宮にお目にかかりたい、ということばかりです。藤壺の宮は、桐壺院に従って上皇御所へお移りになりました。そして今は、新婚のご夫婦のように仲むつまじく、御所で暮らしておられます。一方宮中には弘徽殿の大后が残って、勢威をふるっています。

東宮は宮中に住まなければならないので、親子ご一緒にはお暮らしになれなくなりました。桐壺院は、若宮に会えないのを残念がられて、源氏に、〈よく後見してやっておくれ。あの子には力になる親類がいない、そなただけが頼りだよ〉。源氏はかしこまって、〈承りました〉と答えますが、やはり気が咎(とが)めています。

御代がかわったので、斎宮と斎院もかわられます。斎宮は伊勢(いせ)神宮をおまつりするお巫女さんで、斎院は上賀茂神社と下鴨神社をおまつりするお巫女さんですね。斎宮も斎院も、天皇のご名代として奉仕なさるのですから皇族の姫宮の中から充てられ、社会的にもたいへん重要な地位です。

新しい斎宮は、六条御息所の姫宮ときめられました。父君は亡くなった前東宮、まだ十三歳の少女です。御息所は、この子について伊勢へ行こうかしら、と考えています。表向きには、小さな、いとけない娘を手放すのが心細くてということにしていますが、実は、もう源氏の君との恋に疲れた、と思っているんですね。

はじめは源氏が熱を上げていました。でもだんだんと情熱が、冷めるというのではありませんが、ゆとりのある愛情になると、御息所のほうの熱が高まりました。厄介なことに恋愛とは、昔も今も「時差出勤」です。同時に高まればいいのですが、はじめに高まったほうが衰えるころに、相手が高まってしまう。

紫式部は『源氏物語』のなかで、ありとあらゆる恋を書き分けていますけれど、これは年上の女の恋物語でもあるんですね。この六条御息所については、世のわけ知りのかたがたは〈共感できる〉と言いますけれど、たしかにある程度の年齢にならなければわからない女の本性といえるかもしれません。また、御息所の中に自分の本性を探り当てて、こういう女性は苦手、というかたも多いのではないかと思います。

御息所は、源氏の君のお心は頼み難い、と思っています。そこへ、〈葵の上が懐妊なさった〉との噂が流れ、ショックを受けました。〈今でさえこんなにお足が遠のきがちなのに、お子が生まれたら、わたくしのところになど来て下さらないかもしれない。前東宮妃という名誉も地位も、地に堕ちた。世間ではわたくしを指さして、男に捨てられた女と嗤っているのではないか――〉。教養ある誇り高い貴婦人なのですが、煩悩はふつうの女性と同じですね。どうしたらいいかと考えていますが、御息所には源氏の本音がわかっています。

源氏は御息所を妻にするのは、気が重かったのです。この時代、上流の貴紳は何人もの女性と正式に結婚して、世間に披露することができました。

けれど源氏は、御息所の身分は高すぎるし、年上でもあるし、性格的にも誇り高い権高なかただから粗漏なお扱いはできないしと、気が進まないのです。これまでのようにときどきそっと会うだけの情人の関係ならつづけてもいい、という感じなのでしょうね。そういう身勝手な虫のいい男の気持を、聡明な御息所は察していました。といって自分から、〈じゃあ、別れましょう〉と言う気にもならない。出るのは重いため息ばかりでした。

御息所の苦しみを察していられるのは桐壺院でした。源氏と御息所の噂が世間に流れたときに、源氏を呼んでおいさめになりました。〈弟の前東宮がとても大切にしていられたかただよ、粗末にお扱いしてはいけない〉。原典には、「人のため、はぢがましきことなく、「いづれをもなだらかにもてなして、女の怨みな負ひそ」とあります。〈女人に屈辱感を与えたり傷つけたりしてはいけない。どんな女人もなだらかに扱って、恨みを買ってはいけないよ〉。苦労人の、度量の広い桐壺院の言われそうなことですね。

　源氏はかしこまって承りますが、（藤壺の宮との秘密が院に知れたら、どんなにお怒りになるだろう、どんなにお悲しみになるだろう）。改めてそう思うと怖くなって、急いで退出しました。

　もうひとり、御息所の気持を察しているのは朝顔の姫宮です。朝顔の宮の父君、式部卿の宮も、桐壺院の弟宮に当たります。朝顔の宮が美女だという噂を聞いて、源氏は若いころから恋文を捧げていました。父君も、二人の結婚を望んでいられたのです。

　でも朝顔の宮はさりげない返事しか書かず、四季折々の興趣をともにするというおとなのつき合いを選んでいます。源氏に翻弄されて苦しむ女たちの運命を見ているので、（あのかたを嫌いじゃないけれど、苦しむのはご免だわ。御息所の轍は踏みたくない。好きな気持はおいて、楽しい季節のたよりや歌を交わし合うような友情を選びとろう）と考えています。

葵祭の楽しみ

賀茂の斎院には、桐壺院の三の姫宮が立たれました。姫宮の母君は弘徽殿の大后です。とても可愛がっていらしたので、俗縁から絶つのは残念に思われましたが、これは神事ですから仕方ありません。

その年の賀茂祭は、盛大なものになりました。現代では五月十五日ですが、王朝のころは〈四月の中の酉(とり)の日〉でした。季節は初夏、比叡山(ひえいざん)に白い雲がかかり、賀茂川のせせらぎが清らかに涼しくなります。新たに斎院に立たれたかたは、まず賀茂川で禊(みそぎ)をし、日ならずして、賀茂の社にお参りされます。この二回の行列はたいへんにぎやかなものです。源氏も帝からお言葉を賜り、美々しく着飾って、禊の日の行列に加わることになりました。

京の人たちの一番の楽しみはこの賀茂祭でした。祭には、人々がハート型の葵(あおい)の葉を頭にかざしたり体に飾ったりし、馬にも牛にもつけるので、葵祭ともいわれます。賀茂の明神が葵の葉をお好きだというので、飾るならわしになったともいいます。今、葵祭に参りますと、下鴨でも上賀茂でも、神社の境内で葵の葉を束ねて売っていますね。当時の貴婦人たちはほとんど邸(やしき)の外へ出る折はありませんでしたから、賀茂祭の行列で眉目麗(みめうるわ)しい公家(くげ)や武官の行列を見るのが、何よりの楽しみでした。

左大臣家でも、〈北の方さま、行きましょう〉と女房たちは大騒ぎです。けれど葵の上は物見遊山(ものみゆさん)などには気がすすまないほうでしたし、懐妊中なので気が重かったのですが、母君の大宮から〈みんながあんなに楽しみにしているのだから、いっていらっしゃい〉とすすめられて、車を四、五輛連ねて出かけます。

女房たちはもう行く前から、〈源氏の君が、一番お美しいですわ。世間でも評判で、遠い国から一家連れで拝みに来るらしいですよ。北の方さまがご覧にならないという法はありませんわ〉。

日が高くなってから出かけたので、もう大路は車でいっぱいでした。京の北を東西に走る一条大路の真ん中に大内裏がありますが、行列は大内裏から出て賀茂川のほう、東へそれます。その道がたいへんな混雑でした。桟敷や物見車が連なり、立錐の余地もありません。ですがそこは左大臣家、〈どいたどいた〉と退かせて、上流の人たちが集まるところへ車を進めます。

中に一台だけ、どうしても退かない車がありました。古びた網代車ですが、「出だし衣」といって、御簾の下から美しい袖口や裳裾が出ています。その色合いから教養度や美的センスがうかがえるのですが、由緒ありげな上品な車です。

その車の供びとが言います。〈触るな、そんなことをされていいお車ではない〉。

左大臣家は時の権勢者、婿は源氏の君ということもあって、ゆずりません。〈何だと！　左大臣家にたてつくのか。どけろといったらどけろ〉。酒がはいっているので、供びと同士が大騒ぎになってしまいました。左大臣家の年配の人たちが、〈手荒にするな〉と止めますが、手のつけようがありません。

そのうちに、相手の車のお供を見て、六条御息所の車だとわかりました。御息所は車の中で、左大臣家の供びとたちの暴言を聞いて、どんなに悔しく思ったでしょう。(こちらは左大臣家だ、御正室だぞ)といわんばかり、とうとう御息所の車は後ろへ押しやられてしまいました。おまけに「榻」という、牛車の轅をかけておく四つ足の台まで押し折られてしまい、仕方なく、その辺の車に頼んで、掛けさせてもらわなければなりません。

御息所は(なんで出て来たのだろう。このまま帰ろう)と思ったところへ、〈源氏の君の行列が〉という声が聞こえます。(ひとめでもあのかたを見たい)と思ってとどまるところが、御息所のいじらしい女心ですね。

源氏は、輝やくばかりの姿で現れました。随身として前にも後ろにも立派な公家や武官たちがいるのですが、馬上の源氏は若々しく、美しく、そして愛嬌がありました。『源氏物語』のずっと後に、源氏の孫の匂宮が〈源氏の君によく似ている〉と世間で言われるようになったとありますが、源氏の君を覚えている古い人たちは、〈こんなものではなかった〉と言います。〈源氏の君は愛嬌がおありになった。ニコッと笑われると、男も女も心を吸い取られそうだった〉。

源氏は天性の笑顔よし、というか人を引きこむ何かがあったのでしょうね。

本来はそんなに身分の高い人が随身役につかないのですが、源氏は右近の将監まで引き連れて、天下の草木もなびくという勢いで進んできます。そして、自分の知っている女の車には（供の顔を見ればわかります）、会釈してにこっとしたり、流し目を送ったりします。源氏とは縁もゆかりもない受領の娘や妻や女房などが乗る車もたくさんあったでしょう。

〈源氏の君がこちらをお向きになったわ〉〈うそ〉〈いえほんとよ、私をご覧になった〉。御簾を隔てているからわかるはずはないのですが、きっと大騒ぎしたことでしょう。近在から来た庶民たちは、押しつ押されつの騒ぎの中で、源氏を拝んだりしています。都中が沸き立っていました。

そのときの御息所の気持はどんなだったでしょう。（憎いかただけれど、ひとめだけでも）と思っているのに、源氏は御息所が後方の車の中にいるとは知らず、黙ってすっと通りました。左大臣家の車の前では、さすがに真面目な顔になり、正妻の一行に対して、丁寧に頭を下げて過ぎました。それを見る御息所の気持は、波立たずにいられません。

たまたまそのとき、桟敷から、朝顔の姫宮と父君の式部卿の宮も行列を見物していられました。〈源氏の君は年を加えるにつれていよいよ美しくなるね。長年、あなたに思いをかけて手紙をよこすと聞くが、心づよく振りきっているそうな。でもあんなに美しいお姿を見ては、心が動くのではないか〉〈わたくしはもう充分にあのかたと気持をかよわせていますのよ。四季折々の便りや、お歌の交換で。ふつうの男女ではなく、そういうおとなの関係を選びたいの。あのかたとは、楽しいおつき合いをさせて頂いていますわ〉。

言いながら朝顔の宮は、去ってゆく源氏の後ろ姿を静かに眺めていました。

その夜、源氏は家来の一人から今日の紛争の報告を受けます。そして葵の上のやりかたに、少し物足らないものを覚えます。〈深窓に育ったひとだから、心配りが出来ないのも仕方ないが、夫と関係のあるひとらしいと思ったら、ひとこと近くの者に伝えれば、それとなく意思は通じるのに。まったく知らん顔というのも、心ないではないか〉。

源氏は、御息所のいいところもよく知っています。〈傷つきやすく繊細で誇り高いあのひとが、どんなにお心を傷つけられたか〉と心をいためて、さっそく六条院を訪れました。ところが御息所は、〈ただいま斎宮が、精進潔斎中ですので〉と、会ってくれません。〈どちらへ行っても気難しいひとばかりだ。気骨が折れるなあ〉と源氏は嘆息します。自分で招いた運命のなりゆきとはいいながら。……

祭の当日、源氏は二条邸の人びとに、〈見に行こう〉と誘います。紫の君が、〈わたくしも連れていって下さるの〉と聞くと、〈もちろんだよ。さあみんな支度しなさい〉。

おつきの女童たちは可愛く着飾りました。〈少し髪が伸びすぎたね〉と、源氏は紫の君の髪にさわって言います。〈少し端を切ろう。きょうは髪を切っていい日か、暦で調べて〉。王朝の世は面倒ですね。髪を切る日や、時間まで調べないといけなかったんですから。見物を待ちかねている女童や女房たちを先にやって、源氏は紫の君の髪を切ります。

手に余るほど重くふさふさしていて、一本の乱れもない綺麗な黒髪です。〈もう少ししたらどんなになるんだろう〉と言いながら綺麗に切り揃え、そのころのおまじないみたいな言葉、「千尋」ととなえます。千尋の長さにも髪が伸びよ、ということでしょう。

源氏はついでに〈千尋の海の底まで、あなたを大事に守ってあげるよ〉と言います。〈海なんかをたとえになさって、いやね、お兄さま〉と紫の君は言います。〈海は、潮が満ちたり干いたりして頼みがたいわ。お兄さまのお心が頼みがたい証拠よ〉〈これはやられた〉なんて、二条邸は明るい笑い声にみちています。

源氏は紫の君といっしょに祭見物に出かけました。このときも人がいっぱいで、車をたてる場所も見当たりません。すると、源氏の車だと察して、〈こちらにいらっしゃいませ。場所をお譲りしますわ〉という言伝てが来ます。〈ありがとう。とてもいい場所なので、羨ましく思っていた〉と源氏はその好意に甘えることにしました。譲ってくれた車から、檜扇の端を折って歌を書きつけたのが届きます。葵祭の「あおい」は旧仮名では「あふひ」と書きますので、「会う日」と「葵」にかけた歌がよくあります。

〈きょうはあなたに会えると楽しみにしていましたのに、同じ車に女性がいらっしゃるとは思いもかけませんでしたわ〉。筆跡を見ると、何とあの、源典侍でした。〈相変らずだなあ〉と源氏は笑い、〈あなたのお会いになるのは、私一人ではありませんでしょう〉と、返事を書きます。そんなふうに楽しく祭見物をしていました。

葵の上に男子誕生

一方、物思いがつのるのは六条御息所です。先日の屈辱感はなかなかおさまらず、物思いが昂じて病いに臥してしまいました。

御息所の娘の斎宮は、神に仕えるために、潔斎しなければならず、御息所はそれを憚って、別の屋敷を借りています。それを耳にした源氏が見舞いに行くと、あるかなきかにやつれた御息所が物思いに耽っていました。とても美しいひとです。一時は熱烈に愛した女人ですから、源氏の心には愛が残っています。

〈いかがですか。あなたを忘れてはいませんが、妻が懐妊中で気分がすぐれず臥せっています。妻の年老いた親がおろおろしているので、邸をあけるわけにいかないのですが、あなたがご病気と聞き、とるものもとりあえず伺いました〉と、源氏は相変らずの口上手です。

御息所は物思いに疲れ果てていましたが、気を取り直してほほ笑みながら言います。〈でもあなたは、わたくしが伊勢へ下るのをお止めにはならないでしょう?〉。

御息所は、源氏が〈下らないでくれ。あなたを失いたくない、愛している〉と言ってくれれば、かえって敢然と伊勢へ発つことができると思っています。それとも〈えっ、伊勢へ? それじゃこれでお別れですね、さよなら〉とでも言ってくれれば、一時は辛くても、この執念深い恋が断ち切れるかもしれません(笑)。

御息所は、(源氏の君が本当に愛してくれているのなら、別れられるのに)と思っています。でも源氏は愛しているとも、別れるとも言わない。優柔不断なんです。〈いたらない私に愛想をつかして、伊勢へ下って行かれるのは当然でしょうが、長い目で私の誠実さを見て下さい〉と、どちらにも取れるようなことを言います。

二人は不毛な会話を交わし、明け方、源氏は帰ってゆきます。御息所は見送りながら、(この人と別れられるかしら)と自分の心に聞きますが、答えは出ません。源氏がどっちつかずの訪れかたをするので、かえって御息所の苦悩は増すばかり、毎夜不思議な夢を見るようになります。夢の中で、自分が知らない邸へ行って、美しい女を捕らえ、打ち据えています。思うさまその黒髪を握って引きずりまわしたり、打ち叩いたりします。(このわたくしが、こんなことをするなんて、うそ、うそ)と思いながらも、その女が憎くて妬ましくてたまらない。目が覚めると、自分の魂がどこかへ行っていたようだと、不安でなりません。着物には芥子の香がしみついています。髪を洗い、着物を着がえても、匂いはとれません。それは物の怪退散の加持祈禱に焚かれる匂いなのです。御息所はわが生霊のゆくえを思ってますます物狂おしくなります。

　そのころ左大臣邸では、葵の上に物の怪がついて苦しみ、だんだん弱っていくので、比叡山から座主と名僧たちを沢山呼んで加持祈禱させていたのです。護摩を焚き、大音声で読経して、物の怪退治をするのです。憑坐の少女たちに、物の怪が乗り移って名乗りを上げます。〈これこれの理由でこの女にとりついたけれど、お坊さんの法力が強いので〉と、ひとりずつ出ていきますが、どうやっても退散しない物の怪がありました。これは手強い、とさらに懸命に祈ります。邸内は読経の声と、護摩を焚く煙でいっぱいです。皆どうなることかと、心は空になっています。

　そのとき葵の上が、〈源氏の君に申し上げたいことがあります。苦しいので調伏をゆるめて〉と言い、お坊さんたちは、法華経を唱える声を落としました。〈まさか最期ということはないだろうが、何か話したいことがあるのなら〉と、父君も母君もその場をはずされ、源氏が呼ばれてはいります。王朝の昔は、お産のときは白い装束に身を包むので、葵の上の衣裳も、蒲団も几帳も真っ白です。やつれ衰えた葵の上の髪ばかりがつやつやと真っ黒で、引き結ばれて枕上にあります。お腹は大きく、苦しそうです。

いとおしい、という気持がはじめて源氏に沸き上がりました。（こんなに美しく可憐なひとを、どうしてこれまで大事にしなかったのか）。源氏は悔恨に責められて葵の上の手をとり、〈しっかり、気を確かに〉と言いました。

葵の上は源氏と、常は目を合せたことがありませんでした。いつも少し横を向いたりしていたのですが、このときはひたと源氏を見すえて、ほろほろ涙をこぼします。（父母との縁や夫婦の縁が薄かったことを嘆いているのか）と思った源氏は、〈大丈夫だよ。父君母君との縁は深いし、夫婦の縁だって来世まで一緒なんだから、心配しないで。みんなここにいる、みんなあなたを愛しているよ〉と力づけます。

葵の上は、必死に声を振りしぼります。〈そうではございません。あんまり調伏がきついので、ゆるめて頂こうと思って〉と、声が少し変っています。見ると、葵の上の顔もなんだか面がわりしています。〈ねえあなた、迷う魂は宙を飛ぶって、本当ですわね〉。葵の上は歌を口ずさみます。

「嘆きわび空に乱るるわが魂を　結びとどめよしたがひのつま」――何ということでしょう。〈わたくしの魂をちゃんと留めて〉と言っているのは、六条御息所の顔、そして声ではありませんか。源氏はぞっとします。〈どなただ、名を名乗られよ〉と言うと、〈ふふふっ〉と笑います。〈おわかりでいらっしゃるくせに〉。

どれほど時が経ったかわかりません。はっと気がつくと、几帳の外から女房たちが叫び、〈いかがあそばしました、大丈夫ですか〉と、はいって来るところです。源氏は、御息所の顔に変った妻を見せたくなかったのですが、そのときはもう葵の上の顔に戻っていました。

母君の大宮が、〈お気がつかれたか〉と、薬湯などを持って来て、そのとき、葵の上は産気づきました。王朝のお産は、座産です。無事に男の子が生まれました。たちまち邸内に元気な赤ちゃんの声が響きます。心配していた後産（あとざん）も無事に終り、邸は喜びの声に包まれました。〈よかった、よかった、おめでとう〉と、たちまち四方八方へ使者が飛び、あちこちから祝いの使者がやってきて、家の中は喜色満面です。

源氏はほっとしました。でもあのときの、御息所の恐ろしい顔と声は忘れられません。御息所を悪く思うのではありませんが、もしつぎに会ったら、（あのお顔が目にちらつくのではないか）と暗澹（あんたん）とします。

葵の上は、一応の危機は脱しましたが、手放しで楽観できる状態ではありませんでした。小さな赤ん坊は、そっくり返って真っ赤な顔で泣いています。思いなしか、源氏と藤壺の子である東宮に似ています。

家の中が落ちつくと、源氏はその東宮のお顔が見たくなりました。それで葵の上に、〈しばらく朝廷へ出仕していないから、参内してみようと思うが、今ちょっとおそばへ行っていいか〉と聞きます。それまではいつも〈物越し〉で、几帳や屏風(びょうぶ)に遮られていました。女房たちは、〈おやつれになっているといっても、ご夫婦の仲じゃございませんか〉と葵の上に言い、隔てを取って源氏を案内しました。

源氏ははじめて、妻としみじみ話をかわすことになります。〈こんなによくなるなんて、奇跡のようだ。あのまま、はかなくなったらどうしようかと思った〉。

葵の上は、これまでとちがって打ちとけた様子で、じっと源氏を見上げました。〈気を失っていたときのことは何も覚えていないの。でも、気がついて目を開いたとき、あなたがいらした。あなたが守って下さるって思いました〉。

源氏は嬉(うれ)しくてなりません。〈そうだよ。これからは新しい人生を生きよう。本当の夫婦になったんだ。可愛い子もできたし。私たちはまわり道したが、これからは夫婦らしく過ごそうね。早く元気になって、いつもの私たちの部屋で暮らそう。母君が看病していらしたので、遠慮していたんだ。さあ薬をお上がり〉。

〈まあ、源氏の君が、いつのまにこんなことをお習いになったのかしら。お優しいこと〉と女房たちも喜んでいます。

源氏は装束を改め、〈では、行ってくるよ〉と、妻の病室を立ち去ります。〈行っていらっしゃいませ――〉。葵の上は、じっと源氏を見つめていました。

葵の上、死す

折しもその日は秋の司召の日でした。「除目」とも言いますが、都の役人と地方官の任免の会議があり、男たちの興味と関心の的、今度はどの官位に昇進するのか、みんな多大な興味をもっています。左大臣が議長で、ご子息がたも参内しています。

会議が開かれるまえに、三条邸から急使が来ました。〈葵の上がご危篤です〉。誰も彼もあわてて、一族すべて、源氏はもちろん、とるものもとりあえず宮中から退出しますが、その帰宅を待たずに、〈お亡くなりになった〉という知らせです。さきほどまでの喜びと打ってかわって、邸内には泣き声が満ちていました。

〈まさか、このまま〉と、左大臣も大宮もすぐお葬式をする気になれません。〈これまでにも物の怪が取りついて、息絶えたようになったのに蘇生したことがあるから〉と、はかない望みを懸けて二、三日枕も変えずに置きますが、死相が現れて、ついに鳥辺野に葬ることになりました。源氏は、悪夢を見ている心持です。広い鳥辺野に、葬送の人がいっぱいになりました。

八月は王朝時代では秋です。秋の有明月が浮かんでいました。そのことだけしか源氏は覚えていません。深い悔恨に打ちのめされています。

（ああ、どうしてもっと早く、心を開いてやらなかったのか。妻は、私をいたらぬ男、物足りない夫、冷たい人と恨んでいただろう。どうしてもっと早く……）。

あとに残った小さな赤ちゃんが、母の死も知らずに元気よく泣いたり眠ったりするのを見るにつけても、邸の人びとは涙をさそわれました。

左大臣と大宮の嘆きが身につまされて、源氏はそのまま三条邸で四十九日を過ごします。七日ごとの法要がはかなく過ぎゆきました。四十九日まで七日ごとに法要を行うのは、現代と同じですね。

源氏は沢山の見舞状をもらいましたが、そのなかに、かの御息所のさりげない見舞いの手紙もありました。「人の世をあはれときくも露けきにおくるる袖を思ひこそやれ」――〈愛していらしたかたとお別れになって、さぞお袖も（涙に）濡れたことでございましょう〉。

白々しい、と源氏は思いました。御息所の本性の恐ろしい顔を見てしまったのは、たいへんなショックです。源氏は王朝人ですから、あからさまにはしませんけれど、〈このはかない露の世に、徒に人を憎んだり、妬んだりしてもしかたがないでしょう。どうかあなたも大切に〉という、取りようによっては皮肉のような返事を書きました。

朝顔の宮からもお見舞いが来て、これはいいお歌でした。

「秋霧に立ちおくれぬと聞きしより　しぐるる空もいかがとぞ思ふ」

ほのかな墨いろの美しさ、このひとはつかず離れずながら、いつも折にふれ、心やさしい情を寄せてくれる……と源氏は見入ります。

四十九日の喪があけてすぐに、源氏は父君、桐壺院のところへ上がります。院は心配なさって、〈痩せたではないか。精進ばかりして、ろくに食べていないのだろう〉と、お食事を出されます。親はありがたいものですね。

次に源氏は、藤壺の宮のところへ上がります。もちろんお目にはかかれませんが、王命婦を介してお悔みの言葉がありました。源氏は、〈生きてはいられないような悲しみでしたが、慰めのお言葉に力づけられて長らえました〉とお礼を言って帰りました。源氏の君の喪服姿は、「はなやかなる御装ひよりも、なまめかしさまさりたまへり」、ここではいつも物思い多い源氏ですが、今日はひとしお、打ちしめっていたのです。

紫の君、少女から人妻へ

久しぶりに、源氏が二条邸に帰ってきました。いつのまにか十月で、冬支度の季節になっています。四月に夏支度、十月に冬支度をしますが、着るものだけでなく、調度などの一切が冬のものになります。全てが喪の色の左大臣邸から戻ると、生き返ったような美しさ。葵の上を失った悲しみは消えるわけではありませんが、明るく賑やかな二条邸に身を置くと、源氏は心からほっとします。

〈長いこと帰れなくてごめんよ〉と源氏は紫の君に言います。

〈いいえ、お兄さまはとても悲しい目におあいになったんですもの。どんなにかお辛かったでしょう〉と紫の君の慰めは、無垢な気持から出ているのがよくわかり、源氏はささくれだった心が柔らかく撫でられるような気持がします。また二条邸での日々が始まりました。

源氏が驚いたのは、ちょっと見ないあいだに紫の君がめきめきと女らしくなり、一人前の淑女という感じになっていたことです。思春期の少年少女の背の伸び方、精神の育ち方はめざましく、紫の君も急におとなびました。相変らず聡明で、打てば響くような才気、そのなかに女らしい優しさがあって、（ああ、うまく育った）と源氏は喜んでいますが、これは源氏の薫陶のおかげというより、紫の君が持って生まれた素質でしょうね。それが、源氏の理想とするところと波長が合ったのでしょう。

源氏は、（そろそろ実質的な結婚をしてもいいのではないか。こんなにあらまほしくおとなびたのだから）と思います。世間から見れば、まだいたいけな年ごろかもしれない、もう少し成熟を待ったほうがいいのかもしれないのですが、このころの源氏は、人生が虚しくて耐えられなかったのですね。御息所とはあんなことがあって、もとのようにつき合えなくなり、葵の上は亡くなりました。藤壺の宮は手の届かない高いところへ行ってしまわれた、もう自分には何も残ってない、紫の君しかいない、と思ったのかもしれません。

　紫式部の筆のすごいところは、紫の君と源氏が結ばれたということを表現するくだりです。紫の君は小さなときから源氏に抱かれて眠る習慣になっていたので、まわりの女房には、そういうことがいつ始まったとはわからないのですが、「男君はとく起きたまひて、女君はさらに起きたまはぬ朝(あした)あり」と原典にあります。王朝の小説は、男と女のロマンスが始まるときは名前ではなく「男」「女」であらわされます。源氏はいつものように早く起きて、自分の居間の寝殿へ出て行きます。ところが、同じように起きるはずの紫の君が、いつまでも起きてこないので、〈どうなさったの、お具合でも悪いのかしら〉とみんなが心配します。

　昼過ぎに源氏が西の対(たい)へやって来ました。〈まだ寝てるの〉と、紫の君のところへ行って、夜具をすっとひきのけます。すると姫君はますます奥に引っ込んでしまいます。見ると紫の君は、額髪(ひたいがみ)がびっしょりと汗に濡れていました。——なんと美しく、エロチックな汗でしょう。その汗によって式部は、その一夜で紫の君が、少女から一足飛びにおとなになったことを示しているのですね。すごい描写です。ほかに何も書いてありませんけれど、千年たった今もエロスの輝やきを失っていません。どんなふうにも書けるところですが、髪がびっしょり汗に濡れて、とあるだけで千万言の描写にまさります。

源氏は、しれしれとして〈そんなにいつまでも寝ていると、みんながへんに思うじゃないか。早く起きなさい。きょうは碁も打たないで淋しいね〉と言いますが、紫の君にしてみれば、碁どころの騒ぎではないわけですね。源氏がどんなにご機嫌をとっても「つゆの御いらへもしたまはず」。返事もせず、ご機嫌は直りません。源氏は、今はじめて紫の君を盗んできたような心地がして、明けても暮れてもまなかいから去らず、前にも増していとおしくなりました。

『源氏物語』の中で、少女時代や、少女から大人に、人妻になるときの決定的瞬間を描かれるのは紫の君一人だけです。源氏があんなに憧れた藤壺の宮も、少女時代についてはまるでわかりません。でも私たちは、紫の君が十歳くらいのとき、顔を涙で赤くして、〈雀の子を犬君が逃がしてしまったの〉と泣きながらはいってくる姿から見ています。だんだんに大きくなって、とうとう源氏の妻になるというところまで立ち会います。紫式部は、これこそが理想の女というのを書きたかったのでしょうか。妻になった瞬間が描かれたのは紫の君だけですが、可憐ですね。私たちはもう紫の君から目を離せなくなります。これから二人はどうなるのでしょうか。

その日はちょうど、亥の子餅を食べる日でした。当時は、十月はじめの亥の日にお餅を食べると悪霊が退散して子孫が繁栄する、という俗信がありました。亥の子餅がいっぱい届きますが、源氏は喪中なので、紫の君にだけ供えられます。源氏は惟光を呼び、〈この餅をほんの少し、白いのだけを供えてくれ。明日の晩持って来てくれ〉と命じます。

惟光は気が利く若者です。〈数はどのくらいにいたしましょう〉〈今日の三分の一ぐらい〉。三という字を聞いて、惟光にはすぐにわかりました。新婚の夫婦は「三日夜の餅」といって、新婚三日目にお餅を食べます。それだ、と思い、人に言わずに惟光はひそかに手配します。乳母の少納言のようなひとから渡されると姫君が恥ずかしがられると思い、少納言の娘の弁を呼び出して、〈枕もとにそっとお置きして。あだやおろそかにしないように、神聖なお餅だから〉と言って渡します。〈私、あだやおろそかになんて、そんな浮気な女じゃないわ〉と、訳もわからないまま、弁はお餅を届けました。

翌朝下げるときに、まわりの女房たちが気がつきました。王朝の世のおとなびたところですね。ことごとしく言い立てず、（なるほどそういえば……）と思い当たるようにそっと計らうのです。

とても喜んだのは、姫君が赤ちゃんのときからおそばにいる少納言です。〈ご結婚も世間なみにして下さり、ちゃんと体裁を整えて下さって、ありがたいわ。これもおばあちゃまの尼君のご加護のせいでしょう〉。

源氏は、結婚して妻にしたからには、ちゃんと世間にもお披露目しなければ、と成人のしるしの裳着（もぎ）の式も立派に行いました。やがては父宮の兵部卿（ひょうぶきょう）にも、〈実はあなたの娘御は、私の手もとでお育てして、妻にした〉とお知らせしなければ、と思うのでした。

原典には、〈三日夜の餅について源氏の君はいろいろ説明なさることがあったろう〉とあります。源氏のことですから、心を尽くし言葉を尽くして紫の君の心をなだめたことでしょう。〈このお餅はね、私たち夫婦の契（ちぎ）りのしるしなんだよ。七夕の二つの星のように、ひとつがいのおしどりのように、この世では絶対に離れない妹背（いもせ）になろうね。死がふたりを裂くまで……〉。

でも、まだ紫の君はショックから立ち直れません。〈何も思わずに、お兄さまとして親しんでいたのに、ひどいわ〉の一点張りです。まだ、不平不満やすねた気分を言葉であらわすことができず、態度でしかあらわせません。紫の君のご機嫌をとりわずらっているうちに、その年も暮れました。

新しい年が来て、元日に源氏は朝廷へ参内します。朝廷参賀の儀を欠かすことはできません。その帰りに左大臣邸へ寄り、心をこめて亡き葵の上の両親をお慰めします。居間へはいると、衣桁に新年のために調えられた衣裳が掛かっていました。婿君の衣裳を新調するのは、嫁の里の仕事です。

悲しいのは、その横にいつも一緒に並んでいた女君の衣がないことです。〈年寄りが二人で悲しい新年を迎えました。年は新しくなりましたが、悲しみもいよいよ新たでございます〉と母君の大宮が言われます。左大臣邸では、悲しいお正月でした。

というところで、「葵の巻」は終ります。この「葵の巻」は、つづく「賢木の巻」とともに『源氏物語』前半の大きな山場です。

秋のわかれ　「賢木（さかき）」「花散里（はなちるさと）」

桐壺院の死

「賢木の巻」は、「斎宮の御下り近うなりゆくままに、御息所、もの心細く思ほす」という文章からはじまります。

源氏との恋に疲れ果てた六条御息所は、斎宮になる娘と一緒に伊勢へ下ろうと決心はしたものの、その日が近づくと、心細くなっています。「葵の巻」の御息所は、鬼女のような、恐ろしいおぞましいひとですが、この巻の御息所はとても女らしくて、かわいそうなひとです。決心はしたけれど、都を捨てていくのはなんだか心細いのです。

世間の噂にも傷つけられます。人々は、〈葵の上を亡くされた源氏の君の、次の正夫人は六条御息所だろう。ご身分も高いし、長い仲でいらっしゃるから〉と言いますが、噂に相違して、源氏はあれからふっつりと訪ねてきません。

御息所にはわかっているのです。〈怨念が凝り固まって生霊になった、おぞましい姿を源氏の君に見られた〉という直感があります。それに、もっと恐ろしい感覚があるのです。自分の髪や着物に、調伏の護摩の匂いが染みついていた、あの気味わるさ。いくら髪を洗っても、着物を着がえてもとれなかった……。御息所はわれとわが身が呪わしくなります。こういう忌まわしい記憶を源氏に知られたくないと思いつつ、

（いや、もう知られてしまった）と思うと、絶望しかありません。

源氏は源氏で、おぞましいとは思ったものの、心優しい人ですから、（行ってあげないといけないなあ。世間の噂もお気の毒だし）。けれどちょうどそのころ、父君の桐壺院がご病気になり、そのお見舞いにも行かねばならず、何かと忙しかったのです。でも暇をみては、〈お目にかかりたい〉と手紙を出しますが、御息所から返事はありません。

〈この恋をあきらめて伊勢へ下ろうとしているのに、あのかたに会えば、揺らぐかもしれない〉と、御息所は恐れています。でも源氏がしげしげと文をよこすので、女房たちは気の毒がって、〈そんなに頑なになさってはいけませんわ〉と言い、御息所も承諾しました。

源氏は最後の別れにと、御息所のいる嵯峨野の野の宮へ出かけました。

「分け入りたまふより、いとものあはれなり」——すすきの一群に松風が吹き、虫がしきりに鳴きたてています。斎宮が潔斎なさる野の宮はときの帝一代限りのためのものですから、ごく簡素な建物でした。板壁のまま、鳥居も黒木のままです。神官が往来し、超俗的な雰囲気が漂っています。そういうところへ情人を訪ねるのはどうかと思われましたが、源氏はどうしても、もう一度別れを言いたかったのです。

けれど御息所は、御簾の奥深くから出てこようとしません。女房たちに、〈源氏の君に失礼ですわ〉と言われて、ため息をつきながら御簾の近くへ膝を進めます。そのたたずまい、気高さ、そして薫り物……、御息所はまことに優れた女性です。都の美女のなかの美女、最も教養高く、趣味深いひとです。

（ああ、こういうひとを私は愛人にしていたのだ）。源氏にとって御息所は青春の一ページではありましたけれど、それ以上に意味の重い存在でした。ずっと憧れつづけた藤壺の宮とも見まがうようなひとです。源氏はいまさらのように御息所を失うのが惜しくなりました。会いたいときにはいつでも会えたのに、もう会えない……。

やがて華やかな月が昇ります。でも二人の恋人たちに言葉はありません。

源氏は折って手にした榊の枝を御簾の下からそっと滑らせ、言いました。〈私の心はこの青々とした榊のように、いつまでも変らない〉。

〈榊は神の木ですわ。あだめいた気持でお手折りになってはいけません〉と御息所はつぶやきますが、〈あなたのまわりにあるものは、みんな懐かしい〉と、源氏は榊に托して御息所への愛を告白します。〈いまさら〉と御息所がつぶやくと、源氏は熱情に駆られて、〈伊勢へお下りにならないでと申し上げれば、あなたは承知して下さいますか。私は愚かでした〉。

御息所は黙ったまま、（もう、おそいのよ）と思います。ちょっと気をゆるめれば、もう一度ということになる。その虚しさをよく知りながら、また同じことをくり返すでしょう。『源氏物語』は、見方を変えれば、煩悩と理性の闘いの小説でもあります。このときの御息所の気持が、われわれ女性には痛いほどよくわかりますね。御息所は決心します。（この人は若いのだ。新しい恋に待たれている人なんだ。わたくしは恋を葬って去ろう）。

　源氏が熱いことばをかけたとき、御息所はどう答えたでしょう。『源氏物語』は不思議な小説で、いざというときの細かい会話を書いてありません。読む人がそれぞれの人生経験で補って下さい、と式部は言わんばかりです。私は『新源氏物語』で、そこを少し補って、源氏が熱心に迫ったとき、御息所に毅然としてこう言わせました。〈わたくしたちの恋は終って、空き家になりました。そして人手に移りましたのよ〉と。

　やがて暁がおとずれます。王朝の男たちは明るくなるまで女の家にいることはできず、しおしおと後ろを見返りながら源氏は去りました。源氏より辛いのは、御息所のほうだったでしょうね。ここは熟年の女の恋をしっとりと描いて、とてもせつない巻のはじめです。

　その年は、悲しいことがつづきました。十一月のはじめに桐壺院が亡くなられました。

「桐壺院崩御」の知らせを聞いて、世間の人々は足も空に走り迷うほど不安な気持になります。桐壺院は寛闊の君でいらして、人民を可愛がり、国をよく治めて下さいました。お若い朱雀帝の後ろに桐壺院が控えていられたからこそ、みな安心していたのですね。桐壺院を輔佐する左大臣も、貫禄のある、公平な政治家で、国の重鎮でした。こういう人がいればこそ、世の人々は安心していられたのです。

でも桐壺院が亡くなられると、政権を執るのは右大臣になります。右大臣は、短気で偏狭で頑固者という評判、そしてその娘の弘徽殿の大后は、感情の起伏の激しいひとです。こういう人たちが政権の中枢にいて政権を握るようになったら、世の中はどうなるか。みな、声にはならない不安を持っています。

桐壺院は亡くなられる前に、お見舞いに上がった朱雀帝に遺言を残されました。〈これからは、源氏の君を右腕として国を治めなさい。源氏は国家の柱石になる器と思い、あえて親王にせず臣に下した。あなたの右腕に、相談役にしようと考えたからだ。何ごとも源氏の君を大切に、相談して国をよく治めるように〉。

五つになる皇太子もお見舞いに来られました。でもいたいけなお年ごろですから、父君が死の床にいられるというのもわからず、〈久しぶりにお目にかかったお父さま、お母さま〉と、無邪気にはしゃいでいられます。藤壺の中宮はその横で泣いておられます。

〈がんぜない皇太子を残して死ぬのは心残りだが、源氏の君よ、東宮をよろしく頼む〉と、重ねてご遺言がありました。

源氏は心をこめて法事を営みました。去年に引きつづいての喪です。まことのこったその源氏の姿を見て世間の人びとは、〈桐壺院が本当に可愛がられた源氏の君ですものね〉と同情したのでした。

朧月夜の宮中入り

御代がわりになってもう一つ変ったこと、それは朧月夜の姫君が宮中へはいって、朱雀帝の寵愛を受けるようになったことです。この朱雀帝というのは、マザコン青年で、母君の弘徽殿の大后の言いなりです。自分なりの政治を行いたいけれど、祖父君の右大臣と、母君の言う通りにしなければなりません。原典に、〈この帝はお心が弱かった〉とあるように、本当はこうしたいんだけどと思っていても、口にはお出しになれません。そういうお気弱な帝ですので、逆にはすっぱで情熱的な朧月夜の君が大好きなのでしょうね。

朧月夜の君は、〈尚侍〉という役をいただき、弘徽殿の大后のあとを受けてその御殿に住んでいます。たいへんな羽振りです。でも源氏はいまだに朧月夜の君と手紙を交わすだけではなく、忍んで行くこともありました。朧月夜の君も大胆ですね。朱雀帝と結婚して入内したというのに、弘徽殿へ忍びこんでくる源氏と会っているんです。たまたま源氏が弘徽殿から出た後ろ姿を、右大臣側の藤少将に見られました。でも源氏は気づきません。（妙なところから出てこられたな）と少将は思います。そういうところから世間に噂が立ち、やがては源氏が陥れられる原因のひとつになるのですが。

……

もうひとり、源氏のまわりで運命が変るのは紫の上です。紫の上は、少女から一足飛びに人妻になって、さぞ混乱したと思いますが、とても頭のいい、情感豊かなひとですから、半年、一年と経つうちに、人の世の新しい愉悦や、人と人との結びつきなど、さまざま見聞きし、知ったのでしょう。すこやかな、いい若妻になります。何といっても、愛のリーダーは源氏ですものね。上手に、おとなの世界へみちびいたことでしょう。これからあと紫の上の登場は、中ごろ、それほど多くありませんけれど、出てくるたびに愛らしい若奥さまになっています。

藤壺への愛

源氏がどうしても忘れられないのは藤壺の宮でした。いまだに執拗な愛を抱きつづけています。

十一月のはじめに亡くなられた桐壺院の四十九日の法要は、十二月に終りました。四十九日が終ると、桐壺院の各妃たちはそれぞれの里へ下がられますので、藤壺の宮も三条の里へ落ちつかれました。宮は桐壺院に死なれて、その大きな愛情がはじめておわかりになったのでしょう、心をこめて菩提を弔っていられます。

まもなく新年が来ますが、諒闇の世は、さびしいかぎりでした。

ある夜、藤壺の宮が何心なくお部屋にいられますと、そこへ忍んで来たのは源氏です。宮はびっくりされます。〈どうしてこんなことをなさいますの。わたくしたちの仲はあのときが最後と申し上げたではありませんか〉〈そんなこと、私が聞けるとお思いですか〉。源氏は、また王命婦に頼みこんで忍んだのでしょう。宮中ではなく里の三条邸なので、忍びやすかったのでしょうが。

〈私のほうをお向き下さるだけでも〉と源氏が抱きよせると、宮は苦しさに気を失ってしまわれました。おそばにいた王命婦はびっくりして、弁という女房とともにあわてて介抱します。そして源氏を「塗籠」という、周りを壁で塗りこめた部屋に隠しました。王命婦は、源氏の着物を預かっていたので、気が気ではありません。

藤壺の宮がなかなかよくなられないので、〈これはたいへん、ご病気が重い〉と大さわぎになりました。お兄さまの兵部卿の宮も、中宮職の役人たちも慌ててやってきて、〈お坊さまを呼べ。加持よ、祈禱よ〉と言い合っています。

とうとう夜が明けてしまいました。源氏はなおのこと外へ出にくくなり、その日一日、人びとの騒ぎを聞きながら、わびしく塗籠にはいったままですごしました。夕暮れになってやっと、宮のご気分が治まります。源氏は几帳の陰をつたって、そっと覗きますと、〈まだ苦しいわ。命が切れるのではないかしら〉と宮は独りごとをおっしゃっています。髪のかかり具合、白い横顔、紫の上にそっくりですが、宮は貫禄があって、女ざかりの美しさでした。

女房たちが心配して、〈これでもお召し上がりになって〉と硯箱の蓋に果物を盛り合せてお出ししますが、宮は手も触れられません。もの思いに沈む美女というのは、男の心を動かします。

源氏は近づいて、そっと宮の着物の裾を引きました。源氏の薫きしめた香がふわっと漂ったので、宮はびっくりされます。塗籠の中に隠したことをお知らせしたら、またのぼせてしまわれるのではと心配して、王命婦たちは、お伝えしなかったのでした。

宮は驚いて、またお苦しみになりそうな気配です。〈あなたを思い切れとおっしゃるのは、私にとって死ぬより辛いこと〉と源氏はそめそめとささやきますが、宮は凜としておゆるしになりません。ちょっと心をゆるしたら、源氏の情熱に足をすくわれます。

現代では一部に、〈藤壺の宮のこの拒絶は、幼い東宮を守らんがためだ。源氏とのあいだに悪い噂が立ったら、東宮は廃されてしまうだろう。宮はそういうことまで考える女政治家になっていたに違いない〉という解釈があります。

確かにそのこともちらと宮の頭をかすめたでしょう。母性愛の強いひとですから、東宮を守らなければと思われたかもしれません。けれども藤壺の宮は豊かな情感を持つひとですから、かねて人にはもらしません。源氏にも言わないけれど、実は愛している源氏にそこまで言われたら、そして心のたがが少しゆるんだら、自分がどうなるかわからないと思われたのでしょう。

宮はこう言われたでしょう。〈世間晴れてあなたに愛される女のひとたちが羨ましい、まえにそう申したのは本当ですわ。今でもそう思っております〉〈そうお思いなら、なぜ私をお拒みになるのです〉〈わたくしとあなたのあいだには桐壺院がいらっしゃいますの〉〈しかし、院はお亡くなりになられた〉。

宮は毅然として言われます。〈いいえ、院は生きておいでです。あなたとわたくしのあいだにだけは生きておいでです。ですから……〉。

そこまで聞くと源氏は、これ以上宮を苦しめることはできないと思いました。それでいながら源氏は、去ろうとされる藤壺の宮の長い黒髪を、衣ごと捉えます。王朝の女人の髪は長いですから、髪をつかまれるとどうしようもありません。でも宮は、あらがいとおされます。夜が明けかかり、王命婦が源氏の着物を持ってやって来ます。

〈夜が明けます〉と命婦にせかされて、源氏は泣く泣くそっとすべり出ました。

源氏の心には恨みつらみが重なり、年上の恋人に対する甘えと、すねた怒りの形になってあらわれます。それからふっつりと、宮のところへご機嫌伺いにも行きませんし、手紙も出しません。そして源氏は紫野（むらさきの）にある雲林院（うりんいん）というお寺に籠（こも）ってしまいました。

ちょうど秋のことで、紅葉が散り敷いています。源氏はその紅葉を眺めながら、僧から仏法説話を聞いたりしています。心を鎮めようと思ってはいったお寺で、（いっそのこと出家してしまおうか）と思うほど源氏は悩みますが、（出家したら東宮はどうなる。幼い東宮を守ってさしあげるのは、私しかいないじゃないか。二条邸には可憐（かれん）な紫の上がいる。あのひとをおいても出家はできない）。そう思い返して、また俗世へ戻ってきます。

藤壺の出家

その間に、藤壺の宮はある決心をされました。そして久しぶりに参内して、東宮にお目にかかられます。母君の手もとから離れて宮中にいられる東宮は、とても喜ばれ、〈お母さま、お久しぶりですね〉とまつわってこられます。

藤壺の宮は小さな東宮を抱きしめて、〈あのね、もう少しするとね、お母さまの姿が変るのよ〉とおっしゃいます。

〈変るってどんなふうに？　式部みたいにきたなくなっちゃうの〉と東宮は無邪気です。式部というのは老いた女房でしょうね。〈いいえ、あのひとは、年をとったというだけなのよ。そうではなくて、お母さまは髪が短くなって、着物も夜居の僧のように黒いのを着るの。あなたと会うのも今よりもっと間遠になります〉。

〈今でもお母さまと会えなくて恋しいのに、もっと間遠になったら、悲しいなあ〉と東宮はほろっと涙をこぼし、それを恥ずかしがってちょっと横を向かれたとき、その面ざしが源氏にそっくりなので、藤壺の宮はショックを受けられました。〈何も知らない人が見ても、源氏の君に似ていると思われる。悪い噂が立ったり、疑われたりしてはいけない。東宮を守らなければ〉という気持でいっぱいになられるのでした。

源氏の役目は、藤壺の中宮と東宮をお守りすることなので、中宮が参内なさるときや退出なさるときにはおそばについてお供しなければいけないのですが、源氏はまだすねていて、参内にはお供しませんでした。さすがに退出時には、お供をしなければと思って、久しぶりに御所へ上がります。

源氏は兄君の朱雀帝とご無沙汰の挨拶をして、話をします。源氏と帝は異母兄弟ですが、とても仲がいいのですね。源氏から見ると、兄帝はだんだん父君に似ていらしたと思って懐かしいのです。

　若い男同士だからどうしても女性の話になります。

〈このあいだ六条御息所が伊勢へ下ったが、きみには万感の思いがあったろうね〉と兄帝は言われます。〈はい。でもご本人がそうお決めになったので〉〈実はあのとき、大極殿で別れの式があって〉〈ああそうでしたね、私は伺いませんでしたが〉。

　斎宮が伊勢へご出立になるというのは、国家行事です。斎宮が伊勢の神に仕えるのは、宝祚の無窮、国土の安泰、万民の安寧を祈られるためなのですね。大極殿での別れの式には、天皇が手ずから斎宮の髪に黄楊の櫛をさし、〈これからのち、京をふり返りなさるな〉というお言葉がありますが、それは天皇御一代の斎宮だからです。

〈そのときに斎宮を見たんだが、とても美しいひとだったなあ〉。兄帝は目を空にさまよわせて言われます。この淡い初恋は、後々まで朱雀帝の胸に影を落としました。

　源氏も思い出します。伊勢へ下る斎宮の行列は大極殿を出て八省院の東を通り、大内裏から二条の大きな通りに出ました。そこには二条邸、つまり源氏の本邸があります。源氏は世間の好奇の目にさらされるのに耐えられないこともあって別れの式には出なかったのですが、邸の前を御息所の車が通ると思うとたまらなくなって、歌を詠んで托しました。

「ふりすてて今日は行くとも鈴鹿川　八十瀬の波に袖はぬれじや」――〈あなたは私

を捨てて伊勢へ発たれます。でも鈴鹿川を渡られるとき、あなたのお袖は、私を想う涙に濡れるのではないでしょうか〉。

あくる日、逢坂の関から御息所の返事が来ました。御息所は京を去って、もはや逢坂の関の彼方のひとになってしまったのです。

「鈴鹿川八十瀬の波にぬれぬれず　伊勢まで誰か思ひおこせむ」――〈鈴鹿川の波にわたくしの袖が濡れようが濡れまいが、伊勢の彼方に去る者にそんなことを思ってくれるかたがあるでしょうか〉。何とも美しい筆跡ですが、これにもうちょっと情がそなわったらなあ、と源氏は思いました。

そんな思い出を兄帝に話しているうちに、月が昇ってきます。兄帝は、〈こういう晩は管絃の遊びをしたいね〉と言われましたが、源氏は〈でも今日は、中宮のご退出にお供をしなければ〉と言って退出しました。こんなふうに、源氏は兄帝と仲よしで、謀叛を企てるとか異心を差し挟むということは決してなかったのです。ところが右大臣側には、そうは思えないようでした。たまたまこの退出時に、右大臣側の頭の弁という、今をときめく青年が、源氏の車の前にいて、あてこすって言います。

「白虹日を貫けり。太子畏ぢたり」――その昔、秦の始皇帝を暗殺しようとして、燕の太子、丹が荊軻という刺客を送りました。でも太子の丹は、ちょうど白い虹が太陽を貫いたのを見て、ああ事は成らないと予感したという故事に基づくのですが、源氏には異心があると、あてこすっているのです。

そんなことがつづいて、源氏にとってはたいへんな世の中になってしまいました。そういうときでも、源氏の考えるのは藤壺の宮のことばかりでした。

やがて、桐壺院の一周忌の法事がしめやかに行われます。藤壺の宮は、「法華御八講」という、法華経八巻を四日間かけて講説するという法事を催されます。大切な法事ですし、藤壺の宮は名だたる趣味人ですから、ただの講説ではなくて、さまざまに心配りしてゆかしくなさったので、たくさんの人々が、右大臣や弘徽殿の大后の思惑をものともせず、お参りしました。

その最終日、四日目のことです。講説が終ると法師が突然立ち上がり、〈ここにお知らせいたします。中宮は本日、お髪を下ろされます〉。みんなどっと、どよめきました。誰にも何も言わずに藤壺の宮は決心なさったのです。

（源氏の君の恋を押し止めるには、わたくしがこの世を捨てるしかない。へんな噂が立ってもいけないし、源氏の君が絶望して出家なさっても困る。どうしても幼い東宮を守ってほしい）。藤壺の宮は考えあぐねて、とうとう出家する決心をされたのです。

中宮のおじ君の横川の僧都が、お髪を下ろしました。御殿には女たちの泣き声が満ちます。人びとは、〈どうしてこんなに急に？　あんなに桐壺院が愛していらしたのに〉と、挨拶や慰めの言葉を、中宮へ申し上げに行きます。

その中で凝然としているのは源氏です。〈中宮はついに私を見捨てられた。この恋はこの世では報われないことになった……〉。源氏は身動きもできません。けれど中宮を一番お世話すべき人が、いつまでもじっとしていては怪しまれます。宮に挨拶される親王がたの途切れたあいだに、源氏はやっと立ち上がってご挨拶にいきます。

〈どうしてこんなに突然……〉と言ったきり、声が出ません。

〈決心はかねてからつけておりましたけれど、いたずらに早くから発表すると反対されると思いまして〉と、王命婦を介してお返事があります。

源氏は、宮に恨み言を言いたい、すねたい、甘えたいのです。でも、もうみ仏の弟子になったかたに何を言うすべもありません。せめてひとこと、本音をもらしてほしい。それには、宮の母性に訴えて、小さな東宮のことを申し上げるしかないと思います。

〈あなたは世をお捨てになってご満足でしょうけれど、東宮のことはどうお考えですか。「人の親の心は闇にあらねども　子を思ふ道にまどひぬるかな」と申しますから、きっとお迷いがあるでしょう〉。

宮のお返事を引き出したい一心です。さすがに宮もお答えになります。〈仰せのとおり、この世の絆はあの子ひとりでございます、恥ずかしいですけれど。でも、どうぞよろしくお願いいたします〉。そう言って、源氏とは住む世界を隔ててしまわれました。

源氏はその夜、どうやって邸へ帰ったか覚えがありません。いつも、西の対にいる紫の上のところへ行けば、外でどんなにいやなことがあっても忘れられるのですが、この日ばかりはあまりのショックに、自分の部屋に閉じこもってしまいます。でも、どうしようがありましょう。源氏は心を取りなおして、仏道修行の道具やお召し物をととのえます。

藤壺の宮につづいて王命婦も、お供をするからと髪を下ろしたのは、せつないことでした。

朧月夜の君の情熱

またもや新しい年が来ました。でも、源氏には何をする気もありません。

今では、右大臣と弘徽殿の大后が大きな勢いになって、源氏のところには年賀の客も少ししかありません。いつもなら、お正月になるとおおぜい邸につめかけ、馬や牛車(ぎっしゃ)が庭中にたち並び、塀の外にもいっぱいになってたいへんな騒ぎだったのですが、今年はぽつんと淋(さび)しく、家来たちが右往左往するだけです。〈ああ、これからずっとこんなふうなのだろうな〉。

左大臣も面白くなくて、「致仕」（辞表）を奉られました。朱雀帝は、〈ああ、父帝があんなにおっしゃったのに〉と思われますけれど、祖父の右大臣や、母の弘徽殿の大后に反対できません。世の中はいよいよ右大臣一派の思うままです。源氏方には、何一つ昇進の沙汰がありません。人びとも見限って寄りつかなくなってしまいました。

親友の頭の中将、今は三位の中将ですが、この人も面白くなくて、あまり出仕しません。源氏一派は毎日、今日はあちらの屋敷で、明日はこちらでと漢字ゲームなどに興じ、宮中に参内することもなくなってしまいました。それを見て右大臣一派の、〈何だあれは。やりたい放題ではないか〉との非難の声が高まってゆきます。

源氏がただひとつ情熱的になれるのは恋、それも困難な状況の恋ほど源氏の心をとらえます。当面のところは、朧月夜の君です。

朧月夜の君は、宮中の弘徽殿にまで源氏を呼び出すようなひとです。おこり病、今でいうマラリアにかかったというので、里の二条邸に退出しました。さっそく源氏に知らせが来ます。右大臣の邸ですから、源氏にとっては敵地へ乗りこむようなものですが、こういうときこそ奮い立つ人なのです。

源氏の兄君の朱雀帝は、朧月夜を愛していられます。〈源氏とあやしいんですよ〉と耳打ちする人があっても、気の弱い帝は、こう思われました。〈結婚してからのことならともかく、ここへ来る前に源氏と恋愛沙汰があったとしても仕方ないではないか。似合いの一対だし、源氏は私よりも魅力があるだろうし、惹かれるのも仕方ないなあ〉。まさか、結婚した後も、朧月夜がそんなことをしているとはさらさらご存じありません。

朧月夜は、病気で里下がりをしているときに源氏を呼ぶのです。そこが彼女らしいところですね。手引きする女房があって、源氏は忍んで行きます。見つかったらたいへんですけれど、そういうスリリングな状態が、二人の若い恋人たちをいっそう情熱的にするのです。

〈朱雀帝はきみをどんなふうに思ってらっしゃるんだい。命にかえても、と愛してらっしゃるんだろうね〉などと源氏がからかうのも、恋の火に油を注ぐことになります。〈そんなことないわ。だって帝にも沢山のお妃がいらっしゃるんですもの〉。はすっぱな朧月夜は、二人きりでこんなところで会うのが、怖いながらにうれしいんですね。

この朧月夜は女性にもたいへん人気がありまして、瀬戸内寂聴先生に〈現代語訳をなさいましたけれど、どの女のひとがお好きですか〉とお聞きしたら、〈そうねえ、ちょっと前は六条御息所だったけれども、今は朧月夜ね。自分の情熱のままにっていうところが、とても現代的でいいじゃない〉とおっしゃいました。若い女性にも朧月夜は人気があるみたいですね。無鉄砲で、前後をわきまえないところが現代的なのかもしれません。

朧月夜は、どちらかというと朱雀帝よりは源氏のほうが好きだったんですね。〈いらっしゃいよ。わたくし、里下がりよ〉などと源氏を誘うと、〈そうかい。じゃ、ちょっと〉という感じで、二人は気が合うんです。

〈でも、ちょっと怖い〉。朧月夜は言います。〈朱雀帝に見つかっても、ごまかせるけど、怖いのは弘徽殿の大后よ。もしもあのひとに見つかったら、ただじゃ済まないわ〉〈大丈夫だよ〉。

こういうときに性根が据わるのが、源氏です。〈女房たちだってみんなぼくたちの味方じゃないか〉。

それは本当です。たび重なるとみんな気づきますが、知ってはいても、女房たちとその女主人は運命共同体なので、源氏が訪れるとまるで自分たちが源氏の訪れを受けたような気がして、心を合せてうまく繕ってくれるでしょう。厳重な戸締りがあるように見えますけれど、開放的な当時の建物です。何より夜の暗さがあります。そして邸(やしき)は広く、どこへでも隠れられますから、手引きする人がいれば、どんなことでもできそうです。

雷鳴がとどろく夜

そのあとも源氏は、何度も朧月夜の君のところへ忍んで行きました。

ところがあるとき、ものすごい雷が鳴ります。雷が鳴りだすと侍たちが邸のまわりを固め、大騒ぎになります。源氏は出るに出られなくなってしまいました。

あくる日も雨に降りこめられてしまい、その夕方も雷鳴がとどろきます。

〈大丈夫かい〉と突然、朧月夜の部屋に、父君の右大臣が現れました。〈さぞ怖かっただろう。女房たちはみんなおそばにいるかい〉。まあ、朧月夜はどんなにびっくりしたでしょう。御帳台（おちょうだい）から、あわてて、まろぶように出て来ます。その顔は真っ赤です。

〈おや、まだ熱が下がらないのかね。こういう病いは長引くというから、もっとお坊さんを増やして、加持祈禱（かじきとう）をしてもらわなければ〉と父君は心配するのですが、ふと足もとを見ると、朧月夜の着物の裾（すそ）にひっかかって、二藍（ふたあい）の男物の帯が出ています。おや、と思って見ると、まわりには散らし書きが落ちています。取りあげてみると、筆跡（て）は男手。現代ではもう区別がつきませんが、その当時は男手と女手は見るからに違いました。

〈誰の手紙だね。よこしなさい〉。そして右大臣はぎょっとして思います。〈もしかして、これは源氏の筆跡じゃないか）。

そのまま引き下がるのがおとなのやりかたですが、右大臣は思いやりのない人です。御帳台の中で源氏は、（せかせかした物言いの男だな。左大臣だったらもっとゆったりなさるだろうし、わが子とはいいながら一人前の女に恥をかかせるのは、教養ある人のすることではない）と、自分を棚に上げて、そんな批判をします。（たいした男じゃなさそうだ）などと、源氏はのん気に考えています。

右大臣は矢も楯もたまらなくなり、几帳を覗きこむと、何と、男がのうのうと寝ているではありませんか。しかもそのときはじめて、ゆったりと顔を隠すような動作をします。貴人というのは、庶民のようにせかせかとした態度をとらないし、恥を恥と思わないところがありますから、そういうときの動作も雅びやかです。さすがにそれ以上は右大臣も踏みこみませんでしたが、憤懣に耐えかねて足音も荒らかに室を出ました。

右大臣はまっすぐ弘徽殿の大后のところへ行きます。それこそ源氏の言うように、左大臣だったら胸一つにおさめて、それとなく女房たちを呼んで〈早く帰って頂くように〉などと言ったでしょうが、直情径行の右大臣ですから、〈たいへんですぞ〉と知らせに行きます。

〈いったい何ごとですか〉〈朧月夜の部屋に源氏の君がいるんだ〉〈ええっ！〉と、弘徽殿の大后は怒りで真っ青になります。〈何ということを。ほんとうにあの男ですか〉〈そうなんだよ〉〈まさか、何かの間違いでは〉〈間違いであるものか、この目で見たんだから〉と、短気者同士の親子の言い合いになり、弘徽殿の大后は、火に油を注いだように怒り狂いました。

〈源氏の君はそもそも、朱雀帝に入内することに決まった朧月夜を横からかすめ取ったんですよ。あの子もまあ、考えなしの浅はかな子で、誘惑に負けたんですよ。腹が立って、どうしてやろうかと思ったけれど、そのときお父さまは何とおっしゃいました？　ちょうど似合いだから結婚させたらどうだろう、なんておっしゃったじゃありませんか〉〈いや、あのときはそう思ったんだが〉〈あの男はのらりくらりと言い抜けて、情人にはするけれど正妻にはしたくない、という厚かましい態度だったじゃありませんか。朧月夜を妃として入内させようという目論見がはずれて、あんなふうに尚侍として宮仕えさせたのですよ。帝に可愛がられてよかったと思ったら、何ですか、これは。ずっとつづいていたということなんですね〉。

そのとき誰かが、〈実は、源氏の君は朝顔の斎院にも恋文をつけていらっしゃるらしいですよ〉と言います。朝顔の宮は一年ほど前、桐壺院の三の姫宮退下の後、斎院となられていたのでした。

右大臣はびっくりして、〈まさか神に仕える斎院に、ということはないと思うがね〉

と言いますが、弘徽殿の大后の怒りはおさまりません。〈いいえ、源氏の君のことですから、やりかねませんわ。神に仕える斎院であろうがなかろうが、あの人には目の前に邪魔なものはないんです。やりたい放題なんですよ。そもそも……〉と古い話が始まります。〈左大臣が大事に育てていらした葵の上を、息子（朱雀帝）が元服したときの添臥しにと所望したのに、左大臣はあれこれ言いながら結局うちの息子にはくれなくて、源氏の嫁にしたじゃありませんか。うちの子はよってたかって馬鹿にされているんです〉。

前にも言いましたように、弘徽殿の大后は被虐的な妄想癖がありまして、源氏には積年の大怨があるのです。

〈うちの子を、みんなが馬鹿にするんですよ。帝というのに、誰も敬ってくれない。源氏、源氏と、源氏の君ばかり褒めそやすじゃありませんか。葵の上は死んだけれど、私たちがこんなに可愛がっている朧月夜をかすめ取り、その後もずるずる関係して忍んでくるなんて。一つ屋根の下にわたくしという者がいるのを知りながら〉と大后の怒りは、とどまるところがありません。

あまりの怒りに右大臣は、しまった、むくつけに言い過ぎたかと思い、〈このことは、朱雀帝のお耳には入れないで下さいよ。あなたからよく言い聞かせ、それでも聞かなければ私が罪をかぶるから、帝には黙っていて下さいよ〉ととりなしますが、弘徽殿の大后の怒りは積もるばかりです。

花散里（はなちるさと）の人柄

源氏の波瀾万丈（はらんばんじょう）の二十五歳は、こういう事件があって終ります。ただこの年に一つ、すずやかな話が伝えられています。

以前、桐壺院に仕えていた麗景殿（れいけいでん）の女御（にょうご）の妹姫が、姉についてきて、ちょっと宮中を覗（のぞ）かれたことがあります。そのとき源氏は、妹姫を好きになったのです。その後、桐壺院がおかくれになって、その女御も里下がりされました。頼りにする人もなく、妹姫と二人で寂しく過ごしています。源氏はその妹姫「花散里」に言い寄ったのです。

この花散里というひとは、何の邪気もなく、美女ではないのですが、人柄が匂うように優しいのです。源氏が長く行かずにいても怨（うら）み言も言わず、行ったときには〈よくいらっしゃいました〉と心から喜ぶ、そういうひとです。このひととおしゃべりしていると、源氏は心がなごみます。

さまざまな女性のタイプを、紫式部は上手に書き分けますが、「賢木の巻」のあとに、この「花散里」のような小さな巻があると、大作のあとに小品を読んでちょっと心洗われる、という感じでとても素敵ですね。

のちに花散里は、源氏と夫婦のような添いとげ方をします。源氏が、六条に大きな邸を建てたときには、花散里にも夏の御殿というのを与えられました。源氏の一人息子夕霧は花散里を、生まれてすぐに亡くなった母君、葵の上の代わりとして育てられます。

夕霧は感性の鋭い少年ですから、花散里を見て、（あんまり美しいひとじゃないな）とは思いますが、（父君がこんなに長くつき合って大切にしていらっしゃるのだから、顔かたちの美しさだけが女の値打ちではないんだな）。花散里は曇りのない人柄ですので、純真な少年にも、それがわかったのですね。

ラブ・アフェアに疲れた源氏が、花散里の御殿へ行って、ほととぎすの声に二人して耳を傾けながら、とりとめのない日常の会話を交わす、それはそれでとてもくつろぐものでした。

源氏は口ずさみます。「橘の香をなつかしみ郭公　花散里をたづねてぞとふ」――源氏という男性の幅、つまり女性を評価する幅がたいへん広い、そんなことを考えさせられる巻が、「賢木の巻」のうしろにそっとついています。

流人のあけくれ　「須磨」「明石」

源氏、須磨へ

「須磨の巻」と「明石の巻」は前にも申しましたように、「須磨返り」「明石返り」と言われていて、ここまで読むと音をあげて止めてしまうかたが多いのです。私自身も若い時分はそうでしたが、いま考えてみると、「明石」はともかく「須磨の巻」というのはたいへんな美文で、しかもあちこちに、昔の文学的な話や著名だった人の運命などが引用されているので、故事来歴の知識がないと充分に楽しめなかったからでしょう。「須磨の巻」の文章は、背景にさまざまな事柄が響きあい、重層的な効果を上げているのです。

文学には、とくに近代文学には客観的で緻密な描写で成り立ち、それを追体験して楽しむ文学がありますけれど、作者と読者が共通の知識を前提に、文章の背後に透けるものが響き合う、オーケストラを聴くように楽しむ文学もあるのがわかると、「須磨の巻」の面白さがわかるかもしれません。

さて、弘徽殿の大后と右大臣一派の思うままの世になり、源氏たちは排斥されてしまいます。源氏は官爵を剥奪され、腹心の部下たちも全員、無位無官になります。噂によると、朝廷では源氏の流罪までも考えているらしいのでした。

そこで源氏は、先手を打って自分から都を退去しようと決意します。行く先はどこにするか。腹心の惟光や良清たちと相談して、出た結論は須磨でした。都からあまり遠いと不安ですし、近すぎても、〈退去といったって、遊んでいるだけじゃないか〉と非難を受けかねません。〈須磨は、以前は人家が多かったらしいが、このごろはさびれて、漁師の苫屋がまばらにあるだけと聞く。そこにしよう〉。

そのとき源氏が思ったのは、須磨の浦に流されて侘び住まいした在原行平のことでしょうね。これはよく知られた〝事件〟でしたから、源氏が須磨へ行くと聞いて、〈ああ、あの行平卿の行ったところね。なるほど流人の落ちつき先だわ〉と当時の読者は思ったでしょう。在原行平というのは、有名な美男の業平のお兄さまです、異母兄とも言われますが。この人は業平とちがって堅実な官吏生活を送り、順調に出世したのですが、須磨で流人生活を経験したことがあったらしいんですね。

須磨は京の都から一日半か二日の行程です。このくらいの距離がちょうどよい、という結論が出たのでしょう。

さあ、行くとなると紫の上をどうするか。紫の上は〈わたくしもご一緒に。どんな苦労もいといませんから〉と必死にすがりますが、連れては行けません。〈勅勘の身は、日月の光にも当たってはいけないと言われるほどだ。自ら身を退いて謹慎の意を表するとなれば、女子どもを伴っていては、物見遊山の旅をしているのではないかと、敵方に好餌を与えることになる。淋しいだろうが辛抱してくれ、将来の私たちのために〉。

源氏は言葉を尽くして慰めました。そしてここが源氏の現実的なしたたかさなのですが、〈留守を守っておくれ〉と、領地の証文、つまり荘園や牧場の所有権を示す書類をはじめ、貴重品を納めてある蔵の鍵、そういうものを一切、紫の上に托します。紫の上の乳母少納言がしっかり者なのを見こんで、源氏の信頼できる家司を相談係にして、〈頼んだよ。留守宅は世のもの笑いになりやすい。しっかりこの邸を守ってくれ〉。

つまり妻として、紫の上を本当に信頼していたのですね。紫の上は涙をいっぱい溜めてうなずきますが、別れを受けいれたわけではありません。

紫の上は両親に早く別れたので、源氏の君を父とも兄とも頼り、そして今では夫として睦びなれて暮らすひとです。実の父君の兵部卿の宮がいますけれど、宮はいささか功利的なかたと見えて、源氏が力を失った今は、あまり訪れて来られません。源氏とは関係のないような顔をして暮らしていられます。正妻の北の方（紫の上にとっては継母にあたる）はどうやらこんなことを言って紫の上を嗤っているらしいのです。
〈あのひとは、頼りにする人と次から次へ別れる運命なのね、縁起でもないわ〉。

それを聞いた紫の上は、仕える女房たちの手前、恥ずかしいやら悔しいやらで、〈こんなことだったら、わたくしが源氏の君に引き取られて妻になったことなど知らせないほうがよかった〉。そういう心細い紫の上を残して行くのですから、源氏の傷心はひと通りではありません。けれどそれゆえにこそ置いて出なければならないのです。

暇乞い

源氏はあちこちへ暇乞いに行かなければなりません。最初に、亡き妻葵の上の父君、左大臣のところへ行きました。右大臣一派の圧迫がひどく、さまざまな困難があって、ずっと前に辞任されていたのですが、源氏がとうとう都を出ると聞いて、〈そんな無実の罪でねえ。こんな世の中になろうとは思いもよりませんでした。私たちはいつも死んだ娘のことを悲しんでいますが、こんなことになって、娘は早く死んでよかったとさえ思いますよ。あなたをお訪ねしたかったけれど、参内もしないのに私事では出歩くのか、などと僻事を言ったりする人がいますから……世も末ですね〉と悲しまれます。

そこへ夕霧がやって来ました。この家で養われている源氏の息子、葵の上が産んだ忘れ形見で、もう五歳になります。

〈お父ちゃまがいらした、いらした〉と可愛くはしゃいで、源氏の膝に乗ります。〈しばらく来なかったのに、顔を忘れていないとは〉と、源氏は可愛くてなりません。そこへ親友の頭の中将（今は三位の中将）もやって来て酒盛りになり、その晩は泊まることにします。実は、源氏がひそかに愛人にしている中納言という女房とも別れを惜しもうと思ったからでした。

別れを惜しむのに、源氏は数日かかりきりになります。

花散里と姉の麗景殿は、今は源氏の力にすがって生きています。源氏は優しいので、そういうひとたちにはことさらに別れを告げてやらねばと思い、〈名残りおしいですが、しばらく都を離れます〉と挨拶に行きます。〈まあ、わたくしどものような者にまで〉と麗景殿は喜ばれました。花散里は、〈これまでのたまさかのお越しでも、それはそれでうれしゅうございました。きっとまた花咲く春にお会いできますわ。楽しみにお待ちしております〉。

朧月夜の君にも、別れの手紙を送ります。父帝の桐壺院の御陵にもお別れをしなければなりません。

出立の前日は藤壺の尼宮へ挨拶に上がりました。尼宮はとても悲しそうです。〈わたくしが髪をおろした甲斐もなく、あなたまで去っていかれるのですね。幼い東宮が心がかりです〉。

人目があるので、何気ないようにふるまいながら、源氏は万感の思いをこめて、〈体は離れても、心はいつもあなたのおそばにいます。お元気でいらして下さい。これから父君の御陵に参りますが、お言伝てはありませんか〉。尼宮は〈東宮をよろしく〉と言われるばかりでした。

桐壺院の御陵は、どことははっきり書かれてはいませんが、どうやら都の北のほうです。というのは、〈行く道すがらに賀茂の社があった〉とあります。

賀茂の社はかなり北にあります。そのときにお供した右近の将監（今は官職も削られました）は、かの賀茂祭の禊の日に、源氏の随身役として意気揚々と先頭に立ち、美しく着飾っていた青年です。右近の将監は、浮世の栄達を捨て、源氏の君について須磨までお供しようとしています。

下鴨神社の前を通ったとき、将監は馬を降り、源氏の馬の口を取りながら言います。

「ひき連れて葵かざししそのかみを　思へばつらし賀茂のみづがき」――〈あの日の御禊の華やかさを思うと、今のこの身は夢のようですね〉。

源氏は返す言葉もありません。（自分のために、こういう青年たちが洋々たる前途を棒にふってしまった）。

賀茂の社まで来て、源氏は馬を降り、拝みます。〈私は無実です。賀茂の神は糺の神ですから、理非曲直を必ずや正してくださるでしょう〉。敬虔に祈る源氏の姿に、右近の将監は、やはりこのかたについていこう、と改めて意を固くするのでした。

真夜中の御陵は、月もなく真っ暗です。草が繁って、もちろん人の姿もありません。

〈父上、私は都を追われます。どうかお守り下さい。私の無実をお信じ下さい。……

もっと大きな罪、それはお許し頂けないでしょうが〉。源氏の目の前に風がさっと起こり、気がつくと、ありし日の父帝が立っていられます。その目にお怒りの色はありませんでしたけれど、源氏は一瞬、ぞっとしました。

都を発（た）つ

三月二十六日に源氏は都を発ちました。「三月二十日あまり」と原典には書かれていますが、当時の読者には、〈これはあのこと〉とすぐわかったのです。

というのは、昔、醍醐（だいご）天皇の皇子に源高明（みなもとのたかあきら）というかたがいました。並々ならぬ才覚があり学才もあるかたで、源という姓を賜り、順調に官吏生活を送って大臣になりました。民間に下って源姓を賜ったかたはたくさんいますが、ここまで出世する人はなかなかいません。これで終ればよかったのですが、村上帝の第二皇子為平（ためひら）親王を婿君になさったことで運命が大きく変ります。村上帝の長男である皇太子にはいささか狂気の資質がおありになり、このようなかたが帝になられたらどうなるかと不安を抱いた人々は、第二皇子が怜悧（れいり）で優れているので、次の皇太子はあのかただ、と思っています。ところがその為平親王を、源高明公が婿君になさってしまいました。

さあ、藤原一族は気が気ではありません。もし高明公の姫君に皇子が生まれれば、政権は源氏へ行ってしまう――。そこで兼家や兼通、伊尹といった藤原一族が策動して、〈高明公に謀叛の志あり、密告者が名乗り出た〉と言い立てたのです。

高明公は、安和二年（九六九年）三月二十六日に、九州へ流人として落とされました。〈出家するから、都に留まらせてほしい〉と願い出ましたが、聞きいれられなかったのです。子供たちもみな出家して、贅美を誇ったお邸は、四、五日のうちに怪火で焼き払われてしまいました。「安和の変」です。そのときの都の人びとの驚きはたいへんなものでした。〈無実の罪で流されて、お気の毒に〉と世間の同情が高明公に集まったことでした。

その少し前に、菅原道真（菅公）が、やはり讒言によって九州へ流されたという史実とも重なって、読者の頭に浮かんだでしょう。

安和の変は、紫式部が生まれたといわれる年より四、五年前のことですから、式部は小さいときから、〈安和の変はこれこれこうで、たいへんだったんだよ〉と聞いて育ったのでしょう。源氏の世は、それよりもう少し前ですが、その時期に似せてあるので、連想が読者の頭にわき起こるような仕組みになっていたのですね。〈三月の二十日あまりに発たれた〉というと、〈ああ、これは二十六日のことだな〉と、読者はすぐわかったでしょう。

さていよいよ、源氏は旅支度を整えて去ります。心にかかるのは紫の上のことですが、一日二日と出立の日を延ばしたら、もっと延長したくなるでしょう。紫の上は賢くよくわかって、現実を受けいれようとしますが、何か言うと涙になります。そのとき二人が交わした歌は、『源氏物語』の中でもたいへん素敵な秀歌です。源氏が紫の上に言います。

「生ける世の別れを知らで契(ちぎ)りつつ　命を人に限りけるかな」――〈私とあなたは「生きている間はずっと一緒、死が二人を裂くまで」と約束したけれど、こんな生き別れというものがあるのを知らなかったね〉。

紫の上は返します。「惜しからぬ命にかへて目の前の　別れをしばしとどめてしがな」――〈命は惜しくない。命のかわりにこの別れをもう少しあとへ延ばせないでしょうか〉。

でも、いつまでも留まることはできません。そのとき、紫の上は叫んだでしょう。〈行っていらっしゃいませ。お別れしてもあなたとわたくしは七夕の二つの星、京と須磨で呼び合いますのね〉。

こういう可憐(かれん)なひとをおいてゆく源氏は、心をひき裂かれる思いだったでしょう。けれどそれを振り捨ててゆくのが男の分別です。

独り居のつれづれ

当時の旅は、夜が明けやらぬうちに出発します。まず陸路を四里、伏見（ふしみ）まで下りますが、これは多分馬で行ったのでしょうね。そして伏見から船に乗り淀（よど）川を下り、その日のうちに難波（なにわ）の大江（おおえ）に着きます。この地名は現在も〈大江橋〉という橋の名前に残っています。

大江で船を降り、一泊。このころは、京から難波は一日の行程だったのです。江戸時代になると、三十石船でさっと下りますが。あくる朝、明るくなってからまた船で海上を十二里。三月のいい季節ですから、風さえ添えば午後四時頃には須磨に着きます。

須磨のあたりは淋（さび）しいけれど、源氏の住む家は風流にしつらえてありました。茅葺（かやぶ）きの屋根、葦葺（あしぶ）きの廊下と、いかにも粗末ですが、風流な文人の暮らし、中国の隠士の暮らしという感じです。派手派手しい家具や調度、衣裳（いしょう）などは携えてきていません。愛読する書籍、漢籍、白楽天の詩集、琴、そして碁、双六（すごろく）（今の双六とは違う中国渡来のゲームです）、そういうものを少々、それに数珠（ずず）とか香炉などの仏具を持ってきました。付き従う者は〈源氏の君と共に死ぬまで〉というような、腹心中の腹心たちです。

この地にいる摂津(つ)の守(かみ)は、もともと源氏に引き立てられた人ですから、公けには弘徽殿の大后一派の権勢を恐れているのですが、こっそりやって来て、いろいろ心入れをします。しばらくして、小さいけれども風流ないい家が出来上がりました。海からは少し遠いのですが、山の風情が素敵です。廊下に立つと海が見えます。

まもなく、長雨の季節になりました。毎日毎日淋しい雨です。源氏は望郷の思いとともに、せっせと京にいる女君たちに手紙を出します。あちこちから悲しい返事が来ました。

珍しいのは、伊勢(いせ)から来た手紙です。伊勢にいる六条御息所(ろくじょうのみやすんどころ)は、風の便りで、源氏が須磨へ落ちたことを知ったのでしょう。久しぶりに見る御息所の美しい手跡です。〈やっぱり違うなあ、このひとは〉。いざこざから少し時間を隔ててみれば、この女人の素敵なところ、愛すべきところが胸に来ます。独り居のつれづれに思索を重ねて、人の嘉(よみ)すべき、愛すべきところに、源氏は今さらのように気づきます。だんだんと人間が大きくなるのですね。

一方、都の人びとの口の端にのぼり笑い者になったのは、朧月夜の尚侍(ないしのかみ)です。〈あのひとがもとで源氏は都落ちしたんだってね。朱雀(すざく)帝に可愛がられていながら、源氏とも楽しんでいたんだよ〉と、悪評さんざんです。

右大臣はこの朧月夜の君をとても可愛がっているので、〈どうか寛大なご処置を〉と朱雀帝に頼みます。人の手前があって朧月夜は参内停止になっていましたけれど、右大臣の頼みで許され、朧月夜は再び朱雀帝のもとへ戻りました。

朱雀帝は、源氏が須磨へ行ったことに対して、すまない気持でいっぱいでした。父君桐壺院の、〈源氏の君を右腕にしてまつりごとをしなさい。何でも相談するんだよ。源氏の君を重んじて、東宮も大切に〉という遺言に従えなかったことを気に病んでおられます。こわごわしい心根の男性だったら、〈愛人を持つとはけしからん〉と、絶対に朧月夜を許さないでしょうが、朱雀帝はお気の弱いかたですから、再びおそばにお召しになり、〈源氏の君がいなくなり、何をするにも張り合いがなくて都は淋しくなったね。私がそうなのだから、あなたは余計そう思うだろう。私よりも誰かさんのほうに心惹かれているだろうから〉。

朧月夜が困って、思わずほろほろと涙をこぼしますと、〈その涙は誰のためかい、私にか、源氏の君にか〉と言われます。ひねくれて言われるのではなくて、〈無理もない、源氏の君と似合いの年頃なんだもの。これが女御とか御息所なら、ほかの男と恋愛したら具合悪いけれど、ただ尚侍という職につき、たまたま私に愛されただけなんだから、許してやらなければ〉と思うようなかたなのです。

朱雀帝は朧月夜の手を取って言われます。〈どうしてあなたには子ができないのか。

もし源氏の君と結婚していたら、できたかもしれないね〉。厭味（いやみ）ではなく、優しい恨み言なのでしょうが、朧月夜は困りはてています。とはいうものの朧月夜は、源氏への思いを消すことができないのでした。

流人の生活

須磨に傷心の秋が訪れました。在原行平の中納言が、「旅人は袂（たもと）涼しくなりにけり関吹き越ゆる須磨の浦風」とうたった須磨の波音が、静かな夜更けにいっそう高く聞こえます。源氏は、（ああ、都を離れてこういう運命にさすらっている。これから先、どういう運命が待つのか）と思うと、涙がこぼれました。

やがて八月の十五日、中秋の満月の夜です。（こういう夜は宮中で宴があった。今の私は、九州に流された菅公そのままではないか。兄帝から頂いたお着物がまだここにあるのに）。

「去年ノ今夜清涼（せいりやう）ニ侍（はべ）リキ
秋思ノ詩篇独リ腸ヲ断ツ
恩賜ノ御衣ハ今此（ここ）ニ在リ
捧（ささ）ゲ持チテ毎日余香ヲ拝ス」

菅公の作った詩を思いながら源氏は、菅公の流されたことを偲び、兄帝を偲び、そして都を偲んでいました。

ちょうどそのころ、九州の長官大宰の大弐が、任果てて船で帰京の途につきます。須磨の沖を通ったとき、〈ここに、源氏の君が引退していらっしゃるんですよ。政治的事件に巻きこまれて難をお避けになり、ひっそりとお暮らしです〉と聞き、びっくりして源氏に手紙を届けます。この大弐も源氏の恩顧をこうむった一人です。〈帰京いたしましたらすぐに、御前に駆けつけて都のお話など伺おうと思っておりましたのに、思いもかけぬことに——〉。

源氏は、〈訪う人もないのに、親切にありがとう〉と、返事を書きました。でも大弐は、船を寄せて源氏を訪問することはできません。大后一派の勢いは恐ろしく、どこで誰の目が光っているかわからないのです。

大弐の娘の五節の君は、かつて源氏の恋人でした。五節の君はたまらなくなって、源氏に手紙を書き、伝てをもとめて源氏の手もとにとどけます。源氏はその気持も嬉しくて返事を出します。〈こんなところで海人の漁りをするような身になろうとは、思いもよりませんでした〉。

五節の君はその手紙を抱いて、自分だけでもここに留まりたいと思いますが、叶わないことでした。

秋でも過ごしにくい須磨に、やがて冬が来ました。凍るような月夜に、千鳥がしきりに鳴きかわしています。

「友千鳥諸声(もろこえ)に鳴く暁は　ひとり寝覚の床もたのもし」——源氏は、友を呼びかわして鳴く千鳥の声を聞きながら思います。（私はひとりじゃないんだ。家来もいるし、心の中で支援してくれる人たちも、都にはいるかもしれない）。

都では、源氏に同情して慰問の手紙を書く人や見舞いの品をことづける人もあったのですが、弘徽殿の大后が〈けしからぬこと。帝(みかど)のご勘気に触れて須磨へ退去した人に、なんで見舞いなんか送るのか。帝をないがしろにすることではありませんか〉とお怒りになるので、人びとはだんだん面倒になって、手紙も出さないようになります。

ここで一転、物語は変ります。

須磨から近い明石に、明石の入道というのが住んでいました。都の生まれで、血筋もいいのですが、頑固で偏狭で世渡りが下手でした。播磨(はりま)の守(かみ)として赴任したのち、守の役目がなくなってからもこの地に留まって、大きな屋敷を築き、もう世の中には出ないと決心し、頭を丸めて入道になったのです。けれど一人娘にだけは望みをかけていて、（何とか立派な人に嫁がせて、世に出したい）と住吉(すみよし)の神に念じ、春秋、娘にもお参りさせ、心を尽くして育てています。この話は「若紫(わかむらさき)の巻」に伏線としてちらっと出てきましたね。

その明石の入道が妻に言います。〈いよいよ時が来たよ。源氏の君が、須磨に流されていらっしゃるそうだ。うちの娘をさし上げようじゃないか〉。〈まあ、とんでもないことと〉。妻は現実的な女性です。〈何をおっしゃるのです。あんなご身分の高いかたがうちの娘などと、そんな夢みたいなことを。それに、あのかたは、流人です。噂では、あちこちの女性と浮名を流した上に、帝の想いびとと怪しいことになり、いたたまれなくなって須磨にいらしたというじゃありませんか。うちの子は初婚ですよ。何もそんな……〉。でも入道は頑固者ですから、〈いや、これはこの子が生まれたときから念じていたことだ〉と言って聞きません。

娘は母親よりちょっとロマンチックですが、父親よりは現実的です。話を聞いて、〈源氏の君って、みんな憧れるけれど、こんな山里へいらしたからといって、わたくしなんかが気に入って頂けるわけがないわ。いずれは都へお戻りになるでしょうし、お戻りになればたくさんの女人がいらっしゃる。といって、お母さまの言うように、身分相応の、もののあわれもわからない田舎紳士にお嫁入りするのは、いや。いっそ独身をとおして、お父さまお母さまと死に別れたら、海へはいって死んでしまおう〉なんて考えています。

このひとは特別の美人ではありませんが、すらっとして優しい、感性のすぐれた女人です。音楽の技に長けていて、教養があり、源氏の女君の中ではたいへん褒められるひとです。のちに源氏と結婚して「明石の上」と呼ばれますけれど、田舎育ちに似合わず気位が高い女性です。

明石の入道は何とかしたいと思いますが、手づるがありません。（そうだ、源氏の君は、あの良清さんをこの地に呼び寄せていらっしゃるらしい。良清さんは、娘におぼし召しがあって、たびたび手紙をくれた。こちらは相手にしなかったけれど、手づるになるかもしれない）と何だか功利的ですが、明石の入道は急いで良清に手紙を出します。〈折いってお話がございますので、一度こちらにお越し願えませんか〉。ところが良清は、〈なんだい、こっちが欲しいと言ったときには洟も引っかけなかったくせに〉と、無視しています。

頭の中将との語らい

こういう流人の生活にも年が明け、そして春が来ました。

（ああ、紫宸殿の桜は今が盛りだろうな。南殿では桜の宴があったっけ）などと源氏が思いにふけっているところに、思いがけない訪問客がありました。頭の中将です。今は宰相の中将に昇進しています。この人は左大臣の息子ですから、右大臣側からすれば敵方なのですけれど、右大臣の姫君を嫁にしているので、重く扱われているのです。人柄もいいしやり手ですからどんどん出世していますが、親友の源氏がいない京の都が淋しくてつまらなくて仕方ありません。〈どうしても会いたい。ままよ、大后側が何と言ったってかまうものか〉。

宰相の中将はかなり骨っぽい人でしたから、腹心の家来を連れ、須磨まで馬を駆ってやって来たのです。源氏は親友を迎えて、〈よく来てくれた。手紙もよこさぬ人が多いのに、きみは……〉と言ったきり声もありません。親友は固く手を握りあい、肩を叩きあいます。

二人の話は尽きません。それぞれの家来もまた顔なじみの友人同士です。そこここで男たちの歓談が始まり、夜を徹して語り明かします。都のこと、政界のありさま、そして何より流人生活のこと。涙ぐみそうになるのをこらえて宰相の中将は、〈いいところじゃないか。素敵だね、この住まいは。中国の隠士の住まいにそっくりだ〉。

源氏も懸命に友をもてなします。顔見知りになった近所の漁師たちに〈うまいものを持ってきてくれ〉と頼み、漁師たちは貝や魚を〈都の貴人がたに〉と持って来ますが、中将には、漁師たちの言葉がさっぱりわかりません。

〈暮らし向きについてしゃべっているんだよ。時化つづきだったり、潮が変ると漁ができないとか、漁師の暮らしも並大抵ではないと言っているんだ〉と源氏が通訳すると、中将は、〈大臣も庶民も暮らしにくいという点では同じなんだね〉などと冗談を言います。楽しい親友同士の語らいはつづきます。

やがて二人は酒に酔って、もろともに白楽天の詩を吟じます。幼なじみですから、いっしょに漢籍の先生に習ったのでしょう。教わった詩を、少年のころに吟じたのでしょう。それを思い出して親友同士は唱和します。

「往事眇茫トシテ都テ夢ニ似タリ
旧遊零落シテ半泉ニ帰ス
酔ノ悲シビ涙ヲ灑ク春ノ盃ノ裏」

楽しい再会の宴ですが、宰相の中将といえども、いつまでも留まることはできません。公儀への聞こえがあります。夜明けまでに帰らなければと中将は、源氏の手を握って言います。〈きみのいない都は、本当に淋しい、砂を噛むような思いだよ。考えてもみてくれたまえ、振り分け髪のころからの仲じゃないか。いつかきっと帰れるから、体を大事にしてくれ〉〈いや、都に戻ろうなんて色気は捨てた〉〈そんなことはない。運命はまた変る。それまで加餐してくれたまえ〉。

宰相の中将と源氏は別れを惜しみ、源氏は中将に黒馬を贈り、中将は源氏に笛を贈りました。

落雷と稲光

三月の一日、〈この日にお祈りしてお祓いをすると、悩みを払って頂けるそうですよ〉という人があったので、源氏は海辺へ出て、簡単な囲いをしつらえ、陰陽師を呼んで祓いをさせました。祓いとは、人形に自分の穢れや罪を托し、その人形を海に流すのですが、人形はたいへん大きかったといいますから、特別に等身大の人形でも作らせたのでしょうか。これを船に乗せて海の彼方へ運びます。

それを見た源氏が、〈ああ、無実の罪をかぶってここまで落ちてきたが、いつそれが晴らせるのか。神よお守り下さい〉と念じたとたんに、大風が吹き出します。そして激しい雨が降ってきました。これこそ「肱笠雨」、人びとは、肱を笠にして雨を避けつつ、立ちさわいでいます。大雨と大風がおさまらないうちに、雷まで鳴り出しました。

というところで、「須磨の巻」は終ります。「須磨」「明石」は、巻名は別々になっていますけれど、内容はつながっています。以下は「明石の巻」です。

嵐はやまず、何日も何日もつづきます。都にいる紫の上は心配して使者を送りました。

〈いかがですか。いつもあなたのご無事を祈っております〉と、紫の上の優しい手紙です。源氏は懐かしく、本来は目通りもできない身分の低い使者に声をかけます。男は全身ぐしょ濡れでした。

〈たいへんなところを来てくれたね。京はどうかね〉と聞く源氏に、下人はかしこまって申し上げます。〈都もひどい大嵐で、神のお啓示ではないかと、大騒ぎでございます。それを鎮めるために朝廷は、「仁王会」という法会をなさるそうでございます〉。仁王会というのは、国家が大事件に見舞われたときに行われる法会です。〈この大嵐で、お公卿さま、殿上人たちは参内ができず、まつりごとも止まっている由にございます〉。

雨はいよいよ激しくなり、何日も何日も降りつづきました。とくにひどいときには、高潮が庵のそばまで来ます。山の岩をも砕きそうな高い潮です。そして雷の激しいこと、とうとう源氏の庵の廊下に雷が落ちてしまいました。人びとは泣き叫び、〈とにかく殿をお移ししなければ〉と、源氏は人びとと一緒に、台所のようなところへ押し込められてしまいます。

外は、墨をすったような真っ暗闇。ときどき稲光が閃いて、雷鳴が激しくとどろきます。でも風はやっとしずまったようです。源氏を御座所へお戻ししようとするのですが、途中の廊下は焼け落ち、御簾はちぎれて散らばっています。

ともあれここにということで、源氏は台所で臥してウトウトしています。すると、目の前に、亡き父帝が在りし日のお姿のままお立ちになり、〈どうしてこんなむさ苦しい所にいるのか。早く起きよ〉と源氏の手をとられます。〈ああ、父上にお別れしてから、悲しいことばかりつづきました。もはや、この浦で身を捨てようと思っております〉。

〈とんでもない〉と父帝はお諭しになります。〈これはちょっとした報いなのだ。私は世にあったとき、無意識のうちに犯した罪を償うために忙しくしていたが、そなたが嘆き苦しむのを見て、これはならぬと海にはいり、渚からここへやって来た。神の導き給うままに、この浦を去れ。私はこれから京へ上り、帝に奏上すべきことがある〉。立ち去る父帝に、〈私もお連れ下さい〉と源氏が叫んだところで、お姿がかき消えました。はっと覚めて、父帝のお姿のあったあたりを見ても、月がきらきらと照っているだけです。（ああ、父上がやって来て下さったのだ）。もう一度父上の姿を見たいと思い、眠ろうとしますが、眠れませんでした。

早くに母を亡くしたらしい紫式部は、お父さん子だったのでしょうか。式部は父親の愛情というのをよく書きますけれど、実感に裏打ちされています。

明石の入道の誘い

源氏が父帝の夢を見たのとちょうど同じころ、須磨の浦に飛ぶようにやって来た小さな船に、四、五人の人が乗っていました。
〈良清殿はおられるか〉その中の一人が叫びます。みると、明石の入道です。入道は、〈ただいま、住吉の神のお告げがありました。すぐ船を出して須磨の浦に着けよ、そして源氏の君を迎え奉れ、と。こんな嵐の中を、と思いましたが、船を出したら、不思議と風は順調に吹き、またたくまに浦に着きました〉。良清も不思議に思い、すぐ源氏に取り次ぎます。源氏は、これが父帝のおっしゃっていた神のお啓示か、と思いました。

入道は言葉を尽くして、〈どうぞ、私どもの明石のほうへお渡りを〉と言い、神に違うのもいけないと源氏は従います。
〈そちらには、身を隠す家があるのか〉〈もちろんございますとも。どうぞ、どうぞ〉。明石の入道は喜んで源氏を連れだします。四、五人の従者とともに、源氏は明石に着きました。

須磨と違って明石は、人通りが多く、入道の家はとても立派でした。都の貴族の屋敷にも劣らぬような美しさです。先日来の高波を怖じて、妻と娘は山手のほうの屋敷に移っていたので、源氏はゆっくりと休むことができました。こうして源氏の明石での生活が始まります。

　入道は機会をとらえては、娘についてほのめかしますが、源氏は、〈ただいまは一介の流人で何の官職もありません〉。明石の入道はここぞとばかりに、源氏を口説きます。〈人の世の一栄一落が何でございましょう。ただのめぐり合せではございませんか。私はあなたさまにぜひ、娘を貰って頂きたいのです。実は住吉の神に、あの子が生まれたときから願をかけ、どうか都のすぐれた貴人にと願って参りました。これもお引き合せに存じます〉。

　それを聞いて源氏は、〈何という不思議か。こうして須磨から明石へとさすらったのも、思えば大きな神の運命のお手に操られてということなのか〉。とはいうものの、都に残してきた紫の上のことがありますから、おいそれとは応じられません。

　やがて夏が過ぎ、秋になると、源氏は独り寝がほとほと寂しくなって参ります。琴を弾いたり歌を詠みかけたり、明石の入道にそそのかされて、源氏は一度二度、娘に手紙をやったりします。その返事が、とても素敵でしたので、ああ、いい娘だなあと思いますが、なかなか踏み切れません。自分のほうから行くと、正式な結婚になってしまうので、源氏は入道に、〈人知れず、姫君をこちらによこすということはできないか〉と言ってみました。

しかしこれには、娘が承知しません。自分はそこらの女とは違うという気位があります。でも、入道は懸命にすすめます。妻は、〈何でもご一存でなさるのだから〉とぶつぶつ言いますし、姫君の乳母（めのと）も、〈お姫さまには三国一の花婿をと思っておりますのに、ご立派かどうか存じませんが、流人のかたになんてねえ〉。

八月十三日の月の美しい夜、明石の入道は源氏に手紙を出しました。手紙には「あたら夜の」とだけあります。古歌の、「あたら夜の月と花とを同じくは　心知れらむ人に見せばや」から取ったのですね。〈我が家に咲き出（い）でた花ひともとを、人情を知り世の中を知っておられるあなたさまのお手で、摘み取って頂きたく〉。源氏は、（入道なのに、しゃれたじいさんだな）と思い、人目につかないよう、車を仕立てずに馬で出かけることにしました。娘は（こんなふうに運命がなだれ落ちるなんて）と、決心がつきかねています。

明石の君のこころ

〈私のたびたびのたよりに、つれないお返事でしたね。流人の私を軽んじていらっしゃるのですか〉。扉のこちらから源氏は声をかけます。娘は扉に鍵（かぎ）をかけていたのです。

〈軽んじるなんて、そんなこと〉と明石の君はびっくりします。〈そうではございませんわ。あなたさまはいずれ京へお戻りになるかた、わたくしのことなどお忘れになってしまうでしょう。それが悲しくて〉〈忘れはしない。どんなことが起きても、そんなことはありません〉と源氏は答えます。〈こういうところでめぐり合うのも私たちの縁ではないか、と思えたのですよ。いつのまにか心が寄り添っていたのです。これが神のお導きならば、と。どうかあなたの手で、鍵をはずして下さい〉と源氏が言うのも、これは父入道が許した仲なんだから、という気があったのでしょうね。〈わたくしは望みが叶(かな)えられなければ、海にはいって竜王の后(きさき)になっても、と思いつめていたのです〉と娘はなおもあらがいます。〈とても気位がお高いのですね〉〈女が気位を高くしなくて、どうして生きていけますの。自分を支えるのは気位だけですわ〉。

　女のプライドというものに、紫式部は大きな価値をおきました。〈どんな境遇にあっても、どんな暮らしをしていても、女はプライドを捨ててはいけない〉と紫式部は言いたいのでしょう。〈何度かのお相手だけで捨てられる、そういうことにわたくしは耐えられません〉〈いえ、そのお気づかいは無用です〉。源氏はきっぱりと言いました。〈そんな浅い気持で言うのではありません〉。

　どちらからともなく鍵がはずされ、戸が開けられたのでしょうか。明石の君をはじめて見た源氏は、何て気高いひとかと思いました。しかもなよやかで、都の姫君たちに劣りません。そのとき源氏は、娘をその精神ごと愛したのですね。田舎紳士のように、みめかたちだけで愛するのでなく、手応(てごた)えのあるその精神を愛したのです。

　そのころ都では、弘徽殿の大后がご病気に臥(ふ)され、太政大臣(だじょうだいじん)（もとの右大臣）は亡くなりました。そして朱雀帝は、目をお病みになっていました。朱雀帝の前に亡くなられた桐壺院が現れて、はったとお睨(にら)みになったのです。

　朱雀帝は（ああ、あんなにお頼まれした源氏の君を守りとおせなかった。あんな遠いところへやってしまった。そのせいだ）と思われると、お気の弱いかたですからたまりません。母の弘徽殿の大后にお頼みになります。〈どうか源氏をお許し下さい。源氏のいない都は火が消えたようだとみなも言っています。父帝のご遺言にも違っています。何とぞ源氏にお許しを〉。

　でも大后は許しません。〈まだ、三年にもなりませんよ。こんなに早く罪人を許すという前例がない〉と頑張りますが、このときばかりは朱雀帝もお引きにならず、とうとう〈お許しになる〉という宣旨(せんじ)が発せられます。年かわって秋もまだ早い七月のことでした。

　〈お許しが出た。おめでとうございます〉。みなが大喜びするなかで、明石の入道一家は沈んでいます。というのは、明石の君が身ごもったからなのです。〈だから言わないことじゃありませんよ〉と、母君や乳母は口を揃えて入道を責めたてます。明石の君だけが気丈に耐えて、〈いつかこの日が来ると思っていました〉。源氏が、〈都へ帰って落ちついたら、きっとあなたを呼び寄せるよ〉と心をこめて言うのへ、明石の君は、〈信じてお待ちいたします〉といじらしく答えます。

やがて再度の御召(おめし)の宣旨が下ります。さあ戻らなければなりません。都から、迎えの人がたくさんやって来ます。

いよいよ出立の日、明石の君は悲しくてお見送りもできません。形見にと源氏から渡された琴を、ああ、もうお帰りになってしまうのだ、と手でまさぐりながら、泣き沈んでいます。

源氏は、明石の入道に懸命に言いました。〈必ず都へお呼びします。子供を、くれぐれもよろしくお願いします。二度と会えないなどと思わないで。こんなに深い因縁で結ばれているのですから〉。

やがて、源氏を乗せた船は明石の浦を離れました。残る明石の君の気持はどんなだったでしょう。こんな運命になるのはわかっていたのにと、源氏を信じながらも女らしい愚痴が思わずこぼれたでしょう。

源氏の一行は、いよいよ都にはいります。待ちかねた二条邸の人びと、なかでも紫の上の喜びはどんなだったでしょう。足かけ三年ぶりに会う紫の上は、とても素敵な女性に成長していました。源氏の留守をきちんと守り、人に後ろ指もささせず、火事も出さずに、邸のみなも丈夫で、〈お帰りなさいませ〉と言うことができました。〈よくやってくれた〉と源氏は、今さらのように紫の上に感謝します。人の口から聞くよりはと思って、源氏はかねてより紫の上に、明石の君のことを告白していたので、紫の上は、源氏を迎えて嬉しいのですが、〈明石の君とのお別れはさぞお辛かったでしょう〉と言わずにいられません。複雑な再会でした。

帝のお召があって、源氏は久しぶりに参内します。懐かしい兄帝です。〈ただいま戻って参りました。三年のあいだ留守をいたしまして〉〈このたびのことは水に流そう。めぐり合えた春、互いに昔のことは忘れよう〉。

慕わしくも懐かしい兄帝のお声、お言葉です。帝のお目が悪かったのも、源氏が戻って来るとよくなられました。多分精神的なものだったのでしょうね。

源氏は、都に帰った喜びを噛みしめています。

都へ——春たちかえる

「澪標（みおつくし）」「蓬生（よもぎう）」「関屋（せきや）」

源氏、京に帰る

　さて、明石から帰った源氏がまっさきにしたのは、亡き桐壺院のご法事です。それを済ませて挨拶まわりを始めました。最初に出かけたのは藤壺の尼宮のところですが、公けの席では人の目も耳もあるので、詳しくはお話しできません。〈ただいま戻りました。三年の空白は、これからの忠節に免じてお許し下さい〉と万感の思いをこめて言うと、藤壺の尼宮も〈とても嬉しゅうございます〉のひとことに、気持をこめられるのでした。

　東宮のところへも参ります。東宮はたいそう大きくなられて、学問もお進みになり、将来の帝の器量を備えていられて、人には言えませんが自分の子ですから、源氏は嬉しくてなりません。

　亡き妻の父、左大臣家や、二条邸の人びとの喜びは言うまでもありません。

　年が明けて、源氏は二十九歳になりました。現代の二十九歳は、まだほんの青年という感じですけれど、当時は恰幅のいい壮年、源氏は政治家としてよみがえります。

　二月に、東宮が元服なさいました。十一歳です。まもなく、朱雀帝が譲位されました。弘徽殿の大后は、どうしてこんな急にと悔しがられますが、お気弱な朱雀帝は、

〈退位すれば体も楽になるので、ご孝養も尽くせようかと思い〉と母君を慰められるばかりです。

東宮が御位に即かれて、冷泉帝の御代になりました。逼塞していた源氏方は力を盛り返し、華やかに権勢を振るい始めて、源氏は内大臣となります。世の人は、〈このまま摂政におなりになるだろう〉と噂していますが、源氏は、〈そんな忙しい仕事に耐えられない〉と、すでに引退していた葵の上の父君左大臣に戻って頂き、太政大臣に据えます。国家の要となる地位ですので、左大臣のようなかたでなくては務まりません。

今や、左大臣と源氏の思うままの世になりました。でも源氏は、それまで右大臣側についていた人たちを、ことさら排斥するようなことはしません。もちろん須磨、明石までついてきた腹心の部下を顧みるのに篤いものはありましたが。
（世の中は移り変るもの。人の気持は変るし、一門一党を抱えて家族を養わねばならない者たちが、時勢の赴くままについてゆくのは仕方ないことだ。人間というのはそういうものだ）。三年のあいだに、源氏はずいぶんおとなになったのでした。

親友の宰相の中将（頭の中将）も出世して権中納言になりました。二人の都での再会の場面は書かれていませんが、大后側の思惑も顧みず須磨を訪れてくれた中納言の友情を、源氏は忘れません。この先、二人は政敵になりますが、このときはまだ仲よしです。いずれ政治の状勢で変ってしまいますけれど。

権中納言には、若君や姫君が沢山いますが、若君たちを次々に元服させました。一番上の十二歳になる姫君は、権中納言の娘としてではなく、父君太政大臣の養女にして入内させようというので、準備におおわらわです。源氏は子供が少ないので、それが羨ましくてなりません。源氏の子は公けには夕霧ひとりです。夕霧は目を引くような美しい少年に育ち、「童殿上」をしていました。可愛くて賢い少年ですから、みんなに大事にされています。源氏の嫡子ですから、世間の聞こえもいいのです。

そして三月。源氏は指折り数えて、明石の君にもう子供が生まれたのではないかと、使いを出しました。急ぎもどった使いは、〈三月十六日にお生まれになり、姫君でした〉。

源氏が星占いをさせたとき、占い師から言われました。〈お子は三人。お一人は帝になられる〉——冷泉帝即位があったので、当たっています。〈お一人は帝の后に〉——というと、明石で生まれた姫君がそうなのか。将来の帝のお后を、あんな波荒い磯辺に生まれさせてしまって、かわいそうなことをした。〈もうひとかたは太政大臣になられましょう〉——これは夕霧のことかもしれません。（遠方をさすらったのも、もしかして、明石の君にめぐり合って姫をもうける、という神の大きなご意思だったかもしれない）と源氏は思いました。

問題は、明石にできた姫のことを、どうやって紫の上に告げるかです。他人の口から聞くよりはと、思いあぐねて源氏は紫の上に切り出しました。

〈実は、明石に子供ができたんだ。女の子だから落胆したけれどね。放っておいていいんだが、贈り物はした。そのうちここへ連れて来るかもしれないが、憎まないでやっておくれ〉〈まあどうして憎むなどいたしましょう。そんなことになるとしたら、そのもの憎みやもの恨みの感情はどなたから教わったのかということになりますわ〉〈いやいや、あなたがそんな気持になるはずがない。だが、皮肉なものだ。子供が生まれてほしいあなたにできなくて、明石にはできてしまった……〉。

源氏は、子のない紫の上の気持をよく察しています。そして細やかな心づかいを示します。〈子供というものは、いかにも大きな証しのように見える。でもあなたと私は、須磨と京に長く別れても、互いの気持は変らなかった。この愛と信頼、それこそが私たちのあいだの子供といっていいのではないか〉。

紫の上も素直に、本当にそうだと思いますが、〈でも、明石のかたはどんなかたなの？〉。これは聞きたくもあり、聞きたくもなしという複雑な気持です。

〈人柄がよくて、趣味のいいひとだ。あんな波荒い地で出会ったから、よく見えたのかもしれないが〉〈そのかたは、あなたが京へお戻りになるとき、どんなにかお悲しみになったでしょうね。あなたが須磨へ発たれるときにわたくしが悲しんだように〉

〈確かにね。出発前の二日ほどは一緒にいたけれど、琴を弾きながら、手を止めて涙ぐむんだよ。あまり嘆くので、「このたびは立ち別るとも藻塩焼く　煙は同じかたになびかむ」――このたびは別れるけど、いつか二人は一緒になるから、と言ってやった〉。

源氏は思わず知らず全て打ち明けてしまいます。面白いのは、〈そのかたは、どんなにかお悲しみになったでしょう〉と同情した紫の上が、話を聞くうちに嫉妬の念が高まってきたことです。〈そう、わたくしは除け者ね。お二人で同じ方向になびかれたらいいわ。わたくしは先にひとりで死んでしまいます〉。

〈とんでもない〉と源氏は慌てて、〈誰のために、私が須磨や明石をさすらったと思うんだい。あなたと長生きして幸せになりたいから、苦労を忍んだんじゃないか。それを忘れてもらっては困るよ。さあ、気晴らしに琴でも弾いてごらん〉と言いますが、紫の上はツンとしています。〈とてもお琴がお上手なかたなんですってね。くらべものになりませんわ〉。

嫉妬した顔がまた可愛いのです。はじめて紫の上のなまの嫉妬を知り、その顔が成熟した女らしさに満ちるのに、源氏は改めて魅力を覚えました。

でも紫の上は、本当に嫉妬を感じたのです。紫の上が深刻な嫉妬を感じる対象は、生涯に三人あります。明石の君、のちに登場する朝顔の宮、そして晩年にめぐり合う女三の宮です。朝顔の宮にも、女三の宮にも、子供はできず、朝顔の宮とは源氏と人生が交差することもなく終りますが、明石の君は早くに源氏とめぐり合って子供をもうけました。

どうして紫式部は、紫の上に子供を持たせなかったのでしょう。多分、子供を逃げ場にする人生を紫の上には与えたくなかったのだと思います。紫の上は子供がいないばかりに、死ぬまで男女の愛憎の修羅場に身を置かなければなりません。男と女の愛と憎しみ、失望と落胆、そしてまた得た愛――のち、紫の上は地獄と極楽を、何度も行き来して、ついには大きな愛に満ちて死んでゆきますが……。やはり子供があると、女は子供に逃げてしまうのでしょう。明石の君をその例として、紫式部は書いています。

明石の君はのちに、自分の子が東宮妃として入内するのについていき、自分は男と女の争闘の場、修羅の場からいち抜けた、になってしまいます。紫の上に子供がないというのは試練であり、苦しみなんですが、そのかわりに大きな喜びが与えられることにもなるのです。もちろんこの時点では、読者にもわかりませんし、当の紫の上にもわかっていませんけれども……。

明石の君の姫

やがて五月五日が来ます。明石で生まれた姫君の五十日目のお祝いの日です。〈五十日の祝い〉といって、赤ちゃんの口にお餅をちょっと含ませます。源氏は沢山の贈り物をもたせて、明石に使者をやりました。明石では入道一家が心をこめて祝っていましたが、使者を迎えて、祝いに花が添えられます。

すでに源氏は、〈明石には、はかばかしい乳母もいないだろう〉と、乳母をさがして明石へ送ってありました。かつて、父帝桐壺院にお仕えした女の娘で、一緒に宮中へ出ていたので源氏も顔なじみでした。その娘が、〈はかない結婚をして困っている〉という噂を聞き、源氏は、〈どうだろう、乳母として明石へ下ってくれないか。さみしい都下りかもしれないが、私も二、三年いたところだし、いずれ都へ呼びもどすから〉ともちかけました。

この乳母は、今で言うワーキングウーマンなんですね。ひとりで子供を産み育てているところへこの話があったのです。

源氏が訪れると、大きな屋敷ではありましたが荒れ果てていて、若い女が寂しそうにしています。話をするうちに、なかなか都なれた素敵なひとだとわかり、こういうひとなら明石の君の話し相手にもなるかと、〈よろしく頼むよ。でもきみは魅力的だ。あとを追って行きたくなるよ〉と例の口上手です。その女は〈ふふふ〉と笑い、〈それは口実、明石の君さまにお会いになりたいのでしょう〉。そういう応酬も鮮やかです。

女は明石の君に対して、（源氏の君はあまりにお淋しかったから、好もしくお見えになっただけのひと）との先入観念をもっていましたが、会ってみると、都にもいないような、気品のある、教養の深いひとでした。そして生まれた赤ちゃんの可愛らしいこと。〈まあ、お綺麗なややさま〉と乳母は思わず感嘆の声をあげます。そして乳母として、心こめて明石の君と姫君にお仕えしようと思いました。

そこへ〈五十日の祝い〉が源氏から届けられたのです。〈こんなことを書いていらしてよ〉と源氏の君からの手紙を、乳母も一緒に見せてもらいます。明石の君への愛情こもる源氏の言葉。――（こんなふうに思われて、なんて幸せなかただろう）と乳母は若い心に羨ましく思いますが、お手紙の末のほうに〈乳母はどうしていますか、元気でいますか〉とありました。源氏は優しいんですね。ちゃんと乳母の気持もくんでいます。乳母も嬉しくて、心が明るくなるのでした。

やがて秋になり、源氏は難波の住吉神社へ詣でました。須磨のあの大嵐の折、〈住吉の神よ、どうぞお助けを〉とお祈りして、源氏は危うく命が助かったのでした。

「海にます神の助けにかからずは　潮の八百会にさすらへなまし」――〈今ごろは潮

にさすらって、沖の彼方へさらわれていたかもしれない。住吉の神のおかげだ〉と、都に戻った源氏は、賑々しく住吉へお礼参りに出かけることにしたのです。

　ちょうどそのとき、明石の君も船を仕立てて、住吉にお参りに来ていました。明石の入道は娘が生まれるとすぐ、その運が開けるようにと、住吉の神に願を懸け、毎年、娘を住吉神社にお参りさせていましたが、去年今年は妊娠、出産があり行けなかったので、やはりお礼参りにきたのです。

　住吉に着くと、浜は人でいっぱいでした。住吉は、現在でこそ浜まで家が建てこんでいますが、そのころは広い砂浜に松の木が青々と繁り、海辺に面して社があったんですね。青い松の枝を背景に、色とりどりの衣が見え、沢山の人が右往左往してたいへんな賑わいでした。

〈どなたのお参りか〉と明石の君の下人が聞くと、その一行は、〈内大臣さまのお願果たしのお参りを知らない田舎者もいるんだね〉とあざ笑いました。明石の君は、(源氏の君のご一行ですって？　わたくしとは深いご縁で結ばれて、お子もなしたのに、お参りになるのを知らなかったなんて)。

　見ると、源氏が明石にいたころのお供たちが、たいへんな勢いで歩いています。賀茂の瑞籬が辛いと泣いた右近の将監は昇進して蔵人になり、沢山の家来を引き連れ、綺麗な着物を着て得意満面です。

〈あら、右近の将監さまがあそこに〉と、明石の君の侍女たちが指さします。〈あれは良清さんじゃない？　あちらは惟光さんだわ。まあ、あんなにご立派になられて〉。都へ戻った源氏が、前に増す勢いだとは知ってはいましたが、田舎住まいの悲しさ、それをじかに見ることはなかったんですね。

源氏の若殿の夕霧もかしずかれて、重々しく一行に加わっています。明石の君は冷静で理知的な女性ですけれど、目の前に見ては胸が波立たずにはいられません。（同じようにわたくしも源氏の君のお子を持ったのに、あちらはあんなに重々しく、こちらは誰に知られることもなく……）。そして、（こんなに賑やかになさっているところに、粗末なお供えなどでお祈りしたって、神さまは目も止めて下さらないだろう。ご一行をやり過ごしてから、改めて来よう）と、その日は難波に泊まるべく、さびしく船で戻ります。

消息通の惟光がこれを聞きつけました。どうも明石の君のご一行らしいと思い、その夜、源氏のところへ知らせに参ります。源氏は住吉の社に、神さまが喜ばれるような舞楽を捧げ、沢山のお供えをして、感無量で海辺を眺めていました。

〈惟光、あの嵐は怖かったなあ。神のお助けで今こうしているけれど、よくも助かったものだ〉〈まことに、さようでございます〉。そして惟光が、〈実は……〉と明石の君のことを告げると、源氏は、〈それはかわいそうなことをした。住吉の神のお導きで出会った仲なのに、どんなに肩身のせまい思いをしたことか〉と歌を書き、明石の君に届けさせます。「みをつくし恋ふるしるしにここまでも　めぐり逢ひけるえには深しな」――〈まことに私たちは縁が深いのですね。互いに恋しいと思っているから、こんな所でめぐり合ったのでしょう〉。

読んだ明石の君は、胸がせき上げます。そしてしみじみとした手紙をお返ししました。

「数ならでなにはのこともかひなきに　などみをつくし思ひそめけむ」――〈わたくしのようにものの数にもはいらぬ者が、どうしてあなたのようにご立派なかたを愛しそめてしまったのでしょうか〉。

六条御息所（ろくじょうのみやすんどころ）の願い

さて、御代がわりがあって運命の変ったひとがもうひとりいます。伊勢（いせ）へ下った斎宮です。朱雀帝が位を降りられたので、斎宮も伊勢から京へ戻られました。六条御息所も一緒に戻ったというので、源氏は手紙を出しますが、もうあのことは卒業、という感じで、御息所はとりあいません。そのうちにお体の具合が悪くなり、病いが重くなったということで、突然出家してしまいました。

源氏は驚いて、お見舞いに駆けつけます。〈長いこと伊勢の神の国にいたので、仏道の修行がおろそかになっておりまして、いっそと思い、世を捨てたのでございます〉。御息所の言葉に、源氏は返す言葉がありません。自分の青春の一ページを飾ったこの人が、青春の日と共に去っていく——。涙を抑えて、〈お気持はわかりますが〉と言うのがやっとです。

〈ただひとつ、あなたにお願いがございます〉と御息所が言われます。〈何なりと。あなたのお頼みでしたら、命にかえて……〉〈娘のことです。父もなく、身寄りもない子なので、あなたしかお頼りするかたがありません〉。

実は、この斎宮になった姫君に、源氏は前々から関心がありました。〈母親似だったら、さぞ美しいだろうなあ〉。そして斎宮として伊勢に下るとき、朱雀帝が自ら姫君にお別れの櫛（くし）を挿され、〈これからは都のほうを振り向かずに〉という餞（はなむ）けの言葉を贈られましたが、そのとき帝（みかど）が、(何と美しい姫か)と、恋しく思われたと聞いて、関心をもったのです。それを見抜いたように、御息所はクギを刺します。

〈と申しても、あなたの愛人にはなさらないでね。わたくしは、もの思いをし尽くしましたが、あんな苦しみを味わわせたくありませんのよ。あの子には幸せな女の一生を用意してやって下さいね〉〈もちろんですとも〉と答えながら、源氏は、やられた、と思います。

几帳（きちょう）ごしにそっと覗（のぞ）くと、脇息（きょうそく）に寄りかかる御息所は、髪こそ短くなっていますが、やはり昔のように美しい。そして、ほのかな灯の中で御帳台（みちょうだい）の隅にいるのが姫君らしく、ほんのりと姿が見えるだけですが、とても可愛いひとです。二十歳ばかりの年頃で、当時の結婚には少し遅いかもしれませんが、そのころの結婚年齢にはずいぶん幅がありましたので、まだまだ適齢期です。源氏は心を残しながら帰りました。

それから七、八日して御息所が亡くなり、源氏は心をこめて立派なお葬式をしました。六条院の人びとは、今や源氏しか頼れる人はなく、源氏が万端のお世話をしています。斎宮の姫君に、何度も見舞いの手紙を出しますが、まわりの人に〈お返事なさいませ〉と言われても、姫君は引っ込み思案ではにかみ屋です。ずっと一緒に暮らし、片ときも離れたことのない母君が亡くなられたので、来る日も来る日も涙に沈んでいました。

六条院は、京でもかなり南に下がったところにあります。まして貴人のお屋敷は、四条からずっと北にありますので、この六条あたりは人家も疎らなところです。そのうえ屋敷は大きく、山寺の鐘などが響いてくると姫君はさびしさに耐えかねて可憐（かれん）な涙をこぼされ、いつまでも、〈お母さま、お母さま〉と言っています。これはのちの、落葉（おちば）の宮のときもそうですが、宮中から下がられ、母君ひとりを相手に心細く過ごす姫宮に、こういう物語は沢山あります。

源氏が訪ねたときに、〈せめて遠くからでも、ご自分でお返事を〉と女房たちが言っても、なかなかお聞きにならない、そんな引っ込み思案で世間知らずの斎宮の姫君でした。

権中納言が娘を入内させます。

一方、兵部卿(ひょうぶきょう)の宮も、中の姫君を新しい帝の妃(きさき)にと準備しています。兵部卿の宮は、紫の上の父君で、藤壺の尼宮の兄君ですから、源氏は親しみを感じていて、須磨、明石へ行くまでは大切に扱っていました。ところが源氏が流されているあいだ、右大臣や大后を恐れて紫の上を訪ねることもして下さいませんでした。兵部卿の宮の北の方は意地悪なかたで、紫の上について、陰口を言ったりするのは耳にはいりますが、宮も紫の上に便りさえ下さらなかったのです。源氏は腹に据えかねていました。

その兵部卿の宮が、娘を入内させようとしている。縁からいえば、その姫君は紫の上の腹違いの姉妹ですから、源氏が後押しすべきでしょうが、知らん顔をしています。世間では、〈源氏の大臣(おとど)はどうなさるおつもりか〉と、源氏の腹を探りかねています。源氏に成人に達した姫があれば、ただちに帝のもとに送りこむところですが、そういう持ち駒もありません。

源氏は、新しい政治家としての顔を見せ始めます。斎宮の姫君を送りこもうと考えたのです。しかし、朱雀院がかねての恋を忘れかねて、〈ぜひ私に〉と求婚しておられました。これがネックですね。

そこで源氏は、藤壺の尼宮に相談に行きました。〈どうお思いになりますか。私は斎宮の姫を新帝の後宮にさしあげたい、と思いますが〉。尼宮は承知なさいます。〈まだお若すぎる帝に、権中納言の姫が入内されたけれど、これも十二歳でしょう。兵部卿の宮の姫も同じようなお年頃といいます。それではままごとですわ。わたくしが一緒についていてやれればいいのですけれど、体が弱くなって、ずっとおそばにいることもできません。わたくしのかわりになる、しっかりしたお年嵩の女御がおそばにいれば、どんなにいいでしょう〉〈しかし、朱雀院がご執心で、ご所望しておられますので、少し困っていますが〉。

〈朱雀院？〉。尼宮も、今や冷静な女流政治家になっていられます。〈あのかたは仏道修行にご熱心だというではありませんか。もうすでに沢山のお妃がたもいらっしゃるし、朱雀院のところへいらしたらご苦労なさいますよ。それは聞かなかったことにして、そっと事を運ばれたらいかがでしょう〉。

二人の結託によって、可憐な斎宮の姫君の運命が決められます。

末摘花（すえつむはな）の君の暮らし

次は「蓬生（よもぎう）の巻」です。蓬生とは、荒れ果てたお屋敷の庭のことですね。

源氏が須磨、明石をさすらったとき、源氏の帰りを待ちわびる女人たちは沢山いました。末摘花の姫君もその一人です。あまり世の中のことをおわかりにならないかたですが、〈源氏の君が早く京へお戻りになるように〉と手を合せて拝んでいました。はじめのうちこそ、源氏の邸（やしき）から援助がありましたが、源氏の度重なる転変のうちに、便りも援助もとだえてしまい、末摘花の家は困窮しています。

目はしの利く人たちは、よそのお屋敷へくらがえしてしまい、何代も前から仕える年寄りの中には、死んだ人もありました。残るのは、どこに行っても役に立ちそうもない人ばかり。そういう人たちが、必死に屋敷と姫君を守っていましたが、嵐の日に、渡殿（わたどの）の屋根はふき飛び、下人（げにん）たちの住む板屋も壊れてしまい、下人たちは一人去り二人去りして、庭の掃除をする人もいなくなり、草木はいよいよ繁って、庭を歩くこともできません。

築地（ついじ）（土の塀）も壊れたままで、そのすきまから牛飼い童（わらわ）が厚かましく牛を追いこんで、〈やあ、ここには草がたくさんあるなあ〉と、牛を放したりする始末。夜は梟（ふくろう）

が鳴き、怪しのものが飛びまわったりします。女房たちは怖くてたまりませんが、修繕することもできないのです。

そのうち朝夕の炊事の煙を立てることも難しくなってきて、まわりの人たちは〈ゆかしい家造りといってここを欲しがる人がいますが、お売りになりませんか。そしてどこかに小さい家でも建てて〉とすすめますが、頭の固い末摘花は、〈そんなこと考えもできないわ。お父さまお母さまが住んでらしたお屋敷だもの、人に売るなんてとても……〉。

こんなところに住んでいても、だれかと文通したり、春夏秋冬おりおりに、歌でも作っていれば気も紛れるでしょうが、そんな趣味もない姫君です。古臭い歌論書をめくってみたり、『藐姑射』とか『竹取物語』などの、みんながよく知る本を見たりして、〈宮家の姫としての誇りを失わぬように〉という父君の遺言をひたすら守っているのでした。

冬の寒さといったらありません。女房たちは寄り集まってささやき合います。〈なんでこんなに辛い目をみるんでしょうね〉〈どうしているかと言ってくれるかたも訪ねてくるかたもなく、お姫さまがかわいそう〉〈禅師さまがときどきいらっしゃるけど〉。

姫君には僧侶になった兄君がいて、禅師と呼ばれています。ところがこの人がまた、輪をかけた変人です。ふつうだったら、いくら仏門にはいっているとはいえ、〈いや、たいへんな荒れかただね。せめてここをこうして、あそこをああして〉と助言したり、助けてくれるのでしょうが、そういう世慣れた指図もできません。〈やあ、どうだい。元気かい〉とやってきて、〈はい、変りはございません〉と姫君が答えると、〈あ、そう〉と帰ってゆくだけです。

ある冬の日、禅師は興奮してやってきて、〈須磨から戻られた源氏の大臣が、今日は先帝のために「法華御八講（ほっけみはこう）」を催されたんだ。極楽を見るような素敵なご法事だったよ。さすがだ、いやあ、楽しかった〉と言って帰りました。妹と源氏との関わりぐらい知っていたでしょうから、〈あのかたからお手紙があったかい。なければ伝（つ）てを求めて何かしようか〉とでも言うところでしょうが、それだけをしゃべってさっと帰っていくのです。こういう生活でひとり淋（さび）しく、末摘花は過ごしていました。

末摘花の身辺を賑（にぎ）わしてくれるのは、侍従という若い女房だけです。源氏が末摘花のもとへはじめて来たとき、〈むむむ〉としか言えない口重（くちおも）の末摘花の代わりに、気の利いたお返事をした、あの侍従の君です。お母さんが末摘花の乳母だったこともあって、侍従は心をこめて仕えていますが、お給料が少ないのでやっていけません。仕方なく、斎院のお邸にもアルバイトに行っていました。斎院が亡くなられたあとは、末摘花の叔母（おば）さんの家に行っています。

末摘花の叔母の処世

末摘花の母君は、しかるべき家のかたでしたが、その妹の叔母さんは、実質的な幸福を追求するひととみえて、受領(ずりょう)(地方官)へお嫁にいきました。地方官は身分は低いのですが、金持です。末摘花の母君は妹を、〈受領の妻になって、一階級落ちた〉と見ていたので、妹はあまりいい感じを持っていなかったのです。末摘花がひとりになっても放っていたのですが、そこへ侍従が来るようになって、侍従は、末摘花の家と叔母さんの家を行ったり来たりしています。侍従がいると家には若々しい声が聞かれますし、笑い声もあり、末摘花と一緒に悲しんだり嘆いたりしてくれます。

やがて末摘花のところにも、〈源氏の君が須磨、明石から戻られた〉という噂が伝わり、(よかった。そのうちにこちらへもお越しになるかもしれない)。万一の僥倖(ぎょうこう)を願って、末摘花は待っていますが、都へ戻った源氏は大モテで、末摘花のことは少しも思い出しません。

ある日、末摘花に叔母さんが、〈夫が大宰(だざい)の大弐(だいに)に栄転するので、一族を引き連れて九州へ赴任します〉という手紙をよこし、〈あなたを置いていくのは心配だから、私たちと一緒に九州へ下りましょう〉と誘います。叔母さんは、末摘花を、自分の娘たちの付きびとにしようと思っているのです。〈うちは宮家のお姫さまが女房ですのよ。ええ、ええ、この子の従姉妹なんです〉と自慢したいのですね。身もとはしっかりしているし、血は繋がっているし、娘のために悪くないと考えています。叔母さんは仕返しのつもりもあるのでしょう。〈わたくしは蔑まれていたけど、ホラ、こんなふうになったじゃない〉という気分です。

〈とんでもないわ。わたくしのように気の利かない者が……〉と末摘花が断りますと、侍従は悲しみ、〈お姫さまが九州へお下りになれないなら、わたくしともお別れです〉と言います。侍従は大弐の甥といつのまにか結婚していて、一緒に九州へと誘われているのです。姫君をとるか、夫をとるか。契った男の情けも忘れられないし、と侍従は悩みます。姫君を連れて九州へ行けば、お世話もできますが、頑なで融通のきかない末摘花は、ぐずぐずしています。

ついに叔母さんは、ある日車を連ねて、美々しい贈り物の着物を携え、末摘花を訪れました。〈まあ、たいへんな荒れようだこと！〉。大声で言い立てながら、勝手に寝殿の縁へ車をつけます。〈どこからはいるの。縁が朽ちてるじゃない！〉と言いながらやってきて、〈まあ、こんなところでさぞや淋しかったでしょう〉。

末摘花は、栄養不良で頬がこけ、美しかった黒髪もそそけ立っています。遠い日に父君母君に教えられたままに、礼儀正しく叔母さんに挨拶しました。

〈ぜひ九州に行きましょうよ。あなたを連れていけばわたくしも安心。侍従も一緒に行くと言ってるじゃないの〉〈わたくしのようなふつつか者が行っても、何のお役に立てましょう〉と、末摘花はやっとの思いで答えます。

〈あなた、もしかして源氏の君がまた来てくれると思って待ってるんじゃない?〉と叔母さんはズケズケ言います。〈源氏の君は、紫の上というかたに夢中でいらっしゃるそうよ。あなたのような不細工なひとを思い出すはずはないわ〉〈わかっています。でもあのかたは決して捨てない、いつまでも大事にする、と誓って下さったんですもの〉。素直な末摘花は、本気で信じています。

叔母さんは床を叩(たた)かんばかりに言います。〈それが男の口説というもの。あなたみたいな世間知らずを騙(だま)すなんて、源氏の君もお人が悪いわねえ。いつまでもそんなことを言ってると、干上がってミイラになってしまいますよ〉。末摘花は泣き泣き、〈それでもここで朽ち果てますわ。それがわたくしの運命です〉。

そのうちに夕暮れになり、〈それじゃ、侍従だけでも連れていきますよ。侍従、早く支度をおし!〉。

末摘花は、侍従に何かお餞別(せんべつ)をあげようと思いました。自分が着ていた着物をあげたいのですが、着物はみんなしおたれてしまって、どれひとつまともなものはありません。末摘花は、自分の美しい髪の、抜け毛を、かもじにしてありましたので、それを綺麗な箱に入れ、昔から伝わる匂いのいいお香を一壺添えます。〈これを形見に。あなたのお母さんがわたくしのことを頼んでいってくれたのに、あなたはわたくしを見捨てていくのね〉と末摘花が泣くと、侍従も泣かずにいられません。〈とんでもございませんわ、お見捨てするなんて。別れても、お姫さまを絶対に忘れません。すぐに戻ってきて、またお世話をいたしますわ。叔母さんがあんなにおっしゃいますから、ひとまずお屋敷まで出かけます〉。

もちろんそのまま、侍従は別れていったのですけれど、王朝の人は、相手にショックを与えないように、こういう優しい言い方をします。

侍従は車に乗って去りました。その車輪の音を聞きながら末摘花は、こうして誰にも知られずに朽ち果てるのかと泣いていました。そのありさまは、顔の中に赤い木の実を一つくっつけたようだ、あの長いお鼻の先だけがぽちっと赤かった——と、これも私の勝手な創作ではなく、紫式部が書いていますのよ（笑）。

末摘花との再会

さて、都へ戻った源氏は、女たちへの挨拶に忙しくしていましたが、二条邸へ帰ると、紫の上やまわりの人びとが大事にして、外へも出られないほどです。身分も高くなったので、ちょっと出るにも仰々しい行列、それが煩わしくてつい出かけないのですが、花散里(はなちるさと)だけは別でした。

初夏の宵、花散里を訪ねようと小さい行列で出かけます。通りがかりに、とてもいい匂いが漂いました。車の窓を開けると、松の大木に寄りかかる藤の花の匂い、風が吹くと藤の花房が揺れ、いっそう甘い匂いが立ちのぼります。

初夏のころの匂いのなかで一番いいもの、王朝の人たちが愛(め)でたのは、橘(たちばな)の香りです。花橘の香りに誘われて花散里を愛でに行こうとしたのですが、その途中で藤の花の匂いにちょっと心をそそられました。

見ると、どうも知っているお屋敷のような気がします。〈惟光、もしや、常陸(ひたち)の宮家ではないか〉〈さようでございます〉〈あの姫君はどうしているんだろう。そっと聞いてきてくれ〉〈はい〉と立ち去る惟光に、〈慎重に。人違いするなよ〉。さすがの源氏も、いまだに末摘花がここにいるとは思えず、どこかへ引っ越してしまっただろうと思っています。

惟光は邸内のここかしこを歩きまわりますが、人の気配はありません。〈誰も住んでいないんじゃないか。通りすがりに覗(のぞ)いたこともあるが、人の気配はなかったものなあ〉と惟光が、月光の中をあちこち探索していると、影がかすかに動きました。御簾(みす)の裏に老女たちがいたのです。

〈綺麗な若い男がお庭をウロウロしている。狐の化け物かも〉〈まあ、怖い〉〈おそろしいこと〉などと、歯の抜けた老女たちが言い合っています。そこへ惟光が声をかけました。
〈どなたかいらっしゃいますか。侍従の君といわれたかたはいらっしゃいませんか〉
〈侍従はおりませんけれど、その身内がおります〉。中からひどく老いた声がして、侍従の君の伯母さんの、少将という老女でした。惟光も声に覚えがあります。
〈少将さんですね。惟光です。ただいま源氏の君がお屋敷の外に来ておられます。お姫さまはお変りなくおられますか〉。

　老女たちは驚き、思わず顔を見合せて笑い出します。〈もしお変りでしたら、こんなところにいつまでもおられますものか〉。

　惟光が顔を見せると、〈あ、本当に惟光さんだ、惟光さんだ〉と、大喜び。〈まあ、やっと来て下さったんですね。源氏の君に申し上げて下さいませよ、お姫さまがどれだけ苦労なさったか。まあ、あれやこれやさんざんで……〉。惟光は老女の長話をふりきって、〈わかりました、わかりました。殿に申し上げて参ります〉と源氏の車へ戻り、ことの次第を告げました。

　源氏は、末摘花が今まで待っていたと知ってさすがに胸をうたれ、あの頑なな、四角四面の姫君だったらさもあろうと思います。（本来ならここで歌のひとつも詠みかけるんだけど、歌を返すのに手まどるだろう。それもかわいそうだ。このまま訪ねよう、また日を改めて来るのも面倒だ〉と源氏ははいってゆきますが、庭は足を踏み入れることもできないほど雑草が繁っていました。

惟光が、〈露がたいへんでございますよ。宮城野の歌のとおりですな〉と馬の鞭で露を払いながら先導します。「みさぶらひみ笠と申せ宮城野の木の下露は雨にまされり」という古歌にあるように、雨にまさるほどの露です。源氏は寝殿へ上がり、小さな灯のもとで末摘花に会います。

老女たちは、〈このあいだ大弐の夫人が下さった着物がありますよ。お姫さまは、嫌いなひとのくれた物だとお召しにもなりませんが、こういうときにこそ〉と、無理やり着がえさせました。姫君は夢うつつで呆然としています。〈本当に、本当に、いらしたのね〉。

老い女房たちは、〈これまでのご苦労を、洗いざらいおっしゃいませ〉と、恥ずかしがる姫君を源氏のそばへ押し出しました。

源氏が、〈長いことご無沙汰しました。あなたから便りがあるかと待っていたんですが〉と言うと、末摘花は真にうけて、〈どうしてこちらからさし上げられましょう〉〈あなたのほうからどうしているかと、ひとことくらいおっしゃって下さってもいいじゃありませんか。手紙が今日来るか、明日来るかと待っていたのです〉。まあ、源氏の口の巧いこと。〈あなたとの根くらべに負けて、とうとう私のほうから出て参りました〉。物は言いようです。何でも本気にする末摘花は答えます。〈また来るとおっしゃった、お言葉を信じてお待ちしておりました〉。

源氏は洞察力のある男ですから、末摘花のやつれ果てた顔、そして塵が積もって掃除もゆき届かない家や荒れた庭を見て、さぞや待ちわびていたのだろうと、見て取ります。そしてこのひとのことを忘れ果てていたと、自責の念にかられますが、その場はいかに何でも泊まる気がしません。〈とりあえず今日は、ご機嫌伺いだけで〉と立ち去りました。

翌日から、末摘花の屋敷には沢山の人がつかわされ、援助の品もたっぷりと届けられ、春が立ちもどったようです。現金なもので、末摘花を見捨ててよそへ行った人たちも、戻ってきました。よその受領の家のあまりのせちがらさに、〈お給料は少ないけれど、さすが宮家はおっとりしていたわ〉と戻って来る人もいました。

源氏はそののち末摘花と、元通りになるということはないのですが面倒を見、やがて改築なった二条邸の東の院へ迎えます。

任果てて大宰の大弐が帰京したとき、立派な邸へ迎えられている末摘花を見て、叔母さんはどんなに驚いたか。そして侍従は、〈もう少しおそばにいて姫君の開運を待てばよかった〉と後悔したことなど、読者のご想像に任せましょうね。

次の「関屋の巻」も短い巻です。

住吉神社とならんで、帰京した源氏がお礼参りに出かけたかったのは、石山寺です。その行列で、東国帰りの一行に出会いました。女車が何台か連なり、簾の下から綺麗な着物のはしが出ています。なかなか趣味のよい色合いでした。

〈どなたのご一行か〉と源氏が問うと、〈常陸の介（かつての伊予の介）が任果てて帰るところです〉と惟光が答えます。出だし衣がいかにも趣味よく気品があったのは、あの空蟬の一行だったからですね。一行は、源氏の君とぶつかってしまったというので、逢坂の関の端に車を止め、一部は先導させたりあとへ止めたりしますが、どうしても源氏の君とすれちがうところがあります。道を譲って杉の根元に牛車を控えさせたりしています。

（空蟬か……）と、源氏は昔を思い出しました。

源氏はあの一夜と、その後どんなに迫っても二度と許そうとしなかった空蟬の美しい心根とさわやかな出処進退を忘れていません。いつまでも空蟬は美しい人妻、憧れのひとです。惟光が気持を察して、〈衛門の佐を呼びましょう〉。その昔、空蟬の弟で〈小君〉とよばれた少年は、今は衛門の佐、部下として源氏にお仕えしていたので、またあのときのように手紙を託します。

〈逢坂の関は、あなたに逢うための関だったのですね。あのことを私は忘れてはいません〉。空蟬も返事を書かずにいられませんでした。〈あのときの思い出はわたくしの心の内だけで、やがてはかなく消えていきましょう〉。

帰京後しばらくして、常陸の介が亡くなりました。常陸の介は、〈このひと（空蟬）を大切にせよ〉と、息子たちに言い遺しました。ところが一番上の息子は、義母の空蟬に思いをよせて何かと言い寄るので煩わしく、空蟬は尼になってしまいました。源氏のロマンスの現場からは退いたのですが、源氏はいつまでも忘れかね、尼になって身寄りのなくなった空蟬を二条邸に引き取り、終生優しく面倒を見たのでした。

明石のちい姫　「絵合」「松風」

斎宮の姫君

源氏は、斎宮の任を解かれて京へ戻ってこられた姫君（六条御息所の忘れ形見）を、冷泉帝の後宮に送りこもうとしています。

ところが先にもふれたように、源氏の兄君朱雀院（前帝）がこの姫君にご執心でした。まだ十三、四歳の少女だった姫君が斎宮として伊勢に下る儀式のとき、その髪に櫛をお挿しになったのですが、かいま見たお姿をとても可愛くお思いになり、それから何年も経つのに、思いが失せていません。（どうにかして）とお思いになっているところに、入内の話がもちあがったのです。冷泉帝は朱雀院にとって弟君ではありますが当代の帝ですから、はかなく諦めてしまわれました。そして結婚の祝いにと姫君に、素敵な櫛の箱や香壺の箱などをお贈りになりました。

源氏は親がわりなので本来は姫君を二条邸へお迎えしてから送り出すのですが、朱雀院のお気持を知る源氏はそうはできなくて、姫君の屋敷へ出かけ、入内の準備をしています。そこへ朱雀院から結構な祝いのお品が届いたのです。歌が添えられていました。

「別れ路に添へし小櫛をかことにて　はるけき仲と神やいさめし」――〈あなたが伊

勢へ発たれるときに、私が櫛を挿して「これきり都を振りかえりなさるな」と申し上げた言葉が、本当になってしまった。あなたとの運命はついに交差しませんでしたね〉。

源氏は、（申しわけないことをした。こんなにご執心でいらっしゃるものを、お気の毒だった）とは思いますが、すでに彼も壮年の政治家、今さらこの政治的な目論見を変えることはしません。

姫君がお返事をなさらないので、〈そんなおそれ多いことはいけませんよ。お返事をなさらなくては〉と源氏やまわりの女房たちが言うと、姫君はこっそり歌をお返しになりました。

「別るとてはるかに言ひし一言も　かへりてものは今ぞ悲しき」――〈伊勢へ発つ日、「京を振りかえるな」と言われました。ただいま、身は京に帰りましたけれど、そのお言葉が今になって悲しく思われます〉。

きっと姫宮は、（あのときは、まだお母さまがいらしたのに……）と悲しく思われたのでしょう。自分の身がこれからどこへ行くのかわかりません。まわりの思惑で入内する運命になってしまった――当時の、身分高い姫君が庇護者を失ったときの心細さが、よくわかりますね。まわりの人頼みになってしまうのです。

源氏は姫君のお返事を読みたかったのですが、さすがに言いだしかねました。

いよいよ入内の日が来ました。藤壺の尼宮も、その日は宮中へおいでになり、小さな帝に、〈立派なかたが女御としていらっしゃるのだから、お気をつけて〉と教えられます。とにかく後ろに源氏の大臣が控えているというのは、たいへんなことなのです。少年の帝は、（困ったなあ）とお思いになりました。

先にはいられた弘徽殿の女御は、帝より一つ年上の十四歳で、藤壺の尼宮が〈まるでままごとだわ〉と言われるように、楽しい遊び相手にしておられました。そこへ気の張るおとなが来るというので、（困っちゃうな）と心配しておられるのです。

夜になっていらした斎宮の姫君は、華奢で可憐なかたでした。おとなの女というような、気押されるかたではないようです。

この入内に、脅威を感じたのは権中納言（かつての頭の中将）です。権中納言は自分の娘弘徽殿の女御を、将来は正式な后にしようと目論んでいたのですが、思いがけないことに、源氏が親がわりとなって斎宮の姫君を入内させたのです。帝はどちらの姫君も同じように扱い、同じように仲良くされました。お歳よりしっかりしていらっしゃるかたなんですね。

斎宮の姫君が入内されて、朱雀院がどうしていられるか気にかかって、源氏はお見舞いかたがた参上します。するとどうでしょう。朱雀院は厭味もおっしゃらず、〈伊勢へ発つときにちらと見たときは、とても綺麗なひとだった〉と言われるだけです。源氏は、（私もぜひお顔を見たい）と思いますが、一度も機会はありませんでした。

まして、母君の六条御息所に、〈この子の行く末をお願いしますよ〉と托(たく)され、〈だけど、あなたの愛人になんかなさらないでね。わたくしみたいな苦労をさせたくありませんのよ〉とクギを刺されています。けれども源氏の好色心は、(どんなかたなんだろう、チラと拝めないかしら)などと思うんですね。

この時代の高貴な女人は、夫や父親以外の男性には絶対に顔を見せません。のちに登場する女三(おんなさん)の宮のように少し軽率なところがあるかたは別ですが。斎宮の姫君は六条御息所の薫育を受けられたせいか、たしなみ深くいらして、誰にもお顔を見せることはないのです。源氏が感心したのは、姫君のまわりにいる女房たちがよくできているることです。これも御息所のお人柄のせいでしょうか。みな、たしなみ深く、趣味が良くて教養がありました。

(こういうひとたちがおそばについていれば、入内されても充分にやっていけるなあ)。そして、(御息所が生きていらしたら、どんなにお喜びになったか。愛人関係を除いても、当代あれほど趣味のいい、教養の高いかたはいらっしゃらなかった)と改めて思うのでした。

斎宮の姫君は、梅壺(うめつぼ)に住まわれたので〈梅壺の女御〉と呼ばれます。梅壺か弘徽殿か、どちらがより帝のご寵愛(ちょうあい)をいただくかと、世間ではさえずり交わしています。

少年冷泉帝は、絵が格別にお好きでした。源氏は絵が上手でしたから、それが伝わったのかも知れません。お好きなだけでなく、自分でもよくお描きになりました。お仕えする人たちの中でも、絵をよくする者にはとくにお言葉を賜ったりします。偶然ですが、梅壺の女御がまた絵がお好きで、やはりご自分でもお描きになります。帝は、どんなに喜ばれたでしょう。

梅壺の女御が（この人物にはどんな柄の着物を着せたらいいかしら。まわりのお屋敷はどんな建物に）などと考えながら筆を頬に当てられる、そのご様子が可愛らしく、お気に召されて、梅壺のお部屋へお出かけになる機会が増えました。

それを聞いて、負けず嫌いの権中納言が黙っていません。〈なに、絵だって？　こちらだって負けはしない〉と当代最高の絵師を動員しました。権中納言側が用意する絵は、なぜかキンキラキンが多かったのですが、最高の絵師に、最高の書家を選び、面白くて思わず時の移るのを忘れてしまう、そんな絵巻物をいっぱい作らせました。

ところが権中納言はケチです。帝が、〈梅壺にも見せてやりたいから、ちょっと貸して〉と言われても拒み、〈室外持出し禁止〉にしてしまいました。

源氏は、〈相変らずですなあ、あちらの負けじ魂は。大丈夫、こちらにもいろいろ絵がございます〉と帝に申し上げ、二条邸へ戻って紫の上と二人で、あれこれ絵を選びます。ご新婚の梅壺の女御にさし上げるのですから、その時代にとても好まれた「長恨歌」や、「王昭君」は女主人公の末路が寂しく縁起でもないからと省きます。源氏が集めた絵は、権中納言の絵に比べるとクラシックで、品格がありました。
絵を選んでいるうちに、源氏は須磨、明石をさすらったときに描いた絵日記を紫の上に見せ、〈まあ、こんなのを描いていらしたの〉と紫の上ははじめて知ります。岸打つ波、濡れる岩、浦の苫屋、藻塩を焼く煙、空ゆく雁——そんな風景がまざまざとスケッチされていて、流人のため息が聞こえてきそうな絵でした。紫の上は言います。〈これをわたくしに送って下さっていたら、あなたと同じところにいるように思い、寂しさも少しは慰められたでしょうに〉〈いや、こんなものを見せると、はなればなれに住む悲しさが胸に来て、よけい辛くなると思ってね〉。源氏は、紫の上だけには、荒波にもまれさせたくない、という気持だったのですね。

　実をいうと、この絵日記は、藤壺の尼宮にこそお目にかけたいと、源氏はひそかに思っていたのです。つまり、源氏と藤壺は共犯者、〈この辛さ、寂しさ、苦しさがわかるのは、あのかたしかいない。あのかたにこそお見せしたい〉。源氏が須磨、明石に行ったのは、幼かった冷泉帝を守り、政敵からの攻撃を逃れるためでした。それに、現世の思惑だけでなく、自分の犯した誰にも言えない大きな罪の贖罪のためでもありました。その思いをこめた絵は、藤壺の尼宮にこそお見せしたかったのです。世の中の誰も知らず、源氏と藤壺しか知らない贖罪でした。

絵合(えあわせ)の巻

やがて絵がたくさん集まって、絵比べをすることになりました。梅壺側が左、弘徽殿側が右と、女房たちがふた手に分かれて、比べ合いをすることになります。

梅壺側が最初に出した絵巻は『竹取物語』、弘徽殿側は『宇津保(うつほ)物語』の俊蔭(としかげ)の巻でしたが、『宇津保物語』は、あまり馴染(なじ)みがありませんね。俊蔭という人が遣唐使になり、唐(から)を目ざして船出しますが、荒波に洗われて波斯(はし)国へ漂い着きます。中国の古書によれば、波斯国はペルシャのことですが、物語の作者は、南海の果てのマレー半島あたりを考えていたようです。俊蔭はさまざまな苦労の末に、音楽の才を発揮して、琴の名手として日本へ帰ってくる——そういう物語です。

梅壺側は『竹取物語』絵巻を広げて、〈竹取の翁(おきな)の物語は古いお話で、あまり目新しくはありませんが、かぐや姫は帝の求婚にも五人の貴公子の求婚にも応じないで、月の世界へ帰りました。この絵にはその気高い志が、まざまざとあらわれています〉。すると弘徽殿側が反論して、〈いえ、この『宇津保物語』の俊蔭こそ素敵。竹の中から生まれた姫君なんて、身分が卑しいじゃありませんか。それに、かぐや姫に求婚する人たちは、嘘ばかりついている。阿倍(あべ)の多(おおし)は、火にはいっても焼けない火鼠(ひねずみ)の皮を持ってきたけれど、かぐや姫が火をつけると燃えてしまうし、車持(くらもち)の皇子(みこ)が蓬莱(ほうらい)の玉を持ってきても、それも偽物。そんな騙(だま)し合いばかりじゃありませんか。それに比べれば、俊蔭は艱難辛苦(かんなんしんく)の末、音楽家になって、唐にも大和(やまと)にも名を残しました。しかも背景の絵をご覧下さい。日本の景色と唐の景色の両方が楽しめますわ〉。

そんなふうに果てしなく議論しています。まあ女たちのワイワイとかまびすしいこと。源氏は笑いながら見ているうちに、〈同じことなら、帝(みかど)の前で「絵合」をしてみないか〉と言い出します。

絵合は三月の二十日過ぎに行われました。ちょうどそのころは、宮中に特別の行事もなく、晴れやかな一日を選んで、女房たちの詰め所「台盤所(だいばんどころ)」に帝の玉座をしつらえます。後涼殿(こうろうでん)の簀子(すのこ)には、殿上人(てんじょうびと)がそれぞれ味方するほうにずらりと並んで坐(すわ)ります。源氏と権中納言にもお召しがあって参上しました。絵合の判定者には、源氏の弟君の帥(そち)の宮がつきます。のちに蛍兵部卿(ほたるひょうぶきょう)の宮と呼ばれるかたですが、一代の風流人、絵もわかり音楽もおできになるというかたです。

次から次へと、双方から見事な絵が出て参りました。これでもか、これでもかと、判定のむずかしい絵が出てきます。弘徽殿側からは、当代の有名な画家たちに描かせた当世風のきらびやかな絵が、梅壺側からはシックで古風な絵が出てきます。帥の宮はなかなか判定できません。

最後に梅壺側から、こういうこともあろうかと、そっと滑りこませてあった源氏の絵日記が持ち出され、みんなをあっと驚かせました。手から手へ渡されて感嘆の声が広がります。波も、空ゆく雲も、岩も、松の木も、そして苫屋も、みな流人の涙で飾られています。源氏は、人間の運命、そして大きな自然の意思というものをこめて描いたのです。さまざまな試練を受け、源氏はおとなになって戻って来ましたが、その心のさまが見事にあらわれて、それがみんなの心を打ちます。これが最高ということになり、結局梅壺側が勝ちました。

その夜は男たちだけの酒宴になり、源氏と帥の宮、そして若い貴族たちが酒を酌み交わし、語り明かします。帥の宮と源氏は、父を同じくする兄弟です。源氏が、〈父帝は、私に「そんなに学問に打ちこまなくていい。たまたまだが高い身分に生まれて何とかやっていけるのだから、身を入れて勉学せずともよい。学問がよくできても、一身の幸福と寿命の二つを手にできる人はいないのだ。ただし、音楽や絵は、ひと通りたしなむがいい」と言われたものだ〉と述懐すると、帥の宮は、〈兄上は、笛をお吹きになる、琴がお弾きになれる。だけど絵がこんなにお上手とは思いませんでしたよ〉。兄弟の語らいは尽きません。そのうちに、ほのぼのと春の夜が明け、小鳥のさえずりが聞こえてきました。

「絵合の巻」は、波瀾万丈（はらんばんじょう）の筋立てではありませんが、新しい帝とその宮廷の模様が描き出されます。

内大臣という高い身分に至った源氏は、考えます。（父君のおっしゃったのはこういうことだったんだ。私は人間として臣下として、上がれる限りの位にのぼって幸福を手にした。そのうちに世を捨てないと、命が短くなるだろう）。そしてひそかに嵯峨野（さがの）に御堂を建てはじめ、仏像や経巻を集めています。ただし、世を捨てるのは、冷泉帝がもう少しおとなになられてからか、と思います。息子の夕霧（ゆうぎり）もまだ小さいし、明石に生まれた女の子の行く末も見届けねばなりません。世を捨てるなど、源氏にはできるのでしょうか。

明石の君の上京

さて、次の「松風（まつかぜ）の巻」は、明石に残してきた明石の君のお話です。

源氏は、二条邸に東の院を建てました。花散里（はなちるさと）を移らせ、西の対（たい）に住まわせましたが、東の対には明石の君を住まわせようと思っています。六条に大きな邸（やしき）が出来るのはもっと後ですが、すでにそのころから源氏は、気にかかる女性たちをひとところに集めたいと考えています。内大臣という身分になると、軽々しく外出できないので、自分の邸を大きく広げ、女人たちを住まわせて、行く末を見届けたいのでした。

源氏は明石の君に、何度も手紙を書きました。〈上京してこないか。東の院が出来上がって、あなたのためにあけてあるから〉。明石の君はとつおいつ思案します。プライドの高いひとなので、〈そんなお邸へ行って、沢山の女人のうちの一人などという生活に耐えられるかしら。今は、こちらへいらっしゃれないのは遠いからだと心が納得しているけれど、お近くに行って、滅多にお会いできないのは淋しすぎる。屈辱だわ〉という気持があります。けれど、〈このちっちゃな子をどうしよう〉とも思います。

姫君は三歳になっていました。原典に名前は書いてありませんので、この小さな姫君を〈ちい姫〉と呼ぶことにしますが、そのちい姫が、とても可愛くなりました。明石の君は、悩みます。〈あのかたをお父さまと呼ばせたいし、あのかたに抱いて欲しい。やはり、京へ行かなければいけないのかもしれない。でもそうなればお父さまを置いて行くことになるし……〉。

明石の入道は、〈お母さんと一緒に京へお行き。私はここに残って、みんなの開運を祈るよ〉と言います。母君は母君で、長く連れ添った夫を置いて、京へ行く気になれません。入道は偏屈な性格だったので、母君もずいぶん難儀しましたが、〈京を捨てて明石に住みつき、やっと夫婦揃って年をとろうと思っていたのに、今になって別れ別れに住むなんて〉と嘆きます。入道も、〈ちい姫をここへ置いたら、日陰者になってしまうよ〉と言いつつも、〈おじいちゃま、おじいちゃま〉となつく姫君と別れると思うと、悲しくてなりません。三人三様に苦しんでいました。

そのとき、明石の入道は、妻の祖父の中務の宮を思い出しました。ここではじめて、明石の君の母方は宮家の出であるのがわかります。

〈中務の宮の別荘が、京の大堰川のそばにあった。あれを手入れしたらどうか〉。長いこと預かりびとに任せたきりになっています。〈あれを手入れすればいい。都にはいるのが気が進まないのなら、この別荘にいればよい〉。

急いで屋敷の預かりびとを呼び寄せました。入道は言います。〈私は世捨てびととして明石で死ぬつもりだった。だが思いがけない運命で、都に上らなければならなくなった。ついてはあの屋敷を手入れして住みたいんだが〉〈長年使われていないので、お屋敷はずいぶん荒れておりますよ。下屋に手を入れて、われわれが住んでいるんでございますが〉。

預かりびとは、それまでのんびりと住んでいたものですから、入道の言うことに少しばかり反発しました。〈静かなところがいい〉という入道の言葉尻を捉えて、〈実はあの近くの桂に、内大臣さまが別荘をお造りになるというので、このごろは人がたくさん往来しましてね、あんまり静かじゃありませんよ〉。

〈あ、いいんだよ〉。内大臣とは源氏のことです。〈実は、その内大臣どの直々のお声がかりでね。少しでも近いほうがいいんだ〉と入道が言うので預かりびとはびっくりしますが、重ねて言います。〈実は田畑のことですが……お屋敷についていた田畑は、亡くなられた民部の大輔さまにお願いして幾らかのお金をお渡しし、うちのものにして耕しているのです。そちらのことは……〉〈いや、かまわない。土地建物の権利書は私のところにあるから、そのうちにはっきりさせよう。私も世捨てびとになって、こういうことは放ってあったからね。何にしても、早く住めるようにしてくれないか。内大臣どのにせかされているんだよ〉。

世捨てびとといいながら、さすが明石の入道は、こういう男の扱いを心得ています。言葉のはしはしに〈内大臣がね〉と仄めかすので、鼻を真っ赤にいきり立っていた預かりびとは、〈これは大ごとだ〉と、入道から多額の改造費をもらい、大急ぎで家を直します。

明石の入道から、その旨の手紙が源氏に来ました。なるほど、と源氏は思います。〈あの気位の高い明石の君のことだ。おいそれとこの二条邸へくる気はないと思った。これは賢いやりかただ〉。

明石の君のプライドを支える、入道の財力もあったわけですが、明石の君の出処進退は、なかなかすがすがしいですね。〈気位が高くなければ女は生きていけませんわ〉。はじめて源氏に会ったとき、明石の君はそう言いきりましたが、やはりそのように生きているのですね。

　やがて、家ができ上がったと聞いて源氏は惟光に、〈行ってどんな様子か見てこい〉と命じました。惟光は報告します。〈大堰川を前にした、とても景色のよい所でございます。風雅な山荘という趣きに仕立ててありました〉。〈それはよかった〉と源氏は、内装を心利いた人に任せてしつらえてやり、そして心利く召使いたちを、明石へ迎えにやらせました。

　明石の君もこれ以上渋っていられず、思いきって出立しなければなりません。この海もこの山も、もう二度と見られないと思い、名残り惜しまれます。とくに父君とお別れするのは辛いことです。〈お父さまも一緒に京までいらしてください。しばらく滞在なさってからお帰りになれば〉〈そんなことをしていると、もっと煩悩が深くなるよ〉。入道は、涙ぐみながら歌を詠みました。

「行くさきをはるかに祈る別れ路に　堪へぬは老の涙なりけり」

〈別れは辛い。何よりちい姫と別れるのが辛い。だがあなたが生まれて私は願をかけ、「この子を世の中にお出し下さい」と神仏にお祈りした。祈りが通じて、源氏の君とめぐり合い、ちい姫もできたのだ。こんなお恵みはない。私はここに留まってみんなの幸運を祈っている。私が死んだと聞いても、法要などしなくていいよ。最後までちい姫の幸せを祈っているからね〉。

出立の日が来ました。みな暗いうちから起きます。

明石の君は、海を眺めながら思います。〈わたくしを育ててくれたこの海ともお別れだわ。都で待つ運命は、どんなかしら。源氏の君はまだわたくしを愛して下さるかしら。ちい姫も可愛がって頂けるかしら……〉。

そして船に乗りこみました。大人数なので、船で行くことになったのです。海風は、思いにふける明石の君の黒髪を吹き払い、船は一路京へ向かいます。

順風に恵まれ、予定どおりに京に着きました。

大堰川の別荘にはいって、明石の人たちは、〈川がまるで海みたい。明石にいるのと変りない心持だわ〉と喜び合います。

到着の日に源氏は、別荘を任せている執事たちに命じて、祝いの宴（うたげ）を整えさせました。けれども源氏自身は行かれません。やっぱり、と明石の君は思います。〈京へ来たからって、すぐお目にかかることはできないんだわ〉。
二、三日たっても、まだ源氏は訪れません。到着を知って源氏からの温かい手紙は来ていますが、本人はなかなか来ないのです。明石の君は物思いにふけりながら、琴を取り出して弾いてみます。松風が琴の音と競うように吹いて、〈松風の音色は、明石と同じね〉と言うと、母君は、〈お父さまも明石でこんな松風を聞いてらっしゃるのね〉。

明石とちい姫

源氏は、早く明石の君に会いに行きたいのですが、紫の上のご機嫌がなかなか直りません。（桂に別荘をお造りになるのは、あのかたをお住まわせになるおつもりだからかしら……）。桂の別荘ができつつあるというニュースは、紫の上にいち早く伝わっていましたので、ご機嫌ななめなのです。源氏はなかなか、出かけられません。

ついに源氏は、紫の上に告げました。〈桂の別荘で私の指図が待たれているんだよ。その近くに御堂を建てているのは、私が出家するときのためなんだが、そこにお供えする仏像など、私の指示を待っているんだ。それから……いつかちょっと言ったけど、あの明石のひともその近くにいるらしい。私を待っているようだから、ちょっとだけ行ってくるよ〉。

源氏は慎重に言葉を選びましたが、たちまち紫の上はツンとします。〈一晩ですむと思うが、御堂とか別荘を見まわってると二、三日かかるかもしれない〉と重ねて言うと、〈きっと、斧の柄が朽ちるほど長く待たされるのでしょうね〉。中国の古いお話ですが、ある人が斧を持って山へはいると、見たこともない美しい童子たちが碁を打っていて、それが面白くて見とれているうちに、気がつくと何百年も経って斧の柄は腐っていた、という故事があるんですね。
〈そんなことないよ。すぐ戻ってくるから〉と、源氏は気もそぞろに、気心の知れた親しい者をお供にして、出かけます。

　たそがれどきに大堰に着きました。三年ぶりの再会でした。明石の君は美しく、女ざかりの艶冶な匂いに満ちています。（なんて美しいのか。見るたびに恋しさが増す思いがする）。そこへ連れてこられたちい姫の愛らしいこと。初めのうちは源氏になつかず固くなっていましたが、少しすると慣れてにっこり笑いました。（ああ、こんな可愛いものを、見ずに過ごした月日が悔しい）。源氏は思わず、ちい姫を抱き寄せます。

　乳母は明石へ下ったときは痩せ衰えていましたが、今はみずみずしくなっていてそれもうれしい。この乳母が、波荒い明石で母娘を守って仕えてくれたのです。でも何よりうれしいのは、明石の君との再会でした。

　頃は秋。秋の夜長も、さぞや恋人たちにとっては短かかったでしょう。現代の小説だと、再会の場面を長々と書くのでしょうが、千年前の小説は簡潔で、「夜一夜、よろづに契りかたらひ明かしたまふ」と一行だけです。読者の想像をそそるように書かれたからこそ、千年ものあいだ、物語の命を保ったのかもしれません。

　あくる日も快晴。川の眺めが素晴らしく、庭も、もともとが風流なかたの山荘だったのでよくできています。

源氏は、直衣を脱ぎ寛いだ姿で縁へ出て、〈この石を掘り起こし、その木を植えたらどうだろう〉などと指図します。〈でもね、あまり一生懸命になると、発つときに気が残ってわびしくなる。須磨や明石で経験があるけれどね〉などと、源氏は笑っています。

その姿を、几帳の陰からそっと母君が見ていました。〈立派になられたこと。何とも言えない威厳もおありになって〉。

「閼伽棚」といって、仏さまに水をお供えする棚が、縁の近くに据えてあって、これは絵巻物などにもよく出てきますが、それに気づいて源氏は、〈あ、ここに母君がいられるのか〉と、急いで直衣を取り寄せます。これはお年寄りに対する礼儀ですね。そして〈しどけない恰好で失礼しました〉とかしこまって、部屋の外から声をかけます。〈ちい姫がこんなに可愛く育ちましたのは、母君が日夜、み仏を拝んで下さった功徳でございましょう。入道殿は明石に残っていらっしゃる由、どんなに気がかりでいらっしゃいましょう。明石の君とちい姫のためにお別れなさって、お気持のほどお察しいたします〉。

母君も挨拶をお返しします。〈お言葉を頂いて嬉しく存じます。ちい姫は、やっとあなたさまにお目にかかることができました。なにとぞ、姫の将来をよろしく。わたくどもの身分が低く不安でございますが、あなたさまのご愛情におすがりいたしたく存じます〉。

聞いただけで源氏は、母君の身分や出所、生活環境などがわかって、（なるほど、明石の君は田舎育ちにしては気品があると思ったが、この母君に躾けられたんだな）と思います。

それから桂の自分の別荘へ行きさまざまな指示を与えて、また月光の中を大堰の別荘へ戻ってきました。明石の君は、源氏が〈形見だと思って〉と明石に置いていった琴を、〈またお弾き下さいませ〉と源氏にさし出します。弾きながら源氏が、〈私の心が変らないのがわかったでしょう〉〈ええ、ええ。わたくしの心も変りませんでしたわ。ときどき迷うこともありましたが、信じてお待ちいたしました〉。

二夜目が明けて、あくる日には京へ帰ろうというので源氏がゆっくり寝ていると、桂の別荘に集まっていた貴公子たちが、源氏を慕って大堰までやって来ました。〈隠れ家を見つけられてしまった〉と言いながら、源氏は彼らと一緒に桂へ戻り、そのまま宴会になってしまい、また一晩泊まって、帰りました。

帰り際に源氏は、ちい姫を抱いて、〈まったく物思いの絶えない身だ。またしばらくこの子を見られないと思うと、淋しいなあ〉。ちい姫は源氏に慣れて、〈抱っこして〉と手をさしのべるほどです。こういうときの子供の描写が、紫式部はうまいんですね。自分も女の子を産んでいますから、その感覚が文章に出るのでしょうか、量感のある筆づかいです。

ちい姫を抱きながら源氏は、〈あなたも出てきて、別れを〉と、家に引っこんでしまった明石の君に言います。明石の君は悲しくて動きがとれず、几帳に引きこもって涙ぐんでいたのでしょう。その横顔が、都の皇女でもこうはあるまいというほどに美しかったのです。

源氏は、後ろ髪を引かれながら京へ帰りますが、そのときの源氏の胸のうちを、明石の君が知ったらどう思ったでしょう。実は源氏は、ちい姫の将来をあれこれ考えていたのです。

紫の上、ちい姫を引き取る

（こんなところに置いておいたら、本当の日陰者になってしまう。ちい姫だけでも、邸（やしき）に迎えたい。見ないうちはそうは思わなかったが、見てはこの子の将来もあるし、ぜひとも家で育てたい。明石の君が承知するだろうか……）。

まだ、明石の君に言うべきことではありません。ただ、そういう思いが源氏の胸にきざしたのです。やはり源氏は男ですから、思いきりが早いんですね。

さて二条邸へ戻った源氏の、当面の仕事は、紫の上のご機嫌を取ることでした。ものも言わない紫の上に、源氏はくどくどと言いわけします。〈若い連中が来てねえ、寄ると酒盛りだろう？　それでなかなか帰れなくてね〉。

その晩は宮中で宿直（とのい）をしなければならず、源氏はあわただしく出仕の支度をしていますが、その合間に手紙を走り書きしているのを、紫の上は目ざとく見つけました。〈あら、やっぱり。あれは明石の君へのお手紙でしょう〉。そのまま話も弾まずに、源氏は宮中へ出仕しました。宿直のはずが、紫の上が気になって早々と邸に戻ってきてしまいます。

戻ってしばらくすると、まの悪いことに明石の君からの返事が届きました。ちらっと読んだのですが、たいしたことは書いてないこともあって、源氏は手紙を広げたまま言います。〈あなたの手で破ってほしい。女手（おんなで）の手紙が身辺に散らかるのは、もう、うっとうしくなってね〉。

紫の上は、見たいけど見たくないという感じで、背中を見せたままです。〈ほらほら、見たいのに〉なんて源氏が冗談を言います。〈見なさいよ。たいしたことを書いてあるわけじゃないから〉〈ええ〉。

やっと二人の会話がほぐれたとき、〈実は、あちらで、可愛い子を見てしまった〉と源氏は告げます。〈何ですって〉と紫の上は驚きます。明石の君に子供ができたのは、紫の上も聞いていました。でも具体的なことは聞きたくなかったのですね。
〈可愛い子だった。三つになるんだ〉。

紫の上はどんなにショックを受けたでしょう。聞かなければよかった、いや、聞いてよかったとも思います。ところが次に源氏の言ったことは、さらに紫の上を驚かせました。〈一緒に考えておくれ〉〈何をですの〉〈その子のこれからだよ。どうしたらいいか〉〈何をおっしゃりたいの〉〈ここで、あなたの手で育ててくれないか〉。

幸いにも、紫の上は子供好きでした。仕える人びとに、〈お方さまにお子ができれば、言うことはないのに〉と言われながらできなかった子供。自分の産んだ子ではないけれど、とても可愛いという姫君を〈あなたの手で育ててくれ〉と源氏に言われて、紫の上は思わず嬉(うれ)しくなったのです。

この辺が紫の上の、とってもいいところですね。それまでの不機嫌もいっぺんに忘れて、〈わたくしが？　わたくしが、お育てするの？〉〈できればそうしてほしい〉〈嬉しい。わたくしは子供が大好き。三つですって？　まあ、どんなにお可愛いでしょう〉。

紫の上は、もう夢中になっています。

二条邸ではこういう話が進んでいますが、明石の君は何も知らないのです。いまは源氏の胸ひとつにたたまれています。でもいつか話さなくては——。

このあと、紫の上はちい姫を引き取って、可愛がって育てます。そうするうちに、明石の君に対する嫉妬が次第にうすれていったのです。（こんなに可愛い子を取られて、どんなにあちらのかたはお悲しいか）とまで思いやるようになります。源氏が明石の君を訪れるのにはまだ嫉妬しますが、目くじらを立てることはなくなりました。

私は『源氏物語』の読みどころの一つとして、継母子の関係をよくお話しします。というのは、現代は、若い女性が連れ子のある男性と結婚なさる例も多いからですね。再婚、三婚というケースも少なくありません。そんなとき、どんなふうに考えたらいいのか、千年前の『源氏物語』にはちゃんと出ているのよ、と申し上げたくて。

危うい母と子のあいだを取りもつのは、男の役目なんですね。夫であり父である男がしっかりして、あちらもこちらも立て双方から愛と信頼を寄せられる、となってくれれば一番いいんですが、どうも日本の男性にはそういう力量が少し足りないような気がします。今までの男性教育が至らなかったんですね。「生計の道」は教えられますが、家庭経営や人間関係について教えられることはなかったのです。家のなかのことは女に任せておけばいい、ということだったんですね。

これからの家庭は、ほどけやすい絆、危うい人間関係も増えますから、日本の男性は家族をしっかりまとめる人間的器量、人生的識見をおもち頂きたいものですね。

のちに、このちい姫君は皇太子と結婚します。そのとき源氏が娘に言います。〈今まで育ててくれた、紫のお母さまのお気持を忘れてはいけないよ。赤の他人の情けある心は、肉親の愛よりずっと深いんだよ〉。

たいへんな人間洞察です。これを言えるだけの、男の力量を備えています。紫の上もそうですね。手塩にかけて姫君を育てます。可愛がって、至らぬ隈のないほどに躾けて立派な女性に育てあげます。そしていよいよ宮中へはいる日がやってきました。

紫の上は、ちい姫について宮中へはいり、実力者として権力をふるえるのですが、〈その後見のお役目は、明石の上にお譲りしましょう〉と、さらりと言うんですね。〈これからは姫君も、本当のお母さまでないと言えないことが多くなるでしょうから〉。

これだけのことが言えるのは、紫の上が、情に溺れず、人の心を推しはかるのに長けた、頭のいいひとだったからですね。頭のよさと心の暖かさの両方を持つ、そういうひとが紫の上なのです。

ちい姫を都へ連れてゆくという話を聞いて、明石の君はどんなにショックだったでしょう。けれど冷静に考えれば、自分は無位無官の者の娘です。ちい姫が都の紫の上の娘として育てられれば、世間的にも重く思われ、幸運に恵まれるでしょう。母君も、〈心配しなくていいでしょう。噂では、紫の上はとてもいいかたみたいだから〉とさとしますが、どうしてちい姫を手離すことができましょう。明石の君は考えあぐねています。理性では受けいれられるのですが、感情としてはとても手離せません。

ついにある日、源氏が迎えにやってきました。

〈お母ちゃまも一緒ね？〉とちい姫が着物の袖(そで)を握って聞いたとき、明石の君の目から涙がふきこぼれました。源氏は、〈またすぐ会える〉と言いますが、これが最後になるかもしれないと、明石の君は声を放って泣くのでした。

姫君は父親に抱かれて、車に乗せられ、二条邸に着きます。

紫の上が出迎えて、〈まあ、お可愛い〉と話しかけますが、姫君はべそをかいて、〈お母ちゃまは、お母ちゃまは〉と呼びます。なじんだ乳母(めのと)を見て、やっと機嫌を直してお菓子などを食べはじめます。

（本当に、可愛いものが手にはいった）と紫の上はうっとりしています。

あるかなきかの朝顔

「薄雲(うすぐも)」「朝顔(あさがお)」

藤壺の死

明石の君と光源氏とのあいだに生まれたちい姫は二条邸ですくすくと育ち、三歳の袴着の式をしました。客人を招んで盛大な式をします。原典には〈袴の紐を胸のところでたすき掛けにした姿が愛らしかった〉とありますが、この袴着のくわしい内容は書かれていません。ともあれそういう式をして、ちい姫が源氏の姫であることを世間に披露されました。

年がかわって、新春になります。源氏は三十二歳。うららかな春になって、二条邸には年賀の客がおおぜいつめかけます。

いちばん幸せなのは、東の院の花散里だったかも知れません。自分からは何も求めないひとですが、源氏の邸に呼び寄せられ、何不自由なく暮らしています。聡明な女人ですから、お部屋はきちんと整えられて、仕える人たちにも節度があり、〈このひとに任せておけば大丈夫だ〉と源氏は思います。

源氏は泊まることはないのですが、よく花散里のところへ行って話しこんだりします。つまり男の人が鬱屈したときに、話し相手になってくれる女性なのです。〈そうですね〉と相槌を打ってくれて、でも迎合するのではなく、〈それはこうかもしれませんよ〉と言ってくれたりする、そういう心やすまる存在です。

源氏が気になるのは、大堰に置いてある明石の君です。（どうしているだろう。ちい姫を取り上げたら、もう用はないから私が行かなくなったと思っているかもしれない。かわいそうに）と思い、年明け早々大堰を訪れます。

源氏は桜襲の直衣を着ました。下の紅色が上の白布に透けて桜色に見える、とても美しい衣裳です。源氏が装束を改めて、〈ちょっと桂の宮へ行ってくる〉と言うと、紫の上は、ずいぶんおめかしなさって、と思います。

これは嫉妬ですが、といっても紫の上は少しずつ変りました。明石の君は、こんなに可愛い子を手離されてと思うと、源氏に対しても、〈いっていらっしゃいませ〉とやさしい言葉が出ます。〈すぐ帰るよ〉と源氏が言うと、ちい姫が足元へ寄ってきて、〈お父ちゃま、お父ちゃま〉と源氏の指貫の裾にまつわり、一緒に外に出ようとします。源氏は可愛くてたまらず抱き上げて、〈すぐ帰るからね〉と姫君にも言い聞かせます。

紫の上は、〈あちらのかたがお引き止めにならなければね〉と言いますが、険のある言いかたではありません。

大堰は雪と氷の中で、川風も凍るばかりの寒さでした。

源氏を迎えて、明石の君はとても喜びます。ちい姫の消息を知りたかったんですね。〈袴着の式はいかがでした、泣きませんでした？〉。きっとそんなことを聞いたのでしょう。〈とても立派だったよ。お客もたくさん来て〉と源氏は答えます。〈あの子が大きくなったら、皇太子妃に入内させようとか、いろいろ考えているんだよ。あなたも長生きして、あの子の行く末を楽しみに……〉。

子を生した仲の二人ですから心はかよい合い、明石の君はさぞなぐさめられたでしょう。

源氏は大堰へ行くと泊まりますから、食事もします。「強飯」という蒸した米（今のおこわでしょうか）とか、間食の用意もありました。源氏はほかの愛人の家に行っても、食事はしません。これは現代の感覚と少し違いますね。王朝では恋と食事は別の場らしく、清少納言の『枕草子』にも、〈愛人の家に来て物を食べるなんていやだ、許せないわ〉とあります。

明石の君は、いまや準夫人のようになっていて、源氏もくつろいで食事をします。それが嬉しいのですね。（よそへいらしてもお食事をなさらないそうだけど、ここでは召し上がる。うちを本当の家庭だと思って下さるんだわ）。

明石の君は不思議な女人です。いつもきちんとして気位が高く、馴れ馴れしくしないのですが、かといって卑下もせず、自然にプライドを保っています。源氏はそういうところに心を惹かれ、愛情はますます濃くなっています。でも源氏が、〈私の邸に住まないか〉と頼んでも、明石の君は承知しません。

この年は、たいへんな年でした。葵の上の父君、太政大臣が亡くなりました。源氏は政務は太政大臣に任せていたのですが、これからは自分の肩にかかってきます。かわりに政治を受け渡すべき頭の中将はまだ権中納言ですから、もう少し時間がかかるのです。

加えて、この年は疫病がはやり、天変地異がつづきました。変な星（彗星でしょうか）が出たり、さまざまあって人心は不安になっています。陰陽師や天文博士たちが天体の運行を観測して吉凶を占っては政府や帝に奏上する、あわただしい世の中です。

春には、藤壺の尼君が重態になられました。もともと病身でしたが、急に病いが重くなられたので、冷泉帝は驚いて母君のお見舞いに行幸されます。けれども帝の行幸は時間が決められているし、お供も多いので、ゆっくりお話しなさる時間もありませんでした。

藤壺の尼君が重態と聞いて、源氏はどんなにびっくりしたでしょう。お見舞いに車を走らせますが、その間も涙が止まりません。さまざまな思い出が胸をよぎります。お邸につくと、女房たちが悲しそうにうち沈んでいました。〈ご容態はいかがか〉

とたずねると女房たちは、〈前々からお悪かったのですが、仏事のご精進を熱心になさって、それがお体に障りまして〉。藤壺の尼君は、お具合が悪くなっても、勤行を熱心につづけられたのでしょう。〈もうお食事も進まず、柑子（みかんのようなもの）さえも召し上がりません〉。

源氏がおそば近くへ寄り、〈いかがですか〉と声をかけると、几帳の向こうから尼君のお声が聞こえます。〈故院（桐壺院）のご遺言をお守り下さって、東宮（冷泉帝）をお引き立て頂き、ありがとうございました。そのお礼をいつかと思っているうちにこんなふうになってしまい、のんびりしていたのが悔まれます。もうお礼を申し上げる時間もなくなりました〉。

源氏は耐えきれず、涙ながらに言います。〈太政大臣は亡くなられ、あわただしい世の中に心乱れて、私も長く生きられないような気がいたします。一種の甘えですね。自分を置いてこの世を去るひと、〈ひとり生き残りなさい〉と自分を捨ててゆくひとに対して、源氏は甘えています。泣きながらかきくどくうちに、藤壺の尼君は火がかき消えるように、ふっと亡くなってしまわれました。

藤壺の尼君はお優しくて、何かの行事も、それが人びとの迷惑や憂いになることだったら、お止めになったり規模を小さくしたりなさいました。ご法事も人の目をそばだてるほど賑やかになさるかたが多いのに、尼君は、代々お家に伝わったものや朝廷からのお手当てを布施にあてるなどして、贅沢なことはなさいませんでした。つつましやかなお人柄が知られていたので、下々まで尼君を悼み、葬送のときは世をあげて泣きました。

　ましてや源氏は、あの秘密がありますので、お弔いの席でも涙がせきあげ、人が見たらどんなに思うであろう、と抑えても抑えられません。

『古今集』にある、亡くなった人を悼む歌、「深草の野辺の桜し心あらば　今年ばかりは墨染に咲け」――〈桜よ桜、もしも心があるならば、愛するひとを亡くした今年は、薄墨色に咲いておくれ〉。古くからみんなに好かれて、口から口へ伝えられた歌ですが、その歌の心が、源氏にはよくわかります。

　源氏は涙にうち沈みながら、薄墨色の喪服に身を包み、邸内に作った念誦堂にこもり、藤壺の宮の冥福を祈ります。ふと見上げると、山の端に入日があかあかと射し、峰々には、鈍色の雲がかかっていました。

「入り日さす峰にたなびく薄雲は　もの思ふ袖に色やまがへる」――〈ああ、あの雲も私の喪服の袖の色と同じではないか〉。源氏は、次から次へと若かりしころの思い出にひたっています。この歌から、「薄雲の巻」の名が出ました。

冷泉帝の悩み

母君が亡くなって、帝は泣き暮らしておられます。その四十九日の法要も過ぎたある夜のこと、夜居の僧といって遅くまで加持祈禱する老僧がいるのですが、その僧が〈申し上げることがございます〉とおそばに寄ってきました。

〈何か〉と帝がお聞きになると、〈これまで奏上しようかしまいか、苦しんでおりましたが、先ごろからの天変地異や怪しい出来ごとを、帝はどのようにご覧になられますか。申さずにいると、ご存じない帝の上に仏天の罪咎があるかもしれないと存じまして……〉。

〈あなたには幼少のころから守られて、祈禱を受けてきた。信頼するあなたが、隠しごとをするとはどういうことか。何でもいい、言っておくれ〉。帝はお心のうちで、僧とは、案外嫉妬ぶかく邪念あるものだと聞くが、何を言いたいのかと不安に思われます。

〈帝を懐胎されたときから、藤壺さまは特別な加持祈禱を私にお命じになりました。源氏の大臣が須磨、明石をさすらっておいでのときも、同じような加持祈禱を仰せられました。それは、帝がご即位なさるまでつづきました。くわしいことは私にはわかりませんが、実は……〉。

僧は、冷泉帝のご出生の秘密を打ち明けたのです。お若い帝には、目もくらむショックだったでしょう。お言葉がないのでご機嫌を損じたと思い、僧が退出しようとすると、〈教えてくれてよかった。このことは、あなたのほかに知る者はあるか〉とのおたずねです。〈いえ、私と王命婦（おうみょうぶ）のほかは、どなたもご存じありません〉。

その夜、帝はお眠りになることができませんでした。〈そういう生まれ合せだったのか。源氏の大臣は、陰になり日向（ひなた）になり優しくしてくれる。今にして思えば、これは父親の情けであったのか。父帝桐壺院には早くに別れ、母君にも死に別れて、天涯孤独だと思っていたが、実の父君はまだ生きていらっしゃったのだ〉。嬉しいやら、悲しいやら、おそれ多いやら、さまざま胸に浮かんで、若い帝の心は乱れ、あくる日もずっと御殿に籠（こも）っておられました。

源氏が、ほかに奏上することもあってお見舞いに伺うと、帝は懐かしそうに源氏をご覧になって言われます。〈私は体の具合がよくないようだ。もう長いとは思えないから、位を譲りたい〉。そのとき源氏は、桃園（ももぞの）の式部卿（しきぶきょう）の宮、つまり朝顔（あさがお）の宮の父君（源氏にとっては叔父（おじ））が亡くなられたことを奏上に行ったのでした。

帝は、〈さきごろからのあわただしい世のさまや、さまざまな人が亡くなるのは、みな私の不徳からだ〉と言われます。

〈いいえ、そんなことはございません。日本でも唐（中国）でも、聖賢の世に天変地異が現れたと、歴史の本に載っております〉。源氏は古くからの例を引いて、おいさめします。〈太政大臣といい、桃園の式部卿の宮といい、みな寿命の人ばかりでございます。帝のお責任ではございません〉。原典には、〈とても難しい政治の話がはいったので、女の筆では写しかねること〉とあります。

源氏は、（なぜ帝がこんなことを仰せになるのか）と不思議に思いました。さらに帝は言われます。〈ついては、あなたに位を譲りたい〉。帝としては、自分の父君が臣下となって自分に仕えているのはとんでもないことだとお思いになったのですね。源氏は本当に驚きます。〈それこそ、ありうべからざること。いったん臣下にくだった者が帝位につくなど〉と、必死においさめします。

鋭敏な源氏は、何かあったのだ、もしや……と思います。王命婦は御所にお部屋を頂いて、今もお仕えしているので、呼んで聞きました。〈もしや、あのことを帝に話されたか〉〈とんでもございません〉。王命婦は驚愕して、〈藤壺さまは、絶対にお話しになりませんでした、わたくしにさえも。ただ帝が何もご存じないことで罪を重ねられては、と不安がっていらっしゃいましたが〉。

ともあれ、帝がお知りになったのは、確かなことのようです。ああ、おいたわしい、お気の毒に、と源氏は思いました。

そのあと帝は学問に励まれ、日本や唐の歴史をお調べになりました。臣下の息子が天子の位についたとの史実があるかと、心配なさったのですね。（皇統の乱れが始まってはいけない）。唐にはその例はありましたが、日本にはありません。（しかし、こういうことがあっても歴史の本には載らないだろうし……）。帝の物思いは深まるばかりです。

その年の秋、梅壺の女御は源氏の邸に里下がりされました。女御が入内なさるとき、源氏は兄君の朱雀院に遠慮して、〈私が親がわりですよ〉と言えず、女御のお邸からそのまま入内させましたが、今はおおっぴらに源氏の邸に里帰りなさいます。ずっと宮中につめていると、女御自身もお付きの人々も気骨が折れるのでしょう。ときどき休暇を頂いて、里帰りなさるのです。

喪服をまとった源氏は、さっそく女御のお部屋をお訪ねしました。〈いかがですか。お疲れではありませんか〉。女御は、御簾や几帳を隔てた向こうから返事をされますが、そのお声が可憐です。

ここが源氏のあやしい男ごころと申しましょうか、むらむらっと女御のお顔が見たくなります。このかたに対しては、たいへんな好奇心と関心があるのです。六条御息所に、〈あの子をお願いしますよ。でもあなたの愛人にはなさらないでね〉とクギを刺されていますが、それとは別に興味と関心はなくなりません。

源氏は女御にお口を開かせようと思って、話しかけます。〈今年は悲しいことがいっぱいありましたが、草花だけは季節を忘れずに花を咲かせますね。それがあわれです〉。

源氏は、それからそれへと話しかけます。〈そういえば母君の御息所とは、秋の野の宮でお別れしました。伊勢へお下りになる直前の、あのときの秋のあわれは忘れられません〉。女御は母君を思い出され、涙ぐんで〈本当に〉と答えられます。その可憐な雰囲気が、几帳を隔てて伝わるのです。

源氏は、〈須磨、明石とさすらいましたが、神のご加護で都へ戻ることができて、今はこういう仕事に携わっております。けれども、権勢を誇ろうが物質に充足しようが、幸福とは思えないのです。自分としては今までの人生で縁のあったひとたちを集めて、それぞれが幸せになるのを見届けたいと思っています。家を建てて、そこに結構な庭を造り、四季折々の風趣を女人がたに楽しんで頂く、そんな暮らしを夢見ているんですよ。気にかかるかたのお幸せが私の幸せなんです、私の人生では〉と言いながら、にじり寄ります。〈あなたにはいちばん幸せになって頂きたい。実を申しますと、今まで一生懸命お世話をして参りましたのは、昔からあなたに捧げる真心のせいなのですよ〉。

梅壺の女御はびっくりされます。(話が急に妙なところへ)と、お返事もなさいません。
〈この真心だけは知って頂きたい。抑えがたい私の気持を〉と源氏が重ねて言うと、女御は身じろぎをしてあと退りなさいます。源氏はそれを敏感に悟って、〈いや、これは失礼いたしました。お驚かせして申しわけありません。そういうつもりはなく、こんなに懸命にお仕えしている、その心持を知って頂きたかっただけです〉と話題を転じて、〈ところで、春と秋とどちらがお好きですか。手ぜまな私の邸でも季節の風趣を味わえるように手入れしてみなさんに喜んで頂こうと思っていますが〉。

　女御は答えにくく思われますが、お返事しないのも無愛想だし、と思われて、よんどころなくお答えになります。〈母に死に別れたのが秋でございますから、春と秋どちらかと申せば、秋のほうに心寄せしとうございます〉。このことから、梅壺の女御はのちに「秋好中宮」と呼ばれるようになります。

〈なるほど。では秋にこと寄せて、そういう庭でもお造りしましょう。しかし人を思う秋の夕風は身にしむものですね〉と言って、源氏は立ち去りました。

　女御のお付きの女房たちは、〈なんて素敵なかたでしょう〉と口々に言います。源氏が坐っていたあたりに、残り香が漂っています。〈この香りも素敵よ〉なんて言い合っていますが、潔癖な女御は、（何をおっしゃるのかしら、あのかたは……）と、うとましい気持がしています。素直で潔癖で、ひたぶるな乙女の心を失わない、まっすぐな女御の性格なんですね。

源氏は居間に戻ると、女御のたたずまいやそこはかとない好もしい雰囲気を思い出しながら、（私も、年を重ねて少しは思慮深くなったかな）と反省します。（若いときだったら、あんな場合どうしていたかわからない。藤壺の宮とのことは、若気の至りだったかもしれない。だが自分の息子である冷泉帝の女御に言い寄ったら、罪は一層深いだろう。あそこでとどまったのは、少しは成長したからか）なんて考えているのですから、源氏というのは、われわれ女にはなかなかつかまえ難い存在ですね。こういうところで、「薄雲の巻」は終ります。

朝顔の宮

次に、同じ年の秋から冬にかけてですが「朝顔の巻」になります。

朝顔の宮は、父君の式部卿の宮が亡くなられたので、賀茂の斎院を退下されました。神は凶事を忌まれるので、身内に不祝儀があると退下しなければなりません。邸には、朝顔の宮にとって叔母にあたる女五の宮というかたがおられます。朝顔の宮の叔母君ですから、源氏にとっても叔母にあたります。

源氏は昔から、年上の従姉の朝顔の宮に憧れていたので、斎院を退下なさってから邸に籠(こも)っていられると聞いて、しばしば文を送っています。そして女五の宮をお見舞いに、という口実で邸を訪れました。

女五の宮は、〈五番目の皇女〉という意味ですね。源氏の父帝桐壺院は、弟宮妹宮の面倒をよく見られました。ですから女五の宮も安穏に暮らしていられたのですが、桐壺院が亡くなられ、すぐ上の兄君の式部卿の宮も亡くなられたので、姪(めい)の朝顔の宮と二人でさびしく過ごしていられました。

源氏が行くと、〈まあ、こんな寂しいところへお見舞い下さって、ありがとうございます〉。大宮(おおみや)（葵の上の母君）の妹にあたるかたですが、大宮のほうがずっと若々しく美しいのです。女五の宮は尼さんですが、老けて、弱られて見えました。〈あなたのような美しいかたにお目にかかると、元気が出ていいんだけれど。お姉さまの大宮が羨(うらや)ましいわ。幸福な結婚をなさって、息子と娘に恵まれ、娘婿としてあなたをおそばで見られて。孫君を引き取っていらっしゃるから、始終あなたにお会いになれるのですもの。わたくしはずっとさびしいひとり暮らしでした〉。

女五の宮がそう言いながら、お泣きになるのがあわれでした。

何度も申しますように、源氏はおばあちゃんキラーで、お年寄りに特別な親和力を発揮します。女五の宮をお気の毒に思って、懸命におなぐさめします。でもこの宮は、外へ出られないせいか少し変っていられて、〈あなたは本当にお綺麗(きれい)ね。ちっちゃなときからお美しくて、びっくりするくらいでしたわ。今の帝もあなたに生き写しでいられるというけれど、でもあなたのほうがずっとまさっていられると思いますよ〉などと言われます。

面と向かってそんなに褒めることもないものだと、源氏は苦笑し、〈いやあ私なんか、田舎をさすらってきて見る影もありません。帝のほうがずっと優れていらっしゃいますよ〉と言いながら、女五の宮がくどくど昔語りをされるのに、根気よくつき合うのですね。その話の中で〈式部卿の宮は、愚痴をこぼしていらっしゃいましたよ。あなたを婿にと思ったのに、娘が承知しなかったって〉という言葉だけが源氏の耳に止まりました。

源氏が簀子(すのこ)縁(えん)づたいに朝顔の宮のお住まいへ行くと、宮は一人でいられました。源氏は、御簾の内へはいらせてもらえると思っていましたが、敷物が外側の廂(ひさし)の間(ま)に出されます。

〈水くさいではありませんか〉。源氏は異議を申し立てます。〈御簾の内にお招きいただけるものと思っておりました。あなたとは古い馴染(なじ)みではありませんか。私の手紙に色よい返事を頂けないのに、私は思いのたけを打ち明けて参りました〉。

すると朝顔の宮は、宣旨(せんじ)の君という女房を通して、〈お心持については、落ちついてからよく考えさせて頂きます。ただいまは父を亡くしたばかりで、夢かうつつのようで何を考えることもできません〉と言われました。

〈これはしたり。せめて、そういうことをお近くでおっしゃって頂ければ〉と源氏は、重ねて言います。

〈あなたと私は昔から……といっても、私の片思いでしたけれど、長い縁(えにし)の糸で結ばれているんですよ。けれども運命がくい違って、私は須磨、明石とさすらい、あなたは神に仕える身となられた。何年もたって、互いにやっと自由な身になれたのではありませんか。残された時間で、おとなの愛を楽しみましょう。辛(つら)いこと、嬉(うれ)しいこと、喜ばしいこと、四季折々の風趣につけて互いの物憂さを語り合い、人生の重みを味わおうではありませんか〉。

　そういう源氏の姿は男ざかりのなまめいた美しさがあります。しかし朝顔の宮からは、はかばかしいお返事はありません。

　宮は心の中で、（わたくしは源氏の君を愛しているわ。若いころから好きだった。でも、あのかたの数多い愛人たち、六条御息所の運命もこの目で見た。ああいう目にあうよりは、趣味の合う友人同士として一生を終りたい。それがわたくしにはふさわしいわ。愛しているけれど添われないものとして、距離を置きましょう）と思っていられるので、お返事はなさらないのでした。

　源氏は、〈しょんぼり帰る、恋やつれの私の後ろ姿を、お笑いにならないで下さいよ〉と言って物思いに沈みつつ去ります。邸(やしき)に戻ってから源氏は、朝顔のつぼみに手紙をつけて贈ります。

「見しをりのつゆ忘られぬ朝顔の花の盛りは過ぎやしぬらむ」――〈少年のころちらと見たとき以来、あなたが忘れられない。われわれの恋は今はもう移ろってしまったのか。こんなやるせない私に、あわれとだけでもひとことを〉。

　すると、朝顔の宮から返事が来ます。

「秋果てて霧の籬(まがき)にむすぼほれ　あるかなきかにうつる朝顔」――〈秋は過ぎましたのよ。もう朝顔の花は終りました。霧にうずもれて、まがきに小さな朝顔が咲いていますが、盛りの過ぎた朝顔は、わたくしに似つかわしいおたとえですわ。花の盛りは過ぎました。人生の盛りも過ぎましたの〉。

　とても美しい贈答歌ですね。

　世の中に、源氏が朝顔の宮に求婚したという噂が広まります。それに心を痛めるのは、やはり紫の上でした。前にも申しましたように、紫の上が深刻な嫉妬(しっと)を感じたのは三人です。明石の君と、朝顔の宮、そしてずっと後に出てくる女三の宮です。

　朝顔の宮は、紫の上と同じように皇族出身ですが、もっと重々しく扱われる姫宮なのです。斎宮や斎院に任じられたかたは、退下なさっても、世間の扱いが違います。もし朝顔の宮が源氏の本妻になられたら、紫の上にとって何もかもが消えてしまうでしょう。紫の上は、源氏に引き取られているので、自分の家がありません。王朝の世では、これは例外的なことで、そのぶん権勢もないのです。

（わたくしはあのかたの愛情だけを頼みに生きているのだから、あのかたに愛されなくなったら、このお邸から出て行くしかないんだわ）。今まであんなに源氏が誓った愛の言葉が全部、指のあいだからこぼれ落ちた気がして、紫の上は悩みます。源氏はそんなことに気がつきませんでした。家にいると、朝顔の宮に手紙ばかり書いています。


冬になりました。十一月（旧暦）です。雪や氷をかきわけて、源氏はまたもや朝顔の宮の住む桃園の邸へ出かけます。内大臣ともなると大きな行列を整えなければなりません。さすがに源氏は具合が悪く、〈女五の宮がお弱りになっていて、頼りになさるかたもないから、私がお慰めしなければ〉と、お供にまで弁解しています。お供の者も、〈あれは直らない癖だね。昔ならいざ知らず、内大臣ともあろうかたが夜歩きなどなさっては、お名前に傷がつくのでは〉などと耳打ちし合っていました。

式部卿の宮が亡くなって、そんなに月日が経ってはいないのに、門の鍵（かぎ）がもう銹（さ）びついていて、下男が出てきて開けようとします。どうやらお仕えするのはこの男だけらしく、〈銹びついて、なかなか開きません〉と言うので、源氏のお供が手伝いました。

いつかこんな光景を見た、と源氏は思い出します。（常陸の宮家で、雪の深い中を門番が開けていたっけ。昨日のことのようなのに、もう何年も昔になってしまった）。邸に上がると女五の宮は、〈こんな雪ですのに、よくぞお出かけ下さいました〉と喜ばれましたが、例のようにとりとめもない昔話のうちに、はやあくびまじりで、〈年寄りは夜が早うございまして……〉と言いながらいつか、いびきをたてられます（笑）。

この辺が『源氏物語』のおかしいところで、「鼾とか、聞き知らぬ音すれば」――源氏の君が聞いたこともない音をたてた、とあります。

〈ここまで伺って、朝顔の宮にご挨拶しないわけにはいかないので、ちょっと失礼します〉と源氏は、お年寄りの前を下がりました。すると、別の年寄りの声が、〈あら、お久しゅうございます〉。

源氏がふりかえると、尼が立っています。〈わたくしがここにいるのをご存じと思いましたのに、いつまでもお声がかからないので、僭越ながらご挨拶に参りましたのよ〉。驚いたことに、あの源典侍でした（笑）。（そういえば、女五の宮の弟子としてこの邸に身を寄せ仏道修行しているという噂を聞いたな）と源氏は思い出します。

〈ああ、あなたでしたか〉〈そうでございますよ、亡き桐壺の帝が、わたくしをおばあちゃんとあだ名でお呼びになって。あの頭の中将さまとの懐かしい一夜忘れられませんわ……〉。

あの一夜——源氏が物好きにも源典侍の寝所にもぐり込んでいたら、何につけても源氏と張り合う頭の中将がはいってきて、てんやわんやの大騒ぎ。そのころ源典侍は五十七、八でしたが、二十歳前後の貴公子を二人も愛人にしていて、それが鉢合せして、という狂乱の一夜でした。

〈お懐かしゅうございますわ〉と言われて、源氏は閉口しますが、〈しかしまあ、お元気でけっこうですな〉と言わずにはいられません。源典侍は、〈でももう、年でございますよ〉と言いながらも、色っぽい目つきで近寄ります（私が勝手に脚色しているのではなくて、ちゃんと原典にあるんですよ）（笑）。

歯がぬけて口元もすぼみ、ろれつもあやしい声づかいながらなまめかしく、〈お忘れにならないで下さいませね〉と言われて、源氏も〈どうして忘れられましょう、おばあさまですからね。そのうちゆっくりと……〉と、ほうほうの体で下がります。

朝顔の宮の住まいは、こんな夜更け、それに寒い雪の夜なのできちっと格子戸を閉めるところですが、全部閉めてしまうと源氏を拒否したように見えるのでは、というデリケートな心づかいから、たいへんな寒さにもかかわらず格子を一、二ヵ所開けてありました（このへんのこまやかな気分が『源氏物語』の世界です）。

でも相変らず朝顔の宮は、はかばかしいお返事をなさいません。それどころか、（長いこと賀茂の神さまにお仕えして仏道からは遠ざかってしまった。しばらく仏道の修行をして、やがては世を捨てて……）と考えていられるので、源氏に色よい返事をなさるわけはありません。そして心の中で、（お父さまが、「源氏の君と結婚する意思はないか」とおっしゃったときでさえ、「いいえ」とお断りした。あのときすでに、心と心の結びつきでいいと決心したんだもの。ましてこんな年になって、今さら）と考えていられます。

でも、女房たちや女五の宮は、〈いっそのことご結婚なさればいいのに。あんなに世に時めくかたなのに〉と言い合っていました。日々さびれていくお邸を見てそう思うのも無理ないことなのでした。

打ちわって語り合う

紫の上にとって、源氏とその朝顔の宮の噂はどんなにショックだったでしょう。いつとなく、物思いの深い面(おも)ざしになってゆきます。源氏はデリカシーのある男ですから、それがよくわかります。戻ると、二条の邸も雪一色です。

〈どうしたの〉と源氏は紫の上をなぐさめます。〈私が宮中に泊まるのは、母君を亡くされた帝をおなぐさめするためなんだ。太政大臣もおられないので公務も忙しくてね。家にいるときが少ないのをあなたは気をまわして何か誤解しているのではないか〉とご機嫌をとります。〈朝顔の宮のこと、いろいろ考えているのだろうが、それはまったく違うよ。あちらに、そういう意思はおありにならない。私としては、女五の宮も心配だし、朝顔の宮も幸せ薄いかただと思って、おなぐさめしているだけだ〉。でも紫の上は顔をそむけています。泣いているのでしょう。源氏はなぐさめて言いこしらえます。

そのとき、源氏は思いつき、〈そうだ、この真っ白な雪の庭に女の子たちをおろそう。みんな、雪の山でもお作り〉。

少女たちは喜んで庭におりたちます。さまざまな色合いの着物を着た子供たちが、キャッキャッと言いながら、月明かりのなかで雪山を作ります。とても絵画的な景色ですね。

王朝のころは雪が多かったせいもあるでしょうが、雪の山をたくさん作りました。清少納言が『枕草子』に書いたように、中宮定子（ていし）の御殿でも雪山をお作りになりました。雪の日はそんなふうに楽しく遊んだのでしょうね。

童女たちが何人か集まり、しどけない身なりで雪の中を走りまわっては、大きな山をこしらえます。大きくしすぎて、動かせなくて困っている子もいます。女の子は本来、たしなみとして、ちっちゃなうちから衵扇（あこめおうぎ）をかかげて自分の顔を見せないように教えられますが、今はそんなことは忘れて、扇を庭に散らばして走りまわる子もいます。凍った池では鴛鴦が鳴いています。

そういう景色を見ながら、御簾のこちら側で源氏は紫の上をなぐさめるのに懸命でした。

〈あなたは何も心配しなくていいんだよ。あなたが一番なんだから〉ということを前おきにして、源氏は他の女たちの月旦（人物批評）をします。つまり、あなたと私は何でも話し合える仲なんだということを強調しているんですね。

源氏は藤壺の宮について、本当のところは、一番愛している紫の上にも打ち明けていません。〈宮は、おっとりしていらした。帝の后として、国母として、言いようのない品や威厳がおありになったが、なんとも優しいかただった。あなたはあのかたの姪だから似ているけれど、嫉妬深いのだけが難だね〉。

こんなふうに打ちわって話されると、紫の上の気持も少しずつほぐれます。私たち女というのは、男の人から〈やっぱり話がわかるのは、あなただけだね〉と言われると、えっ、そうかしらと悪い気はしませんね。男と女のあいだで、打ちわって話ができること、理解しあえるという関係を一番上に置くというのも、近代女性としては源氏にかなりいい点をあげたくなります。いや、近代古代を問わずたぶん女の本質的なものかもしれません。

紫の上は源氏に、〈あなたは話がわかるんだ。男同士のように話ができるのは、あなただけだよ〉と言われて、嬉しいと思ったにちがいありません。

紫の上は聞きます。〈朧月夜の君はどうなの。あのかたは朱雀院のお妃だったけれど、あなたと噂が立って、いろいろ言われたではありませんか〉〈とてもいいひとだった。いいひとだったけど……〉。本当ははすっぱで大胆奔放な、現代で言うと茶髪少女みたいな女性だったのですが、源氏はそうは言いません。

〈あれは私が悪かった。男は年とるにつれ、後悔の多いものだが、あのひとに関しては若気の至りから世の噂になってしまった。趣味がよく、字も綺麗なひとで、話して楽しかったよ。けれど私が軽率だったから、恋愛沙汰で世の非難を浴びることになって、あのひとには気の毒だった〉と、まるで男同士の「雨夜の品定め」のように二人で話しあうのです。紫の上はいよいよ面白がって聞きます。

源氏は言います。〈あなたが気にしている明石の君は、都の貴婦人にもないような気位の高いひとだ。女としては立派な品性だけれど、あまり気位が高すぎて、鼻白んで興ざめることもあるね〉。会ったことはないので、紫の上は、源氏の話からいろいろ想像するだけです。〈朝顔の宮はおかたいばかりでね、色気にはまるきり関心がおありにならない〉などと次から次へとつづきます。

花散里については、紫の上は全然嫉妬しないようですが、源氏は口をきわめて褒めます。〈花散里は、向き合うとほっとするひとだね。美人ではないし、教養をひけらかすわけでもないけれど、なんとなく男をやすらかな気分にさせるんだ〉。紫の上はすっかりなだめられてしまって、その夜二人はやすらかに寝(やす)みます。

ところが、源氏の夢の中に、藤壺の宮が現れました。〈わたくしとのことはどなたにも洩(も)らさないとお約束なさったのに、きょうはあからさまにお噂なさったのね。今わたくしは、苦しい目にあっております〉。

源氏はうなされて飛び起きます。紫の上は心配しますが、このことだけは話せません。(もしや藤壺の宮が、あの世で呵責(かしゃく)を受けて苦しんでいられるのではないか)。源氏は、藤壺の宮のために、阿弥陀仏(あみだぶつ)を念じつづけます。

そういうところで、「朝顔の巻」は閉じられます。

私はいつも、なぜ紫式部は花散里のことを、こんなに熱情をこめて書いたのかと考えているのですけれどね。たいがいの人が、〈え、そんなひと、いたっけ〉と言うような影の薄い女性なのですが、花散里は、のちに源氏が建てる六条院では夏の御殿を頂き、源氏の息子夕霧(ゆうぎり)の母がわりになるんですね。

これはあとで出てくるお話なのですが、花散里の性格をよく描いていると思われるので――。

あるとき、夏の御殿で若い武官たちを集めて弓の競射が行われました。馬を走らせる楽しいセレモニーもあって、花散里はそれを自分の御殿の庭で見ることができたので、〈楽しい思いをさせて頂いて、ありがとうございました〉と源氏にお礼を言います。源氏はその夜、めずらしく花散里のもとに泊まりました。

花散里は六条院の中の、よその御殿で大きなセレモニーなどがあっても、羨ましがったりしないひとです。ところが、このたびは自分の御殿でして頂いて、と素直に喜んでいます。〈今日のお客さまを見たかい〉と源氏が聞くと、〈あなたの弟宮ですが、お老けになりましたね〉。花散里はとても正直です。〈その下の親王さまは、親王と申しあげるけれど、少しお品が下って、ふつうの皇族のように見えられました〉。

源氏も思っていたのですが、さすがに自分の口からは言えないので、ほほ笑むだけです。花散里には、物事を洞察する力がありますが、無邪気な気持で、決して意地悪で言っているのではないので、悪口に聞こえません。そういう不思議なところのあるひとです。

遅くなって、花散里は御帳台を源氏に譲り、自分は離れたところに敷いた蒲団に寝みます。

（いつのまにこんなに隔たってしまったのか）と源氏は気になって、〈こちらへ〉と誘いますが、花散里は〈まあ、もう、そんな〉とやんわりお断りします。〈今日は本当に楽しゅうございました。それだけで……〉。

源氏を避けているわけではありませんが、〈わたくしはそんな年ではなくなったし、それでなくても、あなたと愛し合っているんだからいいわ〉。そんなことを主張できる女のひとが、『源氏物語』の中にいるのです。

〈花散里なんて、どこがいいのかわからない〉とおっしゃるかたもいますけれど、仔細に読み解くと、花散里には素敵な、女の中のいいタイプが出ているように思いますね。紫式部は男も好きでしたけれど、女のひとも好きだったんですね。だから、こんなにたくさんの女性のタイプが書き分けられたのでしょう。

〈こういう女のひとって、素敵だと思いません？〉と、式部は言いたかったのだと思います。

稚（おさな）いはつ恋　「少女（おとめ）」

源氏の教育論

年がかわって、源氏三十三歳の春、亡くなった藤壺の宮の喪も明けて世の中ははなやかになります。もうすぐ賀茂の葵祭です。

同じころに朝顔の宮も、父君の喪が明けました。源氏はさっそく手紙を送ります。〈その昔あなたは、賀茂の神に仕えるために禊をされた。このたびはまたお父上喪明けの禊をなさろうとは、思いもかけないことでした〉という歌に添えて、新しいお召し物も贈りました。

朝顔の宮は、〈本当に、月日の経つのは早いものです〉という歌をお返ししました。ただ、日ごろ源氏からたくさんの着物が手紙もつけずに送られてくるのを、なぜ、いつまでもこんなことをと、いささか迷惑に思っていました。女房の宣旨の君も、〈色めいたお言葉も添えていられないのですから、お返しができませんわね〉と言っていました。

朝顔の宮と同居している叔母の女五の宮は、〈源氏の君がこんなにして下さるんだから、いっそ結婚なされば。亡くなられたお父さまも、「婿にできなくて残念」とおっしゃっていたとし。お姉さまの三条の大宮が娘婿になさったから言い出せなかったけど、その葵の上も亡くなられたのだし、遠慮はいりませんよ。これもご縁でしょうから〉と言われます。

朝顔の宮は聡明なかたなのでこういう古臭い言われかたは嫌いです。〈お父さまの生きていらしたときからお断りして強情者と言われました。今さら……〉。宮は、女房たちが手引きして源氏の君をこっそり邸に入れるのではないかと心配していられます。そこが宮の世間知らずなところでしょうね。聡明といっても、男の気持を見抜けないのです。源氏はもう、昔の源氏ではなく、中年の分別をそなえて、朝顔の宮のお心が溶けるまでは、強引なやりかたはすまいと思っていました。そんなわけで、宮になおも心を尽くしていますが、二人の仲は進展しません。

さて、葵の上の死と引きかえにこの世に生をうけた源氏の息子夕霧は十二歳になりました。葵の上の母君三条の大宮は、一人娘の忘れがたみを大切に育てていられます。大宮は桐壺院の妹宮で、世間から重く扱われていますが、孫の夕霧だけを生きる望みにして可愛がられ、夕霧は賢く素直で純情な少年に育ちました。

源氏はそろそろ夕霧を元服させようと考えています。当時、上流の息子は、元服するとまず四位を頂きます。夕霧は親王の子なので当然四位ですが、源氏は〈名門の子弟だからといって、はじめから高位につかせるのはよくない。もっと苦労をしなければ）と、一番下の六位につけたのです。六位の着る袍は浅葱色と決められていますが、夕霧はそれが不満でした。少年ながらに、名門の子だとの誇りがあります。大納言（頭の中将）の子供たちは、元服してすぐ四位をもらったのになぜ、と不満なのです。

夕霧は、祖母の大宮に愚痴をこぼしました。大宮は甘いかたですから、源氏の君が邸に来たときに、〈夕霧が不満そうですよ。従兄弟たちがみな高位なのにどうして、と〉。源氏は笑いながら、〈若いから仕方ないが、もう少し物の道理がわかれば、理解してくれるでしょう〉。

このときの源氏の教育論が素敵です。源氏はここで、男の子の育て方について識見を披瀝します。

〈いい家に生まれて高位につき、遊び放題でも位が上がると、世の人は追従しておべっかを使うので、自分も偉くなった気になります。でも、時の流れが変って権勢が衰えたとき、実力がなければ人は離れてゆき、本人は落ちぶれて軽蔑されるでしょう。学問の基礎をしっかり身につけておけば、役人になったり、政治家になって国政にも携われたりするのではないでしょうか。まわりくどいようだが、二、三年はみっちり学問させようと考えています。基礎教養がなければ、国家を背負って立つ柱石にはなれない。夕霧も、わかってくれるでしょう〉。

このあたりの言葉が面白いので、もう少し原典からお伝えしたいと思います。

「なほ才をもととしてこそ、大和魂の世に用ゐらるるかたも強うはべらめ」——王朝時代は、国の治め方、君主の心得など、政治の根本理念については儒学をもとにしていたので、漢学をみっちり勉強しなければなりませんでした。「大和魂」とは、日本の国情に添った政治形態です。臨機応変に判断できる能力こそ男の身につけるべき力、と源氏は言うのです。理念は中国から借りていますが、日本は日本で国情が違うのだから、日本人に合った政治があるだろう。それには、まず儒学をしっかり勉強しなければならない、と源氏は考えるのです。

著者の紫式部は、こういう考え方を誰に学んだのでしょう。父か、兄でしょうか。でも身内からはこういう正面きった勉強はしにくいですね。式部には恋人がたくさんいました。夫の藤原宣孝や大物政治家藤原道長、ほかにもたくさんいたらしい恋人たちとお酒を飲みながら、あるいは閨の睦言で、〈ふーん、そうなの〉などと聞いていたのではないかと思われます。

夕霧は、きびしく学問を仕込まれました。三条邸で、おばあさまっ子になっては困ると思い、源氏は二条邸に学問所を作ったのです。殺風景な学問所でしたが、少年はひたすら勉強しました。大宮を訪ねるのも月に三度と決められて、〈なんでこんなにきびしく勉強させられるのか。友達や親戚の子は、ふつうにやっているだけじゃないか。それでも高い位についているのに）と思いますが、根が真面目でしたから、父の言うままにがんばっています。

冷泉帝の御代は栄華のうちに幕があきます。冷泉帝には女御が三人おられますが、その中から中宮を定めなければなりません。まず最初に入内したのは、すでに申しましたが大納言（頭の中将）の娘弘徽殿の女御。帝より一歳上で、友達みたいに仲よく遊んだ弘徽殿の女御は、今でも帝のお気に入りです。次が六条御息所の姫君で、元斎宮の梅壺の女御。源氏が親がわりになって入内させたこの女御は、帝よりかなり年上ですが、絵がお上手でした。もう一人は、藤壺の宮の兄兵部卿の宮（今は式部卿の宮ですが）の姫君が入内して、これは皇族ですから王女御とよばれていられます。さあ、この三人のうち、だれが中宮になられるのでしょうか。

弘徽殿の女御方は、〈お妃は、もともと藤原家からお立ちになるはずですし、何より一番早く入内されたのだから〉と言い、王女御方は、〈帝の母方のお従妹だから、こちらのほうこそ〉と主張します。梅壺の女御は、源氏の強い後押しと、帝の亡くなられた母君藤壺の宮のご推薦がありました。結局、源氏の政治力で梅壺の女御が中宮にお立ちになりました。

中宮宣下がおりると、梅壺の女御はいったん里へ帰られ、あらためて美々しい行列を仕立てて入内なさいました。
源氏は太政大臣になり、大納言は内大臣になりました。源氏は、政治の全てを内大臣に譲ります。太政大臣が中宮の父であると、政治も権力も集中してしまうので、政治は内大臣に、後宮の発言力は自分に、と源氏はうまく分けたのです。政治家としてなかなか目配りが行き届いていますね。

　この内大臣は、頭の中将のころから源氏が理想とする政治家の素質を備えていて、名門の子弟なのに勉学に励み、教養も学識も深い人物です。難をいえば、少し気持がかどかどしく、自分の思うことは通してしまう剛直さがありますが、この人をおいてはこの国の政治ができない、首相を任せてもいいという器なのです。

　内大臣は子福者で、数人の妻に十数人の子供がいて、ほとんどが男の子でしたが、みな出来がよく、成人して役人になったりしています。女の子は二人しかいません。一人は弘徽殿の女御（北の方とのあいだにできた姫君）、もう一人は雲井雁とよばれる十四歳の姫君です。この姫の母君も皇族出身なので、姉の弘徽殿の女御と身分は同じです。けれどそのかたは内大臣と別れて按察使の大納言と再婚し、内大臣は実の娘を継父に渡したくないと、三条邸の母君大宮に預けていました。大宮は葵の上の忘れがたみの夕霧を育てながら、雲井雁を可愛がり、従姉弟同士の少年と少女は、仲よく一緒に育ちました。

夕霧と雲井雁

さて、その年の秋、時雨が降り、荻に吹く風もあわれをおぼえる美しい晩に、内大臣は久しぶりに三条邸を訪れました。王朝の貴族ですから牛車の前後を供びとが守り、先払いをします。母君の大宮も着物を着がえてお会いになりました。内大臣は、〈このところ宮中はのんびりしております。こんな夜は雲井雁も一緒に音楽でも奏しませんか〉。久しぶりに雲井雁に会いたかったのですね。

大宮は琵琶をお弾きになりました。内大臣が、〈女人が琵琶を弾く姿は、男っぽいけれどなかなかいいものですね〉と言うと、〈年をとって、押さえる手が弱くなってしまって〉と大宮は言われますが、綺麗な音色でした。

〈琵琶という楽器は伝える人が少ないのですが、源氏の大臣が大堰に囲っておられる明石の君というかたが、お上手だそうですね〉と内大臣が噂します。〈音楽とは、他の楽器と一緒に演奏し、音合せをし、技を磨いてこそ上達するのに、あのひとは独りさびしくお住みになりながらお上手、というのが不思議ですね。才能でしょうか〉。

大宮は、お年を召していて三条の邸からお出になりませんが、世間の噂はお耳にはいるようです。〈わたくしが聞いたところでは、とても賢いかただそうね。姫君をあげられたけれど、ご自分が育てたのでは日陰者になるからと、紫の上に預けられたそうね。なんと行き届いたかたでしょう〉。

話は内大臣の娘、弘徽殿の女御に及びます。〈中宮に、と思っておりましたのに競争に敗れました。世の中うまくいかないものです〉。内大臣はほかにはこぼせない愚痴を母親にはこぼします。

〈そうね、亡きお父さまも、この藤原の家から后が立たぬはずはない、とおっしゃった。お父さまが生きていらしたら、こんなこともなかったでしょうに〉と、大宮は源氏が梅壺の女御の後押しをしたことだけはご不満でした。

そのとき、〈弾いてご覧〉と言われて雲井雁は琴を弾きますが、その姿は父が見てもほれぼれするほど。十四歳といっても小柄で、琴を押さえる手は造り物のように美しく、髪は長くつやつやと流れ、愛らしく上品な少女です。内大臣は満足げに眺めています。

〈弘徽殿が中宮になれなかったので、せめてこの子を次の皇太子妃に〉と、政治家内大臣には、そういう思惑もありました。娘の弾く琴に合せて、内大臣は自分で調子をとりながら漢詩を口ずさんだりします。まあ、大宮はどんなにご満足だったでしょう。楽しそうにくつろぐ息子を見るのも嬉しいし、横で琴を弾く孫娘も可愛い。そんな水入らずのまどいを、大宮は喜んでおられました。

そこへ、宴の興を盛り上げるように、夕霧がやってきました。〈さ、こちらへ〉と、大宮は大喜びです。源氏は内大臣の子供たちにやさしいのですが、内大臣も源氏の息子の夕霧には親切です。血筋からいっても実妹の子、甥なんですね。〈まあ、坐りたまえ。きみはずいぶんきびしく勉強させられているんだって？　だが、たまにはこういう気晴らしもどうかね。笛を吹いてご覧。笛にも聖賢の教えがこめられているんだよ〉。夕霧は、素直に笛を吹き、内大臣は合せて歌いますが、そっと目くばせして、雲井雁を下がらせてしまいます。内大臣は、十歳を過ぎた男と女は離れさせたほうがいいと思っているのです。

女房たちは、夕霧と雲井雁が仲がいいのを知っていて、〈あんなことなさったら、よけいお二人の気持が募るんじゃないかしら〉などと言い合っています。雲井雁は年上ですが、無邪気で心くばりがありません。夕霧は少しませていて、恋文めいた手紙を渡したりしていましたが、雲井雁がそれをあちこちに散らかしているので、何となく女房たちの目にはいっていたのです。

将来上手になりそうな字で書かれた可愛い手紙を女房たちはほほ笑みながら見ていました。まさかこれが大事件になるとは思わず、〈二つ三つのころから仲よくしていらしたんだもの。十歳になったからと、急にあからさまに分けるのも、何かへんよね〉と、大らかに二人を見守っていたのです。でも、そんないきさつを内大臣は知りませんし、想像もつかないことでした。

内大臣は、帰ると見せかけて、愛人の部屋へ忍んでゆきます。王朝の貴族はたいていい、自分が行く先々の邸に、愛人を一人二人こしらえていました。内大臣も、母の大宮に仕える女房を、愛人にしていたのです。そこへ行こうと暗い廊下を渡るとき、女房たちの噂話が耳にはいりました。

〈子を知ること親に如かずっていうけど、それは嘘ね〉〈ほんとに。あんな賢い内大臣さまでも、おわかりにならないのね。皇太子妃に、と思っていらっしゃるようだけど、姫君はもう夕霧さまとお約束なさって〉〈え、本当？　まさかそこまでは〉〈だって、あんなに仲がいいのはご存じでしょう〉などと話しています。

〈まさか……〉。内大臣は、頭の中がまっ白になりました。そして腹が立って、そのまま帰ってしまいます。

内大臣の車が先を追う声がしたので、女房たちは驚いて、〈あら、とうにお帰りになったと思っていたのに、どこにいられたのかしら〉〈そういえば、廊下で私たちがしゃべっていたときに、いい匂いがしたわ。若君のお通りかと思ったけど、あれは内大臣さまだったのよ〉〈じゃ、私たちの噂話をお聞きになったのかしら。どうしましょう〉と言っても後のまつりです。

内大臣は帰る道々、はらわたが煮えくりかえる思いです。〈何ということ、あんな幼い者たちがそんなことになっているとは。母上の監督不行き届きだ〉。

二人の別れ

中一日おいて、内大臣は再び三条邸を訪れました。たびたびのご訪問を大宮は嬉しがられますが、内大臣は不機嫌きわまるお顔。〈今日はお耳に痛いことを申し上げに参りました。私は母上を信用して娘をお預けしたのです。それが何ですか、年端もいかぬうちから、夕霧と仲よくしているというではありませんか。けしからんことです〉。けわしい気配に大宮はびっくりして、お顔の色が変り、お目を大きくみはられます。大宮は、帝の姫みことしてお生まれになり、そのまま左大臣にお嫁入りなさって大切に扱われました。そして息子と娘ができて、波風の立たない幸せな半生でした。娘にも夫にも先立たれましたが、孫たちを手もとにおいて慈しみ、荒い言葉を聞くこともなく、平和にお過ごしのおばあさまですから、息子にそんなふうに荒らかに咎められてびっくりされたのです。

〈まあ、何ということを。そんなことがあったらすぐ気がつきますよ。誰がそんなことをお耳に入れましたか。根も葉もないことだったら、姫に傷がつきますよ〉〈根も葉もないことではありませんよ。みんなが噂しています。みんなが私を見て嗤っているんです〉。

内大臣はちょっと被虐妄想の気味があり、ひどく体面を大切にするかたでしたから、むくつけく言います。〈まあ、あなたはいちがいにそうおっしゃるけれど、あの子はあなたの気がつかないところまで、わたくしが丹精して育てましたのよ。わたくしに隠れてそんなことするなんて、絶対にありませんよ〉と大宮は言われますが、内大臣は〈私には私の考えがあります〉と席を蹴って立ち、そのまま雲井雁のところへ行きました。

雲井雁は、（お邸の雰囲気が二、三日前からおかしいし、みんなの視線がへんだわ。夕霧の手紙も取り次いでもらえないし）としょんぼりしていました。父の内大臣に、〈なんで人の口の端にのぼるようなことをするんだね〉と咎められても、悪いことをしたとは思っていないので、キョトンとお父さまを見上げ、あどけない顔でしょんぼりしています。

内大臣は怒りのやり場がなく乳母たちを責めたてました。〈だいたい、あなたたちが気をつけないからだ〉。

乳母たちも自分に責任がふりかかってくるので弁解します。〈お二人は、小さいときからご一緒に、ままごとや鬼ごっこをなさってお育ちになったのです。急に顔も合さないということはできませんし、大宮さまもお二人を取りなされるので、つい……〉〈もちろん私どもも、お姫さまが夕霧さまより上の身分のかたへお嫁に行かれるように、祈っておりますのよ〉。

大宮は、内大臣が席を蹴立てて出ていったあと、（まあ、あの子たちはいつのまにそんな世心がついたのか。これが思春期というものかしら）とほほ笑ましくお思いになります。（従姉弟同士だけれど、雲井雁に夕霧ほどの相手があるだろうか。ちゃんと勉強もして真面目だし、性質も素直な、あんなに素敵な婿があるかしら。位は低いけれど、それも今だけのこと。源氏の君がしっかりしていらっしゃるからそのうちには立身するだろうし……）。

そこへ、こんなに騒がれているとも知らない夕霧が〈おばあさま、こんにちは〉とやってきました。夕霧がしばしば来るのは、雲井雁に会いたいからです。でも雲井雁はいなくて、いつもなら夕霧を笑顔で迎えるおばあさまが、珍しく真面目なお顔で、〈こちらへ〉と言われます。〈お気をつけてね。世間の噂になるようなことをしてはいけませんよ。内大臣が機嫌を悪くしていらっしゃるのよ〉。

少年は何のことかすぐわかって、さっと赤くなります。悪いことをしたとは思っていませんが、内大臣が怒ったとすれば、そのことにちがいありません。〈ぼくはずっと二条邸の学問所に詰めているので、伯父上のご機嫌を損じるようなことはしたことがないと思いますが〉と、夕霧は真っ赤になって答えました。純情な少年の顔をご覧になると、大宮はいじらしく思われ、〈もういいわ。ともかくこれからはお気をつけてね〉と、話をそらされました。

夕霧は、そっと雲井雁の部屋へ行きました。いつもなら呼ぶとすぐ出てくるし、襖（ふすま）を開ければ部屋にはいることができるのに、今日は鍵（かぎ）がかけてあります。

一方、雲井雁もみんなに責めたてられますが、〈そんな悪いことしてないわ。でも夕霧は好きよ。乳母は、夕霧のようなただびと〈臣下〉のお嫁さんにはさせたくないと言うけど、ただびとで何が悪いの〉。折から、雁が大屋根の上を鳴いて過ぎ、〈あの雲井雁も、ひとりで悩んでいるのかしら〉と思わず独りごとを言いました。

ここからこの少女に「雲井雁」という名前がつけられます。

その声を襖の外でほのかに聞いた夕霧は、〈ここを開けて。小侍従（こじじゅう）はいないの〉とささやきました。小侍従とは雲井雁の乳母子（めのとご）です。小侍従が、夕霧の手紙の取り次ぎなどをしていたのでしょう。雲井雁は、独りごとを聞かれたと知りますが、横に乳母が寝ていて、身じろぎもはばかられ、返事ができません。幼い恋人たちは、音もたてられませんでした。夕霧は大宮のおそばへ戻って、もじもじと物思いにふけるだけです。

内大臣はあれこれ考えるほどに腹が立ってきます。〈皇太子妃に、と思っていたのに、夕霧との噂が立ってはどうしようもない。みなの口をふさげば、しばらくは済むかもしれないが……。娘を引き取ろう〉と考えつきます。〈今、弘徽殿の女御が中宮争いに敗れてしょんぼりしている。だが帝がお離しにならないので、仕える女房たちも気骨が折れると言っているから、休暇を願い出て邸へ引き取ろう。そして女御のお話し相手に、ということで雲井雁も引き取ろう〉。

ですが、正妻の北の方には言えません。北の方は雲井雁の実母ではないのです。ただ〈弘徽殿の女御に里下がりをさせて、そのお話し相手に、大宮にお預けしてあった子を引き取ろうと思う。いっしょに管絃の遊びなどすれば、女御のお心が晴れるかも知れないからね〉。そんなことを北の方に言いました。

思い立つと矢も楯もたまらない人ですから、さっそく三条邸に出かけて、〈こうこうで、弘徽殿の女御のお話し相手に、あの子を引き取ろうと思います〉と言います。

大宮はがっかりして、〈あの子が老いの慰めになってくれたのに。いろいろ教えていいお嫁さんに、と楽しみにしていたのです。あなたの邸に連れていっても、それがあの子の幸せになるかわからないじゃありませんか。あなたは老いの楽しみまで奪ってしまうのね〉と泣かれますが、そんなことで翻意するような内大臣ではありません。〈お気持を損なって申しわけありませんが、これから参内しますので、帰りにまたお寄りします〉とあわただしく出て行きました。

大宮は雲井雁をお呼びになります。〈お父さまは怒っておいでだけれど、おばあちゃまはあなたが大好きで、朝晩お顔を見るのをどれだけ楽しみにしていたか。あなたが行ってしまうと思うと……〉とお泣きになって、雲井雁の美しい髪を撫でられます。

雲井雁もつられて泣いてしまいました。

そこへ来たのが、夕霧の乳母です。〈たとえお父さまがほかのおかたを婿君にとおっしゃっても、絶対に反対なさいませよ〉などとたきつけるので、大宮は〈そんなむつかしいことは言わないほうがいい。運命とは、人の心のままにはならないものだから〉と言われます。とてもいい言葉ですね。大宮も、雲井雁にとって夕霧ほどいい結婚相手はいないと思っておられるのですが、人の運命、時世(ときよ)の流れ、人の心の移り変りは予測できません。世間知らずではあるけれど、長く生きてこられた大宮は、世の中の大もとをつかんでおられます。

それを、物陰から見ているのは夕霧です。〈雲井雁が行ってしまう、もう会えない〉。涙にくれる夕霧を見て、乳母はたまらなくなり、大宮にお取りなしして、二人をこっそりお会わせします。

〈父君のお邸へ引き取られるんだって。でもぼくのこと忘れないと約束してくれる？〉。少年が聞くと、少女も〈もちろんよ〉と答えます。かわいい指切りが交わされたでしょうか、あるいは手を握り合ったでしょうか。稚(おさな)い初恋でしたが、どちらも純情で一途(いちず)な恋でした。

そのとき、先を追う声が聞こえます。〈内大臣さまがお越しになられます〉。

雲井雁は、震えました。〈内大臣なんてかまうもんか〉と少年は思い、少女の体を抱きしめます。そこへ雲井雁の乳母がやって来ました。〈まあ、何てこと。お姫さまのお相手が六位の下っぱだなんて縁起でもない〉と大きな声で言うのが、夕霧の耳にはいりました。もともと六位を与えられてプライドが傷つけられているのに、それをあからさまに言われてはたまりません。〈こんなこと言われてもきみを思う気持は変えられないのに〉と夕霧が言うと、雲井雁も、〈誰が何と言おうと、あなたは素敵よ〉。

そこに内大臣の声がしたので、二人は別れなければなりませんでした。

夕霧と花散里(はなちるさと)

夕霧は行くあてもなく、いつもなら大宮のおそばで眠るところですが、(きっと大宮は背中を撫でたり、肩を抱いたりなさるだろう)。夕霧は少年ながらに男ですから、(いたわられるなんていやだ。ぼくが招いたことは、ぼく一人で耐えなければ)。早朝に、夕霧は二条邸の学問所へ戻ります。夕霧の行くところは、殺風景な学問所しかないのです。母の愛を知らない少年は、はじめてめぐり合った恋に破れてひとり耐えています。

外は霜氷に閉じられた寒い寂しい冬景色、少年は学問所に籠(こも)って一心に勉強に励むほかありませんでした。

年末にはお正月を控えて大宮は夕霧の着物をたくさん新調されましたが、見ると、みんな六位の浅葱色です。

〈正月の参内をする気もないのに、どうしてこんなにたくさんお作りになるのです〉

〈なぜそんな年寄りのようなことを言うの。男はどんなときでも、気位を高く持たなければ。お気持を直して世の中に立ちまじりなさい。いつまでも六位ではありませんよ。お父さまだってお考えがあってのことなのだから〉と大宮は取りなされます。

〈はい〉と少年は目を伏せています。〈でもお父さまは、本当にぼくを愛して下さっているのでしょうか。お父さまとは世間の親子のように睦んだことがない。ぼくを近づけても下さらない。邸では、紫の上がおられるあたりには近寄れないし、御殿に仕える女のひとに顔見知りもいない。ただ花散里の上だけは、優しくして下さいます〉。

源氏は少し前に、花散里を夕霧に引き合せました。〈三条の大宮もお長くはないと思われるから、いずれあなたに母親がわりになってほしい〉と言って、少年を引き合せたのです。源氏は源氏で、夕霧のあれこれを考えているのです。そういうときに白羽の矢を立てられるのは、花散里なんですね。バランス感覚のあるひとです。これなら息子を預けても大丈夫、と考えられたのです。もちろん花散里もお引き受けし、夕霧は、花散里を〈お母さま〉と呼ぶことになりました。

花散里をかいま見た夕霧は、あまり美人じゃないなと少年ながらに思いました。夕霧のまわりには美しいひとばかりいて、おばあちゃまの大宮も、お年は召しても美しいかたでしたから、女性とはみんな美人だと思っていたのです。花散里は、若いころはともかく、今は痩せて髪も貧弱になり、美人とは言えないお顔だちです。

けれど夕霧は、（お父さまはこのかたと親しんでおられる。女のひとの値打ちは顔形だけじゃないんだ）と考える聡明で感性豊かな少年です。とはいうものの、（もし妻にして、毎日お顔を見るというのも切ないな）と思ったりもします。でも、曇りのない花散里の人柄は少年の心に響き、花散里もまた夕霧の純情がよくわかって、二人はとても仲のいい義理の親子になります。

夕霧はおばあさまの大宮に訴えました。〈花散里の上だけです、ぼくに優しくして下さるのは。それにつけても、お母さまが生きていらしたら……〉。

孫の述懐を聞いて、大宮はどんなにお辛かったでしょう。〈本当にねえ。おじいちゃまが生きていらしたら、あなたにこんなことは言わせないでしょうに。母のない子は苦労するものなのよ。でもそんなことは、一人前になったらみんな消えてしまいますから、そのおつもりで立派なおとなになりなさいね〉と、お泣きになります。

翌年の二月二十日すぎ、朱雀院がご自分の邸に冷泉帝を迎えられ、大きな宴会を催されました。臣下たちが〈弥栄のきわみ、まことにおめでとう存じます〉と申し上げますと、帝は、〈みなの助けがあればこそです〉と答えられます。お若いのですが、おくゆかしいご様子です。

そのお帰りに帝は、近くの弘徽殿の大后（その昔源氏をいじめたかたです）の御殿にご機嫌伺いに寄られました。源氏もお供します。

〈もっとたびたび伺わなければいけないのですが、お元気ですか〉と帝がご挨拶なさると大后は、〈昔のことはみんな忘れてしまいましたが、帝もお元気で何よりと存じます〉。一行が賑々しく去るとき、大后は源氏の後ろ姿をご覧になり、（あの人の権勢には、負けたんだわ）とお思いになりました。弘徽殿の大后はお年を召してもやはりお気持がかどかどしくて、日ごろの思うようにならない不満を、息子の朱雀院にぶつけられるので、朱雀院はお困りのこともありました。

さて、雲井雁に会えなくて悲しむ夕霧に、新しい女性が現れます。

前の年、十一月のことです。新嘗祭の節会の行事に、五節の舞が奉納されました。その前の年は藤壺の宮のご諒闇で五節も中止になりましたが、この年ははなやかに執りおこなわれます。舞姫は、上級貴族の上達部や殿上人の家から出されますが、源氏は、惟光の娘を出すことにしました。

源氏のおそば去らずの惟光も、今は出世して摂津の守兼左京の大夫という重い役職についています。惟光が若い時分に結婚してできた娘が美人との評判でした。娘を舞姫にと命じられた惟光は、〈いやあ、うちの娘など……〉などと言うのですが、実は人目に立てたくないと思っている秘蔵っ子なのです。しかし〈大納言家もお出しになるんだよ〉と言われて承知しました。舞を習わせたり、衣裳を作ったりするのはたいへんですが、一代の栄えある名誉ですから、ふつうは喜んでお出しするのです。

新嘗祭の当日、惟光の娘が着飾って二条邸にやってきたとき、夕霧は勉強に倦んで、庭をそぞろ歩いていました。かわいそうに夕霧は、紫の上の御殿に寄ってはいけない、あそこもここもいけないと言われ、歩くところが決められていますし、女房たちに知り合いもないのですが、風采のいい少年貴公子ですから、女房たちは遠くから眺めて、まあお美しいことなどと思っています。

そこへ人びとが車をとりかこみ、中から五節の舞姫を助け下ろしました。少年が、そっと控えの部屋を覗くと、面ざしがどこか雲井雁に似ています。（この子より少し背は高いかな）と思いながら夕霧は、雲井雁に想いをつのらせますが、このころは手紙を交わすことさえ難しくなっていました。

（こんなふうに雲井雁に会えたらどんなにいいか）と少年はそっと近くへ寄り、几帳の端から衣裳の裾を軽く引きます。物慣れた女なら、（あ、男の挨拶だわ）とすぐわかりますが、世間知らずの少女は、何かしらと思うだけです。〈お話をしませんか。はじめて会うような気がしないんです〉と少年はささやきます。あら、どこからかお声が、と少女はびっくりしていますが、そこへ〈お化粧は崩れていませんか。お直ししましょう〉と誰かはいって来たので、少年はあわててその場を離れました。

源氏は、五節の舞を見ているうちに、その昔恋を語らった筑紫(つくし)の五節の君を思い出し、歌を送ります。

「をとめ子も神さびぬらし天(あま)つ袖(そで)　ふるき世の友よはひ経(へ)ぬれば」――〈天女のような少女よ、あなたも年をとったでしょうか。古い友も齢(とし)を重ねましたよ〉。この巻の「少女(おとめ)」の名がここに出ています。

夕霧は五節の舞姫の面影が忘れられなくなりました。惟光の娘だと知り、その弟が宮中へ仕えているのを知って少年を呼びます。

〈姉君は宮中にお仕えするという噂だけど、いつからかい〉〈今年中には、と申しております〉。宮中にはいったら、もう会えないと夕霧はあせって言います。〈手紙を渡してくれないか〉〈父がうるさくて、男の手紙は取りつぐなと言われております〉〈でも、そこを何とか〉と手紙を渡され、少年はこっそり姉に届けました。

〈まあ、綺麗なお筆跡ね〉と姉弟で手紙を見ているところに、父の惟光がやってきて、〈何だ、見せろ〉と奪われてしまいました。

〈こういう取りつぎをしてはいかん、と言ったじゃないか〉と少年は叱られますが、〈誰だ、これは〉〈夕霧の若君です〉〈夕霧さま？　それなら話は別だ〉と言うのですね。

惟光は、（宮仕えに出すよりは、ご執心なら夕霧さまにさし上げたほうがいいかも知れない。源氏の君も、一度関わりのできた女性は、決してお見捨てにならないし）と、頭が素早く働き、〈見なさい、この綺麗な字を。お若くてもこんなに風流がおありになるじゃないか。お前たちも見習いなさい〉（笑）。

そして妻に、〈こんな手紙を夕霧の若さまが下さったよ。あの子は夕霧さまの妻の一人にして頂くのがいい。私も明石の入道のようになるかもしれない〉。妻は現実的で（あらゆる妻はリアリストですが）、〈何を夢のようなこと言ってるんですか。宮仕えに出すまで、もう日がないんですよ〉と支度におおわらわでした。

この年から翌年にかけて、源氏は六条に大きな邸を建てます。この六条邸に四季折々あらゆる花が咲き競いますが、その花々に勝るとも劣らない女性たちが集められます。六条邸の栄華は、次の巻から幕を開けます。やがてこのお邸、六条邸は六条院とよばれるようになります。

忘れがたみの姫

「玉鬘（たまかずら）」

夕顔の忘れがたみ

「玉鬘の巻」は、古来とても面白い巻と言われています。たとえば王朝の時代に、声のいい女房が物語を読むのを姫君や女房たちが聞くとき、それまで居眠りしていたひとも、「玉鬘の巻」になるとぱっちり目を覚ましたかもしれません、そのくらい面白い波瀾万丈の巻です。

さて、今をときめく源氏の君ですが、いまだに忘れられないのは、死に別れた夕顔のこと。河原の院でのあの恐ろしい一夜、怪しの魔物に連れ去られるようにして命を落とした夕顔には三歳の娘がいました。頭の中将（いまは内大臣）とのあいだの子ですね。

子持の女性がラブロマンスの相手になるのは難しいのですが、夕顔は美しく可憐で男心をそそる魅力のある女性に描かれます。王朝のころは、子持かどうかや社会的地位などで女性の値打ちを判断するのではなく、女性の素のままの魅力を認める時代だったのかも知れません。その別れかたがあまりに唐突だったこともあって、源氏はいつまでも夕顔が忘れられないのです。（あの幼い姫はどうなっただろう。どこをさすらっているのか……〉。

夕顔に仕えていた女房の右近は、夕顔の亡くなったあとは源氏に仕えていますが、やはりちっちゃな姫君を忘れられません。探すすべもなく、気にかかりながらそのままになっています。姫君の消息は、とんと知れませんでした。

源氏は須磨へ下るとき、仕える女房たちをすべて紫の上に託しました。右近はつつましやかで控えめな性格なので、紫の上に可愛がられ信頼されますが、〈夕顔のお方さまが生きていらしたら、紫の上ほどではなくても、明石の上なみには可愛がって頂けたのに〉と悲しんでいました。

先にも触れましたが、姫君は乳母に連れられて遠い筑紫の国に行ったのですね。

夕顔が行方不明になってから、乳母の夫は大宰の少弐に任官して筑紫へ下ることになり、姫君をどうしようとみなで思案しました。

〈父君の頭の中将は今をときめくかただから、お知らせすればお引き取りになるだろうが、姫君が継母や義理の兄弟のあいだでお幸せになれるかしら。それより私たちの手でお育てしたら〉〈もし私たちがお育てしているのがわかったら、遠い筑紫などへおやりにならないでしょうね〉。

相談しながらも乳母は、夕顔と右近の行方を探し、神仏にも祈りますが、何の手がかりもつかめず、ときどき、怖い夢を見ました。夕顔の君がしょんぼり坐っていられて、横には怖い目つきの怪しの女がいます。目が覚めると乳母は、いつも気分が悪くなり、（ひょっとして、お方さまはお亡くなりになったのかもしれない）。そんなことを考えるうちにも、日が過ぎていきます。

ついに大宰の少弐は、姫君を筑紫へお連れしよう、と決心しました。少弐と乳母には息子が三人と娘が二人いますが、全員一緒です。筑紫までは船で一ヵ月かかりました。京から船で伏見へ出て淀川へはいり、淀川の支流神崎川から瀬戸内海に出るのです。どんな船だったんでしょうか、〈お姫さまを乗せるには粗末な船だわ〉とみなが悲しみました。姫君は四歳でしたが、何もわからず、〈お母ちゃまのところへ行くの〉と聞くので、乳母も娘たちも泣いてしまいます。〈門出に涙は不吉だよ〉と大宰の少弐に叱られましたが、女たちは海の景色の美しいところへ来ると、〈こういう景色をお方さまがご覧になったら、きっとお喜びになるわ〉などと言って涙にくれます。波は寄せては返しています。「いとどしく過ぎゆくかたの恋しきにうらやましくもかへる波かな」――『伊勢物語』以来王朝の人びとに愛された在原業平の歌です。〈波は都へ帰るのに、私たちはしばらく帰れないわね〉と女たちは言って涙を誘い合い、何につけても夕顔の君を思い出しています。

そうして筑紫へ着きました。日々ははかなく過ぎて五年の月日が経ち、少弐は都へ帰ることになりますが、その費用がまだそろいません。たいていの受領は、任地でお金を貯めたり威勢を振るったりしますが、少弐はスクエアな人だったのでしょうか。そうこうするうちに、少弐は病いに罹ってしまいました。病いの床で息子や娘たちに、〈姫さまを、都へお連れして……〉と頼みます。姫君は十歳、とても美しい少女になりました。〈こんな田舎に埋もれさせてはいけない。どうか都へ連れ帰って、父君に会えるようにしておくれ。父君は藤原の氏の長者、尊いお血筋なんだ〉と少弐は言い暮らしますが、病いは重くなり、〈姫さまのことだけを考えておくれ、私の法事などどうでもいい〉と言い残して、亡くなりました。

なかなか都へ帰る手立てがないまま、やがて息子も娘たちも、その地で適当な縁組をして結婚しました。しがらみができて、都はますます遠くなります。

そのあいだにも姫君はすこやかに生い立ち、娘ざかりになりました。乳母が心をくだいてお育てします。都から下ってきたという品のいい老女を先生に、琴や読み書きを習わせ、『古今集』や『伊勢物語』を読ませたりしています。

いつとなく〈少弐の孫は美人だそうだ〉という評判が立ち、おおぜいの求婚者がやってきます。そのたびに乳母は、〈何か前世の因縁でしょうか、本人は尼になりたいと申しておりますので〉と断っていました。

大夫(たいふ)の監(げん)のプロポーズ

姫君は二十歳になりました。王朝の時代、二十歳は行き遅れという年ごろです。姫君は自分の身の上のあれこれを考えて、物思うひとになっていました。内省力も認識力もある賢いひとです。（お母さまの顔は覚えていないし、お父さまにも会ったことがない。どういう運命でここへ漂ってきたのだろう、前世で罪を重ねたのかもしれない）と思い、後生のために年に三回も長(なが)精進をする。真面目な姫君です。

ところがここにたいへんな出来ごとが生じました。肥後(ひご)の国の有力者で、その名も乳母たちの住む肥前(ひぜん)まで響く大夫の監という男が現れて、姫君に求婚したのです。

この男は肥後の豪族で財力も武力もあり、好色心も旺盛(おうせい)で、美女の噂を聞くとすぐさま出かけ、お金を積んで自分のものにしてしまいます。美女のコレクションをしていたんですね。その男が、姫君の噂を聞いて恋文を送ってきたのです。筆跡(て)はよく、歌もまあまあで、舶来の紙に書かれていました。九州は中国貿易の窓口ですから、こういう紙も手にはいったんですね。

監は、乳母の息子たちを抱きこみます。〈どうだい。俺の思う通りにいったら、きみたちの力になるよ〉ともちかけ、次男と三男は監の味方についてしまいました。〈土地の有力者があんなに熱心に求婚しているんだから、結婚させたほうが姫のためじゃないかしら〉と次男が言うと三男も、〈監のご機嫌をとり損ねたら、たいへんなことになる。何しろ力はあるし、乱暴者だからね〉と言います。

　そのときの二人の言葉が面白いのですが、「さるべきにてこそは、かかる世界にもおはしましけめ」――現代人の私たちの感覚でいうと、〈姫がこんな所へ流れてこられたのも、まあ前世の因縁だからしようがない〉という意味でしょうか。次男三男はそんなことを言って説得しようとします。

　ついに大夫の監がやってきました。三十歳ぐらいの大男で血色がよく、見るからに元気な暴れ者という感じです。風采(ふうさい)は悪くはないのですが、しゃべるとひどいガラガラ声で、ものすごい訛(なま)りです。自分では名士だと思っているので、大夫の監はそれなりにきちんと乳母に挨拶(あいさつ)しました。

〈亡くなった少弐殿はご立派なかたでしたね。親しくお付き合いを願いたいと思っているうちに亡くなられた。そのかわりと申してはなんですが、孫娘を嫁に頂きたい。大事にしますよ。おばあちゃんが渋っておられると聞いたが、それは私が今までつまらん女を相手にしとったから、そう思っていられるんでしょう。そんな連中と姫君とを一緒にはしません。頭の上に捧(ささ)げて大事にします。帝(みかど)の妃(きさき)より大事にしますよ〉と口も達者で、ぺらぺらとしゃべります。

乳母と二人の娘は、この男を見ただけで怖いんです。乳母は震えながら答えます。〈どなたにも申し上げているんですが、あの子は人なみでないところがございますので、尼にでも、と思っております〉〈なあに、たとえ目がつぶれ、足や手が折れていても大丈夫ですよ。私が神仏に祈って治してみせます。肥後の国の神も仏も、私のいいなりですよ〉と監の自信たっぷりなこと。

乳母が、〈ええ、でも……〉などと言ううちに、〈どうです？ 今月の何日にお迎えに来ましょうか〉〈いえ、ちょっと〉と乳母は汗みどろで〈三月は結婚にはよくないと申しますから、もう少したちましてから〉〈では来月はどうですか。四月の二十日にしましょう。二十日にお迎えに来ます〉。

たいへんなことになってしまいました。

大夫の監は帰るときになって、〈都の人はこういう折には、風流な歌を詠むと聞いているが〉と思案します。

「君にもし心たがはば松浦（まつら）なる　鏡の神をかけて誓はむ」――〈もし私が心変りなどすれば、肥前松浦の鏡の明神の罰を受けてもいい、という心です。ようできたでしょうが〉。

乳母（めのと）はあわてて娘たちに言います。〈早く歌を返してっ〉。娘たちは監が怖くて歌どころではありません。仕方なく乳母が、震えながら一首返します。

「年を経て祈る心のたがひなば　鏡の神をつらしとや見む」――〈長いことお姫さまの開運をお祈りしてきましたのに、ここで運命が違(たが)っては、鏡の神をお恨みすることになりますわ〉。

さすがの監もへんだと思ったのでしょう。〈ん？　これはどういう意味なんだ〉と戻ってきたので、みんな真っ青になりますが、長女が心を奮いたたせて、〈姫は人なみでないお体ですから、それをご覧になってもし心変りなさっては、という意味。母は耄碌(もうろく)しているので、こんなふうに詠んだのです。お許し下さい〉と言いわけしました。〈そうか。なるほど都のひとの詠みぶりは雅(みや)びやかですな。私を田舎者だと馬鹿にしちゃいけない。これでも歌くらい詠めるんだ〉と、もう一首考えますが、どうしてもまとまらないので、頭を振りながら帰ってゆきました。

まえに『新源氏物語』で私がこう書きましたら、挿絵を描いていらした岡田嘉夫(よしお)画伯が、〈あそこは面白かったね〉とおっしゃるんです。〈二首目を詠もうとしたけれど詠めなくて頭を振りながら出ていったというのは、田辺さんの創作でしょう〉〈あら違いますよ〉（笑）。

これは原典にちゃんとあるのです。

紫式部は、いかにも田舎者といった監をユーモラスに描写していますが、とはいうものの都びとの優越感がほのかに匂うくだりです。

監はやっと帰りましたが、みな困り果てています。次男三男は相変らず監の味方で、反対するのは長男の豊後の介ひとりです。

父上のご遺言もあるじゃないか。姫をこんなところへお沈めして、どうしてわれわれがのうのうと生きられるだろう、ここは逃げるしかないということになりました。豊後の介は妻子を置いてゆきます。〈妻の一族が妻子を守ってくれるだろう。都へ上ってから呼び寄せることもできるし〉。

妹娘は結婚していますが子供がいません。〈今お別れしたら、二度とお会いできないかもしれない。私も夫と別れてお姫さまをお守りするわ〉。でも姉娘には子供がたくさんいて、この地を離れられません。涙ながらに別れを告げます。乳母も妹娘もこの地に未練はないけれど、松浦の鏡の神と姉娘に別れるのをとても悲しく思いました。

ある夜、十数人の人影が、闇にまぎれて船に乗ります。「早船」といって、たくさんの人が漕ぐ船を誂えたのです。今にも大夫の監が追って来るのではないかと、胸がとどろきます。船は順風に追われて速く走り、難所もことなく過ぎますが、瀬戸内海の恐怖は海賊です。〈小さな舟がすごい勢いでやってくる。海賊船じゃないか〉と震え上がったりしますが、何とかつつがなく摂津の国の河尻へ着きました。

〈河尻の泊が見えてきたぞ〉。この川を渡れば都ですから、水夫たちの船を漕ぐ手に力がはいり、舟唄をうたいだしました。〈河尻の泊が見えてきたぞ、ヨーイヨイ。ここまで来れば国のいとしい妻子も忘れてしまう。もう都だよ、ヨーイヨイ〉などとうたう声を聞く豊後の介は、感慨無量です。九州に置いてきた妻子を、大夫の監が追い回しているのではないかと心配ですが、〈もう、ここまで来てしまったんだ、あとへは引けない〉。

上京中の出会い

十数年ぶりの都はすっかり変っていました。昔の知り合いが九条にいたのをやっと探し出し、そこに仮住まいします。船の行程がひと月として、都へはいったのは五月の中ごろでしょうか。あっというまに秋になりました。

持ってきたお金はどんどん底をついてきます。選りすぐって連れてきた家来たちも、縁故をたよって逃げ出したり、あるいは九州へ帰ってしまう者もいました。乳母は長男に、〈本当にすまないことをしたね〉と言います。〈お前も九州にいれば羽ぶりよく暮らせたのに、たいへんな目にあわせてしまって〉。

〈とんでもない。私たちがたとえいい暮らしをしても、姫を大夫の監などと結婚させることができましたでしょうか。この上は神にお願いしましょう〉と豊後の介は、姫君を近くの石清水八幡宮へお参りさせます。筑紫で拝んだ筥崎や松浦の鏡の神と同じ神さまでした。

次に、大和の初瀬にある観音さまへお参りします。初瀬の十一面観音は霊験あらたかで、難儀な目にあってお参りするほど効き目があるというので、足弱の女人たちも徒歩で詣でるのでした。

姫君は、たいへんな思いをして歩き、三日も四日もかかってやっと初瀬の手前の椿市にたどり着きました。疲れきった姫君は、（何の因縁でこんな苦労を。お母さま、まだ生きていらっしゃるなら、どうぞ会って下さいませ。もし亡くなられたのなら、どうぞわたくしをお守り下さいませ）と念じながら、一足一足とぼとぼ歩を進めましたが、椿市へ着くともう一歩も動けなくなりました。

そこでお灯明とか、お坊さんに願文を書いてもらう用意をするうちに日が暮れてしまったので、一行はある僧坊に泊まることにしました。部屋の外で、あるじのお坊さんが使用人を叱る声が聞こえます。

〈なぜあの一行を泊めたんだ。あの部屋を予約してあるかたがもうお着きになるのに〉。聞くのは辛いのですが、今からよそへも行けないので小さくなっているうちに、その一行がやってきました。

従者たちは別の部屋へやり、女たちだけがこの部屋の隅にそっと寄って、あいだに軟障（ぜじょう）というカーテンのような布を引きました。案内されてはいってきた一行は、身分が高いようで、従者たちの身なりも綺麗（きれい）です。女あるじらしきひともつつましやかに静かに控えていて、どちらも遠慮深い客同士でした。

その相客とは、誰あろう、あの右近だったのです。右近は、源氏の君にお仕えして十数年、〈私も身寄りがないし、この先どうなるのか。それに行方の知れない幼い姫君がどうなさっているか、ご消息がわかれば〉というので、初瀬の観音参りを欠かしませんでした。たまたま、何も知らずにこの部屋に泊まったのです。なんという偶然でしょう。

部屋の外から男が、〈これを姫さまに。お膳（ぜん）も揃わなくてまことに失礼ですが〉と丁重に言う声が聞こえます。〈姫さま？　どんなかただろう〉と、右近は隙間から覗（のぞ）いてみると、なんだか見たことのある男で、日に焼けて黒く、太っています。その同じ男の声で、〈三条や、姫さまがお呼びになっているよ〉。

〈はいはい〉と言ってそこへやってきた三条の顔を見て、右近はまた、あっと思いました。〈五条の家で、夕顔さまにお仕えしていた下女の三条だわ。するとこの人たちが「姫さま」と呼んでいるのはもしや……〉。

右近は下女に近づき、〈三条さんとおっしゃるかたを、お呼び下さいな〉と頼みます。ところが三条はなかなか来ません。また覗いてみると、姫君がおさがりの食べ物を下さったらしく、食べるのに夢中です。右近がいらいらしていると、やおら三条はやってきて、不審そうに言いました。〈私は筑紫の国で二十年近く過ごしまして、もう京には知る人もございません。お呼びになったのは、お人違いと思いますが〉。三条も色が黒くなり、太っていました。

それを見た右近も、自分が年取ったのが思われて恥ずかしいのですが、〈私の顔に見覚えがない？〉とカーテンのうしろから顔を出します。三条はびっくりして、〈まあ、右近さんじゃありませんか。夕顔のお方さまもいらっしゃいますか〉と大騒ぎになりました。乳母（めのと）も呼ばれてやってきて、隔てのカーテンは取り払われ互いに抱き合って、〈どうなさったの、あれから〉と言い合います。

乳母は何よりまず、〈お方さまは〉と聞き、右近は隠せず、〈実はね、お方さまは、早くに亡くなられたのですよ〉と答えました。聞くなり、乳母たちはわっと泣き出します。

〈そして姫さまは〉と、今度は右近がたずねました。姫君は近くにおられるようですが、顔をそむけているのではっきりわかりませんけれど、髪の下がり方、肩のあたり、美しげなたたずまいです。〈まあ、よくここまで大きくなられて……〉。

互いにこれからというところで〈さあ、お参りを〉と供の者がせきたてました。一晩、初瀬の寺にお籠りするのです。〈ご一緒に〉と右近が誘いましたが、従者たちがどう思うかわからないし、まだ豊後の介に打ち明けていないこともあって、〈向こうでご一緒に〉ということになり、旅慣れた右近が先に発ちました。

右近は何度も来ていて顔が利くので、み仏に近い部屋をもらいます。遅く着いた姫君の一行は遠くなので、〈こちらに〉と右近は呼び寄せました。そこではじめて、豊後の介に事情を話すことができました。

右近は姫君たちに、〈私はとるにたらぬ者ですが、太政大臣にお仕えしているので、道中はつつがなく、悪さをする人もいないし、この部屋でも安心して過ごせますわ〉と言います。〈田舎から上ってきた人とみると、悪さをたくらむ者もいますから、気をゆるめてはいけませんよ〉。

右近は一晩だけで帰るつもりでしたが、姫君の一行が三日間お籠りするというので付き合うことにします。夜が明けると、右近は知り合いの僧坊へみんなを案内しました。

はじめて明るいところで見る姫君は、本当に美しいご様子です。そこで乳母は来し方を話し、右近もこれまでのことをすっかり話します。

〈あのとき、私は若くもあり、動転していました。源氏の君が「名を出すな」とおっしゃったので、おおっぴらにあなたたちをお探しすることもできず、そのままになって……。ご主人が大宰の少弐に任官されると人づてに聞き、赴任のご挨拶に源氏の君のお邸へいらしたときに、ちらと拝見しました。でも、言い出す機会がないままになってしまいましたが、姫君が筑紫でお育ちになったとは……〉と右近は乳母に言います。〈田舎育ちゆえ、ごつごつして風趣に欠けたかたかと思ったけど、あなたの丹精のおかげで、姫君はおっとりしておられて、夕顔さまよりお美しい〉。

　そして、こんなことも言います。〈源氏の君が、「私が今までの人生で、真の美人と思ったひとは二人いる。一人は藤壺の宮。それと親の口から言うのもなんだが、今育てている明石のちい姫も美人になりそうなんだ」とおっしゃいます。でも本当は、紫の上が一番の美人だとおっしゃりたいのではないでしょうか。ご自分から言うのは照れくさいので、そんなことをおっしゃるんですよ。藤壺の宮はご身分が高くて、われわれごときは拝見できませんでしたし、ちい姫はまだこれからのかたです。一番お美しいのは紫の上でしょうね。でも今この姫さまを拝見すると、どちらとも言えないくらいですわ〉。

　乳母も喜んで、〈そうお思いになりますでしょう。筑紫の片田舎に沈めるなんて、とようようの思いでお連れしたんですよ。源氏の君とそんなにお近しいのでしたら、どうぞ姫の父君、内大臣さまにご連絡下さいませ〉と頼みます。

〈わかりました。あちらにはお子がたくさんいらっしゃるけれど、あとから名乗り出たかたも親切に取り立てていられます〉と右近は言い、乳母たちは、目の前が明るくなった気がしました。

　右近は姫君を見て、しみじみうれしく思い、歌を詠みます。平凡ですが、哀切な感じのあるとてもいい歌です。

「ふたもとの杉のたちどを尋ねずは　古川のべに君を見ましや」――古川とは初瀬川のことですね。初瀬観音には二本の大きな杉が立っているので有名ですが、〈この観音さまにお参りしなかったら、姫さまとお会いできなかったのですね〉。

　姫君も涙を押さえて、歌を返します。

「初瀬川はやくのことは知らねども　今日の逢ふ瀬に身さへ流れぬ」――〈昔のことはわかりませんが、今日の不思議なめぐり合いで、行く末に希望が持てました。嬉しくてその涙で身まで流れるような気がします〉。

　右近と乳母は、京の住所を教え合って別れます。右近は五条の家へ、乳母たちは九条の宿へ。近くなので、〈これからは連絡を取り合うのも便利ね〉と喜び合いました。

消息を知る源氏

　さて、右近は六条院へ戻ります。でもその夜は出仕せず、物思いにふけりながら自分の部屋で過ごしました。

あくる日、紫の上が、〈右近は帰っているんでしょう。どうしたの〉と言ってこられます。〈大勢がお休みを頂いたのに、私を特別に呼んでくださった〉と、右近は喜んで上がりました。

そこへ源氏がやって来て、さっそく右近をからかいます。〈長い休みだったね。どうしてたんだ。ははあ、わかった、初瀬の観音参りと言って、見目よいお坊さんをたぶらかしていたんじゃないか〉〈いやですわ。そんな冗談をおっしゃって〉。この辺の描写に、千年前の貴族のくつろいだ雰囲気が出ていて面白いですね。

右近は源氏の君に、あの姫君が見つかったとお知らせしたいのですが、紫の上の前でははばかられます。右近は、姫君の美しかったこと、お心持が優しくておっとりしていたことなど早くしゃべりたくて仕方ありません。

源氏は右近に足をもませます。〈こういうことを若いひとたちに頼むといやがってねえ〉〈あら、どうして私たちが、おみ足をもむのをいやがりましょう〉〈おそばに寄るといつもへんなことおっしゃるんですもの〉〈そうよ、ご冗談が過ぎるんですもの〉と若い女房たちはくすくす笑い合っています。

〈やはり、年寄りは年寄り同士だねえ〉なんて、源氏は右近をからかいます。〈しかし年寄り同士だからといって、あまり馴れ馴れしくすると、紫の上が目くじらを立てる〉〈あら、そんなことありませんわ〉と紫の上も返します。

　このくつろいだ雰囲気に、右近はちらっとだけでもお耳に入れようと思い、〈実は初瀬へお参りしたとき、あの姫君にお目にかかったのです〉〈あのって、誰だね〉〈お探しになっている、三つでお別れになったあの夕顔さまのちっちゃな姫ですよ。美しくご成人していらっしゃいました〉〈そんなに美しいのか。このひととくらべてどうだね〉と源氏は紫の上を指します。

〈いえ、そこまでは〉〈よし、この話はここでおやめ。あのひとが気にするからね〉と言うと、紫の上も面白いところのあるひとで、〈わたくしなら大丈夫よ。もう半分寝ていますもの〉なんて言います。

　源氏はあとでこっそり右近を呼んで、くわしい話を聞きます。

〈筑紫にいたのか。それでは消息も知れなかったはずだ。どうだ、母親の夕顔より綺(き)麗(れい)だったかね〉〈お見事でしたわ。お心持も、優しい中にも凜(りん)としたところがおありになって、素敵な姫君とお見受けしました〉。

　源氏は夕顔を思いだして、涙ぐんでいます。〈できたら私の娘として、手もとに引き取りたい。内大臣にはたくさんお子もいるし、いま名乗り出ても、それほど大切に扱って頂けないかもしれない。私は子供が少ないから、ひとまず手もとに預かって、内大臣には折を見て、ということに〉。

〈それがようございますわ〉と右近も賛成します。〈殿でしたらお気心も知れていますし、お優しく扱って下さるでしょう。それに、殿でなければ、内大臣さまにこのことを耳打ちして下さるかたもいらっしゃらない。さっそくあの人たちに、この喜ばしい知らせを伝えましょう〉。

源氏は右近に綺麗な衣裳を持たせて姫君や女房たちに届けます。そして、親が書いたような文面の手紙を姫君に送ります。というのは、姫君の教養や人柄、雰囲気などに不安があったのですね。引き取るとなると、あまり社会的レベルがかけ離れていても困ります。手紙の返事を見て、どの程度の人柄か知りたいと源氏は思ったのです。

源氏は親のような手紙に、〈ご存じないかもしれないが、私とあなたのあいだには深い縁があるのですよ〉と書き添えます。その手紙と美々しい着物をたずさえて、右近は姫君を訪れました。

乳母たちはとても喜びますが、姫君は物思わしげです。〈こんな立派な贈り物を頂くよりは、本当のお父さまのお手紙だったらどんなに嬉しいでしょう。なぜわたくしが、見も知らぬかたのお邸へ引き取られなければいけないの〉。

右近は、(こんなふうに意見をはっきりとおっしゃるなんて、頭のいい、しっかりしたかただわ。ご苦労なさったせいかしら)と好意をもちますが、乳母と一緒に説得につとめました。〈突然、内大臣さまのところへいらっしゃるよりは、源氏の君に引き取られて、りっぱな姫君としてあらためて親子の名乗りをあげられるほうが、丸くおさまるんじゃありませんか。源氏の君は可愛がって下さいますよ〉。

乳母も言います。〈親子の契り（ちぎ）は絶えるものではございませんよ。急に名乗り出るより、そうおっしゃって下さるかたに、引き取られたほうがいいんじゃございませんか〉。姫君も、我（が）を押し通すかたではないので、そういうことになりました。

さあ、それからがたいへんです。いざ移るといっても、いろいろ準備があります。つまり、六条院のような立派なところへ行くのに、みすぼらしい車では行けないのです。一同はひとまず、右近の五条の家へ引き取られます。姫君にふさわしい女房も探さなければなりません。貴族の体裁を整えるのは、やっかいなことですね。

〈市女（いちめ）に頼めばそういう人を探し出してくれる〉と原典にあります。つまり、物売りの人たちが口入れ屋も兼ねていたのです。あちこちへ物を売りに行くので、〈こういう家で、こういう年ごろの人を探しているけど、心当たりがあったら教えて〉と頼んでおくと、たちまち人が揃ったのでしょう。

玉鬘の君

女房たちを選び、衣裳を仕立てて、冬のはじめにやっと、姫君は六条院へ迎えられました。源氏は考えます。〈姫をどこに置こうか〉。

本当は、自分と紫の上がいる春の御殿がいいのですが、ここには女房たちがおおぜいいて、建物は満員です。秋好中宮（六条御息所の姫宮）のいる秋の御殿に住まわせると、女房として扱われてしまうから、姫にはふさわしくありません。花散里は夏の御殿にいます。〈そうだ、花散里には夕霧も預けてある。あそこに姫も預けて、母がわりになってもらおう〉。

源氏は花散里のところへ行き、〈こういうわけで、娘が出てきた。すまないが、親がわりになって面倒を見てくれないか〉と頼みます。

〈ええ、よろしゅうございますよ〉。花散里は鷹揚なひとですから、〈にぎやかになって、ようございますね。できるかぎり面倒を見させて頂きますわ〉と嬉しそうに言います。

その夜、源氏は姫君の部屋へ行きました。右近がいそいそとお世話をしています。姫君は源氏に贈られた美しい衣裳を着て、恥ずかしそうに坐っています。

〈恋人を訪れるような気分だな〉と源氏は冗談を言いながら、ゆったりと座を占めます。まあ、その源氏の美しいこと。筑紫の田舎で長く暮らした乳母や女房たちは、目を丸くして源氏を覗き見ます。邸が広大で素敵なのにも驚きましたが、名高い源氏の君を目の前にして、〈まあ、これはたいへんなこと！〉と三条も思ったでしょう。

　この三条は、初瀬の観音さまに大きな声でお祈りしていました。〈観音さま、どうぞ姫さまを大弐（だいに）の北の方にして下さいませ。それでなければ、大和（やまと）の国の受領（ずりょう）の北の方に〉。右近が聞いて、〈まあ、何てこと言うの。大弐の北の方だなんて、縁起でもない。内大臣さまの姫君じゃないの〉と言っても、〈あなたは大弐の北の方のご威勢を知らないからですよ〉と一心に拝んでいたのです。そういう田舎者の三条も、はじめて六条の贅（ぜい）をきわめた邸を見、また源氏の君を見て、（なるほど。こういうお邸へ引き取られなさった姫君のご運勢は、大弐の北の方どころじゃないんだわ）とわかったんですね。

　源氏が、〈もう少し明るくしておくれ。お顔も見えないじゃないか〉と言うと、右近がそっと灯（あか）りをかきたてて、姫君の近くへさし出します。姫君は恥ずかしがって顔をそむけます。目のあたり、そして額から髪の流れるさまが夕顔にそっくり、あるいはもっと美しいかもしれません。

〈長いこと会えなかった。親子でこんなに長いこと会わないのは、珍しいだろうね。何かしゃべっておくれ〉と、源氏はあくまでも、親としての体面をとりつくろっています。姫君はかすかに言います。〈長いこと筑紫の田舎をさすらっておりまして、今日のことも夢のようで、何とお答えしてよいか〉。声も、ものの言いぶりも品よく、愛らしいのです。

〈よかった。いい姫に成長してくれた〉と源氏は喜び、〈ここはあなたの家だから、そのおつもりで〉と言って、座を立ちます。

源氏は夕顔とのことを、紫の上に打ち明けました。

〈まあ、そんなかたがいらしたの。一人ずつ、あとからあとから出てくるのね〉と紫の上はすねています。〈聞かれもしないことを、どうして口にできるかね。だが、縁あって、その姫を引き取った。私の娘ではないけれど、そういう扱いにしてやりたい〉〈わかりました。あなたがそんなにお愛しになったかたの姫君なら、可愛いのは当たり前ね〉。

〈よかった……〉と思いながら源氏は、歌を詠みます。

「恋ひわたる身はそれなれど玉かづら　いかなる筋を尋ね来つらむ」

王朝の時代の「かづら」とは、抜け落ちた長い髪をためて、丁寧にそれを根もとでくくり、人と別れるときに形見として贈るなど、大切に扱われました。「かづら」に美称の「玉」をつけて「玉かづら」といいますが、とても美しいものです。〈恋しいひとの忘れがたみが、私のもとにやって来た。どんな因縁があって、ここに吹き寄せられたのか〉。ここからこの姫君は〈玉鬘の君〉と呼ばれるようになります。

源氏は、紫の上に、〈田舎育ちだが、いい娘に育った。夕顔が生きていたら、明石の上程度には愛したかもしれない〉と、つい口にしてしまいます。紫の上は、源氏の恋人の中で、明石の上に一番嫉妬していますから、たちまちキッとなります。〈あら、そう。でも、明石の上ほどにはお愛しにならなかったでしょうよ〉。

　紫の上の嫉妬は、血の熱さを感じさせて、なかなかいいですね。紫の上は「良妻賢母」というスタンプを押されていますが、『源氏物語』を仔細に読むと、かなり嫉妬するひとです。ところが紫の上はだんだん変ったのです。というのは、源氏と紫の上のそばにちょこんと坐って、二人の会話を懸命に見聞きしている、可愛いちい姫がいるからですね。話の内容はわからなくても、二人の顔をじっと見つめるちい姫を見ると紫の上は、（明石の上は、こんなに可愛い子をわたくしに托したんだわ）と思い、妬み心も薄まります。

美しい姫の中の源氏

〈それで、あの姫君をどうなさるの〉と紫の上が聞くと、〈うーん、そうだなあ、兵部卿の宮（源氏の弟宮）とか、風流気の多い貴公子たちが、美しい姫のいる邸を狙っている。うちにはこういう姫がいると自慢して、みんなが七転八倒するのを見て楽しむのも面白いじゃないか〉〈まあ、へんなことをお考えになるのね。そんな親ってあるかしら〉。紫の上はあきれています。

自分の横に若い美しい姫をおき、男たちが求愛にあせったりうわずったりする狂態を見て楽しむ。なんだか倒錯していますが、いかにも色好みの源氏です。

われわれ女流作家が男性を描くとき、こうもあろうか、ああもあろうか、と考えて書きますが、紫式部はそこを突き抜けて、男が書いたとしか思えないような描写をしますね。こういう源氏の気持は、われわれ女性にはなかなか考えられません。

〈あんなに美しい姫だから、誰が見たって恋の路に踏み迷ってしまうよ〉と、笑っているのです。〈実を言うと、あなたを手に入れたとき、本当はもっといろんな男たちに見せびらかして、じらしてやりたかった。でもあのころは私も若かったから、遮二無二わが妻にしてしまった〉。

〈まあいやだ〉と紫の上は赤くなります。『源氏物語』ってとてもエロチックですね。〈『源氏物語』は誨淫の書である〉と江戸時代に儒学者たちが排斥したのは、こういうところを見抜いていたからでしょうか。でも、なんて男ごころのあやを鮮やかに描いていることでしょう。

世間には姫君を源氏の娘として紹介したので、源氏は息子の夕霧にも、〈行方が知れなかった姫が見つかった。きみと姉弟になるのだから挨拶をするように〉と言いますが、本当のことは話しません。

夕霧は玉鬘の御殿へかけつけ、〈申しわけない。おっしゃって頂ければ、お手伝いしましたのに。これからもどうぞよろしく〉と几帳面に挨拶します。事情を知る人はかえって肩身のせまい思いでした。

やがて年の暮れになりました。源氏は新春のために、みんなに着物を贈ることを考えています。源氏のところには、あちこちから染料や着物地などが集まってくるので、それで作らせます。紫の上はセンスがよく、染色や裁縫が上手なので、源氏と一緒に、御殿の人びとに贈る着物を選びます。

紫の上には、梅の模様を織り出した葡萄染に、濃い紅を合せたもの。葡萄染というのはワインカラーですが、当時は友禅模様などは描けないので、織りが模様になります。紅梅を鮮やかに織り出したものです。

ちい姫には桜襲に真っ赤な紅をそえたもの。桜襲は、上が白で下が赤で、可愛い童女にふさわしい服装です。

花散里には海賦といって、薄藍色に、海に関する模様の波とか貝とか藻などを織り出したもの。それに紅の掻練です。少し地味かな、という感じですが、花散里にふさわしい色です。

末摘花には柳襲に唐草模様。これはあまりにもあでやかなので、末摘花にはふさわしくないかなと、源氏は一人でにやにやしています。

新しく来た玉鬘には山吹（やまぶき）に紅です。それを見て紫の上は、まだ会ってはいないけれど、玉鬘のはなやかな美貌（びぼう）を想像します。そういえば、玉鬘の実父の内大臣は派手好きな人です。（たぶん父君似なんだわ、あの派手やかさは……）。もちろん源氏は自分なりの美意識で選んでいるだけなのですが。

次は明石の上です。どういうのをお選びになるのかしらと紫の上が見ていると、鳥や蝶（ちょう）や花など、中国風の模様が浮き織りになった真っ白の唐綾（からあや）に、深い紫でした。白と紫とは、いかにも気品高い明石の上が想像されるではありませんか。紫の上の顔色が変ります。源氏はあわてて、〈まあいい、まあいい。着るものからそんなに想像しなくてもいいじゃないか。着るものは着るもの、それだけのものだ。それより顔のかたちや表情の美しさは、奥が深いものだからね〉といいかげんなことを言って、ごまかします。

そして空蟬（うつせみ）。空蟬は尼さんになって二条の東の院に引き取られていました。源氏は空蟬の気高い人格に敬意を表し、かつて愛したひとなので大切にお世話しています。空蟬に贈られたのは、青鈍（あおにび）（ねずみがかった青色）に梔子（くちなし）の黄色を合せた、いかにも尼僧らしい衣裳（いしょう）ですが、空蟬の深い感覚がわかるような取り合せです。

やがて、その年も暮れて、ここで「玉鬘の巻」は終ります。

六条院・春から夏へ

「初音（はつね）」「胡蝶（こちょう）」「蛍（ほたる）」

源氏三十六歳の年始

今回は、「初音の巻」「胡蝶の巻」、そして「蛍の巻」です。

源氏は三十六歳。現代で言うと、四十五、六という感じでしょうか、男ざかりの魅力がますます増しています。

源氏が築いた六条院は、東側に賀茂川が流れる六条京極のあたりにあり、六条御息所の屋敷を一部取り入れて広さは四町ほど。一町は百二十メートル平方と言いますから、広大な屋敷です。中心の御殿は、紫の上と源氏の住む、東南の〈春の御殿〉です。南西には秋好中宮（六条御息所の姫宮）の〈秋の御殿〉、東北の〈夏の御殿〉には花散里が住み、北西の〈冬の御殿〉には明石の上が住んでいます。花散里の西の対には、玉鬘の姫君がいます。花散里はまた、源氏の息子夕霧の世話もしています。正式な主婦は紫の上ですが、実質的な主婦は花散里でもあったのですね。

元旦です。六条院は綺麗に磨き立てられ、人々も装いを新たにします。着飾った女房たちが、〈おめでとうございます〉と言いかわしているところへ、衣裳を改めた源氏がやってきました。いつも見ている女房たちでさえ、〈まあ、素敵〉〈やっぱり殿にまさるかたはいないわ〉と言うほどの男ぶりです。

〈みんな、ちゃんとお祝いしたかい〉と源氏が聞きます。源氏は仕える人を怒ったり、人前で責めたりしない人ですから、みな、ほがらかな気分でお仕えしていました。

源氏は紫の上に言います。〈おめでとう。千歳の祝いをしてあげよう〉。すると紫の上は、〈わたくしばかり長生きしてもつまりませんわ。ご一緒に長生きするのでなければ。あなたが長生きなさるように、わたくしがお祈りいたします〉と、水も洩らさぬ仲のいい夫婦です。

次に源氏はちい姫のところへ行きます。八歳になり、とても可愛く育ちました。ちい姫には明石の上から、綺麗にしつらえた料理やお菓子、花などが届き、歌が添えられています。

「年月をまつにひかれて経る人に　けふ鶯の初音聞かせよ」――〈またお目にかかれる日を、いつもお母さまは待っているわ。だからお便りを下さいね〉。

源氏はそれを見て胸が痛くなりました。同じ敷地にいながら、明石の上に会わせていないのを、罪なことだとすまなく思います。明石の上の気持を思って源氏が、〈ちゃんと自分でお返事を書きなさい。人任せにしてはいけないよ〉と言うと、姫君は小さい手に筆を握り、〈長いことお別れしていても、お母さまのことは忘れません〉と書きました。

源氏は花散里のところへも挨拶に出かけます。源氏が各部屋の女主人たちを訪うのは、年末に贈った衣裳が似合っているかなあ、という期待もあったんですね。花散里には薄藍(うすあい)の上品な着物を贈りましたが、やはりちょっと地味すぎました。地味なひとが地味な着物を着ると、いっそう地味に見えるんですね。

花散里の髪が薄くなっているのを見て、〈いい趣味ではないが、かもじを入れたほうがいいかもしれない。……いや、やはりこのままでいいんだろうなあ。私には美しく見えるし、何よりこのひとのそばにいると心が安らぐ〉。そして二人はしみじみと、去年のことなど語り合います。

花散里は、すねたり、怒ったり、恨んだりしないし、源氏から頂くものは何でも喜んで大切にします。そういう気持のいい、可愛いひと。そしてそばにいると、くつろげるんです。セックスの関係ではなく、強い友情で結ばれているのですね。

玉鬘は西の対に住んでいますから、花散里の部屋から廊下づたいに行けます。〈どうですか、少しは住みなれましたか〉。源氏は優しく聞きます。可愛い女童(めのわらわ)や気の利いた女房たちがいて、道具類はまだ少ないのですが、なかなか小粋(こいき)に暮らしています。玉鬘に贈ったのは、山吹襲(やまぶきがさね)でした。黄色と赤のはなやかな衣裳が玉鬘によく似合っていますが、源氏は玉鬘を見るたびに、夕顔を思い出さずにいられません。

〈あちらの対には小さな姫がいて、今、琴の稽古(けいこ)をしていますよ。あなたも一緒になさったらいい。気のいいひとたちばかりだから、気が張ることは何もありませんよ〉

と優しく言うと、〈ありがとうございます。おっしゃるようにいたしますわ〉と玉鬘は素直に答えます。

次に、明石の上のところへ行きました。部屋には香が薫きしめられ、いかにも趣味のいい暮らしです。明石の上はいませんでしたが、あたりに手習いの紙が散っています。今日、ちい姫から便りが来たのが嬉しくて、その返事を書き散らしていたのでしょう。そこへ明石の上が静かにひざで進んできました。このひとに贈った衣裳は白と紫でしたが、その上品な着物がよく似合っています。

〈見るたびにあなたは美しくなるね。あなたに会うほどに魅かれていく、どういうことなんだろう……〉。思わず源氏は明石の上を抱きしめました。

明石の上は、長年源氏と一緒にいても、決してなれなれしくしないし、くだけ過ぎず、いつもきちんとしています。その気高さに源氏は魅かれるのです。そういう緊張関係が、源氏にとって快かったんですね。

とうとうその夜は明石の上の御殿に泊まりました。明石の上は、〈新年早々では、お方さまがどうお思いになるか〉と、紫の上に気がねしています。

さすがに源氏は翌朝早く部屋を出ました。こんなに早くお帰りにならなくても、と明石の上は紫の上に気がねしながらも、恨みがましく思います。果たして、紫の上はおかんむりでした。〈つい、うたた寝をしてしまった。気の利かない若い者たちが、起こしてくれないものだから〉と言いわけしますが、紫の上は返事をしません。源氏はたぬき寝入りをきめこみました。

新年の騒がしさが過ぎると源氏は、二条邸にいる女人たちを訪れます。自分の庇護下にある女性の全員に、〈明けましておめでとう〉と言って歩くんですね。何とも精力的ですが、二条邸の女性たちは浮世離れした暮らしぶりですので、源氏の訪れを単純に喜びます。

最初に、常陸の宮の姫君、末摘花のところへ行きます。末摘花はただでさえやせているのに、さらにやせてしわみた顔になっていました。そして、これだけは誰にも負けないと源氏に思わせた美しい黒髪も、はや薄くなり白髪がおびただしくなりました。いや、これは……と源氏は、自分で几帳を持ってきて、几帳越しに話します。

末摘花は寒そうにしていました。源氏が贈った着物を着てはいますが、その下にふつうは「袙」といって何枚も着物を重ねるのに、何も着ていません。〈どうして着重ねないの〉と源氏が聞くと末摘花は、〈醍醐の阿闍梨（醍醐寺にいるお坊さんの兄）の着物を縫ってやらなければならないので、わたくしのものまで縫うゆとりがなくて〉と震えながら答えます。源氏がはじめて会ったころ、皮衣を着ていたのですが、〈あれも兄にとられてしまい、寒くてたまりません〉。源氏はかわいそうに思いますが、（そうむきつけに言わなくても）とも思います。

ロマンチックな源氏も、末摘花のところへ行くと実務的な男にならざるをえません。二条邸の倉から白い綾（あや）や絹を取り出して、〈白は惜しげがないから、どんどん着物に仕立てなさい。たくさん重ねて寒くないように。何かあったら、また言って下さい。私も雑用が多くて気がつかないことも多くてね〉などと、とても優しい庇護者ぶりです。

源氏に対してあれほど内気で恥ずかしがりやだった末摘花が、今は全くそういう心づかいを取り払っています。長いこと庇護してくれ、優しくしてくれた源氏に馴（な）れて、笑いを見せるようになりました。〈ありがとうございます〉とにっこりしますが、お顔はしわだらけ、変らないのは鼻先の赤いのだけでした。源氏は思わず独りごちます。〈こういうふる里のうちへ来て、たいへんなハナを見てしまった。これはえらいお花見だ〉（笑）。

でも、末摘花には何のことかわからなかったでしょう。

空蟬（うつせみ）のところも訪れました。空蟬は、源氏が贈った着物がよく似合っています。けれど尼姿ですから、几帳を隔てて源氏と話します。原典に「青鈍（あをにび）の几帳」とありますが、いかにも尼さんらしい几帳ですね。

源氏は空蟬に会うと、昔の満たされなかった恋を思い出さずにいられません。〈あなたと私の人生はとうとう交差しなかったけれど、こうしてお世話できるのが嬉しい。あなたもいろいろと辛（つら）い目、恥ずかしい目におあいになったでしょうが、私の変らぬ心はおわかり頂けるでしょう〉。

空蟬も、昔を思い出します。夫の死後すぐに継息子に求愛されるという辱めを受けたことを思うと、源氏の真心もわかるのですが、〈こんな尼姿になって、あなたのおかげで生きるなんて、これほど辛いことがございましょうか〉と言って泣きます。源氏は、人の世の有為転変などについて空蟬と語り合いながら、（せめて末摘花も、このぐらいの話し相手になってくれたら）と思わずにはいられません。

美しい王朝セレモニー

一月十四日には「男踏歌」が行われます。これは、貴公子たちが催馬楽をうたったり踊ったりして、有力者の邸をまわる行事です。行列は御所から朱雀院をまわり、六条院へやってきました。着いたころは夜が白々と明けかかっています。

〈素敵な青年たちが、ここで催馬楽をうたったり踊ったりするから、ご覧なさい〉と源氏は邸内の女性たちに声をかけます。紫の上もちい姫も、玉鬘も出てきました。みんなそろって、廊下で御簾越しに眺めます。そのとき玉鬘は、はじめて紫の上に挨拶をしました。（まあ、優しげな可愛い姫だこと）と紫の上は思いました。

そこへ月が昇ります。地面には雪が積もり、松風がその雪を吹き散らしています。

その庭で、美しい貴公子たちが催馬楽をうたい踊りはじめました。片方の頭は夕霧です。夕霧も今や立派な青年、左近衛の中将になりました。もう一方の柏木は内大臣（昔の頭の中将）の長男で、これも評判のよい青年です。かつて源氏と頭の中将が仲よしだったように、いま、夕霧と柏木も無二の親友です。源氏は夕霧を見て、（よくここまで成長してくれた。自分が遊び人だったから、息子は堅実な官吏に育てたいと思ったが、堅実一方では人がついてこない。やはり音楽や文学の素養も備えてほしい。どうやら夕霧は、両方を身につけてくれたようだ。官吏としてきちんとやっているし、風雅な人としても何とかやっていくのではないか）と嬉しく思いました。

「初音の巻」はおめでたい正月、六条院の栄華の、まさに幕開けの巻ですね。

次の「胡蝶の巻」は春爛漫の美しい世界です。

六条院に春がやってきました。春の御殿と言われる紫の上の御殿では、よそでは散っている桜が真っ盛りで、まるで御殿全体に霞がかかったような美しさです。〈中宮にお目にかけたいですわね〉と紫の上は言い、源氏もそう思います。

秋好中宮はこのとき里下がりをして、秋の御殿にいらっしゃいました。すぐそばにいらしても、庶民と違ってなかなかお出ましになれません。そこで源氏は、中宮にお仕えする、若くて何にでも感激しやすい女房たちを、お花見に呼んでやろうと考えます。

春の御殿と秋の御殿の間には大きな池があり、真ん中に小さな丘が岬のように張り出しています。〈竜頭鷁首〉の船を唐風に仕立て、漕ぎ手の少年たちには髪を鬟にして、やはり唐風の服を着せます。その船に、中宮の御殿から花のような女房たちを積んで、ゆるゆると春の御殿の方へ漕ぎ出しました。

船が〝岬〟を曲がると、はらはらと桜が散り、そこからは、春の御殿が見わたせました。桜は満開で、藤の花が下がり、柳は青々と髪のように乱れ、澄んだ池の面には岸の山吹の花が映っています。池には鴛鴦がつがいで泳ぎ、空には花の枝をくわえた鳥が飛びかっています。〈まあ、素敵な景色。極楽ってこんなじゃないかしら〉〈蓬莱山のようだわ〉などと女房たちは夢中です。そして女房たちは歌を詠みましたが、一首だけご紹介しましょう。

「春の日のうららにさしてゆく船は　棹のしづくも花ぞ散りける」

この歌、どこかで聞いたような気がしませんか。そうです。武島羽衣作詞の「花」ですね。

「春のうららの隅田川　のぼりくだりの船人が
櫂のしずくも花と散る　ながめを何にたとうべき」

明治三十三年（一九〇〇年）に、日本の合唱曲の第一号として作られた歌で、作曲は滝廉太郎です。作詞の武島羽衣さんは帝大国文科卒業の、国文の先生でした。明治・大正時代の美文家として有名で、赤門派の詩人と言われますが、『源氏物語』の春の景色から、この「花」という歌をお作りになったのです。日本文学の伝統をうけついで、見事に花を開かせられましたね。

やがて船は、春の御殿の釣殿に着けられました。〈釣殿〉とは、渡り廊下から池に突き出した涼み殿のようなところですが、紫の上はそこに女房たちをお迎えに出したのです。〈ようこそいらっしゃいませ〉〈おじゃまいたします〉などという挨拶が、女性たちのあいだに交わされたでしょう。まもなく楽の音がおこりますが、その音色の美しいこと。御殿では殿上人たちが琴を弾き、庭では専門の楽奏家たちが笛を吹きます。貴公子がかわるがわる催馬楽をうたい、素敵な音楽パーティになりました。

夜になっても興趣は尽きません。庭のあちこちに篝火が焚かれて、お酒がめぐり、歌声はますます高まります。楽の音は夜空に吸われてゆき、人々は陶酔して聞き入りました。

翌日は中宮の秋の御殿に場所を変えて〈季の御読経〉が始まりました。これは一年に二回行われる大きな法会で、〈大般若経〉が読まれるのです。客たちは昨夜の宴からひきつづいているので、自分の邸へは帰らずに、六条院のひと間を休憩所にして、黒の束帯に着がえました。中宮の前へ出るので、正装しなければなりません。用事のある人は帰りました。

正午ごろに源氏もやってきます。紫の上は行かれないので、ご供養にと花を献じますが、その献花の仕方がまた素敵でした。今度は紫の上の春の御殿から中宮の秋の御殿に向かって、竜頭鷁首(りょうとうげきす)の船がゆるゆると池を渡ります。舟には八人の美少女が乗り、四人は鳥の衣裳(いしょう)を、あとの四人は蝶(ちょう)の衣裳をつけています。鳥の少女には銀の花瓶(はながめ)に桜の枝をさしたものを、蝶の少女には黄金(こがね)の花瓶に山吹(やまぶき)をさしたものが持たせられています。そして音楽とともに、秋の御殿の前のなぎさで、待ち受ける殿上人たちに花を献じます。楽の音がおこり、鳥の少女は鳥のように、蝶の少女は花にたわむれる蝶のように、愛らしく舞いました。

紫の上からのお手紙を夕霧の中将が受け取り、つつしんで中宮に献じました。〈こんな春をご覧になっても、やはり秋がいいとお思いになりますか〉という意味の歌です。〈去年の紅葉の歌のお返しだわ〉と中宮はにっこりされます。〈やっぱり春はよろしいわね。ゆうべの楽の音に、わたくしの心は憧(あこが)れるばかりでした〉。そんなお返事で、この春と秋の優劣の論争は、どうやら春のほうが勝ったようですね。

少女たちはたくさんのご褒美を頂き、楽奏家たちも頂いて退出します。王朝のセレモニーは、なんて素敵なんでしょう。こういうことをプロデュースする専門の人がいたのでしょうが、想像するだに華麗な絵巻ですね。

源氏と玉鬘

このときに青年貴公子がたくさん六条院に集まったのは、ほかにお目当てがあったのですね。〈近ごろ六条に綺麗(きれい)な姫君が養われているというじゃないか。源氏の大臣(おとど)の、今まで知られなかった姫らしい。あるいは、娘分にしていらっしゃるだけかもしれないが〉〈えっ、そんなに美人なの〉と、青年たちはまだ見ぬ姫君に憧れています。六条院はこれまでも社交界の花でしたが、これという姫君がいませんでした。女性はみな源氏の夫人たちですし、たった一人のちい姫はまだ八歳ですから物足りなかったのですが、妙齢の姫君が加わったので、いよいよ六条院に魅力が出てきました。みんな熱心に、玉鬘に求愛の手紙を出します。

源氏は、〈どういう手紙が来たの、見せてご覧〉と玉鬘に言いながら、おそばにいる右近に注意します。〈女にとって、男への返事は大切なんだよ。返事でその人柄を判断されてしまう。いいかげんな男の手紙に、思わず感情に駆られてあさましい手紙を出すのは、女の恥だ。かといって、立派な人を黙殺してしまうのも非礼に当たる。右近はそのあたりを心得ていようから、姫君に教えてさしあげなさい〉。

〈よくわかっておりますわ。でも姫君は、どなたの手紙にもお返事はおいやそうになさいます〉。そう言いながらも、右近は世故たけた女ですから、源氏の心を見抜いています。（殿はこの姫に関心がおありになる。本当は誰にも渡したくないと思っていらっしゃるんじゃないかしら。だって、こうしてお揃いのところを拝見すると、親子というよりご夫婦みたいだもの）と右近は思いますが、口には出しません。〈わかっております。ちゃんと気をつけて、姫さまへ来た手紙は全部お目にかけますわ〉。

求婚者の中で最も熱心なのが、源氏の弟君の兵部卿（ひょうぶきょう）の宮と、髭黒（ひげくろ）とよばれる大将でした。源氏は、（兵部卿の宮とは、兄弟の内でも仲がいいが、女性関係については打ちわって話をしたことがない。宮は、三年前に北の方を亡くして寂しいから、求婚に熱心なのだろう。ただ、すこし浮気なところがある。ゆっくりと宮の心を自分へ向けかえて、浮気をそれとなく封じこめてしまう手腕のある女性が妻になればいいが、若い娘には難しいかもしれない。髭黒の大将は北の方も子供もいるが、この人は真面目で律儀で身分も重く、言うところがない。でもあんなに真面目な人がこんなに熱心に手紙を書くとは、「恋の山には孔子もつまずく」ということわざ通りだな）と、一人で面白がっています。

源氏は紫の上には何でも打ち明けているので、玉鬘のことも話します。

〈なかなかいい子でね。才気も愛嬌（あいきょう）もあって賢いんだ。女は賢いだけではいけない、やっぱり愛嬌がなくてはね〉。その言葉に紫の上はほほ笑んでいます。〈ちらっとお見かけしたときに、あなたのお好きなタイプだと思いましたわ。あなたはいつも、両立しがたいものを両立させる女人を求めていらっしゃいますもの。でも、そんなに才気も愛嬌もあるかたが悲しい目を見るなんておかわいそうね〉。

〈どうして〉と源氏が聞くと、紫の上は答えます。〈わたくしだって、あなたを父とも兄とも親しんで育ったのに、とんでもないことになってしまったんですもの。あのとき、どんなにあなたを恨んだり、すねたり、怒ったりしたことでしょうか。あのかたもそうなるのかと思って、おかわいそうにと申しましたの〉。

〈邪推はよしなさい〉と源氏はあわてて言いますが、何て頭のいい女だろうと思います。紫の上は賢いんですね。天性の勘が働くのでしょう。紫の上が洞察したとおり、源氏は玉鬘が気になってなりません。見るたびに可愛くなり、一日として彼女を訪れずにはいられないのです。

やがて四月〈今で言う六月〉になり、青楓が茂るさわやかな夕方に、源氏は玉鬘の部屋へ行きました。

〈あれから髭黒の大将から手紙が来ましたか。兵部卿の宮からは？〉。玉鬘に来る手紙を点検しているのですね。〈さあて、あなたにどういう縁談を持ってくればいいか。あなたの実の父君、内大臣に紹介するにしても、身の振り方が決まってからのほうが、大事にして頂けるだろうからね〉。

〈わたくし、どなたとも結婚したくはございません〉と、玉鬘はそれどころではないのです。（ああ、実のお父さまに早く引き取られたい。自分がここにいることをはっきり伝えて頂きたい。どうして縁もゆかりもない他人のところにいなければいけないのかしら。親がわりと思えとおっしゃるけれど、何だか居辛いわ）。賢い玉鬘はそう思っていました。けれど、あえて自分の意見を通そうとするかたくななところはありませんし、源氏の親切はよくわかっているので、言い出しかねています。

〈なんでもお父さまの……〉――自分のことを「お父さま」と呼べと源氏に言われているのですが、玉鬘は恥ずかしがっています。〈なんでもお父さまのおっしゃるようにしますけれど、今はどこへも行きたくありませんの〉。

〈では、いつまでも私のところにいるのかね。実を言えば、私もあなたを結婚させたくない。あなたを見ると昔の恋人を思い出して、せつないのだ。いつまでもここにいてほしい。実の親と思って、何でも無理を言ってほしい〉。源氏はそう言いながら姫君に近寄ります。

　玉鬘は不安です。何だかわからないけれど不安を感じます。源氏はますます寄っていき、ついに玉鬘の手をとりました。

〈運命があなたを私に会わせたと思っている。あなたを見ると昔の恋人と分かちがたくなる。形の上だけでいい、昔の恋人だと思って、私の言葉に応じてくれたらどんなに嬉しいか〉。ますますたいへんなことになりました。玉鬘は身を固くするばかりです。〈昔は今に帰らないが、あなたを得て私は若返ったような気がする。あなたが好きなんですよ。だが必死にこらえている私の気持を察してほしい〉。源氏は衣ずれの音がしないように、そっと直衣を脱ぎます。そしてなよらかに臥し、〈こちらへおいで〉と玉鬘を招きます。

玉鬘は、年こそ重ねていますが、九州の田舎で物堅い乳母や乳姉妹とともに育ったので、恋物語とは歌の中だけのことと思っていました。実際にそんな体験はありませんでしたし、見当もつきません。源氏に抱き寄せられただけで、汗びっしょりになって震えています。

〈私を親と思って、と言っているでしょう〉〈そう思って、ここまでお馴れしましたのに〉〈親の気持の上に、さらに深い物思いが添っているのだから、私の愛情はたいへんに深いのですよ〉。

〈これ以上のことはしない〉と源氏に言われても、玉鬘は、〈これ以上のことって何〉と思うばかりです。うぶな若い娘の惑乱を、源氏は楽しんでいるようです。そのうちに玉鬘は涙さえ浮かべます。

体を固くする玉鬘の黒髪を撫でながら源氏は、〈そんなに怖がることはない。私だから安心していいのですよ。ほかの男だったらこのままではすまないが〉と言いますけれど、玉鬘にとって何の慰めにもなりません。〈さあさあ、そんなに固くならないで。親の言いつけにそむくと不孝になりますよ。不孝はみ仏もおとがめになりますよ〉〈こんな親心には仏さまもびっくりなさいますわ〉。間髪を容れずに返すところは、さすが玉鬘ですね。

源氏はそれを可愛く思い、顔をそむける玉鬘に、〈これはきつい嫌われようだね〉と言って、静かに起き上がります。〈女房たちがへんに思うから、涙をふきなさい〉。そして手早く優雅に直衣を着て、出ていきました。玉鬘は惑乱して、どう考えていいかわかりません。

翌朝早く、源氏から手紙が来ました。〈ご機嫌はいかがですか〉。玉鬘は、中年男の白々しい態度にいささか腹が立ちます。

「うちとけて寝も見ぬものを若草の　ことあり顔にむすぼほるらむ」――〈特別な仲になったわけではないのに、どうしてそんなに思い悩むんですか。さあ、いつもの元気をお出しなさい〉。

そんな手紙です。世なれない玉鬘がどうして歌を返せるでしょう。〈お手紙拝見。気分が悪いので失礼します〉とだけ書きました。

〈可愛いなあ〉と源氏はますます恋心をかき立てられます。玉鬘は、〈本当のお父さまだったらこんな目にあわないのに〉と情けなく、悲しく思っていますが、誰に言う

 こともできず、物思いにやせてゆきます。何も知らない女房たちは、〈源氏の君は何てお優しいんでしょう。本当の父親でもあんなふうにこまごまとお気をつけて優しくはなさらないわ〉と噂していました。

これで「胡蝶の巻」は終りますが、何ともあやしい雰囲気の、いかにも王朝らしい、淫靡（いんび）な匂いのする巻ですね。

六条院に夏が来ました。「蛍の巻」がくりひろげられます。

兵部卿の宮と髭黒の大将は、争って求婚の手紙をよこしています。源氏は、〈兵部卿の宮はとてもよくできたかたなんだよ〉と褒めたり、〈しかしあんな浮気者では、婿としてとてもだめだね〉とくさしたり、いろいろです。原典には「活（い）けみ殺しみ」とありますが、生かしたり殺したり、褒めたりくさしたりしながら、男たちの反応を見て、面白がっているのです。

ある日源氏は、女房に言いつけて、兵部卿の宮に優しい手紙を書かせます。宮は、夏の夕暮れにいそいそとやってこられました。源氏は物陰から覗（のぞ）き見て、宮の求愛の言葉を聞こうとしています。宮は中年の男性らしく落ちついて、思いのたけを玉鬘に訴えています。

〈ほんのひとことでもいい、直接のご返事を頂けませんか。私は夏の夕闇に惑いながら、ここに参りました。今夜こそはあなたとお話ができるか、苦しい胸のうちを少しでも聞いて頂けるか、と楽しみに参りましたのに、人づてのお返事だけでは苦しゅうございます〉とそめそめ言われます。源氏の弟君だけあって、風采も水際立つ好紳士です。

お相手をする女房は、〈もっと色よい返事を〉と、源氏に後ろからつねられて困っています。兵部卿の宮はひたすら、〈ご本人をどうぞ〉と言われるばかり。源氏はまた後ろから、〈玉鬘をお出ししなさい〉と合図します。

玉鬘は仕方なく、静かにひざを進めて几帳の内側に坐りました。さっと漂う薫りと衣ずれの気配に、兵部卿の宮は緊張されます。胸をときめかせ、話そうとされたとき、源氏が几帳の一幅をそっとあけて、蛍を放しました。何十匹もの蛍がパーッと飛び立ち、闇の中で青白い光が点滅します。みんな、あっと思いましたが、一番驚かれたのは兵部卿の宮でした。そこに佳人がいると思うだけでも胸が騒ぐのに、突然蛍が飛び立ち、その青白い光に照らされた玉鬘の美しい横顔をかいま見て、茫然とされます。蛍は、源氏が夕方とらえさせて袋に包み、袖にかくして持ちこんだものでした。

玉鬘はあわてて扇で顔を半分隠しましたが、一瞬の玉鬘の面影は、兵部卿の宮の胸に焼きつきました。(何と美しいひとだろう)。夏の夕雨と、自分の感動の涙とで頬をぬらされながら、兵部卿の宮は帰られます。その騒ぎに紛れて源氏も、そっと自分の御殿へ戻りました。やがて蛍も追われます。そのことで、兵部卿の宮には〈蛍兵部卿の宮〉というあだ名がつきました。

でも、当の玉鬘はとても不快でした。〈源氏の君はなぜ、こんなふうに人の心を弄ばれるのかしら〉。とても率直な素敵な姫君ですね。

源氏の物語人生論

五月五日はお節句です。この日は、男たちが六条院の、花散里の御殿の庭にある馬場で競射をします。さきにお話ししたシーンですね。

〈さあ、見てご覧〉と、源氏は邸じゅうの女性たちに声をかけます。花散里の女房や玉鬘の女房たちは大喜びで、御簾をかけ直し、几帳を並べかえて見物します。夕霧が、部下の貴公子や左近衛の侍たちを連れてやってきました。

〈今、左近衛には素敵な青年たちがそろっていて、殿上人より素敵だよ〉と源氏が言うので、女房たちは喜んで眺めます。あちこちの御簾の下から、彩り美しい女たちの着物の袖口や裾が出ています。可愛い女童たちが行ったり来たりします。それを見ると、青年たちも奮い立たずにいられません。そうして楽しい一日が暮れました。

源氏はその晩、花散里のところに泊まりました。〈いい見物をさせて頂き、楽しゅうございました〉と花散里は感謝しています。

〈今日の兵部卿の宮を拝見したかね〉と源氏は聞きます。

〈ええ。何年も前に御所でお見かけして以来ですが、ご立派な中年になられましたね。でもあのかたは、弟宮とはいいながら、あなたよりも老けていらっしゃいますね〉。

〈その弟宮の、帥の宮はお見受けしたかね〉〈はい。でもあのかたは、親王というより、少しお品が下って、ふつうの皇族のようにお見受けしました〉。

源氏は花散里の率直さに、思わずほほ笑みます。源氏も同じように思っているのですが、源氏が言うと悪口になります。源氏のような身分や地位にあると、中傷ととられかねないので、批判は慎まなければなりません。でも、率直で天真爛漫な花散里が言うと悪口にならずに、さわやかな本音になるのです。〈このひとには洞察力がある。率直で、ものを見抜く力もある。けれどもそこに悪意がないので、さわやかな印象なんだ〉と源氏は思います。

源氏と花散里はこんなふうに、とても楽しい間柄でした。世間的な夫婦の関係ではないにしても、これもまた男と女の、一つの楽しい形と言うべきでしょう。

やがて六条院は、長雨に降りこめられます。雨が長くつづくと、女人たちはすることがなく、物語などに興じています。〈この新しい物語は読んだ?〉〈まだだわ、貸してね〉。そんなふうに貸し借りし合って、物語に夢中です。

源氏が玉鬘の部屋へはいってゆくと、玉鬘は懸命に物語を読んでは書き写しています。玉鬘は九州の育ちですから、こんな物語など手にはいりませんでした。物語が地方へ流布するにはかなりの年月がかかったでしょうから。玉鬘は、都へ来て次から次へと新しい物語を読むたびに、〈面白い！　こんなことがあるの、こんな世界が？〉と目を見開かれる心持で、今までの自分の運命にひきくらべて、身にしみるのでした。こちらの御殿には若い女房たちがいて、さかんに物語を書き写しています。女たちがいとしんだ物語は、こうして手から手へ書き写されて、現代に伝わったのですね。

源氏は玉鬘を見て、〈この暑苦しいときに、髪を振り乱して、よく書くね。女ってよほど小説が好きなんだ。だまされるために生まれてきたようなものだね。小説なんてみんな作りごと、嘘だよ〉と笑います。〈あら、そうでしょうか。いつも嘘をおつきになるかたは、そうお思いになるかもしれないけれど、わたくしは、本当にあったことと思って読んでいます〉。

そこで源氏は、純真なひとにはきちんと教えておかなければ、と思ったのでしょう。〈たしかにそうだね。小説には嘘もあればまこともある。でも、それが人生なのだ。物語は人間と人生を映し出す。小説にこそ真実はあるのだ〉と、源氏は言います。

これは紫式部が声を大きくして言いたかったことでしょうね。原典では「日本紀などは、ただかたそばぞかし」〈正式の歴史は人生や人間の一面しか映していない〉。式部は、源氏の口を借りてそう言い切ります。男たちは『日本書紀』を懸命に勉強し、それが全ての人間社会の表現であると思っています。対して、女性である式部は、〈小説の嘘の中にこそ、人生のまことはある〉と言いたいのです。

〈本当の人生、本当の人間というものは、小説の嘘の中にある。嘘も悪も、よきもの美しきものと同じように、人間や人生を表現するものだ〉と源氏は玉鬘に教えました。

玉鬘はじっと聞いています。やっぱり源氏は玉鬘にとって、先生であり、人生の先達でもあるのです。(わたくしに言い寄って無理をおっしゃる、あの悪いくせさえなければ、素敵なかただわ)。源氏は優しく、頼もしく、そして何と言っても美しい魅力のある紳士です。その中年の魅力に逆らえず、いつとなく、若い玉鬘の心は傾いてゆくのでした。

内大臣の悩み

内大臣には、息子がたくさんいました。ご自慢の長男の柏木をはじめ、みな出来がよく、それぞれの才幹と年齢に応じて、いい地位についています。今や内大臣はさらなる権力を手中にし、思うままに自分の息子たちに地位を与えられるのです。

けれど、二人しかいない姫君がうまくいきません。弘徽殿の女御はついに中宮になれず、失意の日を送っています。雲井雁のほうは、皇太子妃にと考えていたのに、夕霧と恋愛事件を起こしてしまいました。内大臣は、しくじったと思いつつ、夕霧との結婚を許そうかとも思いますが、今になって折れるのも癪です。

夕霧は相変らず熱心に雲井雁を思いつづけていて、二人は文通し合っています。けれども夕霧は、（今さらぼくが折れて、お許し下さい、雲井雁を妻に下さいなどと言えようか。あんなに残酷に引き離されたんだ、ぼくからは言えない）と心をかたくなにしています。まわりから縁談も来ますが、それにも夕霧は耳を貸しません。

源氏は、夕霧を決して紫の上には近づけませんでした。女房たちの手引きで案内することもあるので、女房たちにまで警戒していました。ですから夕霧は、紫の上を見たこともないし、女房たちに顔見知りもいません。

ただ源氏は、（やがて自分が死んだら、夕霧がちい姫の面倒を見なければならない。今のうちから馴れ親しませておこう）と考えてちい姫やその女房たちとは親しくさせています。ちい姫は、〈お兄ちゃま、ままごとしましょ〉などと愛らしくまつわりつき、夕霧は相手をしながら、その昔三条のおばあさまのもとで、雲井雁とこんなふうに遊んだことを思い出します。いつまで待っても許しの出ない恋人を思いつづける、純情な夕霧でした。

さて内大臣は、どこかに私の娘はいないのか、若いころはずいぶん遊んだのだからと思い、〈もし私の子だと申し出てきたら、面倒を見る〉とあちこちに声をかけています。内大臣がいつまでも忘れられないのは、夕顔(ゆうがお)でした。（夕顔とのあいだにできた可愛い女の子はどうしたろう。母親が頼りないから、さすらっているのではないか。あのとき、妻の実家がきついことを言ったので、怖がって逃げ、そのまま行方が知れなくなってしまった。娘も大きくなったろう、会いたいなあ）。虫が知らせるのか、内大臣はそう思っています。

内大臣は占い人に聞いてみます。思いがけない占い人の言葉でした。〈姫君は生きておられますが、どこかのお邸に養われていますね〉。内大臣は、（息子なら養子にされることもあろうが、娘とは、はて……）と不思議に思っています。

「蛍の巻」は物語論で作者の肉声を聞かせ、やがて次の新しい運命を示唆しつつ終ります。

六条院・夏から秋へ

「常夏(とこなつ)」「篝火(かがりび)」「野分(のわき)」

撫子のような娘

今回は、「常夏の巻」「篝火の巻」、そして「野分の巻」です。

真夏になりました。ここ六条院も暑いので、源氏は若い貴公子たちを集めて、釣殿に出て涼んでいます。先にも出てきましたが釣殿とは、池につき出した建物です。

源氏は若い人たちが好きでした。話も合うし、いつも若い世代の考えを知りたいと思っているからです。夕霧やその遊び仲間を集め、桂川でとれた鮎や、賀茂川の「石伏」という魚を調理させているところへ、内大臣の息子たち、柏木はいませんが、その弟の弁の少将や藤侍従がやってきました。源氏は喜んで招じ入れます。

早速、酒や氷水が出されました。氷水は上流階級の人しか口にすることができないたいへんなご馳走です。冬のあいだに近郊の山々で、土を深く掘ったところへ氷を埋め、夏に切り出して朝廷や貴族の屋敷へ運ぶのです。水飯という、水茶漬けも出されました。

源氏は青年たちに聞きます。〈近ごろ、面白い話はないかい〉〈さあ、とくには……〉〈そう堅くならずに、何か聞かせておくれ。こんな暑い日は、勤め人はたいへんだね、帯紐を解くこともできなくて。せめてここでは気楽にくつろいで。私も年がいったとみえて、新しい情報がはいってこないんだ〉。

そして思いついたように言いました。〈内大臣のお邸に、近ごろ新しい姫君を迎えられたと聞いたが、うらやましいねえ。お子たちが多いのに、また群から離れた子雁を見つけて引き取られたそうだね。世間では何かと噂されているらしいが〉。

弁の少将たちは耳が痛くなります。というのは、近江から内大臣の娘と名乗り出た女がいて、調べてみると本当らしいので、長男の柏木が連れてきました。ところが物の言いぶり立ち居振舞いなど、人前に出して〈うちの姫でございます〉と言えないような品下れる娘でした。

悪い噂は広まるのが早くて、世間では内大臣の「今姫君」（新たに迎えられた姫君）と有名になっています。それを源氏は話題にしたのです。

頭の中将のころから内大臣とは仲よしですが、一点、性格の合わないところもありました。源氏は分析力があって、内大臣の性格に的確な批評を下します。挑みあっているわけではありませんが、おのずと互いの地位や子供たちの運命を競い合うことになります。

源氏は、〈羨ましいなあ。私は子供が少ないから、もし名乗り出てくれれば喜んで迎えるんだが、頼りない親だと思われているらしく、誰も言ってこない〉と言い、夕霧に、〈おまえも、見こみのない恋人をいつまでも思いつづけるより、そういう落葉(おちば)みたいな姫君をもらえばいい。同じ姉妹じゃないか〉とからかいます。これは、雲井雁(くもいのかり)との結婚を許そうとしない内大臣へのあてつけでしょうね。

弁の少将は聞いていられません。〈くわしくは存じませんが、とにかく娘には違いないと引き取ったのですが、家門の不名誉になりそうなので、難渋しております〉。

やがて夕方になり、西風が立ちはじめました。〈少し風が吹いてきたね。きみたちはゆっくりしてくれ〉と言って、源氏は西の対(たい)へ移ります。貴公子たちも何とはなく源氏のあとを追うように西の対の庭へやってきています。

玉鬘(たまかずら)の住む西の対の前庭には、撫子(なでしこ)が植えられていました。唐(から)の撫子、大和(やまと)の撫子と、色とりどりです。〈素敵ですねえ〉と、青年たちはそのあたりをさまよっているのです。

御簾(みす)を隔てて源氏と玉鬘がいます。

〈ご覧〉と源氏は玉鬘にささやきます。〈素敵な貴公子たちだろう。みんな生まれもよく、教養も高くて、人柄のいい青年たちだ。ここにはいないが、柏木の中将も立派な青年だよ。みんなここへ来たくてたまらないのだが、夕霧がかたい一方の男だから、めったに連れてこないのだ。私が「ゆっくりしてくれ」と言ったものだから、喜んでこのあたりまで来ているんだ。あなたがいるからだよ。六条院は世間の関心の的だが、残念なことに青年たちの好奇心をつなぎとめられなかった。住んでいる女人はみな私の妻だからね。そこへ若くて美しい未婚のあなたが現れて、みんなの目の色が変ってきた〉。

玉鬘は源氏の、人を操って喜ぶという態度にいまなお共感が持てないので、黙っていました。源氏はなおも言います。〈さあ、あの青年たちの誰が一番熱心にあなたに言い寄るか、誰の恋心が本物か、探るのは面白い。わくわくするね〉。

〈まあ、ひどいかた〉と玉鬘は言いながら、御簾ごしに青年たちを眺めています。ひときわなよらかでほっそりして美しいのが夕霧でした。〈お美しいかたですね〉と玉鬘が言うと、源氏も〈まあ、悪くはないと思うよ。どうして内大臣があの子をお嫌いになるのかわからない〉。

〈えっ、どういうこと？〉。玉鬘のはじめて聞く話です。

〈実は、夕霧が幼いころに、三条の大宮（おおみや）のもとで一緒に育った、あなたの父君内大臣の娘の雲井雁と恋し合っていたんだが、内大臣が二人を引き裂かれた。雲井雁を皇太子妃として入内（じゅだい）させようと思っていられたからなんだ。だが、年端（としは）もいかず位も低い夕霧と恋愛して、噂が立ってしまっては入内させられない。それで腹を立てて、ふたりを引き裂かれたんだ。

それとなく私に言って下されば、夕霧の位を上げてやることもできたのに、内大臣はいったん思いこむと、黒白のけじめをはっきりつけられる人だ。いいとなったらとことん褒めるし、悪いとなったら徹底的に嫌って悪口を言われる、きっぱりした人だからね〉。

それを聞いて、玉鬘は複雑な気分です。〈そんな事情とは知らなかったわ。そういう行き違いがあるのなら、お父さまにお目にかかれるのは、遠い先のことかもしれない……〉と、悲しくなります。

やがて闇が深くなり、青年たちはいつのまにか姿を消しました。〈撫子も見えなくなったね〉と源氏は言います。部屋に和琴があるのを見て、〈あなたが弾くの〉と源氏は聞きます。〈音楽のご趣味はないのかと思っていたが〉。

〈ほんの少し習いました〉と、玉鬘は恥ずかしそうに言います。〈弾いてご覧〉〈いえ、とてもお聞かせできるようなものでは……〉。玉鬘は筑紫で、皇室のゆかりだという老女に和琴を習いました。でもほんの少しかじっただけでしたから、当代一流の教養人源氏の君のお耳にはとても、と思ったのでしょう。

〈遠慮してはいけない。楽器とは、恥ずかしがったり気怯れしたりしていると、いつまでも上達しないよ〉と言っても、玉鬘ははにかんで手を出しません。〈それよりどうぞお父さまの音色をお聞かせ下さい〉というので、源氏はしばし琴をかき鳴らします。このとき、源氏が和琴の批評をしますが、これを読むと紫式部が音楽にも見識のある女性だということがわかります。

〈和琴は簡単なようだが、奥が深い。どんな楽器にも合うのだ。唐のいかめしい一流の楽器に比べれば簡素だが、奥深い情感を表現できる〉と源氏は教えます。

源氏が爪弾(つまび)くと、とてもいい音が出ます。玉鬘は思わず源氏に寄り添って、〈どうすればこんな音が出るんでしょう。どんな風が吹き添うてこんな綺麗(きれい)な音が出るんでしょう〉と、首をかしげて見入ります。

その可愛いらしい仕草に、源氏はほほ笑み、〈あなたは、私がいらっしゃいと言うと来ずに、琴を弾くと寄ってくるんだね。それこそどんな風が吹き添うんだろう〉と言います。〈これからは私が和琴を教えてさしあげよう〉。

二人の体は寄り添い、手と手も触れ合いますが、まわりに女房たちがいるので、さすがに源氏もそれ以上のことはできません。

〈撫子も見えなくなったが〉と源氏は言います。〈撫子については、思い出がある。あなたの父君がまだ頭の中将だったころ、「撫子のように可愛い娘がいた。でも母親が頼りないものだから、娘はどこかへ連れてゆかれて行方を絶ってしまった。どうしているか。あの母と一緒にさすらっているのではないか」と言って泣かれたことがあった〉。

源氏はここで歌を詠(よ)みます。

「撫子のとこなつかしき色を見ば　もとの垣根を人や尋ねむ」――〈撫子の花が綺麗(きれい)

に成長したのを見るにつけても、「その母親はどうしていますか」と尋ねられたらどう答えようか迷っている。あなたのことをまだ内大臣に打ち明けていないんだよ〉という意味の歌です。

それに対して玉鬘も歌を返します。

「山がつの垣ほに生ひし撫子の　もとの根ざしをたれか尋ねむ」――〈山深いところで育ったわたくしですもの。母親のことなど、誰が尋ねましょう〉。真意は、〈本当のお父さまに出会っても、このお邸の父君のように優しくして下さらないかもしれないわ〉というものですね。

「とこなつかしき」と「常夏」をかけて、この巻の名にしてあります。

近江の君の早口

邸に戻るなり、弁の少将は父君の内大臣に報告します。〈源氏の大臣にずいぶん当てこすられました。けっこうな姫君をお引き取りになったそうだねって〉。

〈うーん……〉と内大臣も面白からぬ顔色で、〈あのかたは、うちの邸のこととなると、目を引き耳を立てて関心を持って下さる。光栄なことだ〉と皮肉を言います。

〈だが、あのかたが引き取ったという姫君だって、実子かどうかわかったものではない。わけのわからんところのあるかただからな〉。お互い同士、よく相手を知っているわけです。

そうは言うものの内大臣は、雲井雁のことが残念でなりません。雲井雁を皇太子妃として入内させようとしていたのに、あんなことになってしまって。それならそれで夕霧と結婚させてもよい、と思っているのですが、夕霧や源氏からは〈ぜひ、おたくの姫君を〉と言ってきません。内大臣にしてみれば、〈下手(したて)に出るなら、しぶしぶという感じで許してやろう〉と思っていますが、源氏が何も言ってこないので、どうしていいかわからず、腹が立つばかりです。

内大臣は雲井雁の部屋へ行きます。夏の午後、雲井雁は、長い黒髪を畳に伸ばし、羅(うすもの)を着て、手には扇を持ち、肘枕(ひじまくら)で昼寝をしていました。美しい肌が、羅を通して輝やくようです。王朝婦人の夏のたたずまいがわかりますね。

内大臣は、扇をパチッと鳴らしてはいります。これがノックのかわりですね。〈どうしたんだ、こんなところで無防備に昼寝をして。女房たちはどうした〉と見まわすと、女房たちも几帳(きちょう)の陰で寝ています。〈みんなで昼寝とは何ごとか。女は、いつ誰に見られても見苦しくないように、身仕舞いしていなければ。というものの、あまりに四角四面にきちんとしているだけというのも情がないが。……源氏の大臣は明石(あかし)のちい姫を、何でもわかっていながら知らぬふりをして、それでいて理屈っぽくなく優しいという、そういう理想の女性を目指して育てていられるらしい。ちい姫が大きくなって入内のころは、どんなふうになられるだろう〉。

頭のなかには、いつもライバルの源氏の大臣のことがあります。雲井雁を貶めて言ったわけではありませんが、雲井雁は何となく肩身がせまくて、しょんぼりとうつむいています。

雲井雁も、あの恋愛事件から年月がたち、かつての自分の無分別さに気づいているのでした。〈お父さまを傷つけ、おばあさまを悲しませたけれど、今のわたくしだったら、あんなことはしないわ〉。夕霧を恋しく思う気持に変りはありませんが、自分のことしか考えなかった子供っぽい恋を思うと心の中で、お父さま、ごめんなさい、と謝らずにいられません。

内大臣は、雲井雁を可愛く思い、教え諭します。〈皇太子妃にはなれなかったけれど、あなたの将来については私なりにいろいろ考えているんだ。上手なことを言ってくる男の手紙に、心を動かしたりしてはいけないよ〉。

これは夕霧をあてこすっているのです。可愛がっていらした雲井雁をいとしく思われて、おばあさまの三条の大宮からは、〈遊びにいらっしゃい〉というお便りがしょっちゅう来ますが、雲井雁は無邪気に、〈おばあちゃまのところへ行っていい？〉と父君に聞けなくなっています。こんなふうに、無邪気な少女もいつしか、物思い多いおとなになっているのでした。

内大臣にとって、いまのところ雲井雁より気になるのは、新しく来た姫君です。このひとは近江から連れてこられたので〈近江の君〉と呼ばれていました。内大臣は、近江の君が住む部屋を訪れますが、先払いの声を制して、足音を忍ばせて行きました。妻戸(つまど)が開いて御簾(みす)が広がっているので、丸見えです。

近江の君はどうしてなかなか、ちょっとした美人ですが、とても早口で、額がせまいのが難でした。紫式部が考えていた王朝の女人の美とは、額が広く、髪は長く美しく、言葉もゆったりと、というものでしょう。ところが、近江の君は、がさつに早口でしゃべります。

内大臣が覗(のぞ)いたとき、近江の君は、五節(ごせち)の君という若い女房と双六(すごろく)に熱中していました。王朝時代の双六は、二人が盤をはさんで、めいめいの竹筒にさいころを入れて振り出し、出た目の数だけ石を並べて先に敵陣に全部入れたほうが勝ち、というゲームです。

五節の君が筒を振るのを見て、近江の君は〈小賽小賽(しょうさい)!〉とはやします。小さな目が出るように、ということでしょう。すると五節の君も負けずに、〈お返しお返し!〉と、はしたないしゃべりかたです。内大臣がはいっていくと、二人はあわてて双六の手を止めました。

内大臣は言います。〈ここにいて退屈しないかい。しょっちゅう来てあげられればいいが、私も仕事が忙しくてね〉。近江の君は早口で、〈退屈どころか、長年、会いたいと思てたお父さんにお目にかかれて、こんな嬉しいことおへんのどっせ〉と言います。〈お父さんにどないぞして孝行したい思てます〉。

〈その気持は嬉しいが、孝行しようと思うのなら、もう少しゆっくりしゃべってくれないか〉。内大臣もユーモアのわからない人ではないので、にこにこしながら言います。

〈ほんまに、うちの早口はお母はんも心配していやはりました。お母はんの言いはるには、何でもうちが生まれたときに、安産のお祈りに来てはったお坊さんがえらい早口やったそうです。その影響を受けたんやろいうて心配してはりました。どないぞしてこの早口が直ったらええな思うてるのどっせ〉。

〈ところで、女御のおそばへ伺ってみる気はないかい〉と内大臣は言います。女御とは、中宮の争いに敗れた弘徽殿の女御ですが、いま里下がりをして同じ邸内におられます。

〈近ごろ呼びよせた娘の出来が悪くて〉と内大臣がこぼした折に、女御はほほ笑まれて、〈みなさんのご期待が大きかったから、気怯れしていらっしゃるのでしょう〉と新しい妹、近江の君を弁護されたのです。わが娘ながら、美しくて上品な素晴らしい貴婦人だと内大臣は思うのでした。女御は梅の花が咲き始めたような風情です。それにつけても近江の君のことでは頭が痛くて、〈あなたのお手もとでしつけて頂きたい〉と頼んだのでした。

近江の君は喜んで、〈ひゃあ、ほんまどすか。嬉しいわあ。うち、お父さんに迎えてもろうても、姉妹のひとに心安うしてもらわれへんかったら、このお邸におられしまへん。嬉しおす！〉と早口でしゃべります。〈今日でもご挨拶に伺ってご覧〉〈ひゃあ、女御さんのおそばにいられるんやったら、うち、便所掃除でも何でもします〉。〈そんなことはしなくていいがねえ……〉と、内大臣は笑いながら立ち去りました。後ろに、四位五位のお供がしずしずと付き添い、たいへんな勢威です。でも近江の君には社会的な地位などわかりませんから、〈まあ、見とうみ、あの立派なお姿〉と五節の君に自慢します。

五節の君は、〈ほんまどすなあ〉と心から言ったものの、〈けど、ほんま言うたら、あないな立派なお父さんやのうて、頃合いで、ほんまに可愛がってくれはる親御さんやったらよろしゅうおしたのになあ〉。

〈あんた、うちの幸せに水さすねんな。うちはな、今は内大臣の姫君なんよ。気安う言わんといてちょうだい。でも女御さんのとこへ参上するんやったら、先にお手紙でもさし上げたほうがええやろか〉〈あまり急に伺うてもいけまへんやろな。上流社会のことはようわからしまへんけど〉と、五節の君も本心では近江の君を心配しています。

近江の君は筆をとり、挨拶の手紙を書きました。誰の書風かわからないひねくった字で、とてもややこしい文章です。でもまんざら頭の悪いひとでもなかったので、歌も詠みます。

「草若み常陸の浦のいかが崎　いかであひ見む田子の浦波」――「草若み」というのは自分のことでしょうね。〈この若い身空で何もわからない者が、おそばへ参ります。どうかしてお目にかかりたいと思っております〉という意味らしいのですが、ずいぶんいろんな地名がはいっていますね。女らしく結び文にして花の枝につけ、樋洗童といって便器の掃除などをする少女に持たせます。

　女御の御殿へ行き、〈これを〉とさし出すと、少女の顔を見知ったひとがいて、〈あら、近江の君のところの子ですわ〉と受け取って、女御にさし上げました。女御は開いてごらんになり、〈何が書いてあるのか、よくわからないわ〉とほほ笑まれます。〈拝見してよろしゅうございますか〉と、女房たちは好奇心いっぱいです。手紙は手から手へ渡り、みんな笑いをこらえています。

　使いの少女は返事を待っていますが、女御は〈とても書けないわ。あなた書いて〉と女房におっしゃいます。〈かわって書いたのが知れてはいけません、お手ずから筆をお取りになったように書きましょう〉とさっそく、近江の君を真似て、いろいろ地名をよみこんで書きます。

「常陸なる駿河の海の須磨の浦に　波立ち出でよ筥崎の松」——この歌の意味は、〈待っていますわ〉だけなんです。〈困るわ、わたくしが詠んだと思われては〉と女御は言われますが、〈見る人が見ればわかりますよ〉と女房はお答えしました。

返事をもらった近江の君は大喜びで、〈待ってると言うてはるわ。はよ行こ行こ〉。さっそく口紅を濃くして甘ったるい匂いを衣に薫きしめ、参上の用意をする、というところで、この「常夏の巻」は閉じられます。

庭の篝火

次の「篝火の巻」。この巻は『源氏物語』の中では一番短く、数ページしかありませんが、不思議な気配の漂う、美しい巻です。

内大臣家の今姫君、近江の君についての世の評判があまりうるさいので源氏は、(内大臣にとっても、引き取られた近江の君にとっても、不幸なことだったな。気の毒だ)。そして、つい玉鬘にこぼしました。〈あんなに鳴りもの入りではなく、よく調べてそれとなくとか、ほかの迎え方がおありになったろうに。でも内大臣は、けじめをきっぱりつけられるかただからねえ……〉。

玉鬘にとっては実の父親のことですから、これからの人生航路の参考にもなろうかと源氏は思ったのでしょう。また源氏のそういう心づかいがわかる、怜悧な玉鬘です。(わたくしがひとまずこちらへ引き取られたのはよかった。何もわからずに、実の親だからとあそこへ迎えられていたら、どんなことになったか。もし気に入って頂けなければ、近江の君とやらと同じような目にあったのではないか)。そう思うと玉鬘は、源氏の君の優しさが身にしみます。(恋心をほのめかして言い寄られるのが困るけれど、先の先まで考えて下さる優しいかただわ)。

玉鬘の心に少しずつ変化が起きています。夜明けの空が、暗い色からだんだん曙の薄紅色に染まるように、源氏に対して違和感がなくなってくるのでした。

いつのまにか六条院に秋が忍び寄り、荻の上を吹く風も涼やかで、人々の衣の裾も吹き立てられます。源氏は、庭に篝火を焚かせました。

六条院の庭は広大です。鉄の輪のような篝火の入れ物に、松の木が焚かれます。上のほうには檀の木が大きく枝を広げ、下には遣水が流れています。御簾を隔ててほのかに篝火の明かりがはいってきます。

源氏は西の対で、琴を枕に玉鬘に寄り臥していますが、今では玉鬘もいやがらないようになっています。源氏は玉鬘にささやきました。「篝火にたちそふ恋の煙こそ世には絶えせぬ炎なりけれ」――〈あの篝火をご覧。まるで私の恋の炎のようだ。恋心はいつまでも燃えて、尽きることはない〉。

玉鬘の返歌は、「行方なき空に消ちてよ篝火の　たよりにたぐふ煙とならば」――〈煙なら空に漂って消えますわ。どうぞ、その思いも消して下さいませ〉。

〈人が見ています、手をお離し下さい〉と玉鬘は言いますが、そういう恰好を否まない不思議さ、それ以上に踏みこまない源氏の不思議さ。わかりにくい不思議な二人の関係です。

源氏は、本当は玉鬘を自分のものにしたいのですが、そうすれば世間から、〈何だ。娘分として迎えた姫ではないのか〉と非難の的になるでしょう。それに、妻の一人にしたとしても、紫の上以上には愛せないことは源氏もよく知っています。何といっても源氏には、紫の上が一番なんですね。そうすれば玉鬘は、明石の上や花散里と同じような地位になってしまいます。

(それなら髭黒の大将か、それとも蛍兵部卿の宮と結婚させようか。だが、どちらかの邸に引き取られてしまったら、どんなに寂しくなるだろう。いっそ身分の低い公家、納言あたりの男と結婚させようか。そうすれば、数ある妻の一人としてではなく、ただ一人の妻として愛される。それが女の幸せだろう。でも、それも寂しい。一番いいのは、ここに置いて誰かと結婚させ、夫という関守の目をくぐって忍んで会うことなのだが)などと考えています。(いま玉鬘に言い寄れないのは、彼女が何も知らないおぼこだからで、結婚して世の人情を知り、男女の仲のことがわかるようになれば、そういう関係になれるかもしれない）。

なんと不逞な考えでしょう。原典にも「いとけしからぬことなりや」とあります。そう言いながらも、紫式部は楽しんで書いています。たしかに男性にはこういう心理があるかもしれませんが、ここまで書ける女流作家は少ないでしょうね。

「篝火の巻」は短いけれども余韻ふかく、面白い巻です。

嵐の夜

秋は台風の季節。六条院にも野分が襲いました。中宮（秋好中宮）は秋がお好きで、秋の花をたくさん植えていられましたが、見事に咲いたと喜んでいらしたところに台風が吹き荒れたのです。透垣は壊れ、屋根をふく檜皮や瓦が飛び、大木の枝も吹き折られました。

この、すごい台風の中、真面目な夕霧は、〈おばあさまが怖がっていらっしゃるだろう〉と三条邸へ駆けつけました。そうしているうちにも父君が心配になって六条へ戻ってきます。夕方になってもまだ嵐はやみません。源氏の春の御殿へゆくと、いつもと違うたたずまいでした。風がはげしいので屏風や几帳がのけられて、妻戸が開いています。御簾が風で吹き払われ、向こうまでずっと見わたせるのです。

あっ、と夕霧は驚きました。座敷の彼方に、見たこともない美しい女人が何かに寄りかかって立ち、女房たちがまくれ上がる御簾を必死に押さえるのを見ながら、にっこり笑っています。何という綺麗な笑顔でしょう。あたたかくて清らかで、愛嬌がこぼれるばかりです。

（こんな美しいひとは見たことがない）。夕霧は、父の源氏にやかましく言って隔てられているので、この御殿に知り合いの女房はいないのですが、（あれは絶対に女房じゃない、紫の上だ）。夕霧は目を据えて、動くことができません。

（なるほどあんなに美しいかただったのか。だから父君は、ぼくをきびしく隔てられるのだ）。そして、春の霞の奥から匂いこぼれた樺桜（樺桜は普通の桜よりずっと色が薄いのです）のようなひとだと思います。

向こう側の戸が開き、源氏がはいってきました。〈たいへんな風だね。すぐ格子をおろしなさい、丸見えだよ。おや、妻戸があいている〉。夕霧はあわてて後ろへすさり、いま来たばかりのように咳払いをします。

〈どこから来たのか〉〈三条のおばあさまのところからです。この嵐をとても怖がっておられました〉〈無理はない。内大臣はこういうときに思いやりがなくて、おばあさまのところは人少なかもしれない。今夜は泊まってておあげ〉。

ちらっと紫の上の袖口の端が見えました。源氏が坐って、紫の上と何か話をしています。どちらも男ざかり、女ざかりの美しさです。独り者の夕霧は、〈本当にお似合いのご夫婦だなあ〉と感心しました。自分の親とは見えないほど若々しい源氏です。

夕霧がまた三条邸へ行くと、大宮は、〈瓦が飛び、木の枝も折れる中を、よく来てくれたのね〉と涙を浮かべて喜ばれました。その夜は、おばあさまを安心させるために泊まりましたが、夕霧は紫の上のことばかり考えます。〈あんな美しいかたを日夜目の前に見て過ごしたら、どんなに晴々した人生だろう〉。

母なしに育った寂しい夕霧にとって、女のひとに縁遠く〈花散里が母がわりに優しくしてくれますが〉、満たされないものがありました。紫の上を見て、憧れてしまったのです。

明け方、夕霧は六条院へ戻ってきました。花散里がどんなに不安がっているかと、お見舞いに行きます。真面目で律儀な青年ですね。そして、また父のいる春の御殿へ行きます。昨日と同じように咳払いをします。中から、源氏と紫の上の会話がもれ聞こえました。〈夕霧が来たらしいな。まだ夜が明けないのに〉。

紫の上の返事は小さくて聞こえませんが、源氏は笑って、〈若いころでも、あなたに経験させたことのない朝の別れだよ〉と言いながら出てきます。紫の上がまた何か言っていますが、機嫌のよい源氏の相づちに、二人の仲のよさは、夕霧にもしみじみわかりました。原典には「ゆるびなき御仲らひかな」とあります。（こういうのを水も洩らさぬ夫婦仲というんだろうなあ）。夕霧は羨ましく、憧れがいよいよ募ります。〈中宮はどうしておられるか〉と言う源氏の言葉に夕霧はまた、邸のなかでいちばん身分の高い秋好中宮のご機嫌伺いに行きます。中宮はもちろん姿をお見せになりませんが、〈激しい嵐でしたけれど、お見舞い頂いて心強く存じます〉という人づてのご挨拶がありました。

少し風がおさまったので、美しい女童たちがそれぞれ手に虫籠を持ち、庭に下りて草の露を入れてやっていました。やっと朝日が射しはじめますが、一面の霧です。庭草は、涙のような露を浮かべ、花々はしおれ、あたりには吹き荒されたものが散らばっています。霧の中に、少女たちの紫苑色や撫子色の着物がほのかに浮かび、美しい景色でした。

夕霧のショック

源氏は夕霧を連れて邸内の女人たちのところへお見舞いに出かけます。明石の上は、嵐の朝の寂しさに琴を弾いていましたが、急いで小袿を羽織り、礼儀正しく源氏を迎えました。源氏は、〈昨夜の嵐はたいへんでしたね。こちらへ来たかったけれど、持病の瘧りが起こったものだから伺えなかった。大丈夫でしたか〉と明石の上を慰めます。明石の上は賢いひとですから、実は心ここにあらずの源氏の思いがわかっています。〈お見舞い頂き、ありがとうございます〉と頭を下げるだけです。

源氏がいま一番行きたかったのは、玉鬘のところでした。夕霧はもちろん玉鬘の部屋へはいることはできません。(ぼくのお姉さまだというけれど、一度お顔を見たいなあ)。源氏から本当のことを知らされていなかったので、実は内大臣の娘であるということを知りません。あくまで自分の腹ちがいの姉だと思っています。玉鬘の顔を見たくて、そうっと覗き見ます。

夕霧はびっくりしました。何と、源氏が玉鬘を抱き寄せているではありませんか。(いくら何だって、世の父親があんなふうにするだろうか。それとも、長いこと離れて暮らしていると、あんな気持になるのか)。

夕霧がそんな思いをしているとも知らずに、源氏は玉鬘に言います。〈昨夜の嵐は、私の煩悩が起こした嵐だよ〉〈あの風に吹き立てられて、どこかへ飛んでいってしまいとうございました〉〈飛んでいきたいというのは、飛んでいくあてがおありなんだね。髭黒の大将か、それとも蛍兵部卿のところかな〉。二人は、夕霧が目を丸くして見ているのも知りません。

夕霧ははじめて玉鬘を見て、(美しいなあ。夕映えの中で露にきらめく八重山吹のようだ〉と思いました。

玉鬘は源氏に言います。〈わたくし、あの庭の女郎花（おみなえし）のように、風に折られてしおれてしまいますわ〉〈いつまでも強情を張られるからだよ。あのなよ竹をごらん。風のままになびけば、折れないではないか〉。

耳をそばだてている夕霧は、これが親子の会話だろうかと思いました。夕霧には、驚くことばかりです。

花散里のところへもお見舞いに行きます。花散里は野分の朝の肌寒さに、夕霧と源氏の着物を作るべく、さまざまな色に染め出した布を取り出し、若い女房たちがその世話をしていました。露草や紅花で染めた薄青（うすあお）や薄紅の生地が散らばっています。〈これはあなたさまに〉と花散里は源氏に言いますが、源氏は、〈いや、この色は若い人向きだ。夕霧にやって下さい〉などと言って立ちます。

源氏と別れて、夕霧は、ちい姫の部屋へやってきます。〈昨夜の嵐に、姫君はびっくりなさったでしょう〉。夕霧はここの女房たちとは、顔見知りです。〈たいへんでしたのよ。とてもこわがられてお母さま（紫の上）のところへ行っていらっしゃいます〉〈そうですか。ままごとの御殿は大丈夫でしたか〉と夕霧が冗談を言うと、女房たちも笑って、〈扇の風でも大騒ぎなさるのに、あんな大嵐ですもの。ままごとの御殿が壊れやしないかと、それはたいへんでしたわ〉。

夕霧は、自分自身でも見舞いに行きたいところがありました。雲井雁と、その後知り合った惟光の娘の五節の舞姫です。この二人が、今のところ少年の恋人でしたが、まず見舞いの手紙を出そうとして〈すみませんが、紙と硯を貸して下さい〉と女房に言い、紫の薄様の紙をもらって、さらさらと何か書きました。女房たちは奥ゆかしく思い、見たがりますが、もちろん青年は見せません。

その歌は、雲井雁にあてたものでした。長いこと会えないけれど、ラブレターを交わし合っていて、〈いずれは一緒になろう〉と誓い合う恋人たちです。夕霧は儒学者上がりですから堅苦しく、源氏や玉鬘のように、おとなの雅びた歌は詠めません。「風騒ぎむら雲まがふ夕にも　忘るる間なく忘られぬ君」と堅苦しい字で堅苦しい歌を書き、吹き乱れた刈萱の茎につけます。

〈雅びたお手紙は、綺麗な花におつけになるのがよろしいのでは〉と女房たちが言うと、青年は、〈ぼくは、そういう風流を知らないんですよ〉と言いながら、二通の文を渡し、そばにいつもついている若者を、それぞれ使者として出しました。

人びとがざわめき、ちい姫が紫の上のところから戻ってきたようです。覗いてみると、髪はまだ背丈ほどもありませんが、裾がふさふさとしてとても美しい少女でした。少女が静かに歩いて、自分の部屋へはいろうとするのをかいま見た夕霧は、（大きくなったら、どんなに綺麗になるだろう。風に揺れる満開の藤の花のようだ）と思います。

花のような女人たちを花々によそえて、「野分の巻」は終ります。

うたかたびとの運命「行幸(みゆき)」「藤袴(ふじばかま)」「真木柱(まきばしら)」

玉鬘の処遇

今回は、「行幸の巻」「藤袴の巻」、そして「真木柱の巻」です。三巻とも、玉鬘の姫君に関する内容ですが、玉鬘はそのあと物語の舞台から一応退き、脇役になります。

源氏は玉鬘の処遇に悩んでいました。愛人にするのもかわいそうだし、六条の女人たちも苦しめることになります。かといって、求婚者の誰かにやるのも業腹です。美人で性質がよく大好きなタイプの玉鬘を、源氏は誰にも渡したくありませんが、自分のものにもできかねています。妙案がひとつありました。宮仕えさせることです。それも後宮に入れるのではなく、尚侍という公職につけることです。

〈女性の身で公職につくのは素晴らしいことだが、どうだね〉と源氏はすすめますが、玉鬘は気が進みません。(宮中へはいって、公職だけですめばいいけれど、帝のご寵愛を受けるようなことがあったらどうしよう。源氏の君は、娘分として秋好中宮を入れていらっしゃるし、父君の内大臣も実の娘を弘徽殿の女御にしていらっしゃる。両方にはさまれて、わたくしは具合が悪いわ。それにたくさんの女人がいらして、気苦労も多いだろうし)。

これだけ想像力のある女性になっていますが、玉鬘には、相談する姉妹も母親もいません。

その年の十二月に、洛西の大原野に行幸がありました。卯の刻（午前六時）に、美々しい行列が、大内裏の真ん中の朱雀門を出て南下し、五条大路で西へ折れます。ずっと行くと、〈西の川〉と呼ばれる桂川があり、それを越えた大原野で鷹狩が行われるのです。時の帝、若い冷泉帝の一世一代の大きな鷹狩として描かれますが、これは、延長六年（九二八年）に醍醐天皇が大原野で鷹狩をなさった史実に基づいているのですね。

近来にない盛儀なので、都はもとより近在の人々が行列を見物しにやってきます。見物衆や物見車が、桂川のそばまでびっしり並びました。上達部、殿上人をはじめ、随身や馬副にいたるまで、美々しく綺羅を尽くし、馬の鞍まで立派なものです。しかも男たちだけの行列ですから、女性の観客は色めき立っています。六条院の人たちも大喜びで出かけ、玉鬘も出かけました。

玉鬘がはじめて見る美しい貴公子たち。その中でも、やはり一番目についたのは冷泉帝でした。帝は輿のうちで、端正な横顔を見せていらっしゃいます。ほかの男たちは青い袍を着ていますが、帝だけは赤いお召し物。原典には、〈雪がお供の青い袍の上にはらはらと散りかかり美しかった〉とあります。

（素敵なかただわ）と玉鬘は娘ごころに思います。（こんな素敵な帝のおそばでなら、宮仕えもまんざらでもないかもしれない）。

次にどうしても見たかったのは、実父の内大臣（頭の中将）です。父君は男ざかりで立派な恰幅の、素敵な中年紳士でした。

玉鬘に熱心に求婚している蛍兵部卿の宮が、優雅な風情で通られます。それとこれも熱心に言い寄っている髭黒の大将もいます。右大将ですから、胡籙（矢を入れた壺）を背負い、たくましい体格で色浅黒く、髭で顔の半分を覆われた立派な武官です。でも玉鬘は若い娘ですから、（なんてむくつけき野蛮なたたずまい。だから、あのかたの恋文は無骨なんだわ）。

その翌日、玉鬘のもとへ源氏から手紙が届きました。〈帝をいかがご覧になりましたか。宮仕えに心が動いたのではありませんか〉。さすがに女心を洞察しています。

源氏は、紫の上になんでも話しますから、〈ぜったい、あの娘は心を動かしているね〉〈まあ、そんなはしたないことを帝に向かって〉〈いやいや、あなただって、帝をご覧になればポーッとなってしまうだろう〉などと言い合っています。

玉鬘を宮仕えに出すとなると、まず裳着の式をしなければなりません。貴族の姫君の成人式です。袿を重ねて着て、「裳」を後ろ腰に付け、唐衣という短い羽織のようなものを羽織って正装します。そしてしかるべき人に裳の腰紐を結んでもらい、〈一人前の女性になりました。もう結婚の資格があります〉と、世間にお披露目するのです。

宮仕えとなると、素性をはっきりさせなければなりません。これまでは源氏の娘分ということにしていましたが、本当の父君は内大臣ですから、藤原家の姫です。藤原家の氏神は春日明神で、〈こちらの氏子です〉と明神さまに報告し、内大臣の姫であると天下に知らせなければならないわけです。

（それにはまず、内大臣に打ち明けなければ……）。

そこで源氏は、病気で臥せっておられる三条の大宮のところへ、お見舞いに出かけます。

大宮に会った源氏は、〈思いのほか、お元気そうではありませんか〉と元気づけます。〈いいえ、もう先は短うございますよ。長いこと生きましたから、いつお迎えが来てもいいんですけれど、夕霧がとても親切にしてくれるのが嬉しくて〉。

〈内大臣はお見舞いにはいらっしゃいませんか。実は内々、お話があるのですが〉と源氏が聞くと、〈公務が忙しいのか、情が薄いのか、あまり来てくれません。お話というのは、夕霧と雲井雁の結婚のことですか〉。

大宮はそれが一番気がかりです。お気に入りの孫二人を、どうしたら一緒にさせられるか。内大臣がいつまでも我を張っているので、そんな心配がお言葉に匂います。

〈いやいや、そのことではなく〉と源氏は笑い、〈あれはなりゆきにまかせましょう。そのうち時が解決してくれます。いったん立った浮名はなかなか消えませんから、内大臣がお心を痛めていられるのはお気の毒です。でも、その件ではないのです。お驚きになってはいけません、内大臣の娘が一人、現れたのです。縁あって私が引き取り育てていましたが、帝のお耳にはいり、そういう娘がいるなら尚侍にさし出すよう仰(おお)せられました。それで娘にくわしく聞いてみますと、どうも生まれ年などからして、内大臣のお子のようなのです〉。

大宮はびっくりなさいました。〈まあ、そんな子がいましたの。でもそのひとは、どうしてあなたのところへ先に行ったのでしょう〉〈よくわかりませんが、内大臣のご威勢をおそれて、私のほうへまず声をかけて来たのでしょう〉と、源氏は適当にはぐらかしました。

内大臣は大宮から呼ばれて、〈いよいよ、雲井雁をくれと折れて来たのか。だが、まだまだ〉と思いながら出かけ、源氏から予想外の話を聞かされたのです。〈あの夕顔(ゆうがお)の忘れ形見……〉。内大臣は呆然(ぼうぜん)とします。〈どうしているか、会いたいものだといつも思っていた。三歳のときに別れたきりのあの子が、大きくなってあなたのお手もとで……〉。

〈若い日に、「雨夜の品定め」で、きみから夕顔の話を聞かされたじゃないか〉。

　会えば昔ながらの友情がよみがえり、熱いものが心を濡らします。二人は泣きつ笑いつ、お酒を飲んで楽しく一夜を過ごしました。

〈その姫の裳着の祝いをするので、ぜひ〉と源氏が言うと、内大臣も快く承諾します。二人の仲のよい語らいを見て、大宮はとても嬉しかったのですが、二人をつなぐ楔になった葵の上が、とうに亡くなっていることを寂しく思われるのでした。

　二月十六日に裳着の式が行われることになり、あちこちから祝いが届きます。大宮からも、櫛の箱が届きました。〈孫が増えて、とても嬉しく思っています。尼がこんなときに口出しするのは縁起が悪いでしょうが、わたくしの長生きにだけはあやかって下さいね〉という優しい手紙が添えてありました。源氏はその手紙を見て、〈綺麗な字をお書きになるかただったがなあ……。やはり少し衰えられたか〉。

　式は亥の刻（午後十時）から始まりました。はじめて見る娘の顔が内大臣によく見えるように、あかあかと灯がともされます。玉鬘も、（お父さまにお目にかかれる）と胸がいっぱいでした。美々しく衣裳をつけ、調度類も新調してあるのを見て、源氏はよくしてくれた、と内大臣は感じ入っています。玉鬘をもっとよく見たいと思いますが、まともに見ることもできず、歌を詠みました。

〈今まで誰にも知られずに、どうしていたのか。源氏の君に養われていようとは思いもよらなかった〉という意味の歌でした。玉鬘は恥ずかしがっているので、源氏がかわりに、〈いきなり名乗り出たらどんなあしらいを受けるか心配で、まず私のところへ来たのでしょう〉という意味の歌を返します。

（いつか夢占い人に、「姫君がひとり、どちらかに養われていますね」と言われたが、このことだったのか）と内大臣は思います。

髭黒の求婚

春の終わりの三月二十日に、とうとう三条の大宮が亡くなられました。実のおばあさまですから、玉鬘も喪に服さなくてはなりません。求婚者たちは、裳着の式がすんだ今はぜひ結婚を、と熱心に言ってきます。中でも一番熱心なのは髭黒でした。

髭黒の大将は、三十二、三歳、立派な家柄の出で、東宮の伯父にあたりますから、次期政権の担当者です。社会的名士なので、源氏も黙殺はできません。妻帯していますが、この時代、上流貴族の男性は何人も奥さんを持てたのですね。

髭黒の北の方は式部卿の宮の娘でしたから、紫の上とは腹違いの姉妹です。髭黒より三歳か四歳年上なので、髭黒はかげで妻のことを〈おばあちゃん〉と呼んだりしています。品があって美しいかただったのですが、いつごろからか病気がちで、ほとんど寝たきりです。それもすごいヒステリーなので、さすがの髭黒も手を焼いています。家うちは荒廃し、〝安住の地〟ではないのですが、髭黒は優しい人ですから、その奥さんを大事に看病していました。

子供も三人いて、十二、三歳の娘と、十歳、八歳の息子たちです。上の息子は童殿上(わらわてんじょう)をしていますが、賢くて可愛いと評判の子。髭黒は子供たちをとても可愛がっており、とくに娘は目に入れても痛くないほどです。妻を離縁しようとか、別れて住もうとは思いませんが、これではあまりに寂しい人生だと思っています。でも、真面目で無骨な人ですから、浮いた噂は一度も立ったことがありません。それが、どこで玉鬘を見そめたのでしょう、ときめきを抑えられず、髭黒は熱心に求婚の手紙を出します。

八月末に大宮の喪が明けましたが、九月は入内(じゅだい)には忌月(いみづき)になっているので、玉鬘が参内するのは十月にきまりました。十月になれば玉鬘は宮中の雲の上へ去ってしまうのです。それで求婚者たちは、喪の明けるころからいよいよ目の色を変えて玉鬘に言い寄っています。

源氏としては、まず宮仕えをさせてうるさい求婚者たちを追い払い、いずれ折があれば、という下心でした。

玉鬘は、宮中にはいろいろな女人がいらっしゃるし、苦労が多いのではないかしらと物思いにふけっています。相談相手もいず、賢いだけに、先々のことを考えて、思い乱れているのです。

そこへ夕霧がやってきました。鈍色の直衣に、冠の纓を巻き上げた喪服姿です。〈父のことづてをお伝えに参りました〉。これまでは姉弟だと思っていたのが、裳着の折に源氏から、〈実はあれは内大臣の姫なんだ。事情があって、私が娘分として預かっていたのだ〉と聞いて夕霧は、(なるほど。野分の日に見た怪しいたたずまいは、実の娘ではなかったからか)と思い、(父君はやはり、このひとに関心があるな)と察しています。

夕霧は、〈帝から父に、早く出仕して尚侍の仕事につくように、というお言葉がありました〉と言いに来たのですが、実は内大臣の姫とわかったときから、玉鬘に熱い思いを抱いています。でも真面目で律儀な青年ですから、このひとは雲井雁の姉妹になるわけだし、そういうわけにはいかないとも思うのです。

夕霧は御簾の下から、藤袴のひともとをそっと差し入れて、〈この藤袴の紫のゆかりにかけて、私とあなたは従姉弟同士。おろそかに思ってくださいますな。私はあなたに宮中などにはいってほしくないのです。いつまでも私の美しき姉上として、おそばにいてほしい。六条院で暮らして頂きたいのです〉。

〈でもこの藤袴の花の色のように、ごくごく薄いご縁ではありませんか〉と言って、玉鬘が花を手に取ろうとすると、夕霧はその手を握ります。困った、と思った玉鬘はさりげなく手を離し、〈少し気分がすぐれませんので〉と立ってしまいました。残り香を感じながら、夕霧は、玉鬘の君が、宮中へ行ったり、ほかの男の持ち物になったりしたら、ぼくも寂しいなあ、なんて考えるのでした。

「藤袴の巻」は短いのですが、深いものを含んでいます。「藤袴の巻」と「真木柱の巻」のあいだには、大きな運命の変転があるので、突然、という感じで、違う運命が出てきます。その抜けた部分を、私は『新源氏物語』に、こうもあろうか、ああもあろうかと埋めて書きました。原典には、ところどころに〈後世の人たちの想像に任せます〉というところがあるので、それを埋めていくのが、現代語訳の作者の楽しい作業です。ここでいう現代語訳というのは、逐語訳ではなく、自由な意訳であったり、抄訳であったりするわけですが——。

「弁のおもと」という、玉鬘に仕える女房がいて、髭黒の手紙の使者をしていました。王朝の時代、女性に言い寄るにはある社会慣習があって、男は伝てを頼って手引きをする女房を見つけ、〈姫君にこの手紙を渡して、返事をもらっておくれ〉と頼むのです。もちろん物質的な報酬は与えていたでしょうね。髭黒にとっては、それが弁のおもとでした。

弁のおもとは若いけれど、なかなか賢い娘です。髭黒に好意をもっていたのでしょう。(見た目はむくつけきかただけど、誠実で頼りがいがあって、男性としてご立派だわ)。また玉鬘についても、(ふつうの姫君とちがって自分の考えを持っていらっしゃる。賢い、しっかりしたかただわ。髭黒さんとはお似合いかもしれない)。

弁のおもとが手引きして一度二度、こっそりと玉鬘をかいま見させたのかもしれません。髭黒の大将は、いっそう夢中になってしまいました。そして、〈ぜひ、姫のもとへ手引きしておくれ〉と思いつめます。〈まあ、恐ろしいことを。六条院は人がとても多いのに。もしこんなことが源氏の大臣に知れたら、お怒りが怖うございますわ〉。さすがに弁のおもとは尻ごみします。

ところが恋が与える明晰さで、髭黒は答えます。

〈大丈夫だよ。私は東宮の伯父、次の世代の実力者と誰もが見ている。政治感覚の鋭い源氏の君だ、こういう私と関係を持つのがおいやであろうはずがない。ただし、あのかたも玉鬘の君に惹かれていらっしゃるようだから、ほかの男の持ち物になって目の前から去っていくのが耐えられないのだ。だから誰も手の届かない宮中へ上げて、ほとぼりをさまして、と思っていらっしゃるに違いない。だが、私とのご縁に不足はとなえられないはずだ。何よりも〉と髭黒は力をこめて言います。〈実父の内大臣のお許しを得ている。内大臣は私を婿にすることには大賛成だ。「宮中にはいってたくさんの女人の一人として愛されるより、一人の男に妻として熱愛されるほうが幸福だろう」とおっしゃって下さった。だから、どちらにしてもまちがいはない〉。

弁のおもとは、（これが姫君にとっての真の幸福かもしれない）と決心し、そして髭黒を説得したでしょう。〈あまりご無理なことをなさると、女心は必ず傷つきますよ。誠意と愛情をこめてお話しして下さいね〉。

髭黒はいざとなると急に気弱になり、〈私は風流なことも気の利いたことも言えないのだが……〉〈そんなもの、必要ありませんわ。男の真心の前には、誰だって折れますわ〉と弁のおもとは力づけて、こっそりと玉鬘の部屋へ案内します。

玉鬘は心用意がなかったので、本当にびっくりしました。髭黒は自分の気持のありったけを夢中でしゃべります。〈私は十何年寂しい人生に耐えた。こんなものかと思って辛抱してきました。でもあなたを見て、もう一度新しい人生を生きたくなった。ぜひ私と結婚してほしい……〉。

髭黒の周辺

やがて、夜が明けます。まわりの人々は、どんなに驚いたでしょう。〈まあ、髭黒さまがいつのまに？　どうして？〉。そのうち誰かが、源氏のところへ走っていきます。〈なに……〉と言ったきり、源氏は絶句しますが、すぐに〈帝のお耳にはいるのはおそれ多い。しばらくは世間に知れないように〉と注意します。〈真面目なやつは思いきったことをする。ぬかった〉。

源氏は内心、嫉妬(しっと)と憤怒(ふんぬ)で煮えくりかえりますが、できたことは仕方ありません。政治人間である源氏は、たちまち気を取り直し、〈粗相のないように、丁重にお扱いしなさい。六条院の婿君として〉と命じます。

そして、朝も夜も丁寧に髭黒をもてなし、三日目には華々しい結婚式を挙げてやりました。

一方、髭黒は、〈こんな美しいひとを手に入れた。前世の縁で結ばれたんだ〉と大喜びです。平生、石山(いしやま)観音を拝んでいたとみえて、原典には、〈弁のおもとと石山の観音さんを並べて拝みたい心境だ〉とあります。

玉鬘は、髭黒とそんな関係になりましたが、自分の気持からではなかったので、いつまでもうちとけず、ツンとしています。髭黒は、〈どうしてそんなに、ふさいでいらっしゃるのか。こうなったのも、あなたと私の運命。新しい運命に人生を賭(か)けようと、思って頂けませんか〉と懸命に口説きますが、玉鬘は、絶対に許さないわと思っています。弁のおもとは、玉鬘のご不興をこうむって出仕もできません。

髭黒は一日中玉鬘のそばにいて、六条院にこもりきりです。夜遅く来て朝早く帰るというのが王朝紳士のならいですが、髭黒はそういう世間のしきたりにとらわれる人ではないので、ただただ玉鬘のご機嫌を取り結びたくて、そばにつきっきりです。必死になって、〈どうかこれからの人生に期待して下さい。そして、私の子をたくさん産んで下さい〉と言うのを、玉鬘は身をかたくして聞いています。若い女に言う言葉じゃありませんものね。

すでに、髭黒の妻として結婚式も挙げたので、内大臣は満足です。〈これでよかった。あの娘も幸福になる。後宮へはいったとて、弘徽殿の女御のように物思いを重ねるのもかわいそうだ。髭黒のような真面目男に可愛がられたら、一生幸福に過ごせるだろう〉。

髭黒は一日も早く自分の家に玉鬘を呼ぼうと思い、改築しました。主婦が何年も寝こんでいた家ですから、荒れ果てていたんですね。それを繕い磨き立て、家具調度も新しく整えて、見ちがえるような家にしました。

一方、髭黒の北の方の父君式部卿(しきぶきよう)の宮はこの噂を聞いて、〈そんな若い娘にうつつをぬかすような婿なら、娘と孫たちを引き取ろう〉と怒っていられます。でも髭黒は、離婚する気は全くないのです。北の方のご機嫌のよいときを見はからって、なんども話し合います。

〈あなたとは三人の子までなした仲、どんなことがあっても、私はあなたを見捨てはしない。今まで十何年、病気のあなたを看護してきたではないか。父君はあんなふうにおっしゃるが、身分の低い者ならともかく、われわれのような身分では、別居だの離婚だのというのは人聞きも悪いし、そんなことをおっしゃるのは軽率というものだ〉と言うと、北の方はわずかに頭を上げて、〈わたくしの悪口をおっしゃるのはかまいませんが、お父さまの悪口はおっしゃらないで。でも、あなたは本当のところ、わたくしがこの家からいなくなればいいと思っていらっしゃるんでしょう〉〈そんなことはない。私が誠意のない男だったら、もっと早くに別れている。絶対に別れない。子供たちのためにも、あなたを離す気はない〉。

髭黒は、心底そう思っているので、真面目に誓います。

〈でも、わかっていますわ。あなたがあのひとに夢中になっていらっしゃるのは……〉。そう言う北の方は、いつになく正気でした。よろよろと起き上がり、〈今夜もあちらへいらっしゃるんでしょう。早くお支度なさらなければ遅くなりますわ〉と夫の身づくろいを手伝います。こういうところを見ると、新婚のころの若くて美しくて優しかった妻の姿を覚えている髭黒は、とてもいじらしくなりました。

北の方は火取りの香炉に香をくべ、かいがいしく夫の着物に香を薫(た)きしめます。〈どうぞ、いらして下さい。ここにいて、あちらのことばかり考えていられるより、あちらへおいでになって、こちらのことをお忘れにならない、女にはそのほうが嬉(うれ)しいものですわ〉。

〈雪が降ってきたから、大儀だなあ〉と言いながらも、髭黒はやはり、輝やくような六条院にいる、美しく若々しい玉鬘を思うと、心がはずみます。いやいや行くようなふりをして、着物を着ました。お供がやってきて、〈雪が小やみになったようです。今のうちに〉と遠慮がちに催促します。

そのとき突然、北の方が立ち上がり、火取りの香炉を取り上げて夫の背中にパーッと灰をかけました。灰神楽（はいかぐら）が部屋いっぱいに立ち、火種があちこちにこぼれて、大騒ぎになりました。みんな慌てて火種を拾います。髭黒は、頭も眉（まゆ）も髭も真っ白に、灰をかぶってしまいました。衣裳（いしょう）には点々と焼け焦げができ、こげくさいほどです。

〈何をするんだ！〉

〈いい気味！〉と北の方は叫びます。でもこれは、北の方に取り憑（つ）いた物（もの）の怪（け）が言わせているのですね。〈いい年をして、若い女にうつつをぬかすから、そんなざまになるんだっ。その恰好（かっこう）で六条へ行って、笑われるがいいっ〉。

〈取り押さえろ！　物の怪が取りついた、加持祈禱（かじきとう）の僧を呼べ！〉と髭黒は大声で叫びますが、情けなくて、その声もかすれます。

お坊さんが夜中なのにやってきて拝み、数珠（ずず）で北の方を打ち叩（たた）きました。北の方に取り憑いた物の怪を責めているのです。明け方になって疲れたのか、北の方はうとうとしはじめました。

〈どうぞこの間に〉と髭黒は人びとに急かされますが、頭から灰をかぶったひどい恰好で行くわけにはいきません。着物を着がえますが、下着まで焼け焦げがつき、焦げくさい臭いがまつわりついています。

〈これは無理だ。今日は行けない〉。髭黒はうめいて、大急ぎで手紙を書きました。〈突然、病人がでました。雪も降って参りましたので、今夜は残念ながら参れません。一足でもお近くへ、と思うせつない気持をお察し下さい〉。真面目な、綺麗な字で書きました。この髭黒の大将は、風流なことにはいささか劣るかもしれませんが、官吏に必要な漢学の素養は充分にそなえた教養人です。

その手紙を持って、使者が玉鬘のもとへ行きましたが、玉鬘は、〈ただいま気分が悪いので〉と、返事を書きませんでした。

そんなことがあったので、髭黒は家へ帰るのがとても怖いのです。今度は何をされるかわからない。火鉢ごと投げつけられたらたいへんです。たまさかに家へ帰っても、別棟に子供たちを呼んで、そこで会います。

髭黒は淋しい人生の明け暮れに、自分付きの女房の木工の君と、北の方付き女房の中将のおもとを愛人にしていました。先にも言いましたように、この時代の高級貴族の家ではままあったことで、召人などと呼ばれていましたが、愛人ではあっても彼女たちは北の方の味方です。木工の君は髭黒の着がえを手伝いながら、〈北の方さまの胸の思いが結ぼれて火になったのでしょうね〉などと厭味（いやみ）を言います。

　髭黒は、はじめこそ木工の君を美しいと思い、可愛くも思って愛人にしたのですが、玉鬘を手に入れた今は、〈どうしてこんな女を愛人にしたんだろう〉。男心って現金ですね——これは私が言うのではありません、原典にあるのです。

　そんなわけで髭黒は、六条院にいることが多くなってきました。北の方の父君式部卿の宮は、〈もう、見ていられない。ここまで馬鹿にされて、留まることはない。実家へ戻ってきなさい〉と、北の方のご兄弟を迎えにさし向けられます。

玉鬘の出産

　北の方は、〈家に帰らなくなった夫を待って、いつまでいるのも外聞が悪いし、恥になる。お父さまがそんなにおっしゃるなら〉と、子供たちを引き連れて戻ることにします。

　三人の子を呼んで、〈お母さまは幸せが薄くて、この家を出ていくことになりました。娘や、あなたは私と一緒に。息子たちは、立身のためには、ここに残ったほうがいいかもしれないけれど、お父さまは別のひとを好きになられたの。そのひとに苛（いじ）められたら、あなたたちだって先行きはおぼつかないわ。お母さまと一緒に、おじいちやまのところへ移りましょう〉。

息子たちは事情もわからず、〈牛車に乗って行くんだね〉と喜んでいます。それもあわれですが、姫君は髭黒に可愛がられて、自分も大好きなお父さまですから、〈ひとめ、お目にかかって、「おじいちゃまのところへ参ります」とご挨拶して行きたい〉と、何やかや言いながら、動こうとしません。

〈どうしたの、一緒に行きたくないの〉と母君に言われて、〈でも、お父さまが……〉と言ったきり、泣きじゃくっています。

〈待っていても、お戻りにならないのよ〉と言われて姫君は、泣く泣く置き手紙を書きます。姫君は東面の丸柱が好きで、いつも寄りかかっていました。（お庭も見えるし、お父さまやお母さまのお顔も見えて弟たちも遊んでいたこの場所が好きだった。わたくしが出ていった後は、誰がここへ来るのかしら）と、可憐な歌を一首、檜皮色の紙に書いて、笄で柱のわれ目に押し込みました。

「今はとて宿かれぬとも馴れ来つる　真木の柱はわれを忘るな」――〈お母さまと一緒に出ていくけれど、わたくしがいつももたれた真木柱よ、おまえはわたくしを忘れないでね〉。少女らしい歌ですね。「真木柱」というのは檜や杉の立派な丸柱のこと、古くからある言葉です。

妻子が実家の式部卿の宮のところへ行ったという知らせを受けて、さすがの髭黒も、玉鬘のそばを離れて邸(やしき)に戻りました。〈どんな様子だったか〉と木工の君に聞きます。〈姫さまが最後までしぶられて。ここにお歌を……〉。

髭黒が取り出すと、姫君の幼い字で書かれた歌がありました。それを読んで涙がしたたり落ちます。

髭黒は、すぐ義父の邸へ車を走らせました。〈あんまりではないか。私が粗末に扱ったというならともかく……〉。そう思いながら行きましたが、〈風邪をひいて籠(こも)っているから〉と、宮は会って下さいません。もちろん北の方も会いません。そして、女の子は女親のものという感じで、娘にも会わせてくれないのでした。

髭黒は仕方なく息子たちを連れて帰りますが、正直、息子たちの処遇に困りました。小さい息子たちを連れて六条院へ行くわけにはいきませんものね。下の男の子が、〈お父ちゃま、明日は帰ってこられるの〉。そんな約束がどうしてできましょう。玉鬘のもとへ行けば、二、三日居つづけになるのはわかっています。それでも、玉鬘のそばへ行くと、髭黒はなにもかも忘れてしまいました。

玉鬘は噂を聞いて、(まあ、いやだ。わたくしのために家庭崩壊だなんて。こんなふうになるのではなかったわ)との思いが強くなるばかりです。

年が明け、玉鬘があまりに不機嫌なので、髭黒は、〈帝(みかど)が心配して下さっているらしいから、一度参内してみるかい。尚侍(ないしのかみ)の任務は解けていないんだから、伺ってみたら〉と、すすめます。玉鬘は飛びつく思いで、〈そうさせて頂きます〉と、たちまち支度をはじめました。

美々しい行列などを整える世話は源氏がしてくれて、立派に宮中へはいります。尚侍というのはたいへんな勢力ですから、宮中ではお部屋を頂き、帝からもお言葉を賜りました。

〈結婚したんだってね。とても残念だ。あなたが宮中にはいってくれるのを、どんなに心待ちにしていたか。でも、尚侍としての任務は尽くすように。あなたを三位に叙したのは、せめてもの私の気持だ〉。まだなんの御用もしていないのに、玉鬘は、はや三位を頂戴したのです。〈ありがとうございます〉とだけで、玉鬘も何とも申し上げられません。

〈このままずっと、宮中にいてくれたらいいのに〉と帝はおっしゃいますが、髭黒は〈もういいだろう、もういいだろう〉と待っています。玉鬘が宮中のはなやかさに心を奪われて、そのまま留まってしまうのではないかと、気が気ではありません。

源氏も、〈しばらくでも、宮中での御用をしたほうがいい〉と言いますが、髭黒は、〈帝が玉鬘の君の部屋におはいりになり、お言葉を賜りました〉と聞いただけで、不安になります。源氏や内大臣には、〈風邪をひいたらしいので、自宅で療養したいと思います。ついては、離れ離れだと心配ですので、連れて帰りとうございます〉と言って、玉鬘を六条院ではなく自分の邸へ連れて帰ってしまいました。

源氏はなすすべもありません。見事に、玉鬘は髭黒の掌中に落ちてしまいました。なんということだ、と源氏は地団駄踏んでくやしがります。

髭黒の邸へ連れていかれた玉鬘の胸に、不思議な感情がわき起こりました。今になって、源氏が慕わしくなったのです。その優しい、柔らかな、春雨のような言い寄りかた、それらすべてが懐かしくなりました。玉鬘が髭黒と結婚した二、三日後、髭黒がたまたま自分の家に戻っていたとき、源氏はそっとやってきて言いました。〈どう、元気ですか。今にしてわかったでしょう、私の気持が。琴を枕に添い寝しても、私はあなたに何もしなかった。指一本ふれなかった。男がすべてそうではないことが、よくおわかりになったでしょう〉。玉鬘はそれを覚えていて、心底懐かしく慕わしいのです。まだまだ玉鬘は、ロマンチックなんですね。

玉鬘が宮中を去るとき、帝が、〈もう帰るのかい。髭黒は一徹だから、あなたを連れ戻したら、二度と参内させないだろうね。でも、手紙くらいは交わしてもいいだろうか〉。玉鬘は、〈風の便りにつけてお言葉の端々を頂きますれば、どんなに嬉(うれ)しゅうございましょう〉。そう言って、お別れしました。また、蛍兵部卿の宮の恋文の優しかったこと……玉鬘はそんなことばかり考えています。まだ、夢見る乙女なのですよ。ですから、いまだに髭黒の妻になったという気はないのです。

右近を介して源氏から、しめやかな手紙がもたらされました。右近は、玉鬘とめぐりあって以来ずっと、玉鬘付きの女房になっています。

「かきたれてのどけきころの春雨に　ふるさと人をいかに偲ぶや」――〈長い春の雨です。昔の人を偲んで、懐かしく思っていらっしゃるのではありませんか〉。玉鬘は涙が出そうになって、返事をしました。

「ながめする軒のしづくに袖ぬれて　うたかた人を偲ばざらめや」――〈軒のしずくとわたくしの涙、どちらともわかりませんが、袖が濡れて昔の縁の人が懐かしゅうございます。お目にかかりとうございますわ〉。

しばらくして源氏はまた、鴨の卵が手にはいったというので、手紙を付けて届けてきます。

〈久しくお目にかかっていませんね。家で育った雛鳥はどうしているでしょうね〉という手紙に、玉鬘は返事ができませんでした。髭黒は得意そうに笑って、〈返事は私が書こう〉と言います。〈雛鳥も、今では一人前に成長しましたので、おのが巣作りに励んでおります〉。玉鬘はすでに懐妊していたんですね。髭黒の得意そうな顔を思うと、源氏はいよいよくさります。

玉鬘は十一月に男の子を出産しました。

　さて、かわいそうなのは、笑い物になっている近江の君です。〈あたしより後に来たひとが尚侍にならはって〉と弘徽殿の女御に訴えに行きました。〈あたし、尚侍にしてほしかったわァ〉。女御の兄弟の柏木たちが聞いて、吹き出します。〈いや、ぼくたちも尚侍になりたかったんだよ〉と冗談を言います。〈ぼくたちこそと思っていたのに〉。

〈よってたかっていじめはって、意地悪やわァ〉と近江の君は怒りますが、困ったことに、近江の君は色気づいてきて、宮中で目にする貴公子たちに色目を使うので、内大臣も弱っています。

　ある秋の夜、弘徽殿の女御のもとで音楽会が始まりました。珍しいことに、夕霧もその音色に誘われるようにやってきました。謹厳実直な青年にしては珍しく、女房たちに冗談を言ったりします。女房たちも喜んで、〈おかたい夕霧さまが珍しいこと〉とはしゃいでいます。

　そこへ近江の君がしゃしゃり出て、〈あら、あのかたが有名な夕霧はんどすか〉。女房たちが〈しっ、しっ〉と制止するのに、〈夕霧さんはまだ独身でいてはりますねんてな。あたしを奥さんにしてえっ〉と叫びます。みんな、もう、どちらを向いていいかわからず、顔が真っ赤になってしまいました……。

　というところで、「真木柱の巻」は終ります。

有為転変の玉鬘の運命ですが、玉鬘はその運命の中で、さらに賢く生き、やがて時の権力者髭黒夫人として、世に重んじられるようになります。

（以下、下巻）

本書は、二〇〇九年八月、九月、十月に小社より刊行した文庫を改版し、上下巻に分冊したものです。

本文中には、今日の人権擁護の見地に照らして、不適切と思われる表現がありますが、著者が故人であること、作品自体の文学性を考え合わせ、親本のままとしました。

（編集部）

光源氏ものがたり　上

たなべせいこ
田辺聖子

令和5年 12月25日　初版発行

発行者●山下直久

発行●株式会社KADOKAWA
〒102-8177　東京都千代田区富士見2-13-3
電話　0570-002-301（ナビダイヤル）

角川文庫 23948

印刷所●株式会社暁印刷
製本所●本間製本株式会社

表紙画●和田三造

●お問い合わせ
https://www.kadokawa.co.jp/（「お問い合わせ」へお進みください）
※内容によっては、お答えできない場合があります。
※サポートは日本国内のみとさせていただきます。
※Japanese text only

ISBN 978-4-04-114623-1　C0193

◇◇◇

角川文庫発刊に際して

角　川　源　義

第二次世界大戦の敗北は、軍事力の敗北であった以上に、私たちの若い文化力の敗退であった。私たちの文化が戦争に対して如何に無力であり、単なるあだ花に過ぎなかったかを、私たちは身を以て体験し痛感した。西洋近代文化の摂取にとって、明治以後八十年の歳月は決して短かすぎたとは言えない。にもかかわらず、近代文化の伝統を確立し、自由な批判と柔軟な良識に富む文化層として自らを形成することに私たちは失敗して来た。そしてこれは、各層への文化の普及滲透を任務とする出版人の責任でもあった。

一九四五年以来、私たちは再び振出しに戻り、第一歩から踏み出すことを余儀なくされた。これは大きな不幸ではあるが、反面、これまでの混沌・未熟・歪曲の中にあった我が国の文化に秩序と確たる基礎を齎らすためには絶好の機会でもある。角川書店は、このような祖国の文化的危機にあたり、微力をも顧みず再建の礎石たるべき抱負と決意とをもって出発したが、ここに創立以来の念願を果すべく角川文庫を発刊する。これまで刊行されたあらゆる全集叢書文庫類の長所と短所とを検討し、古今東西の不朽の典籍を、良心的編集のもとに、廉価に、そして書架にふさわしい美本として、多くのひとびとに提供しようとする。しかし私たちは徒らに百科全書的な知識のジレッタントを作ることを目的とせず、あくまで祖国の文化に秩序と再建への道を示し、この文庫を角川書店の栄ある事業として、今後永久に継続発展せしめ、学芸と教養との殿堂として大成せんことを期したい。多くの読書子の愛情ある忠言と支持とによって、この希望と抱負とを完遂せしめられんことを願う。

一九四九年五月三日

角川文庫ベストセラー

ジョゼと虎と魚たち　田辺聖子

車椅子がないと動けない人形のようなジョゼと、管理人の恒夫。どこかあやうく、不思議にエロティックな関係を描く表題作のほか、さまざまな愛と別れを描いた短篇八篇を収録した、珠玉の作品集。

人生は、だましだまし　田辺聖子

生きていくために必要な二つの言葉、「ほな」、と「そやね」。別れる時は「ほな」、相づちには、「そやね」といえば、万事うまくいくという。窮屈な現世でほどほどに楽しく幸福に暮らす方法を解き明かす生き方本。

残花亭日暦　田辺聖子

96歳の母、車椅子の夫と暮らす多忙な作家の生活日記。仕事と介護を両立させ、旅やお酒を楽しもうとあれこれ工夫する中で、最愛の夫ががんになった。看病、入院そして別れ。人生の悲喜が溢れ出す感動の書。

私の大阪八景　田辺聖子

ラジオ体操に行けば在郷軍人の小父ちゃんが号令をかけ、英語の授業は抹殺され先生はやめてしまった。押し寄せる不穏な空気、戦争のある日常。だが中原淳一の絵に憧れる女学生は、ただ生きることを楽しむ。

恋する「小倉百人一首」　阿刀田　高

百人一首には、恋の歌と秋の歌が多い。平安時代の歌風を現代に伝え、切々と身に迫る。ただのかるたと思うなかれ。人間関係、花鳥風月、世の不条理と、深い世界を内蔵している。ゆかいに学ぶ、百人一首の極意。

角川文庫ベストセラー

日本語の冒険　阿刀田　高

デジタル時代だからこそ、よい日本語を身につけたい。コミュニケーションの齟齬を防ぎたい。作家・阿刀田高が、文章を読み、書くことの大原則をユーモアたっぷりに綴る、教養と実用のエッセイ集。

陰陽師鬼談　安倍晴明物語　荒俣　宏

天地の理をしなやかにあやつったひとりの男――安倍晴明。芦屋道満との確執、伴侶・息長姫との竜宮での出会い、そして宿命的な橋姫との契り。知られざる姿が、今、明かされる！

かんかん橋の向こう側　あさのあつこ

常連客でにぎわう食堂『ののや』に、訳ありげな青年が現れる。ネットで話題になっている小説の舞台が『ののや』だというが？　小さな食堂を舞台に、精いっぱい生きる人々の絆と少女の成長を描いた作品長編。

富士山　編／千野帽子

川端康成、太宰治、新田次郎、尾崎一雄、山下清、井伏鱒二、夏目漱石、永井荷風、岡本かの子、若山牧水、森見登美彦など、古今の作家が秀峰富士を描いた小説、紀行、エッセイを一堂に集めました。

夏休み　編／千野帽子

灼熱の太陽の下の解放感。プール、甲子園、田舎暮らし、ほのかな恋。江國香織、辻まこと、佐伯一麦、藤野可織、片岡義男、三木卓、堀辰雄、小川洋子、万城目学、角田光代、秋元康が描く、名作短篇集。

角川文庫ベストセラー

光圀伝 (上)(下)　冲方丁

なぜ「あの男」を殺めることになったのか。老齢の水戸光圀は己の生涯を書き綴る。「試練」に耐えた幼少期、血気盛んな〝傾奇者〟だった青年期を経て、光圀はやがて大日本史編纂という大事業に乗り出すが——。

はなとゆめ　冲方丁

28歳の清少納言は、帝の妃である17歳の中宮定子様に仕え始めた。宮中の雰囲気になじめずにいたが、定子様に導かれ、才能を開花させる。しかし藤原道長と定子様の政争が起こり……魂ゆさぶる清少納言の生涯！

下に見る人　酒井順子

人が集えば必ず生まれる序列に区別、差別にいじめ。時代で被害者像と加害者像は変化しても「人を下に見たい」という欲求が必ずそこにはある。自らの体験と差別的感情を露わにし、社会の闇と人間の本音を暴く。

子の無い人生　酒井順子

『負け犬の遠吠え』刊行後、40代になり著者が悟った、女の人生を左右するのは「結婚しているか、いないか」ではなく「子供がいるか、いないか」ということ。子の無いことで生じるあれこれに真っ向から斬りこむ。

風景　瀬戸内寂聴

思いがけない安吾賞受賞とともに昔の破滅的な恋が蘇る「デスマスク」、得度を目前にして揺れた心を初めて語る「そういう一日」など、自らの体験を渾身の筆で綴る珠玉の短編集。第39回泉鏡花文学賞受賞作。

角川文庫ベストセラー

みずうみの妻たち (上)(下)　林　真理子

西郷（せご）どん！　前後編　林　真理子

浮雲　林　芙美子

舞姫・うたかたの記　森　鷗外

山椒大夫・高瀬舟・阿部一族　森　鷗外

老舗和菓子店に嫁いだ朝子は、浮気に開き直る夫に望みを突きつけた。「フランス料理のレストランをやりたいの」。東京の建築家に店舗設計を依頼した朝子は、初めて会った男と共に、夫の愛人に遭遇してしまう。

薩摩の貧しい武家の子に生まれた西郷吉之助は、なぜ維新の英雄として慕われるようになったのか。幼い頃から親しんだ盟友・大久保正助との絆、名君・島津斉彬との出会い。激動の青春期を生き生きと描く！

第二次大戦下、義兄の弟との不倫に疲れ仏印に渡ったゆき子は、農林研究所員富岡と出会う。様々な出来事を乗り越え、二人は屋久島へと辿り着いた――。敗戦後、激動の日本で漂うように恋をした男と女の物語。

若き秀才官僚の太田豊太郎は、洋行先で孤独に苦しむ中、美貌の舞姫エリスと恋に落ちた。19世紀のベルリンを舞台に繰り広げられる激しくも哀しい青春を描いた「舞姫」など5編を収録。文字が読みやすい改版。

安寿と厨子王の姉弟の犠牲と覚悟を描く「山椒大夫」、安楽死の問題を扱った「高瀬舟」、封建武士の運命と意地を描いた「阿部一族」の表題作他、「興津弥五右衛門の遺書」「寒山拾得」など歴史物全9編を収録。